第二ループ　6ページ目
「八年前の夏、裏山の秘密基地でのことを憶えてないか⁉」

八年前
いる18歳、
通信制高校に通いながら、得意のハッタリや
演技といった「偽り」を活かして働いている。
“30ページの世界”からの脱出を目指し、冷
静に方法を模索する。

「計助、だいじょうぶだよ」

30ページでループする。そして君を死の運命から救う。

秋傘水稀

illustration 日向あずり

序章

SOSだと思った。

ハッとして俺は足を止め振り返る。蟬《せみ》の喧噪《けんそう》に掻《か》き消されそうになったが、耳はそれを聞き逃さなかった。

名古屋の公園通りに架《か》けられたアーチ橋。そこからだ、と足先を一八〇度変えて急ぐ。真夏の太陽に灼《や》かれた橋の階段を駆け足で上っていく。すると蟬《せみ》の鳴き声より泣き声のほうが大きくなる。おそらく橋の半ばほどのところに居る。迫ってる。近い。もうすぐ。居た——幼児がわんわんと泣きじゃくっていた。

「よっ、どうした少年」

俺は得意の微笑《ほほえ》みを頰《ほお》に張りつけ、幼児の目線に合わせて身を屈《かが》む。

「こんなところでなにしてんだ？ ひょっとして迷子か。お母さんとはぐれちゃったのか」

まだ五歳ぐらいの男の子で、ひとりぼっちで号泣している様子からそう尋ねると、男の子はしゃくり上げながら頷《うなず》く。

「やっぱ迷子か。よし、じゃあ俺が交番まで案内してやるよ。おまわりさんならお母さんを見つけてくれる。だからもう泣くな。大丈夫だ、大丈夫！」

明るい声を作って案内するぞと手を差し伸べ、だが迷子はぶんぶんと顔を横に振る。しらないひと、ついていくの、だめだって……う、わあぁぁぁん。と子ども安全教室で学んだような教えを口にして再び大泣きをぶり返す。

「ああ落ち着け！　わかったわかった。まあそうだな。用心深いのは確かに大事だ。しかし困ったな。それじゃあどうすっか……」

迷子はその場から動く気配がない。

迷子ひとり橋の上に放置して俺だけ離れるわけにもいかない。

迷子に名前やはぐれた場所を尋ねようにも嗚咽《おえつ》がひどくてすぐに聞き出せそうにない。

「……よし！　じゃあこうしよう。俺がいまから君のお母さんを見つけてやろう。パパッとな。それで万事解決だ」

まかせてくれとドンと胸を叩《たた》いてみせる。が、それでもまだ迷子は泣き止まない。おまわりさんじゃないんだから見つけられっこない、そんな諦めた感じで。

「まあまあ俺にまかせとけって。実はな、これは本当はだれにも言っちゃいけない秘密なんだけど――」

周囲に人がいないか見回してから、二人だけの隠し事のように迷子に囁《ささや》く。

「――俺、魔法使《まほうつか》いなんだ」

瞬間。秘密めいて告げたそのワードに迷子の耳がぴくっと反応する。一瞬嗚咽《おえつ》が止まる。まるで子ども心をくすぐられたかのように。

「いや、でもお兄さんネクタイ姿だけど？　魔法使いっていうかサラリーマンっぽいけど？　なんて思ったか？　実はな、この格好は世間を欺《あざむ》くための仮の姿！　実際にいまから魔法を見せてやろう！」

さあさあご注目と右手を掲げて、迷子の視線を誘導する。

「俺の魔法はな、まじないをかけて指を鳴らすんだ。パチン、パチン、ってな。するとあーら不思議。どこからともなく妖精さんが現れて俺の知りたいことを教えてくれる。お、さっそく妖精がやって来たぞ！　ほらそこ、後ろ後ろ！　後ろ向いて！　見えるだろ？　……え、見えない？　あー、そうだ妖精は魔法使い以外には見えないんだった。うっかりしてた悪い悪い。……え、本当にいるのかって？　いやいやそこにいるぜ。本当本当。信じられない？　よーし、だったらいま試しに君の名前を妖精に聞いて言い当ててやろう」

ペラペラと長広舌《ちょうこうぜつ》を振るい、片耳に手を当てふむふむと妖精から話を聞く素振《そぶ》りを挟《はさ》み、そこで迷子を驚かすつもりで告げた。

「『ひこやまゆうた』って名前だな。ゆうたか。へえ、かっこいい名前じゃないか」

えっ、と迷子は目を丸くした。本当に言い当てられたと驚いた様子で。

「通っている幼稚園はここから少し離れた大学附属《ふぞく》の幼稚園だな。いわゆるいいところのお坊ちゃんお嬢ちゃんが通う幼稚園だ」

迷子は泣き腫《は》れたまぶたを拭《ぬぐ》い俺の顔を正視した。すごいすごいと瞳の色を好奇に輝かせて。

「へへっ。どうだ、少しは頼りになると思ってくれたか。こんな風に魔法を使えばなんでも知れる。少年の名前だって、少年の所属だって――」

自信満々にそう口にしていたそのとき、真夏の日射《ひざ》しが降り注ぎ思わず目が眩《くら》んだ。手庇《てひさし》で夏空を見上げると、入道雲に隠れていた太陽が姿を現して暴力的な輝きを放ち出す。

時刻は昼過ぎ。名古屋の街はいよいよ本格的な猛暑に襲われる。

そこでなるべく早く迷子と母親を再会させたいという思いに駆られるが、そのために警察をこの橋まで呼ぶのは確かに一つの手ではあるが対応してくれるまでのタイムラグが惜しいし、幼稚園に連絡して他人任《ひとまか》せに解決を図《はか》るのもまどろっこしく、いや名前と所属が判明した時点で確信していた。俺が動いたほうが手っ取り早いと。

「魔法を使えばなんでも知れる。少年のお母さんの連絡先だって」

だから俺は――また指を鳴らして魔法を使った。

結果、母親の携帯番号を手に入れるのに五分もかからなかった。

「見つけたぞ、君のお母さん」

そこから先はとんとん拍子《びょうし》で事が進んだ。俺が母親の携帯に直接電話をかけて事情を説明し、すると母親のほうも男の子を捜《さが》していた最中で、すぐにアーチ橋まで迎えに駆けつけた。

「無事再会できてよかったな、少年。なっ、俺にまかせとけって言ったろ」俺は男の子の頭を撫《な》でた。「もうお母さんとはぐれるなよ。じゃあな」

すっかり笑顔となった男の子にありがとう優しいお兄さんと感謝され、俺は爽《さわ》やかな笑みを作ってその場を去る。が、橋の階段を下りた頃《ころ》にはむなしさに襲われて微笑《ほほえ》みの仮面を外した。

「なにが魔法使いだ嘘《うそ》つきめ」

もちろん魔法なんてものは迷子を泣き止ませるためのデタラメで、一連のトリックはQ&Aで種を明かせば実につまらないものになる。
Q．なぜ迷子の名前が知れたのか？　A．妖精がいると後ろを向かせた隙《すき》に靴の踵《かかと》部分に目を向けただけ。そこに『ひこやまゆうた』とマジックペンで名前が書いてあったから。
Q．なぜ迷子の通っている幼稚園が知れたのか？　A．上品なチェック柄《がら》の園服を着ていたから。有名な幼稚園で園服に見覚えがあった。
Q．なぜ迷子の母親の携帯番号を知れたのか？　A．顔が広いから。魔法を使う芝居で欺《あざむ》いている間にこっそり携帯で知り合いから個人情報を入手しただけ。
俺は足先を当初向かっていた目的地に戻しながら、本当に魔法使いだったらよかったのにと心から思った。

——もし魔法が使えたなら、〝あの子〟だってすぐ見つけ出せるのに。

そう、迷子が母親を捜していたように、俺もいまとある人物を捜している最中だった。

その人物を見つけるための手がかりとなる特徴は三つ。「栗色《くりいろ》の髪」「水琴鈴《すいきんすず》のかんざし」

「一〇代後半ぐらいの少女」。加えて居場所は名古屋のどこかである可能性が高いということ。それだけだ。

捜し当てるヒントはたったそれだけ。三つの特徴とざっくりとした居場所のみで、後はとにかく不明な点だらけ。

どんな名前なのか不明。

どこに所属しているのか不明。

どういう顔立ちをしているのかいまは不明。

ほぼ何者かわからない謎だらけのシルエット状態で、俺は捜しているその人物を便宜《べんぎ》的に〝あの子〟と呼んでいる。

迷子の母親を捜すのとは難度が違った。人口二〇〇万人以上の名古屋で、手がかりにしてはあまりに心許《こころもと》ない三つの特徴だけを頼りに〝あの子〟を見つけ出そうとする捜索作業は、砂《さ》漠《ばく》のど真ん中で落としたビー玉を探し当てるような途方もなさだった。

八年。気づけば捜しはじめてから八年が経《た》っていた。

八年もの年月を費《つい》やし様々な方法で〝あの子〟を捜したが有力情報はほとんど摑《つか》めず、しかしだからといって捜索を打ち切るわけにはいかない。

どうしても〝あの子〟に会いたい理由がある。

だから俺は今日も〝あの子〟の情報を求めて名古屋中を歩き回る。人ウケがいい爽《さわ》やかな笑みとノリのいい語り口が好印象の「志道計助《しどうけいすけ》」を演じて、情報提供者たちのもとへ——

「ごめんなさいねぇ、計助《けいすけ》ちゃん。商店街の人たちから〝あの子〟を見かけたって話はまだ聞かないのよぉ。ほら、明日は夏祭りでしょう。みんな準備で忙しくて……」

「いえいえ、お気になさらずに！　会長や商店街の皆《みな》さんには普段から助けられてますから。あ、祭りのボランティアが必要なら気軽に俺に言ってくださいよ。手伝いますんで！」

「あらやだ、ホントいい子ねえ！　こないだも町内のドブ掃除手伝ってくれたし！　そうね、夏祭りが終わったらいま一度みんなに〝あの子〟を気に留めるよう声掛けておくわ！」

大須《おおす》商店街。その一角にある商店街連盟の事務所で、会長の梅子《うめこ》さんは俺の気遣《きづか》いに心を打たれたように固く手を握《にぎ》ってくれる。


——次の相手へ。


「トシさん、首尾《しゅび》はどう？　〝あの子〟について進展あった？」

「すまんのお、坊主《ぼうず》。こっちは収穫《しゅうかく》なしじゃ。栄《さかえ》、錦《にしき》、大須《おおす》、人が集まるエリアを徘徊《はいかい》しとる路上仲間に聞いてみたが、だーれも見とらんと」

「あー、じゃあ別エリアの仲間にも協力頼んでもらっていいかな。これ、いつもの酒ね。飲んで飲んで。また景気付けに聞かせてよ、裏賭博《とばく》の武勇伝。よっ、名古屋のギャンブル王！」

名古屋高速の高架下。暑さを避けるべく日陰に陣取《じんど》っているダンボールハウスで、俺に持ち上げられたトシさんは上機嫌になって別の仲間にも捜させると約束してくれる。

——次の相手へ。

移動中の時間も無駄にしない。ＳＮＳに〝あの子〟の新規情報が投稿されていないかチェックしつつ、小中学校時代の友人たちに電話をかけて聞き込みしていく。

「スマン！　成果ゼロ。でも引き続き調べるからまかせて！」「別のエリアを探ってみるよ。代わりにまた課題レポート手伝ってくれよな」「捜索の手伝い大変かって？　気にすんなって俺たちの仲だろブラザー。今度また女の子紹介してくれよ」

——次の相手へ。

次、ドライバー間で独自の情報網を持つタクシー運転手。「いいっていいって、そんなに頭下げなくても。見かけたらちゃんと連絡するよ」

次、繁華街《はんかがい》にいるキャバクラのキャッチ。「いやー、計助《けいすけ》さんに言われて注意して見てるんスけどねー。マジ見かけないっスねー」

次、地域情報に詳しいタウン誌の記者。「僕のところには新しい情報入ってきてないな。しかし毎日毎日よくめげずに捜すねえ君も」

——次の相手へ。

次の相手へ。次の相手へ。次の相手へ。次の相手へ。次の相手へ。次へ。次へ。次へ。次へ。

次へ。次へ。次へ。次へ。次へ。次へ。次へ。次へ。次。次。次。次。次。次。次。次。次。

次。次。次。次。次。次。次。次。次。次。次。次。次。次。次。次。

──結果、有力情報なし。

ここまで情報提供者一〇〇人以上に聞き込みしてもすべて空振り。〝あの子〟に繋《つな》がる目ぼしい手がかりは得られなかった。

ふと、唇を舐めると塩の味がした。汗だった。一心不乱に捜索していたせいで気づくのが遅れたが、頭頂からダラダラと汗が滴《したた》りシャツの襟元《えりもと》には汗染《あせじ》みが広がっていた。ネクタイを緩《ゆる》めて顔を上げると、夏空が燃えるような赤一色に染められていた。

時刻はもう夕暮れ時。体力的にも時間的にも本日の捜索は次に会う人物で最後。ここでその人物から有力情報を得られなければ骨折り損のくたびれ儲《もう》けだ。

まあいつもの事と言えばいつもの事だが。

「よお、調査屋！」

白川《しらかわ》公園。名古屋の都心部にありながら緑豊かなそこを訪れると、木陰《こかげ》のベンチに待ち合わせ相手が先に腰掛けていた。金髪アロハシャツ姿にサングラス。見た目からして遊び人の若い男が陽気に手を振って俺をそう呼ぶ。

「昼頃に連絡よこしてきた迷子の一件、どうなったよ？　カタついたか」

「おかげでな。無事一件落着だ」俺は片手を上げて応じ、隣に腰を下ろす。「へへっ、まさか魔法使いだなんて言える日がくるとはな。あんたが手早く情報をくれたおかげだ」

「ま、あんぐらい楽勝楽勝。母親の個人情報を特定するくらい朝飯前よ。こちとら名簿屋だぜ」

名簿屋——同窓会名簿やスポーツジムの会員リストなど様々な名簿を買い取って、氏名、年齢、現住所、電話番号、所属先などの個人情報をデータベースに一括管理してクライアントに売《う》り捌《さば》く。それを稼業《かぎょう》としているのがこの男だ。

「で、だ。肝心《かんじん》の情報料だが、飛び込みの依頼にもかかわらずこっちは迅速《じんそく》かつ正確に応えたわけで、そこはたーんと弾《はず》んでもらうぜ調査屋」

名簿屋が指で円を作ってニマニマと笑う。ちょっと吹っかけてやろうって魂胆《こんたん》が見え見えだ。

俺は頭の中にある名簿屋についてのメモ《人物情報》を開く——佐藤友則《さとうとものり》。二二歳。趣味はクラブ通い。教師を殴って高校中退。名簿屋としては新参。

「というわけで調査屋、今回の情報料は——」

「というわけで名簿屋、俺にいくらくれる？」

すかさず俺が台詞《せりふ》を被《かぶ》せる。

へ？　と名簿屋が理解に苦しむ顔をみせた。

「おい待て待て。いくらくれるだって？　オレが調査屋に金払う？　いや違うだろ。調査屋がオレに金払うんだろ。逆だ、逆」

「いやいや違わないいな。トータルでは名簿屋が得するから合ってるぞ」

「はあ？　得しねえだろ。母親の情報渡したオレがなんで金まで渡さなきゃいけねえんだよ」

「ボスに口利《くちき》きする、と言ったらどうだ」

名簿屋の片眉《かたまゆ》がぴくりと反応した。

「俺がうちのボスに掛け合うよ。数ある名簿業者の中からあんたのところをメインに取引すべきだと。上手《うま》く話が進めば結構な金が入るぞ。迷子の母親の情報料なんてちっぽけだと思うほどにな。で、トータルの収益分と母親の情報料の差し引きで俺にいくらくれるのかなーって話。ま、口利《くちき》き料ってことで」

「口利《くちき》き料……だからオレが貰う側じゃなくて払う側、なのか？　調査屋の言い分が正しい、のか？　いや、いやいやっ、そんなのただの口約束だ！　確実に金が入る保証はねえだろ！」

「んじゃ、タダでいい。口利《くちき》き料なしで」

「た、タダ……！」

「いやー正直さ、俺みたいな新米がボスに意見するのって結構大変なんだぜ。けど俺、口には自信あるから説き伏せてみせるよ。なんでそこまでがんばるかって？　そりゃあんたの味方だからよ。新米と新参、お互い若手同士仲良くしようぜ！　なっ！　まあそれでも、いま情報料を払えって言うなら仕方ないなー。俺の話に乗ったほうが得だと思うけどなー」

スラックスのポケットに入った財布に触れる。いくらでも支払う余裕はあるという顔で。

実際、財布の中には貧乏学生が持つ程度の金しか入ってないけど。

「俺にまかせてくれれば全部上手《うま》くいかせるが？　さあどうする」

実は情報料を支払う金は最初から持ち合わせていないのだが、そんなこと微塵《みじん》も感じさせない自信満々の笑みで名簿屋の肩を叩《たた》く。

「……わかった、ああわかったよ」名簿屋は少々考え込んだ末に頷《うなず》いた。「まあ上手《うま》く乗せられてる感じはすっけど、大口の仕事が入るならこっちも助かる」

「へへっ、じゃ決まりだな」

交渉成立だ、と名簿屋と握手を交わす。

「ったく、オマエの自信満々なツラ見てるとまあこいつと組めば上手《うま》くいくかーって思えるから不思議だよ。こないだ大須《おおす》商店街の連中もオマエのこと持ち上げてたぜ」

「あ、俺のパーフェクトさが世間に広まってる感じ？」

「けっ、軽口叩《たた》きやがって。まあその感じが気に入ってる連中も多いんだろうけどよ。切れ長の目は冴《さ》えた感じがありながらも微笑《ほほえ》むと優しそうな好青年、年長には礼儀正しく同年代には気さくな受け答えでコミュ力抜群、有名な調査事務所に所属してて期待のホープ、かなり稼《かせ》いでてまだ二〇代なのに高層マンションを購入したとかなんとか、連中はいろいろ噂《うわさ》してたぜ。このハイスペック男子め」

「いやー参っちゃうな。爪隠して生きてるつもりだけど爪隠し切れてないかー」

「言ってろ。んなことよりも——ほらよ、今日の本題。オマエに頼まれてたもんだ」

名簿屋が持参した紙袋から取り出したもの——それは卒業アルバムだ。

その卒アルを見せてもらうことこそ、俺が名簿屋と待ち合わせた目的だった。

聞き込みは全滅だったが、まだ〝あの子〟に近づける一縷《いちる》の希望が残っているとしたら卒アルの中に眠っている。

「調査屋のご要望通り、昭和区にある小学校の卒アルな。卒業年度も指定された通り八年前だ。だけど期待はすんなよ。一応前もって〝あの子〟が写っているかどうかチェックしたんだ。けどその結果は……」

「俺は可能な限り直接この目で情報を見て納得したいんだ。たとえハズレクジだとしてもな」

卒アルを開くとあどけない卒業生の顔写真が並んでいた。この中に水琴鈴《すいきんすず》のかんざしを挿《さ》している子が写っていたらビンゴ。栗色《くりいろ》の髪というだけでも後で連絡先を調べ上げコンタクトを取る。

端《はし》から順に〝あの子〟の特徴を兼《か》ね備《そな》えている卒業生がいるか注意深く見分けていく。はにかむ黒髪の少女、違う。花の髪留めの少女、違う……。

「で、ぶっちゃけどう思ってるわけよ」

「ん、なにが」

視線を卒アルに固定しながら、言葉だけ名簿屋に返す。

「〝あの子〟を見つける勝算はあんのかって話。現実問題、主な手がかりは三つの特徴しかねえんだろ？　無理ゲーじゃね。人口の少ないド田舎《いなか》で捜すならまだしもここは名古屋だぞ。三大都市の一角だ」

「へっ。三大都市の一角のくせに、名古屋だけアーティストのコンサートやらアニメ放送やらスルーされる『名古屋飛ばし』って言葉でネタにされてるけどな」

「茶化すなって。暇《ひま》さえあれば聞き込みして回ってるみてえだが、どうせ今日も一日中汗水流して成果なしだろ。そもそも三つの特徴が手がかりになってんのか怪しいよな。『栗色《くりいろ》の髪』なんて髪染めたらわかんねえし、『水琴鈴《すいきんすず》のかんざし』だって毎日挿《さ》してる保証はない、『一〇代後半ぐらいの少女』なんて当てはまる人物が多すぎて特徴って呼べるほどでもねえ。あと名古屋に居るって話だが、すでに他県に引っ越してる可能性もあんだろ」

「だからこうして卒アルをチェックしてる。仮に中学高校と進学のタイミングで〝あの子〟が引っ越したとしても、在籍していた学校さえ割れれば関係者から追跡しやすいからな」

「いや、でもそれ地道すぎるっつーか、もっと捜すヒントがないと厳しいっつーか、なんかねえのかよ？　例えば似顔絵を依頼するとかよ」

「やったやった。過去にな。ただ俺が〝あの子〟と会ったのはむかし一度きりで、しかもそのとき顔をちゃんと見てなくてな。うろ覚えで作成した似顔絵だと逆効果だと諦めたんだ。成長とともに顔立ちだって変わるし」

「じゃあネット掲示板とかは？　人捜し系のやつ」

「一応やってる。けどその手の掲示板はデマもあるから大して期待はできない」

「だったら名古屋市内の学校を虱潰《しらみつぶ》しに調べていくっつーのは……さすがに無理か。かなりの学校数あるもんな」

「やり続けてるが？　何年も前からずっと。まだ全部は回り切れてないけどな」

「やってんの⁉　それも何年も前からってマジかよ……。かぁー、大変だな調査屋の仕事ってのは。似顔絵、ネット、学校巡り、そして今日はクソ暑い中で聞き込みってわけか」

「いや、仕事だから〝あの子〟を捜してるわけじゃないけどな。言ってなかったか？」

「え、仕事じゃねえの⁉　てっきり調査依頼で捜してるのかと思ってたが……なんで金にもならねえのにクソ面倒《めんどう》な人捜しなんかやってんだ？　失踪《しっそう》した知人とか？　それともまさか単なる趣味？　いやいやなんであれ不可能だろ、乏《とぼ》しい手がかりで人口二〇〇万の中からたったひとりを見つけ出すなんて」

「へへっ、まあ普通そう思うよなー」

「なんでそこまでがんばって捜す？　むかし一度会っただけの相手だろ？　どうでもよくね？捜すだけ無駄無駄。貴重な時間ドブに捨てるようなもんだ」

「ははっ、ドブってひでーなー。まあやりがいはあるけどなー」

適当に相槌《あいづち》を打ちながらへらへら笑ってページをめくる。しかし内心では卒アルのページが残り半分を切って失望感が強まっていく。

見つからない。〝あの子〟らしい生徒すら見当たらない。この子も違う。この子も違う……。

「そうだ！　イイこと思いついた！　いまからオレが遊びに連れてってやるよ。人捜しよりよっぽど楽しい場所に。そうだそうしようぜ！」

「いや遊びって、俺のノリの良さから普段バリバリ遊んでる感じ伝わってない？　へへっ」

　この子も違う。この子も違う。違う。違う。違う……。

「ガキの遊びじゃねえぞ。女だよ、女。行きつけのクラブがあるんだけどよ、結構レベル高い女がいんだよ。どいつも酔っ払ってるから高確率で持ち帰れんの。興味あんだろ」

「あー女関係は不自由してないんだよね、俺。あ、これ自慢になってる？　あはは」

　違う。違う。違う。違う。違う。違う。違う。違う。違う……。

「つれないこと言わないで付き合えよハイスペック男子。そんな卒アル見てちまちま人捜しても無意味だって。汗水流して何年やっても無駄だったんだろ。ほら女引っかけに行こうぜ！　酒飲んでいい女抱《だ》いたら〝あの子〟なんて忘れるって。クソどうでもいいってな」

　どうでもよくねえよ。

「えっ」

　きょとん、と名簿屋が目を丸めた。

　心の声が思わず口を衝《つ》いて出ていた。

「――どうでもいいなんて忘れるわけがない。俺にとってかけがえのない女性だぞ」

　顔を上げ、透徹《とうてつ》した瞳で告げた。

名簿屋は意表をつかれてパチパチとまばたきを重ねていた。これまで軽いノリでへらへら笑っていた俺がいきなり真剣な表情で一途《いちず》な台詞《せりふ》を口にして。

場がしんと静まり返る。気まずい沈黙が流れ、そこで俺は我に返った。

……あ、やべ。下手打った。

「なーんちゃって！　いまの雰囲気《ふんいき》マジだと思った？　すっかり騙《だま》されちゃった？　あはは！　てかスマン！　今晩は先約があってこれから遊びに行くんだよ。ダーツバー、そう、友人にダーツバーに誘われちゃってさ。しかも再来週まで遊びの予定がびっしり！　いやー人気者は辛《つら》いなー、こうして誘《さそ》いを断らなきゃいけないから辛《つら》いなー。あははははっ」

その後、卒アルを三度見返したが、結局〝あの子〟は見つけられなかった。


家賃二万五千円の風呂なしボロアパート。そんな自宅の照明スイッチを入れると、がらんとしたひとり部屋が広がった。

天井《てんじょう》のまだらな雨漏《あまも》り染《じ》み、朝日眩《まぶ》しい東向きの間取り、壁一面に張り巡らされた名古屋各地区の地図群——特徴といえばそれぐらいの殺風景な自室だった。

「疲《つ》っつかれた……もう限界だ歩けねえ……」

三和土《たたき》に靴を脱ぎ散らかしたまま部屋に入って、途端、バッテリーが切れたようにぱたりと倒れ込んでしまう。

「今日も全滅……　〝あの子〟の有力情報は摑《つか》めなかったな……」

一応、「三つの特徴すべて一致してはいないがそれっぽい人物は見た」などの声は数件耳にした。だが詳細を聞けば確度が低く、アタリだと確信を持てるものではなかった。

ごろりと大の字に寝転がってため息を吐《つ》く。家の中ではもう他人の目を気にしなくていいと、首を締《し》めつけていたネクタイを解《ほど》いて放り投げた。

──人前では二〇代で通しているが、本当はまだ一八歳だ。調査員の仕事をしながら通信高校に通う高校三年生。それが俺の正体だ。

調査事務所のボスの命令だった。一〇代のガキだと舐められる、大人びたシャツにネクタイ締めて二〇代と見せかけろ、クソ暑い夏場でもだ、と。

さらに言えば年齢だけでなく、表情、態度、口調ですらも意図的に変えている。ハイスペックな「志道計助《しどうけいすけ》」を演出するために。

しかし実際は……。

「なにがダーツバーだ。なにが女関係に不自由してないだ。本当は酒も女遊びもろくに知らないくせに。調査事務所のホープ？　まさか。事務所内じゃまだまだこき使われてる新米だ。てか高層マンション買ったってなんだよその噂《うわさ》。実際は風呂なしボロアパートだぞ。はぁ、どこがハイスペック男子だよ。けどいまさら素《す》の自分を他人に晒《さら》して幻滅《げんめつ》させるわけにもいかないしな……」

爽《さわ》やかな微笑《ほほえ》みで相手が親しみやすさを感じて関係を結んでくれるなら仮面《かぶ》を被り続ける。

こいつは役立つ人間だと興味を持ってくれるなら過剰な評判でもむしろ訂正せず利用する。

その結果として多くの人と繋《つな》がり、〝あの子〟捜しに力を貸してもらえるなら、「志道計助《しどうけいすけ》」を演《や》り続ける。偽《いつわ》ることは得意だ。

人前で過度に演じている嘘《うそ》つき？　裏表あるろくでもない仮面男？

ああ自分でもわかっているさ、そんなこと。

でも、八年前に決めたんだ。〝あの子〟を見つけるためにどんな手も使おうと。

「八年……あれからもう八年か……」

まぶたを閉じればいまでも思い出せる。八年前の雨の日の記憶を。

当時小学生だった俺は母さんの葬儀から飛び出して、土砂降《どしゃぶ》りにもかかわらず傘も差さずに借家の前で立ち尽くしていた。

その借家は自分の家だった。いや、正確にはこないだまで住んでいた自分の家だった。

すでに志道《しどう》という姓が入った表札は抜き取られていた。『入居者募集』の広告が差し込まれた玄関扉は鍵がかけられ、室内で雨宿りすることすら許されなかった。

空き家となったかつての俺の家は、あの悪夢が現実だったことを象徴していた。

『六・一三の悪夢』——後に日付から取ってそう呼ばれるようになったそれは、名古屋で発生した最悪の事件。母さんを失うこととなった悲劇の元凶。

あまりの喪失感《そうしつ》に俺の心は鈍麻《どんま》して涙すら流れず、ただ棒立ちとなってざあああああっと圧《お》し潰《つぶ》すような雨に打たれていた。

そのときだった。

「──君、どうしたの？」

雨が、急にやんだ。

いや、雨がやんだわけではなかった。

見上げれば、俺の頭上に傘が差してあった。

「傘、半分コしよ。雨、冷たいでしょ」

一本の傘を二人で分け合う形で、雨に濡れないように俺を入れてくれた。

──それが〝あの子〟との出会いだった。

〝あの子〟は優しかった。「わっ、たいへん！　服びしょびしょ！　このままだと風邪《かぜ》引いちゃう。わたしの秘密基地に体拭《ふ》くタオルあるからついてきてっ」と手を繋《つな》いでくれた。

無気力な俺は流されるままだったが、そこで一度、顔を上げて〝あの子〟を見た。

雨に煙《けむ》る景色の中で栗色《くりいろ》の髪が鮮やかに靡《なび》き、しゃらん、と琴《こと》を鳴らしたような鈴音のかんざしを挿《さ》していて、顔つきは同い年ぐらいで笑顔が眩《まぶ》しく、でもあまりの眩《まぶ》しさにぐじぐじした自分の心が焼かれそうになってすぐうつむき、結局それから先は目も合わせられなかった。

秘密基地は、裏山の森にあった。

木々や下草が鬱蒼《うっそう》と生《お》い茂《しげ》る緑の中に不法投棄された軽自動車がそれだった。ヘッドライトはひび割れ、車体は赤茶けた錆《さび》が浮かび外観はボロボロだったが、車内はピカピカに清掃《せいそう》が行き届いており、後部座席には人気漫画やタブレット端末などの娯楽《ごらく》、ほかにも水、お菓子、タオル、衣類、LEDランタンなどちょっとした生活ができるアイテムまで揃《そろ》っていた。

すげえ、って思った。まるで子どものための小さな隠れ家《セーフハウス》みたいだった。

車内で〝あの子〟は俺を元気付けようとしてくれた。ランタンの温かな光を灯《とも》し、コンソメパンチをパーティー開けして、そしてタブレット端末をタップした。

「これ、わたしのお気に入り動画なんだ。一緒に観よっ。とっても笑えるんだよ！」

〝あの子〟が再生したのは『ペンぷー』の動画だった。ペンギンをモデルにした地元マスコットキャラ。ペンギンマーチという歌に合わせて踊る動画が子ども心を摑《つか》んで話題となり、ゆるキャラブームの波にも乗って名古屋で人気を誇っていた。

俺も好きだった。ペンぷーの動画は更新《こうしん》日に何度もリピート再生するほどハマっていた。動画を観ている間はキラキラしたファンタジー世界に連れていってもらえる心地がした。夢中で目を輝かせ、画面にのめり込み、そのうち画面で観ているだけじゃ物足りなくて、そうだ、だから実物のペンぷーに会いに行こうとして、あの日、六月一三日、母さんと一緒にイベントに出かけて、そこで、そこで……。

ぽろっ、と頬《ほお》を一滴《てき》の涙が伝った。

あれ、と自分でも驚いた。

顔を手で覆《おお》った。でも指の隙間から涙がこぼれて止まらなかった。気づけば心情までも口から漏《も》れていた。

六・一三の悪夢で優《やさ》しかった母さんが死んだんだ。

母さんが死んだ事実を受け入れたくなくて葬儀の途中で逃げ出したんだ。

引き取ってもらうことになった親戚《しんせき》に俺は疎《うと》まれてて、そんな親戚の家でこれから迷惑をかけて生きていかなくちゃいけないんだ。

なんで画面《ファンタジー》の向こうはキラキラしてて楽しそうなのに、こっち《現実》は悲しいことばかりなの。ねえなんで。だれだって悲しいことは嫌で生きているんじゃないの。くそ、くそぉ、なんでこんなに……。

すると突然、春に抱かれたような暖かさを感じた。

「望んでるんだね、悲しみのない世界を」

春ではなく、〝あの子〟に抱き寄せられていた。

「わかった——救うから。ここからは全部懸けて救うから」

彼女にぎゅっと一段と強く頭を抱かれた。だから彼女がその台詞《せりふ》をどんな表情で言ったのかは見えなかったが、その言葉の端々《はしばし》に宿る感情は優しく、献身的《けんしんてき》で、正義感に満ちて……。

ゆりかごに包まれるようなその腕の中。もうこの世界で得られないはずの優しさが全部そこにあったような気がした。

気づけば声を上げて涙を流した。失った感情を取り戻したようにぼろぼろと涙を流すことができた。そしてそのまま泣き疲れて眠ってしまった。

——ああ。春がきたみたいだ……。この暖かな優しさにずっと包まれていたいような……。どれくらい眠ったか。目覚めたときにはすでに雨がやみ、そして——

〝あの子〟は忽然《こつぜん》と姿を消していた。

空席となった運転席には書き置きだけが残されていた。

『さようなら。ごめんなさい』

——え？　さようなら？

その文字は震えた手で書いたように揺らぎ、その揺らぎを抑えようと筆圧は強く、一部の文字は水滴《すいてき》が落ちたみたいにぼやけ、懺悔《ざんげ》のような後悔が文字と文字の間から滲《にじ》んでいた。

——さようならってどういうことだ？　もう会えない？　というかごめんなさいって、なんで謝るんだ？　俺が眠っている間になにがあった？　彼女はどこに行った？　救うからなんて言ってたけど、じゃあ救いに行ったのか？　でもだれを？　なにを？

驚き、戸惑い、混乱し、あらゆる感情が胸の中でぶつかっては散らばって、けれどやがてそれらは溶けて混ざり合い、最終的にひとつのシンプルな想《おも》いへと形を成していった。

――会いたい。もう一度会いたい。〝あの子〟に。


その日、俺は優しさをくれた〝あの子〟を捜すことを決めた。

最初はすぐに見つかるだろうと考えていた。〝あの子〟が秘密基地に通える距離に住居があると考えて、秘密基地を中心に近場の学校から順に調査していった。

だが、これが見つからない。一ヶ月経っても、半年経っても、一年経っても――

こうなると大勢の力を借りる必要があった。学校の友人たちに捜索の手伝いや情報提供を頼み、ほかにもＳＮＳなどネットの活用はもちろん駅前でビラ配りも試みた。

けれど、ろくな情報は手に入らない。中学に進学しても、高校に進学しても――

このままではダメだと捜索範囲を広げた。ちょうどそのとき、あるきっかけで調査事務所に入ったこともあり、仕事を兼《か》ねて名古屋の人々と繋《つな》がり定期的に聞き込みする調査方法、つまりいまメインの捜《さが》し方をはじめた。

相手と繋《つな》がるために爽《さわ》やかな笑顔やノリのいい語り口などの工夫はもちろん、親交を深めるためその人のメモ《人物情報》だってこまめに記録した。

――商店街連盟会長、中川梅子《なかがわうめこ》。五二歳。悩みは町内掃除のボランティア不足。手伝って役立つことをアピールすれば上手《うま》く繋《つな》がれそうだな。

――路上生活者のトシさん。年齢不詳。一帯の路上生活者を仕切る重鎮《じゅうちん》。気難しい人みたいだが、好みの酒を持っていけば俺みたいな若造でも相談に乗ってくれるそうだ。

名前。性格。所属。年齢。誕生日。悩み。願望。趣味嗜好《しゅみしこう》。家族構成。恋愛事情。出没場所。宗教——そういった人物情報を対象の活動拠点となる名古屋の地図上に書き込んだ。〝あの子〟を見つけるためなら労は惜しまず、書いて、書いて、ひたすら書いた。

気づけば壁一面がメモの地図で埋め尽くされた。

梅子さんやトシさん、ほかにも幅広いネットワークを持つ人なら、立場、経歴、たとえ裏社会にいようが関係なく接触した。大事なのは〝あの子〟に繋《つな》がる情報、そして見つけたという結果。白い猫でも黒い猫でも鼠《ねずみ》を捕れればそれでいい。

実際、有力情報はあった。

街の人に紹介してもらった大須《おおす》のかんざし屋。奥《おく》まった立地で目立たず、またホームページすら存在しない、いわゆる知る人ぞ知る店だ。職人兼店主が製作した鈴のかんざしが売り棚の一角にずらりと並び、風が吹くと水琴鈴《すいきんすず》が一斉に鳴り響く。りん、と一般的な鈴音ではなく、しゃらん、と琴《こと》を弾《ひ》くような独特の鈴音。

店を訪れた俺はその鈴音を聞いて鳥肌が立った。

——同じだ。〝あの子〟に出会ったときに聞こえた鈴音と。ああ間違いない、この美しい鈴音だ！　〝あの子〟はきっとここでかんざしを買ったんだ！

〝あの子〟と大須《おおす》の接点を垣間見《かいまみ》た俺は、〝あの子〟が再びかんざしを買いに大須《おおす》に現れるかもしれないと期待し、各地区を捜しつつ大須《おおす》とその周辺エリアに重点を置いた。

しかしそれ以降、有力情報は一切入ってこなかった。

「はぁー、八年も捜してんのに見つかんねえな……。調査方法を根本から見直すべきか？　でも大掛かりな手を打つには金が必要だし、俺みたいな貧乏学生に金なんて……あ」

がばっと上体が跳ね起きた。大事なことを思い出して。

「金！　そうだ家賃の支払い！　やべ、大家さんに給料日まで待ってもらうの忘れてた。馬鹿馬鹿、アパート追い出されちまうぞ。急いで頭下げに行って……げ、洗濯物溜《せんたくものた》まってんじゃん。ついでにコインランドリーに寄って……と、そういや模試の申し込み締切もうすぐじゃね？　うわ、ド忘れしてた。仕事と人捜しでつい後回しに……ああもう貧乏暇なしってか！」

〝あの子〟が見つからなくても生活は続く。生きる罰金みたいな毎月の支払いと、かご一杯に溜まった洗濯物《せんたくもの》と、たんまり積み重なった受験用テキストと。

俺は疲れた身体《からだ》に鞭《むち》打って後回しにしていた日常を消化しはじめた。

同じアパートの一号室に住んでいる大家さんの部屋に出向き、小言を言われつつもあと少ししたら払いますんでと平謝《ひらあやま》りして。

洗濯かごを抱えてとぼとぼと夜道を歩き、だれもいないコインランドリーで独《ひと》り洗濯機のごうんごぅんと回る音を聞いて。

自宅に戻ってすぐに受験勉強に取り掛かるが、仕事のメールが次々と舞い込んで目が回る忙しさで。

今日もいつものように徹夜で、眠気と疲労でずぶずぶと沼に沈むように思考が鈍《にぶ》くなってきて、段々とまぶたが重く……うつら、うつらと……。

俺、俺は………。

――不可能だろ、乏《とぼ》しい手がかりで人口二〇〇万の中からたったひとりを見つけ出すなんて。

ああ、知ってるよ。

俺だってわかってんだよ。そんなことずっと前から。

疲労困憊《ひろうこんぱい》で夜を過ごす度に惑う。八年必死になっても〝あの子〟に会える気配が一向になくて、どれほど汗を流したところでもう再会は無理なんじゃないかって。

近々諦めなきゃいけない瞬間が訪れるのではないかと怯えてる。成果が得られないまま一年また一年と年だけ取って、仕事や勉強など煩《わずら》わしいことばかりが増えて、〝あの子〟を見つけるという本来大事にしたいものが指の隙間からぽろぽろとこぼれ落ちそうで。

――なんでそこまでがんばって捜す？　むかし一度会っただけの相手だろ？

名簿屋の疑問はもっともだ。むかし俺も俺自身に同じように問うたことがある。

それは惑う以上に気がかりだからだ。なぜ〝あの子〟が忽然《こつぜん》と姿を消したのか。

それは諦めに怯える以上に恩を返したいからだ。彼女は優しさをくれた。だからもし彼女がなにか困り事やトラブルに悩んでいたら、今度は俺が助けになると言ってあげたい。

そして、そんな綺麗《きれい》な思いだけではない。

最初は自分でも気づかなかった。でも、足が棒になるまで捜して、暑い日も寒い日もめげずに捜して、季節が何度巡っても心折れずに捜して、そうまでして自分を突き動かす感情の正体はなんなのか捜しながら徐々に気づいていった。ああそうか。そうなんだって。

好きなんだ、彼女が。

初恋だった。そしてその想《おも》いは八年経ったいまだって変わらず……。

いや、恋を成就《じょうじゅ》させたいから彼女に執着しているわけじゃないんだ。本当に。

最悪、一瞬でもいい。再会して、彼女が健康で、悲しい目に遭ってないことさえ確認できたら、胸の想《おも》いを秘めたまま身を引く。

だから頼むよ、神様。

どうか、どうか〝あの子〟に会わせてくれ……。


携帯に電話がかかってきたのは、そんなときだった。

気づけば窓から夏の朝日が射し込んでいた。俺は何度か寝落ちしながらも勉強と仕事を夜通し続け、「……朝っぱらから仕事しろってかクソ上司め」と愚痴《ぐち》りながらボスから朝一で届いたメールを読んでいた。『おいガキ。市議会議員の浮気調査報告書をさっさと提出しろ――』なんて高圧的な文面にうんざりしていた、まさにそのとき携帯が鳴った。

煩《わずら》わしくて一度無視した。

けれど着信はしつこく鳴り続けた。ボスはすぐ返信しないと機嫌が悪くなるのにと舌打ちしながら結局携帯を手にした。

着信相手は大須《おおす》商店街で古着屋『スカイドラゴン』を営んでいる店主、神崎《かんざき》だ。

俺は癖で壁の地図群に目を向け、そのうちの一枚、大須《おおす》の拡大地図に書き込まれたメモ《人物情報》に着目する――神崎隆文《かんざきたかふみ》。二八歳。未婚。楽観的性格。趣味はスカジャン蒐集《しゅうしゅう》。店が終わると栄《さかえ》・名駅《めいえき》周辺の飲み屋に出没。

以前、ヴィンテージのスカジャン調査を引き受けたことがある情報提供者のひとりだ。

また調査依頼《いらい》だろうかと、特に気構えもなく電話に出た。

「よお、計助《けいすけ》！　この前は探していたスカジャン見つけてくれて助かったよ！　職人技が光るド派手な龍の刺繍《ししゅう》は最高だ！　で、その礼ってわけじゃないが、いいこと教えてやるよ。いいかよく聞け。なんと見かけたんだ！　お前が捜している人物！　栗色《くりいろ》の髪、鈴のかんざし、一〇代後半の少女だろ。しっかり見たぜ！　そいつは――っと、わりぃ、客に呼ばれちまった。今日は大須《おおす》夏祭りで朝から晩まで店は大忙しなんだ。一二時頃に昼休憩取るからそんとき店に来いよ。詳しく話してやる。また後で！　あ、そうそう。見かけたその女だけどよ……胸、かなりデカかったぜ。ありゃFカップとみた。隅《すみ》に置けないなこの巨乳好きっ、フッフー！」

ブツリ、とそこで古着屋は電話を切った。一方的に早口で喋《しゃべ》り立て、こちらの反応をうかがう間もなく。

「…………え」

電話の内容があまりに唐突で、衝撃的で、俺は通話が終了した後も携帯を片耳にくっつけたままぽかんと口を開けていた。

「……栗色《くりいろ》の髪……鈴のかんざし……一〇代後半の少女だろ……しっかり見たぜ……」

にわかに信じられなくて古着屋の言葉を復唱してしまう。

「……見た？　え、見たって言った？　間違いなくそう言ってたよな？　マジか。おいマジか。じゃあそれってつまり――」

〝あの子〟の目撃情報。

瞬間、眠気と疲労がぶっ飛んだ。

「きた……きたきたきたきたきたきたきた〝あの子〟の目撃情報‼」

うおおおおおッとガッツポーズで歓喜を爆発させて、だがすぐに脳の冷静な部分が一度待ったをかけた。これまでも目撃情報があったが結局すべてガセだっただろう、と。

しかし、しかしだ。三つの特徴が完全に一致している人物を見たという連絡は今回がはじめて。しかも〝あの子〟が水琴鈴《すいきんすず》のかんざしを購入した大須《おおす》から入った情報。信憑《しんぴょう》性はかなり高い……！

期待が膨《ふく》らむ。心臓がはち切れそうになる。昼まで待てと言われたが生殺しの時間が耐えられなくて古着屋に電話をかけ直す。だがやはり忙しいのか繋《つな》がらず待ち遠しくなる。

ああっ、知りたい、早く知りたい！

目撃情報次第だが上手《うま》くいけば今日中に〝あの子〟に会える可能性だって……！

「落ち着け落ち着けっ。とにかくいまやるべきことは出かける準備。まずメール返して、その後に着替え……そうだ、好きな人に会えるかもしれないんだからビシッと服装決めていかないと……って、好きな人って！　いや、なに浮《うわ》ついてんだ俺。大切な人、そうだ、好き云々《うんぬん》よりも前に優しさをくれた恩人だろ。とにかく、先に風呂で身体《からだ》を洗って……って、うちのボロアパート風呂なしじゃねえか！　やばっ、汗臭《あせくさ》い？　愛した人に会うのにこのままじゃ……いや愛⁉　愛した人って！　さっきよりこじらせた浮《うわ》つき方してないか俺！　ああもうちゃんとしろちゃんと！　本人の前でぽろっと好きだの愛してるだの口にしちまったら一体どうすんイッテえええぇぇぇッッ！」

ドタバタと慌ただしく室内を往復していると、ガンッ、と足の小指をミニテーブルの角にぶつけてしまう。

「くぅぅう……っ！　痛《い》ってて……」

しばらくその場でうずくまって悶絶《もんぜつ》して、だが我ながら間抜けに思えて笑いが込み上げてきた。

「……ぷっ、ぷはは！　なにやってんだよ俺。はしゃいで小指ぶつけるなんて馬鹿丸出しだろ。どこがハイスペック男子だよ。素《す》の俺はマジでダッセェわ。あはは、ははははは！」

笑った。

口を開けながら大笑いして、なぜか涙も流れた。

あれ、と戸惑った。不意に胸の奥底《おくそこ》から熱い感情がせり上がって涙が溢《あふ》れ出《だ》した。目尻《めじり》を拭《ぬぐ》っても抑えられず、ああそうか、と涙の理由に気づいた。

――ちゃんと報《むく》われるんだ。汗掻《か》いてがんばった分は。

諦めず名古屋を捜し回ったからこそ得られた有力情報。無意味じゃなかった。無駄でもなかった。靴を何足も履《は》き潰《つぶ》した汗塗《あせまみ》れの八年間は決して……。

「いや、まだだ。まだ浮かれるのは早いよな。〝あの子〟に会うまでは」

俺はごしごしと目元を拭って、今度こそ出かける準備を進めた。

服装は考えた結果いつもの仕事着にした。黒系統で合わせたスラックスとシャツにネクタイをきっちり締める。そして髪も整え、メールも返し、最後に遺影《いえい》の中で微笑《ほほえ》む母さんに手を合わせた。

そして時刻は一二時前。待ちに待ったとばかりに自宅を飛び出して大須《おおす》に向かった。

いま住んでいるアパートは安普請《やすぶしん》だが、立地という観点でみれば、名古屋駅、錦《にしき》、そして大須《おおす》と名古屋主要スポットの中間点ほどに位置していて、各所へのアクセスは徒歩圏内で利便性は抜群だった。

ギラギラ燃える太陽の下を歩くこと十数分、日本に三本しかない一〇〇メートル道路を越えて、いよいよここから先が「大須商店街《おおす》」と呼ばれるエリアになる。

名古屋の大商店街、大須《おおす》。赤門通《あかもんどおり》や万松寺通《ばんしょうじどおり》など様々な数百メートルストリートが縦横に走り格子《こうし》状の街を形成していて、各通りに軒《のき》を連ねる商店は千軒《けん》以上で多種多様。スカジャンがメインの古着屋やオタクが集うコスプレカフェ、大正時代創業の老舗《しにせ》鰻屋《うなぎや》から本場の包子《中華まん》まで、統一感なく、国際色豊かで、それ故《ゆえ》に猥雑《わいざつ》な魅力がぎゅっと詰まった街。だから人によって大須《おおす》の捉え方も様々だ。古着の街、オタクの街、食べ歩きの街……大須《おおす》を端的に説明するのは難しいが、俺が一言で表現するならこうだ。ずっと学園祭をやっているような街。

そして今日、八月七日は一年でもっとも盛り上がる夏祭り初日。

商店街と隣接《りんせつ》している寺院「大須観音《おおすかんのん》」では境内《けいだい》にイベント会場が特設され、世界コスプレサミットや人気インディーズバンドのライブなどイベントが目白《めじろ》押し。名古屋各地から人が集い、開催期間二日間における総来場者数は数十万規模で大賑《おおにぎ》わいとなる。

実際、千客万来《せんきゃくばんらい》だった。アーケードに吊《つ》るされた赤提灯《あかちょうちん》の列の下、ドドンッ！　ドドンッ！　と太鼓《たいこ》の小気味よい打音が響き、老若男女《ろうにゃくなんにょ》幅広く来場者が行き交っていた。

そんな大須《おおす》の地に立ち、俺はひとつの予感を抱いていた。

――〝あの子〟も夏祭りだから大須《おおす》に訪れているんじゃないか。

もし古着屋が大須《おおす》のどこかで〝あの子〟を見かけて連絡をくれたのだとしたら、いま〝あの子〟は夏祭りのどんちゃん騒ぎの中にいる。

大須《おおす》にいるなら、きっと会える。

古着屋のもとへ急ぎながらも〝あの子〟と行き違うのが嫌で視線をあちこちに向ける。カフェへ続く階段、カキ氷の順番待ちしている列、すれ違った女子高生グループ……。

どこかに、この祭りのどこかに〝あの子〟が。

希望的予感が強くなっていく。歩速を上げる。有力情報へと気持ちが急《せ》く。もはや駆け足になっている。会える。会える。きっともうすぐ会える――そう昂《たかぶ》っていたときだった。

突然、地鳴りのような音が耳朶《じだ》を打った。

最初はなにかのイベントでもはじまったのかと思った。でも物々しい轟《とどろ》きに違和感を覚えた。なんだろう？　気になって振り返ると音の正体が判明した。群衆の足音だ。特設イベント会場方面からドドドドドッと大挙して逃げ押し寄せてきた。

え、と俺は戸惑って棒立ちになった。その一瞬で――

アーケードは混乱の人波に呑《の》まれた。

狼狽《うろた》えた。視界に迫った夥《おびただ》しい人頭に。一体なにが、そんな声を発しようとしてドンッと肩をぶつけられる。ドンッ！　ドンッ！　ドンッ！　衝突が連続して体勢が崩れる。あっという間に人波に溺《おぼ》れる。待てよなんだこの状況は。慌てて左右に首を振る。つまずく人がいた。倒される人がいた。逃げ惑う人々は我先にと血相を変えていた。押し合いへし合い。落ち着いてくださいッ！　冷静さを促《うなが》すような叫び。夏祭り運営スタッフだ。人波に割って入り手をメガホンにして訴《うった》える。だが混乱を収拾《しゅうしゅう》できない。カシャン。電子的なシャッター音が耳に紛《まぎ》れ込む。今度はなんだとそちらを見る。騒然《そうぜん》となる光景を好奇《こうき》な目を浮かべて携帯カメラで撮っている数人。戸惑った。なに呑気《のんき》に撮ってんだ？

——なんだこれ、なんなんだこの状況……一体なにが起きている⁉

明るい夏祭りが一瞬にしてひっくり返されたような騒乱《そうらん》。怒号や悲鳴が飛び交い、それを脇《わき》で他人事《ひとごと》のように楽しむ者までいて、ひどく入り乱れた光景の中、突如だれかが叫んだ。

銃《じゅう》だ！　銃で撃たれたやつがいる！　特設イベント会場でッ！

ざわり、と胸騒ぎに襲われた。

——銃？　撃たれた？　なんだよ撃たれたって。一体だれが撃たれて……。

瞬間《しゅんかん》だった。〝あの子〟が大須《おおす》にいるという希望的予感が、一気に最悪な予感へと逆振《ぎゃくぶ》れした。

——まさか撃たれたのって……いや、いやいやいや、なに馬鹿なこと考えてんだ。さすがにないだろ。こんな大勢の来場者がいる中で、万にひとつの、ごくごくわずかな、そんな可能性が起きるなんてことは。

詳細を知りたかった。だが混乱する人々が口々に騒いで情報が錯綜《さくそう》している。なにが正しくなにが間違っているのか判断がつかない。

一体どうなってるんだ？　夏祭りの日に白昼堂々銃撃なんてなにかの冗談だろ？　そんな悪夢のような事件が起きるわけ……。

悪夢。そうだ、この嫌な感じ、あのときと酷似《こくじ》している。平穏《へいおん》な日常が一瞬で反転して阿鼻《あび》叫喚《きょうかん》の地獄と化した『六・一三の悪夢』と。すべてを燃やし尽くそうとする激しい炎《ほのお》、呼吸もままならないほど充満《じゅうまん》した黒煙《こくえん》、焼け焦げて異臭を漂《ただよ》わせる屍《しかばね》の山――

いてもたってもいられなかった。次の瞬間には路面を蹴り上げ弾《はじ》けていた。逃げ惑う人々の流れに逆らい全力疾走《しっそう》する。

肩がぶつかっても前を向き。

靴を踏まれてつまずいても立ち上がり。

揉《も》みくちゃにされながらも掻《か》き分《わ》けるように前進して。

ハッ、ハッ、と息を切らして一心不乱にアーケードを駆け抜けると、靴底がざりっと砂利《じゃり》を踏み鳴らす。面《おもて》を上げれば無数の人頭で埋まっていた視界が開け、噂《うわさ》の事件現場が広がった。

大須観音《おおすかんのん》。鮮やかな朱塗《しゅぬ》りの荘厳《そうごん》たる本堂に、いくつも掲げられた「南無《なむ》聖観世音菩薩《しょうかんぜおんぼさつ》」の幟《のぼり》がはためき、境内《けいだい》ではイベントステージが特設されている。確かいまの時間帯はそのステージで『少女撃弾《しょうじょげきだん》』とかいうガールズロックバンドがライブをしているはずだが……。

境内《けいだい》は閑散《かんさん》としていた。銃撃が逃走の号砲となり観客が一斉に逃げ去った、そんな跡のようにむなしく砂埃《すなぼこり》が舞い、バンド演奏の代わりに救急車のけたたましいサイレンが鳴り響いていた。

まさかと思っていた銃撃事件が真実味を帯びていく。

本能が警鐘《けいしょう》を鳴らす。これ以上目線を上げればヤバい光景を目撃することになるぞと。

だが真相を知らなければという使命感で恐怖を押し潰す。油を差し忘れた機械みたいな首をギチギチと動かし、境内奥《けいだいおく》にあるイベントステージへ目線を上げていく。

どうか撃たれた人が無事でありますように。

どうか撃たれた人が〝あの子〟ではありませんように。

どうか悪い夢ならいますぐ醒《さ》めますように。

そんな祈りは——しかし届かなかった。

真っ先に瞳が捉えたのはステージ上で細く伸びる一筋の血だった。白のイベントステージと対照的な赤黒い血は嫌でも鮮烈に映り、悲鳴を上げそうになる口をなんとか手で押さえた。

恐怖に唇を震わせながら血の線をたどっていくと、惨《むご》たらしい血溜《ちだ》まりが広がり、その血溜《ちだ》まりの中に鈴飾りのかんざしが沈んでいるのを目撃した。

——かんざし?

五臓六腑《ごぞうろっぷ》がぞわっとした。なぜ鈴飾りのかんざしがあんなところに？　まさか、いやまさか、その鈴飾りって水琴鈴《すいきんすず》じゃないよな？

あとほんの数ミリ目線を上げた先、さっきまでそのかんざしを挿《さ》していた栗色《くりいろ》の髪の一〇代後半ぐらいの少女が銃弾に撃ち抜かれて倒れている、そんな万にひとつの、ごくごくわずかな可能性が起きているなんてこと、さすがにないよな？

よせよ。

そんなこと、頼むからよしてくれ。

身を削る思いで〝あの子〟を捜して、ついに有力情報が摑《つか》めそうで、もうすぐ会えそうなところまで迫って、もし彼女が困っていることがあるなら今度は俺が助けようと思って、でも俺はいま立《た》ち竦《すく》むだけでなにもできず、そもそもなにが起きたのかすら理解できず、たどり着いた頃にはすべてが遅きに失《しっ》して……。

――愛した〝あの子〟との再会が死体なんて、そんなふざけたことがあるかよ……！

最悪な想定が現実の光景として着実に縁取《ふちど》られていき、後は撃たれた被害者を視認すれば悲劇の画は完成する。

震える。奥歯が嚙《か》み合《あ》わずカチカチ鳴る。嫌だ。嫌だ嫌だ嫌だ。見たくない。これ以上悲惨《ひさん》な現実を直視できない。目を瞑《つぶ》る。だがそれでは〝あの子〟が撃たれたかどうかわからない。歯を食いしばる。見ろ。まぶたをこじ開けろ。たとえ心が切り刻《きざ》まれる光景がそこにあったとしても見ないとなにもはじまらない。見ろ見ろ見ろ見ろ見ろッ。
撃たれたのは――

「えっ」


撃たれた被害者を確認しようとして、俺は間抜けみたいな声を漏《も》らした。

突然だった。

映画のカットが切り替わるような唐突さで。

世界は照明が落ちた舞台空間の如《ごと》く暗転して。

時が止まったみたく無音の静けさに包まれて。

そして。

――眼前、〝謎の造形物〟が現れた。

視界を覆《おお》うほどの巨大さ。見上げなければ全体を捉えられないほどのスケール感。威容《いよう》だった。異様でもあった。謎の造形物のデザインはクラシカルな機械を複合的に組み合わせたアンティーク風の造形美術を思わせた。

機械仕掛《じか》けの神、そんなこの世ならざる超然とした存在感。

――なんだ、これ……。

呆気《あっけ》に取られて絶句した。

ただ、機械仕掛けの神と相対する構図は神聖な儀式の一場面のようで、まさにその一瞬で自分の人生が運命付けられる神託《しんたく》を授《さず》かった心地となった。

――戦ってみせよ。かつて救われた悲劇の遺児よ。

First Loop

第一ループ

30ページでループする。

そして君を死の運命から救う。

がばっ、と上体を跳ね起こした志道計助《しどうけいすけ》は、飛び込んできた強烈な日射《ひざ》しに視界を灼《や》かれ、反射的に手をかざす。

「んっ、んん……。ここ、は……」

目覚めたばかりの曖昧《あいまい》な意識で、まばたきを繰り返しながら周囲を見回す。

天井のまだらな雨漏り染み、朝日眩《まぶ》しい東向きの間取り、壁一面に張り巡らされた名古屋各地区の地図群——見慣れたボロアパートの自宅だった。

「家……ああ、家だ……」

半睡《はんすい》状態のまどろんだ感覚で、手だけ動かして携帯を探す。何度か空振りした後にようやく摑《つか》み、日付表示画面を見た。

——八月七日、時刻は早朝。

その表示に安堵《あんど》したように、でも同時にどっと疲れが押し寄せてきたように、フーと息を吐《は》いて再び大の字に寝転がった。

「夢……ああ夢ね。なんだ、すべて悪い夢だったわけだ。はああ、焦《あせ》ったー」

後味の悪い目覚めだった。悪夢から醒《さ》めたいまも銃撃事件の怒号や悲鳴は耳に残響して、人《ひと》混《ご》みに揉《も》みくちゃにされる感覚はつい先ほどまで現場にいたようなリアリティがあって……。

——いいや、忘れよ。どうせもう終わったただの夢だ。

さあ仕事だ仕事、と計助《けいすけ》は洗面台で顔を洗って気分を切り替え、朝食用のロールパンを口に咥《くわ》えながらスリープ中のパソコンを立ち上げて作業を再開。「……朝っぱらから仕事しろってかクソ上司め」と愚痴《ぐち》りながらボスから朝一で届いたメールを読み——

「あれ」

ぴたり、とタッチパッドに触れていた指先が止まった。

奇妙な感覚が胸に広がった。朝一で届いたボスのメール、仕事しろってかクソ上司めという愚痴《ぐち》、その一連の流れになぜか覚えがある。これ、どこかで……。

——そうだ、夢だ。さっきまで見ていた悪夢のはじまりもこんな感じだった。

「夢と同じ……偶然、だよな？」

不思議に思いながらもまあ気のせいだろうと流そうとした。だがメール本文を読み進めれば進めるほど、あれ、あれ、と驚きでまぶたが上がっていき、すべて読み終えたときには思わず咥《くわ》えていたロールパンをぽろっと落とした。

——これ、メールの内容も夢と同じだ。『おいガキ。市議会議員の浮気調査報告書をさっさと提出しろ——』という高圧的な書き出し、そこから続く文章も同じで……。

「どうなってんだ……偶然にしては一致しすぎ、だよな？」

思わず眉《まゆ》をひそめた。「既視感《デジャブ》」だと説明するにはあまりに長くその感覚が続いていて、では「予知夢」という別の説も考えるがそれはそれでなんだか胡散臭《うさんくさ》く、眼前で起きている夢と同じ展開の連続を上手《うま》く言葉にできなくて……。

そのときだった。携帯電話が鳴って、びくっと計助《けいすけ》の両肩が跳ね上がった。

――朝早くからの着信……そうだ、この着信も夢であった。もし夢と同じ展開が続くとしたら電話をかけてきた相手は……。

いや、と一度頭を振る。考え過ぎだ、さすがに着信相手まで夢と同じなわけがない、と。

だが、携帯を持つ手は緊張で震えている。まさかの展開があるのではないか、と。

そのまさかだった。

「よお、計助《けいすけ》！　この前は探していたスカジャン見つけてくれて助かったよ！　職人技が光るド派手な龍の刺繍《ししゅう》は最高だ！　で、その礼ってわけじゃないが、いいこと教えてやるよ。いいかよく聞け。なんと見かけたんだ！　お前が捜《さが》している人物！　栗色《くりいろ》の髪、鈴のかんざし、一〇代後半の少女だろ。しっかり見たぜ！　そいつは――っと、わりぃ、客に呼ばれちまった。今日は大須《おおす》夏祭りで朝から晩まで店は大忙しなんだ。一二時頃に昼休憩取るからそんとき店に来いよ。詳しく話してやる。また後で！　あ、そうそう。見かけたその女だけどよ……胸、かなりデカかったぜ。ありゃFカップとみた。隅《すみ》に置けないなこの巨乳好きっ、フッフー！」

ブツリ、とそこで古着屋は電話を切った。

計助《けいすけ》はぽかんと口を開けた。ツーツーと通話終了音が鳴っているにもかかわらず携帯を片耳に押し当てたまま固まっていた。

――同じだ。古着屋の軽薄な口調、一方的に喋《しゃべ》り立て一方的に電話を切る一連の流れ、胸の大きさについて補足も含めた一言一句すべて同じ……。

「Fカップまで同じ……って、胸の大きさはどうでもよくて！　一体なにが起きてる⁉」

——立て続けに起きた夢と同じ出来事。いや、夢というより実際に一度経験したことを追体験しているような連続で……そうだ、「既視感《デジャブ》」や「予知夢」ではなく、「経験」という言葉がしっくりくる。普段なら夢の記憶なんてすぐ忘れるはずなのに鮮明なリアリティを伴《ともな》って覚えていて、いままさに二度目の八月七日の朝を過ごしているようで……。

二度目？　二度目だって？　いや、なに馬鹿なことを。同じ日を二度迎えるなんてありえないだろ。だとしたらあの夢はやっぱりただの夢ってことになるが……。

戸惑った。何気なく思った「二度目の八月七日」という考えはあまりに荒唐無稽《こうとうむけい》で馬鹿げていたが、しかしそれなら目覚めからの一連の流れをどう説明すればいいのか。

頭はまだどこか夢と現《うつつ》の狭間《はざま》を彷徨《さまよ》う半覚醒《かくせい》状態だった。なにかを異常と感じながら、なにが異常なのかその元凶を見つけられない、そんな言いようのないもどかしさがあって……。

と、そこで計助《けいすけ》は一度思考を打ち切った。

いや、厳密には打ち切らされた。

何気なく窓のほうをちらりと見た際に映り込んだ〝それ〟は、これまでの考え事を瞬間で吹き飛ばすほど衝撃的だった。

ぱちくりとまばたきして唖然《あぜん》としたのは、一瞬。すぐさま窓枠に飛びかかり、眩《まばゆ》い太陽光を手で遮《さえぎ》りながら夏空に目を眇《すが》めて確認する。まさかあれは、あれは……！

瞬間、痺《しび》れるように思い出したのは夢の終わり。突如出現した〝謎の造形物〟。全長五〇メートルほどの長大なサイズ感で、クラシカルな各種機械を組み合わせたオブジェ。

その〝謎の造形物〟が、いま現実の光景として映っていた。

上空およそ二五〇〜三〇〇メートル辺り、入道雲を背景に泰然《たいぜん》と鎮座するように浮遊して威容かつ異様な存在感を放っている。

「なんだよあの機械造形は……デタラメすぎるだろ……は、ははっ……」

口元をひくひく引《ひ》き攣《つ》らせて笑った。嘘《うそ》みたいな光景に混乱しすぎて。

でもすぐ真顔になり棒立ちとなった。非現実的な象徴に畏怖《いふ》して。

そして雷《かみなり》に撃たれたように直感した。これこそが異常の元凶だと。

パンッ、と計助《けいすけ》は頰《ほお》をぶった。真に目が覚めた心地で急ぎ踵《きびす》を返《かえ》す。財布と携帯だけ手に取って、Tシャツに短パンとラフな格好のままサンダルを引っかけて家を飛び出す。直感がガンガン訴《うった》える。調べろ、最優先で調べろと。

――夢で見た機械造形が現実に……夢と関わりがあるなら調べればなにかわかるはず！

アパートの外に出ると蟬《せみ》の大合唱が耳朶《じだ》を打ったが、計助《けいすけ》の心音も負けじとうるさく騒ぐ。ファンタジックな存在を前にした妙な高揚、だがそれより遥《はる》かに上回る不安。

ざっ、と足を止めて今度は真正面から機械造形を捉えた。そこで骨身に叩《たた》き込まれたボスの教えが蘇《よみがえ》る。まずてめえの目で見ろ。そしててめえの頭で考えろ。

——そう、まずは観察《オブザベーション》。分析の基本。見る、よく見る。

機械造形は威圧するようなサイズ感だが敵意ある挙動は感じられず、示威《じい》的な武装も見当たらない。代わりに上段・中段・下段のそれぞれに計助《けいすけ》でも想像がつきそうな三つの特徴的な機械が構成されていた。

上段に位置するのは、時計。いや、一般的な一二の数字が並ぶデザインと違って、アラビア数字で〇から九まで全部で一〇個の数字が円形に並んでいる。時計というより数字盤《ばん》と呼ぶべきか。針は二つ。いま短針は『0』を、長針は『6』を指している。

中段に位置するのは、本だ。イーゼルのような無骨な鉄筋で組み上げられた支持体に固定され、見開きの状態で置かれている。そしてその支持体の両脇《りょうわき》からカマキリの腕のような機械《きかい》腕《わん》が二本伸びている。片方はペンを持ち本になにやら書き込む動作をしていて、もう一方は書き込みに合わせてページをめくろうとしている。本になにを書き込んでいるのか気になるが、地上からでは読むことができない。

下段に位置するのは、天秤《てんびん》。左の皿には可憐《かれん》に咲き誇る花々が溢《あふ》れるほど載《の》っていて、右の皿には不気味な頭蓋骨《ずがいこつ》が大量に積み重なっていた。花と骸《むくろ》。質量は同じなのか均衡《きんこう》状態が保たれている。

——数字盤、本と機械腕、天秤。機械造形を構成するそれらがただのデザインには思えないが、では一体なにを表しているというのか？

　炎天下《えんてんか》、各機械構成の動作を観察する。五分……一〇分……二〇分……。

　噴き出す汗を拭いながらしばらくその場で注視していたが、どれも目立った変化はなかった。

　天秤《てんびん》の両皿は均衡《きんこう》状態のまま、新たに花や骸が積み重なってどちらかに傾くといった気配はない。

　機械腕は初見のときこそ本の白紙を埋めるようにガシャガシャと作動していたが、計助《けいすけ》がその場から動かなくなって記述速度が極端に落ちた。

　そして数字盤も……いや、いましがた長針が『7』を指した。短針は変わらず『0』。『7』『0』で『70』……というより『0』『7』で『7』か。さっきが『6』だとしたら順にカウントしていて後者のほうが正しい気がした。しかし、なにを示しているんだ？　それまで針は二〇分経っても動かず、数字の配列からも単に〝時〟を刻んでいるとは思えないが……。

「……サッパリだ。ここから観察しているだけじゃ全容は摑《つか》めないな……」

　次に携帯を手にして調べた。だが、ニュースサイトを複数チェックしてもそれらしき記事は載っていない。焦《あせ》った。SNSも確認するが反応なし。なぜと苛立《いらだ》ちすら覚えた。突如空中に出現した謎のオブジェなんて話題になってもおかしくないのに。

「どういうことだ？　なんでネットでだれも騒いでいない？」

　嫌な予感がして慌てて通りに出た。ネットの反応が皆無《かいむ》なら周囲の人たちは機械造形にどんなリアクションを……。

気づいていなかった。エコバッグを提《さ》げた主婦は平然とした顔つきで計助《けいすけ》の横を通り過ぎ、小学生たちは夏休みを謳歌《おうか》するように自転車を飛ばしてまるで無関心。

「おいおいなに素通りしてんだよ……見上げれば明らかに異常があるのに……」

そこで携帯のアドレス帳を開く。四ケタに達している膨大《ぼうだい》な登録件数。〝あの子〟を見つけ出すために繋《つな》がった多くの人々。けど浮遊するオブジェという怪奇現象に詳しい知り合いなどいるわけもなく、ひとまず知人に電話をかけてみるが——

「空を見ろ？　見てるけど別におかしな点はなんもねえけど？」「機械造形？　計助《けいすけ》の新しいトークネタか？」「君の話は面白《おもしろ》くて好きだけどさー、それはナイでしょー」

知り合いたちも機械造形を認知していなかった。計助《けいすけ》が懸命に説明してもネタや冗談だと受け流され、だれもまともに取り合ってくれない。

「いやいや、調査屋が話上手なのは知ってるが、さすがにそれは脚色がすぎんだろ」

電話をかけ続けて一八人目。名簿屋が冷めた感じで笑った。

「脚色じゃねえよ！　空に浮かんでるだろ、巨大な機械のオブジェがっ！　数字盤と、本と、天秤のっ！」

「おい、朝からいい加減にしろよオマエ。〝あの子〟捜しすぎて頭イカれちまったのか。それ以上騒ぐと今後の付き合い考えるぞマジで」

「あ、いや、それは……ネタ、だよ。そう、ただのネタネタ！　やだなー、マジな声出しちゃって。まさか本気にしちゃった？　あははは」

名簿屋が本気で訝《いぶか》しんでいるのを感じ取り、咄嗟《とっさ》にいつもの軽口でごまかす。

その後も片《かた》っ端《ぱし》から電話をかけてみたが、結果は全滅だった。

——みんな本当に機械造形が見えていないのか？　なんで、なんで、なんで……。

額《ひたい》を小突《こづ》きながら思考を切り替える。一件一件電話して当たるより、もっと大勢の人が集まる場所で機械造形に気づいた人物を探すほうがいい。

計助《けいすけ》は一度自宅に戻って仕事着に着替え、すぐさま引き返す。都会の下町然とした街並みを駆け足で抜け、徐々に目立ちはじめた近代ビル群の間を突き進み、名古屋駅に続く賑やかな通りを渡る。そこでようやく目的地が見えた。巨大マネキン『ナナちゃん人形』。待ち合わせ場所として利用され、いまも活発に人々が行き交っている。

——これだけの数がいればひとりぐらいいるはずだ。俺と同じように空を見上げて驚くような反応をしている人物が……。

だが、いない。

中空に浮遊する機械造形を見上げている者などだれひとりとして。

計助《けいすけ》の期待はあっさりと打ち砕《くだ》かれた。だがすぐに現実を受け入れられず、通りすがりの若い女性を引き止めて尋ねた。あの機械造形が見えていますかと。女性は首を傾《かし》げた。同じ空を見ているはずなのに、計助《けいすけ》の瞳に映るものが彼女の瞳には映っていない。

諦《あきら》めなかった。女子高生、サラリーマン、老夫婦、手当たり次第に声を掛けた。大抵は無視され、話を聞いてくれたとしても眉《まゆ》をひそめられ、ときに異常者を見るような険しい視線をぶつけられた。

――なんでだれも機械造形に気づかないんだ……この世界はおかしいぞ！

計助《けいすけ》は歯痒《はがゆ》さを感じながらナナちゃん人形周辺で尋ね続けた。突如出現した機械造形に困惑している、そんな感情を共有できる人物を探して。

だが、そんな人物どこにもいない。

だれもがいつもの日常からはみ出していなかった。

明らかに異常な物体が頭上に存在しているのに、一切感じ取れていない様子でスタスタと過ぎ去っていく。

計助《けいすけ》だけが非日常にはみ出していた。

道行く人々に尋ねても尋ねても話が通じない。〝こちら側〟だった日常は〝あちら側〟に、〝あちら側〟だった非日常は〝こちら側〟に。〝あの子〟捜しで歩き慣れた名古屋の街並みなのに未知の惑星を彷徨《さまよ》っている気分にさせられる。

気づいたら太陽は空の頂点に達しかけ、放射状の光線を放っていた。

結果、すべて空振りに終わった。ネットも、電話も、そして直接の声掛けも。

理解者はだれもいなかった。

強烈な孤独感に襲われて、どうしようもなく思わされる。

――おかしいのは世界ではなく、俺のほうだっていうのか？

「はぁ、はぁ……どうなってんだよちくしょうっ……！」

計助《けいすけ》は両ひざに手を置いて荒い息を吐《は》く。暑い。名古屋の夏はとにかく暑い。それもこの地方独特の蒸し暑さなのだ。粘性《ねんせい》を伴《ともな》った熱気がべたりと肌に纏《まと》わりつき、汗がひっきりなしに噴出して不快指数がどんどん上がっていく。

くらりと目眩《めまい》がした。声掛けに必死で脱水症状寸前だといまさらながら気づいた。ふらついた足取りで自販機に寄って、ネクタイを緩めてスポーツドリンクをがぶ飲みする。

「ぷ、はぁっ……！　まったくどうなってんだ。どれだけ聞き込みしても機械造形についてちっとも情報が摑《つか》めねえ……」

――これからどうする？　機械造形を認知できる人物は本当にいないのか？　なんとかして機械造形の情報を手に入れたいがどう動けばいい……。

と、そこで視界の端にキラリとなにかが光った。

太陽光を反射する高層ビルの輝きだ。夏空を衝《つ》くように聳《そび》え立《た》っていて、いま名古屋で一番高いとされているビル。

瞬間、あっ、と閃《ひらめ》きが駆けた。

――あのビルの最上階には名古屋を一望できる展望台がある。展望台と機械造形はほぼ同高度。展望台から機械造形に接近して間近で観察すれば中段の本の内容が読めるかもしれない。そうだ。そうだよ。それでももし俺と同じ考えの人間がいるとしたら、展望台で出会える可能性だって……！

思い立った計助《けいすけ》はドリンクを一気に飲み干し、一縷《いちる》の望みをかけて一目散に駆け出す。

高層ビルの中に入り、エレベーターで最上階まで上がって展望台に入場する。

視界に広がったのは全面ガラス張りの壮観《そうかん》な構造で、東西南北の眺望《ちょうぼう》を順に見渡せる空中回廊《かいろう》のようなコース設計。そこで計助《けいすけ》は進行コースに沿ってガラス壁に近づく。ジオラマみたいなビル群、その奥には蒼《あお》く輝く港、そんな名古屋の美しい眺望《ちょうぼう》をスライドしながら見ていくと――至大な機械造形が割り込んだ。

そこで地上から確認できなかった本の内容を読むことができた。

それは文字だった。日本語だった。文章だった。

そしてその日本語で書かれた文章を読んで、度肝《どぎも》を抜かれた。

――――――

――なんでだれも機械造形に気づかないんだ……この世界はおかしいぞ！

計助《けいすけ》は歯痒《はがゆ》さを感じながらナナちゃん人形周辺で尋ね続けた。突如出現した機械造形に困惑している、そんな感情を共有できる人物を探して。

――――――

だが、そんな人物どこにもいない。

だれもがいつもの日常からはみ出していなかった。

明らかに異常な物体が頭上に存在しているのに、一切感じ取れていない様子でスタスタと過ぎ去っていく。

計助《けいすけ》だけが非日常にはみ出していた。

道行く人々に尋ねても尋ねても話が通じない。〝こちら側〟だった日常は〝あちら側〟に、〝あちら側〟だった非日常は〝こちら側〟に。〝あの子〟捜しで歩き慣れた名古屋の街並みなのに未知の惑星を彷徨《さまよ》っている気分にさせられる。

気づいたら太陽は空の頂点に達しかけ、放射状の光線を放っていた。

結果、すべて空振りに終わった。ネットも、電話も、そして直接の声掛けも。

理解者はだれもいなかった。

強烈な孤独感に襲われて、どうしようもなく思わされる。

——おかしいのは世界ではなく、俺のほうだっていうのか？

愕然《がくぜん》とした。それ以上頭に文字が入ってこなかった。

一瞬後には寒気がしてぶるりと身震《みぶる》いした。

「俺の行動が、本に記述されている……？」

計助《けいすけ》が冷《ひ》や汗《あせ》を掻《か》く一方、機械腕は淡々《たんたん》と可動し続けていまも計助《けいすけ》の様子を綴《つづ》っている。

「なんだよ、これ……。気味悪りぃぞ……」

恐る恐る続きを読むと、行動だけでなく口にした台詞《せりふ》が一言一句正確に書き記され、さらには内面を見透《みす》かしたような記述まである。

すでに何ページかめくられていて前のページの記述は確認できないが、予感があった。

——もしかして、これまでの俺の行動、発言、心理、それらすべてこの本に書き込まれているんじゃないのか？

だとしたらなぜだ？　俺のことを書いて一体何の意味があるんだ？

頭の中がこんがらがる。謎の機械造形の出現、機械造形を認知できない人々、そしてここにきて志道計助《しどうけいすけ》についての記述……。

「わけわかんねえよ……俺と機械造形は関係があったということになるのか……」

脳内で収拾《しゅうしゅう》できない混乱がたまらず声から漏《も》れる。

「どうしてほかの人間はお前の姿を認知できない……お前は一体どんな存在なんだ？」

返事はない。機械腕がガシャガシャと作動音を鳴らすだけ。

「俺のことを書いてなにがしたいんだ？」

返事はない。独り言となった計助《けいすけ》の声だけがむなしく落ちる。

「おい聞いてんだろうが。不気味なんだよ。いきなり現れて、俺のこと書いて、俺の心まで書いて……答えろよ、答えろって！」

返事はない。代わりに『「わけわかんねえよ……俺と機械造形は関係があったということになるのか……」』とさっきの発言が書き込まれた。

――おちょくってんのかこの野郎……！

「目的はなんだ！　なにがしたい！　いい加減なんか答えろッ‼」

わっと腹の底から憤《いきどお》りを叫んだその瞬間、周囲の観光客が一斉に振り返った。

おかしなやつがいると訝《いぶか》しむ視線、なに言ってんだこいつという冷笑《れいしょう》、後ろ指を差されるような疎外感《そがいかん》……。

途端、カッと気恥ずかしくなって赤面した。すぐさま顔を隠すようにうつむき、痛々しいものを見る眼差《まなざ》しから逃げるようにその場を後にする。

――ちくしょうなんだよ。俺だってなにがどうなってんのかわかんねえんだよ。そんな目で見るなら教えてくれよ。この状況はなんなんだ。頼むからだれか説明してくれよ。

縋《すが》るように視線を左右に振る。だが目に映るだれもが日常的で、穏《おだ》やかで、はみ出していない、そんな〝あちら側〟にいた。

展望台に〝こちら側〟はいないのか。

だれひとりとしていないのか。

だれか、だれか……。

「ぺんぺんぺんぺんぺんぺんぺんぺんぺんぺん、ぺんぺーん！」

えっ、と計助《けいすけ》は立ち止まった。ぺんぺーん？

おかしな気配を感じて、沈んでいた顔を上げる。

視界に妙な人物が、いや、その輪郭《りんかく》は人物というか——ペンギンだった。

「……ペンギン？　なんでペンギン⁉」

ぺんぺーんとおどけた掛《か》け声《ごえ》を発しながら全速力で通路を駆けるペンギン。両腕《両翼》をパタパタと振って、短足ながらもタタタッと俊足《しゅんそく》で、こちらに接近してきて……え？　こっち？　俺のほうに近づいて来てんの⁉　なんで⁉

距離が縮まるにつれて鮮明になっていくペンギンの容姿。まん丸のつぶらな瞳、白く丸みを帯びたもふもふな腹回り、ぷっくりとしたクチバシ、それらパーツが愛らしい容姿に貢献《こうけん》しているが、よくよく見ればその等身は人間サイズで——つまり、ペンギンの着ぐるみだった。

見覚えがあるデフォルメデザインに、あっ、と計助《けいすけ》はその正体に思い当たった。

名古屋の地元マスコットキャラ『ペンぷー』だ。

そのペンぷーことペンギンが猛《もう》ダッシュで駆けつけて計助《けいすけ》とぶつかりそうになる寸前、ギュルルッと踵《かかと》でブレーキをかけて急停止。「おわっ」と驚く計助《けいすけ》に、ペンギンはぴょこっとつま先立ちして計助《けいすけ》の顔をじぃぃぃぃぃぃと観察するようにのぞき込む。

「顔近っ！　お、おい、顔寄せすぎだぞペンギン。なんだよ俺の顔をじろじろ見て……痛《い》て！　クチバシ当たってる！　距離近いって！　痛《い》ててっ、クチバシ！」

のけぞる計助《けいすけ》に「ハッ！」とペンギンが我に返った反応をして、反省するように両手《手羽先》でぺちぺちと額《ひたい》を叩《たた》きながら二歩三歩下がって適切な距離を取る。

——謎だ。何者なんだ、このペンギンは……。

いや、ペンぷー自体は幼少期から馴染《なじ》みがあった。ペンぷー動画を何度も観返《みかえ》すほどハマっていて、その際に覚えたプロフィールはいまでも思い出せる。

キャッチコピー：愛を知る地（愛知）で生まれた愛のペンギンだよ
性格：愛と元気と優しさがいっぱいなのだ
出没《しゅつぼつ》エリア：歌と踊りが求められればどこでも駆けつけるよ！　ぺむむーん！
一言アピール：ペンギンマーチを一緒に歌おう！　踊ろう！　げんき♪　げんき♪　ペンギンマーチ♪　ぺんぺんぺん♪　歌えばウキウキ♪　踊りはブギウギ♪　ぺんぺんぺん♪

近年はゆるキャラブームの落ち着きもあってペンぷー人気はだいぶ下火になったが、いまだ知名度の高さは健在。生みの親である『金山《かなやま》商会』がグッズ販売から着ぐるみレンタルまで展開し、最近は名古屋で開かれるイベントの広告塔として露出を高めてかつての人気を取り戻そうとしている。だが、眼前にいるペンぷーは周りの観光客そっちのけで宣伝活動する様子がなく、ただひとり、計助《けいすけ》だけをそのまん丸の瞳に映している。

——なに考えてんだこのペンギン？

計助《けいすけ》はペンギンの意図を探るような眼差《まなざ》しで見つめ、ペンギンもまた計助《けいすけ》の正体を探るように見つめ返す。互いに探り合う視線を交差させること数秒、ペンギンが予想外の一言を発した。

「計助《けいすけ》」

計助《けいすけ》はパチパチと目を瞬《しばた》いた。

——いま、俺の名前を呼んだ？

「計助《けいすけ》」

——また呼ばれた。聞き間違いじゃない。

こいつ、なんで俺の名前を知ってる？　もしかして俺の知り合いが着ぐるみの中に入っているのか？

「ねえ、君の名前って計助《けいすけ》で合ってるでしょ？」

鈴を転がしたような綺麗《きれい》な声音《こわね》だった。喋《しゃべ》り口調からどことなく一〇代の女の子を連想したが、しかし聞き馴染《なじ》みのない声で知り合いとは思えなかった。

知り合いじゃないなら、着ぐるみの中にいるのは一体何者だ？

「えっと、俺の名前は計助《けいすけ》で合ってる、けど……」

「わぁぁ、やっぱりそうだった！　ぺむぺむーん！」

計助《けいすけ》が戸惑いながら頷《うなず》くと、ペンギンは胸の前で両手を合わせて嬉しそうに鳴く。

「君、スーパースターなんだね」

「は？　スーパースター？」

首を傾《かし》げる。億単位で稼ぐプロスポーツ選手や世界に名を轟《とどろ》かすミュージシャンならともかく、ボロアパートに住む一介の高校生の俺を指してスーパースターなどと言うのはまったくのお門違《かどちが》いで、けれど計助《けいすけ》と呼ぶその名は正しい。どういうことだ？

「ペンギン、なんで俺の名前を知ってる？」

「ぺむっ」

ペンギンが質問に答えるように視線を向けた先には——機械造形があった。

「あ」

思わず声が震えた。

「おい、ペンギン……。まさかお前……」

信じ難《がた》かった。この世界でこれまでだれひとりとして認識していなかった機械造形を、いま、確かに、しっかりと、ペンギンは直視している。

「見えているのか……機械造形が」

ペンギンの視線が捉えているのは機械造形中段に位置する本だった。

まん丸の瞳に映り込んでいるのはページに記述された文字だった。

その文字とはまさしく「計助《けいすけ》」という名前だった。

「機械造形が、中段にある本が、本に記述された文字が、俺と同じように見えているんだな？　だから俺の名前を知って、同類だと思って、それで声を掛けてきたってことか？」

「ぺむぺむ。そーだよっ。ちなみにあれは『マキナボード《計器盤》』って呼ぶんだよ」

「マキナボード……。ああ、見つけた。やっと〝こちら側〟を見つけた！」

驚きでしばし呆《ほう》けていた感情が一気に昂《たかぶ》り、今度は計助《けいすけ》からペンギンに詰め寄っていく。

「おいペンギンっ、マキナボードって名称を知ってるってことはあの機械造形について詳しいんだよな⁉　困ってたんだ。変な夢見て、機械造形が現れて、でも俺ひとりしか気づいていなくて。けど見つけた。やっぱり展望台にいた！　俺と同じ認知できる人間……というかペンギンマスコットだけど、もうこの際なんだろうが構わねえ。教えてくれペンギン。マキナボードってのはなんだ？　あんなものが見える俺がおかしくなったわけじゃないよな⁉」

興奮して一息に疑問をぶつける。そのクチバシからどんな答えが飛び出すのか。一言一句聞き漏《も》らさないよう固唾《かたず》を呑《の》んで待つと——こてん、とペンギンが横向きに倒れた。

「え……倒れた？　ペンギン？」

「ぺーん……」

弱々しく鳴く。そのせいかペンギンマスコットの質感もどこかやせ細ったように映る。

「ペンギン？　どうしたペンギン⁉」計助《けいすけ》は慌てて片ひざをついて介抱《かいほう》する。「おいおいおい、なんでいきなりぶっ倒れた⁉ 待て待てなにが起きた。しっかりしろ! いまの俺にはペンギンの持つ情報だけが頼りなんだ。おい大丈夫かペンギン!」

「……お、な……」

「おな? なにが言いたい? 大事なメッセージか? わかった。俺に協力できることならなんでもしてやるから言ってくれ!」

「……お腹空《なかす》いちゃった。てへ」

「…………」

——どうやらただの空腹だった。

脱力した。普段ならしょうもなと一言で片づけるが、機械造形を認知している唯一の存在。それもおそらく有力情報を持っていて、倒れたまま放置するわけにはいかない。

「こんな場所で倒れるなんて邪魔《じゃま》にもほどがあるぞ。飯ぐらいちゃんと食っとけよ……」

「ぺーん……このままだと餓《が》死《し》しちゃうよぅ……」

「鳴くな、つうか泣くな。ああわかったよ。食い物買ってきてやる。ただし食って元気出たらマキナボードとやらの説明を頼むぞ。いま一走《ひとっぱし》りしてくるから」

「……あ、あのっ、できれば名古屋めしで!」

「は?」

「ひつまぶし、味噌《みそ》カツ、きしめん、どて煮、あんかけスパゲッティ、小倉トースト……ここに来るまでにお店たくさん見かけたので、名古屋めしを、ぜひ名古屋めしを……！　でも手羽先だと共食いになっちゃうからキャラ的にNGで。あ、もう空腹すぎて限界。ばたり」

「餓死《がし》しかけてまで言う台詞《せりふ》それかよ……」

計助《けいすけ》は展望台を一度後にした。「持ち帰れる名古屋めしは……って、なに律儀《りちぎ》に名古屋めし買ってこようとしてんだ俺は。こちとら貧乏学生だぞ」とぼやきつつ、結局、デパ地下にある『千寿《せんじゅ》』の販売所で天むすセットを購入。少々痛い出費だが情報の代価なら仕方ないと思い、来た道を戻って展望台に再入場。依然《いぜん》としてペンギンは空腹で突《つ》っ伏《ぷ》して悲愴《ひそう》感を漂《ただよ》わせていた。「なにあれペンぷー？」「やば、頬《ほお》こけてんじゃん」「最近人気ないよねー」と観光客は明らかに避けている。

「おい周りドン引いてるぞペンギン。ほら、天むすだ。俺が知る店の中で一番美味《うま》い。生きろ」

ヒノキの経木《きょうぎ》で包まれた天むすはいかにも老舗《しにせ》といった風格で、ペンギンの目の前で包みを解いてやるとできたての香りにクチバシがピクッと反応。「ぺーん……っっ！」といまにも感涙しそうだった。

「あの、あとひとつお願いがあるんだけど……。クチバシ開いているので、そこに天むすを入れてもらっていいかな？　着ぐるみ脱がなくてもクチバシを通して補給できる仕組みなので」

「そこまでキャラクター性意識しなくても脱いで食えばいいだろうが……」

計助《けいすけ》はため息を吐《つ》きながらしぶしぶ天むすをクチバシに突っ込む。まさに餌付《えづ》けの光景に周りからくすくすと笑い声が漏《も》れ聞こえる。

——頭が痛い。ペンギンに振《ふ》り回《まわ》されて一体なにやってんだ俺は……。

「お、おいっしー！　もっちりとしたお米に絶妙な塩加減。ぷりっと歯ごたえのある小ぶりな海老天《えびてん》。そうだ……わたしこの味知ってる！『千寿《せんじゅ》』だ！　思い出せた！　んま——っ！」

ペンギンは感激しながら頬張《ほおば》り、その後も計助《けいすけ》が二個目、三個目とおかわりをクチバシに注《つ》ぎ込んでいくとげっそりしていたペンギン顔がふっくらつやつやしはじめた、気がする。

「君、ありがとう！　おかげで復活！　とおっ、よっこらペンギン！」

突然、ペンギンが飛び起きてその場でくるりと宙返り。「げんき♪　げんき♪　ペンギンマーチ♪　ぺんぺんぺん♪」と軽快なステップで踊りはじめる。

——着ぐるみ姿でも抜群な運動神経……マジで中に入ってるやつは何者だ？

「おい踊ってる場合か。腹満たして元気出たなら俺の質問に答えてくれ」

「あ、ごめんごめん。これまでだれも相手してくれなかったからつい嬉しくて身体《からだ》が勝手に」

「いろいろと聞きたいことはあるが、ひとまず本当に見えてるんだな？　機械造形……じゃなくて、マキナボードってやつが」

「ぺむっ、とーぜん！　わたしにも見えてるよ」

ぱたぱたと元気よく両手を振って首肯《しゅこう》する。その明るさはペンぷーのキャラをきっちり演じているというより、中に入っている人物の元々の天真爛漫《てんしんらんまん》さが発露している印象だ。

「齟齬《そご》はないと思うが、念のため確認させてくれ。天秤の両皿に載っているのは？」

「わたしから見て左の皿には色とりどりな花、右の皿には不気味な骸。いまはほんの少し骸に傾いてるね。どう、当たってるでしょ」

「俺の名前は中段に置かれた本を読んで知ったんだよな。ほかの文章はどうだ？　これまでに本に記述された文章の内容を言えるか？」

「本を読みはじめたときにはもう何ページかめくられちゃってたけど、途中からでよければ言えるよ。君、マキナボードに気づいている人に会いたくて展望台まで上がってきたんでしょ」

「記述された文章をそのまま口にしてみてくれ。どの箇所でも構わないから」

「ええっと、『計助《けいすけ》は展望台を一度後にした。「持ち帰れる名古屋めしは……って、なに律儀《りちぎ》に名古屋めし買ってこようとしてんだ俺は。こちとら貧乏学生だぞ」』。あっ、君って学生なんだね！　服装から大人かと思ったけど――」

「わ、わかったもういい！　齟齬《そご》がないのは十分わかったからこれ以上読まなくていい！」

計助《けいすけ》は慌ててペンギンの視界を遮《さえぎ》るようにマキナボードの前に立つ。

――いまさらながら気づいた。本には俺の言動に加えて内面まで赤裸々《せきらら》に綴《つづ》られている。本を読まれたら心をのぞかれるようなもので秘密は筒抜《つつぬ》けだ。

「どう、質問には全部正しく答えられたでしょ？　ぺふん」

「……まあ、齟齬《そご》はなさそうだな。あ、いや、まだ確認することが残ってた。マキナボード上部に数字盤があるだろ。その針が指している数字は？」

「いま短針は『2』を指してて、長針は『5』でしょ、だから『25』で……ああっ！」

突然、茶目っ気ある振る舞いをしていたペンギンが驚愕《きょうがく》した。

「え、うそ、ちょっと意識していない間にもう『25』！　そんな、この調子だとすぐに『30』に……まずいよっ、こんなにもあっという間なんて！　ぺむっちょペンギ――ン！」

青ざめた顔を両手で挟《はさ》みながらピンチを叫ぶペンギン。いや、着ぐるみだから青ざめることはないが、中にいる人物の動揺した言動が着ぐるみの表情変化を想像させる。

「いきなりどうしたペンギン？　なに動揺してんだ？」

「離《はな》れ離《ばな》れになっちゃうんだよっ、もうすぐ君とわたしが！」

「離れ離れ？　なに言ってんだよ。そんなわけないだろ。いまこうして会って話してるのに。俺はまだお前に聞きたいことが山ほど――」

「違うっ、猶予《ゆうよ》がないんだよ！　君が手に入れた〝言葉〟でページがもう埋《う》まりそうだから！」

「猶予がない？　手に入れた言葉でページがもう埋まりそう？」

計助《けいすけ》が首を傾《かし》げながらペンギンの台詞《せりふ》を反復したそのとき――ガシャガシャガシャガシャガシャガシャガシャ、と背後から激しい作動音がして振り返った。

音の正体はマキナボード中段の機械腕だ。テンポ感あるペンギンとの会話のせいかこれまで以上に記述が勢いづき、白紙ページが黒インクの言葉によって急速に埋まっていって……。

——埋まっていく？　ページが言葉によって埋まっていく？

「まさか、ペンギンの言うページって……」

はたと、インスピレーションが脳裏《のうり》に瞬《またた》く。

最初はなぜ機械腕が俺を記述しているのか謎だったが、その一連の作動は志道計助《しどうけいすけ》が見て、聞いて、感じて、そうして手に入れた言葉で、まっさらなページに文字の世界を創《つく》っているみたいで、そしてペンギンが言うようにページはもうすぐ言葉で埋まりそうで……。

「あっ、『26』！　もうすぐ『30』を超《こ》えちゃう！　聞いて計助《けいすけ》っ。大事なことなんだ。いまから今回の世界で必要な言葉を君に伝える。次に繋《つな》ぐ言葉をっ」

「次？　次に繋《つな》ぐ言葉？　なんだよ急に、いきなり切羽《せっぱ》詰まったみたいに喋《しゃべ》り出して……」

「——繰《く》り返《かえ》す。また八月七日を繰り返す」

『30』を超えたら一体なにが起こる⁉」

計助《けいすけ》の目が点になった。

「そしてはじまる。この二度目の八月七日が終わり、君とわたしが離れ離れの、三度目の八月七日の朝が」

ペンギンの目は真剣だった。

「繰り返す？　三度目の八月七日？　なんだよ、それ……。そんな、そんなことが起こるわけが……。わけわかんねえよ！　どうなってんだこの世界は⁉」

「サーティー・ピリオド《30ページの世界》。それはマキナボードが現れたこの世界のことで、それは悲劇をやり直す猶予でもある。そう、やり直すんだ。三〇ページを何度も、何度も、何度も、悲劇を変える〝言葉〟を手に入れるまで！」

「サーティー・ピリオド、悲劇を変える言葉……。悲劇、悲劇って、それは一体——」

カチン。

突然、耳の奥から撃鉄《げきてつ》が起きる音が聞こえてびくりとした。

その音が眠っていた記憶を揺り起こし、次の瞬間、視界に映る光景がガラリと切り替わる。

怒号、悲鳴、恐怖が混沌《こんとん》と入り乱れた大須《おおす》夏祭り。そのイメージの中に計助《けいすけ》は立っていて、そして背後、ぶるっと身の毛がよだつほどの邪気を感じた。

恐る恐る振り返ると——怪物《かいぶつ》がいた。

耳や目や鼻が削ぎ落とされた得体の知れない顔をした怪物がニタァと口角を広げて笑っている。不気味で、禍々《まがまが》しく、そして恐《おそ》ろしいことにその手には銃が握られていた。

怪物がゆらりと銃口を持ち上げる。射線上には人がいた。狙《ねら》い澄《す》ましている。

よせッ、と計助《けいすけ》が制止の声を発しようとして、ズドンッ、と腹の底が重く痺《しび》れるような銃声に掻《か》き消された。

ぶしゃあああああっ、と血《ち》飛沫《しぶき》が舞って撃たれたその人は絶命した。

——大須《おおす》夏祭り銃撃事件。

ガンッと心臓をぶん殴《なぐ》られるような衝撃で災禍《さいか》がフラッシュバックした。

——悲劇……そう、あれは紛《まご》うことなき悲劇だった。

混乱の渦《うず》に呑《の》み込《こ》まれた夏祭り。つまずき倒れながらも逃げ惑う群衆。凶弾《きょうだん》によってライブステージに広がった赤黒い血溜《ちだ》まり。

——あれはただの夢じゃなかった、そういうことなのか……。

ペンギンの言う繰り返しが本当で、あの悪夢が一度目の八月七日で、いまが二度目なら。

ボスからのメール。古着屋からの電話。一度目と同じイベントが立て続けに起き、この先、同じように悲劇の脚本が進行していったとしたら。

この世界でもまた銃撃事件が発生する運命にあるのではないか。

「————ッ！」

まぶたの裏に火花が散って、そこで強制的に意識が現実に引き戻された。

撃鉄の音など幻聴《げんちょう》で、怪物など幻視《げんし》に過ぎなかったが、それらイメージが現実化するカウントダウンが刻一刻と進んでいる最悪の予感に、真夏なのに寒気がして震えが止まらなかった。

銃撃事件発生時刻は確か正午頃。慌てて携帯で現時刻を確認すると正午まであと少し。

——あのとき、マキナボードの登場で撃たれた人物を確認できなかったが、もし現場に落ちていたかんざしが水琴鈴《すいきんすず》で、八年間捜した〝あの子〟が事件に巻き込まれていたら……。

止めなければ。脂汗《あぶらあせ》を掻《か》きながら使命感に駆られる。

でもどうやって。困惑に二の足を踏んでしまう。

未来で起こる銃撃事件の危機を訴《うった》えたところで、だれがまともに話を聞いてくれる？　マキナボードのことを話しても相手にされず、無視され、忌避《きひ》され、疎《うと》まれたのに。

いない。

どこにもいないのだ。俺の言葉を信じてくれるやつなんてこのおかしな世界には——

「わたしがいるよっ！」

声が、耳に響いた。

「だってわたしも〝こちら側〟だからっ！」

孤独な心を支えるような声だった。同じ世界観に立っている者だからこそ言える言葉だった。

「わたしも君と同じ、同じだったんだよ！　だれもマキナボードに気づいていなくて、それがショックで、不安で、戸惑って、孤立して、だれか気づいてよって彷徨《さまよ》って！　でも展望台に上がって君のことが書かれたページを読んだ瞬間、仲間がいるって嬉しくなった。それで君も困っているようだったから急いで駆けつけて、駆けつけながら心ははしゃいでた。見つけたって。やっと〝こちら側〟を見つけたって！　これでもう独《ひと》りじゃないって！」

まるで同じだった。その行動も、その感情も、運命を感じるほどに。

——いた。すぐ目の前に話がわかる相手が。

「あっ、まずいよ！　『30』でこの世界は終わり、『31』になる前に繰り返しちゃう！」

ガシャガシャとペンが備《そな》わった機械腕が加速度的に文字を綴《つづ》っている一方で、ページをめくるほうの腕は折り畳まれて完全停止しこの先がないことを暗示していた。

「これで今回わたしが伝えかった言葉はすべて伝えた。後は君の言葉を」

「俺の、言葉……」

「お願い、教えて。君に会える場所を。君の居場所を。ちゃんと君の言葉で聞きたいんだ。そこにわたしがまた駆けつけに行く。絶対に行くから！」

志道計助《しどうけいすけ》の居場所。そこは迷惑かけたくないと親戚の家を出て自立し、「素《す》の志道計助《しどうけいすけ》」の生活すべてが凝縮《ぎょうしゅく》した、友人にすら教えたことのない、家賃二万五千のボロアパート。

「新しい三〇ページを、また君と過ごさせて！」

ふと周りを見れば、ペンギンの声高《こわだか》な主張に〝あちら側〟の人々が胡乱《うろん》な眼差《まなざ》しを投げかけていた。おかしなやつがいると訝《いぶか》しむ視線、なに言ってんだこいつという冷笑《れいしょう》、後ろ指を差されるような疎外感《そがいかん》……。

確かにペンギンは怪しく謎だらけだった。おどけた鳴き声で駆けつけて、空腹でぶっ倒れて名古屋めしをねだってきて、挙句の果てには二度目の八月七日やら繰り返すやら言い出して、そもそもなぜ着ぐるみ姿なのか意味不明で……。

でも、同じ〝こちら側〟なのは間違いなかった。

だから計助《けいすけ》は口にしていた。ボロアパートの住所を、自分の居場所までの行き方を。

Second Loop

第二ループ

30ページでループする。そして君を死の運命から救う。

「ペンギン！」

がばっ、と上体を跳ね起こした計助《けいすけ》は、窓から射し込む強烈な朝日に目が眩《くら》み、反射的に手をかざす。その一連の所作に既視感《きしかん》を覚えた。

「ここ、は……」

まばたきを重ねて灼《や》けた視界をクリアにしていく。天井の雨漏り染み、東向きの間取り、壁一面を埋め尽くす地図群――ボロアパートの自分の部屋だった。

「俺の、部屋……マジかよ……」

愕然《がくぜん》とした。にわかに信じ難《がた》かった。つい先ほどまで展望台でペンギンとやり取りしていたはずなのに、それがいまではがらんとした自宅の光景が映っている。

呆気《あっけ》に取られながら携帯で日時を確認し、瞬間、横《よこ》っ面《つら》をはたかれたように覚醒《かくせい》した。

――八月七日、時刻は早朝。

「本当に、本当に繰り返しているっていうのか……。そうだ、マキナボードは⁉」

窓枠に駆け寄って夏空を仰ぎ見ると、マキナボードが日射《ひざ》しを鈍《にぶ》く照り返しながら厳然と浮遊していた。

各機械構成は作動中。繰り返しとともにリセットされたのか、数字盤の短針は『0』、長針は『1』を指している。天秤《てんびん》の花と骸の両皿は均衡《きんこう》を保っている。本は真っ白なページを輝かせ、そこに機械腕が『「ペンギン！」』と記述をはじめ――

「あれ？　記述内容がわかるぞ？」

計助《けいすけ》は目を瞬《しばた》いた。前回は地上から眺《なが》めても距離が遠くて読めなかったのに、いまはページに記述された文章が一言一句正確にわかる。

そう、文字が〝読める〟というより〝わかる〟という感覚。視力が上がったとか文字サイズが大きくなったとかではなく頭に沁《し》み込むイメージ。

目を瞑《つぶ》ってもそのイメージは継続される。心にマキナボードがくっきりと描かれ、本の記述以外に数字盤の針や天秤の傾きも把握できる。ただし、マキナボードへの意識を一瞬でもほかに逸《そ》らすと各機械構成の動作イメージが霧散《むさん》する。一定の集中が必要だった。

「目を瞑《つぶ》っても把握できる……なんだこの感覚、マキナボードと繋《つな》がっているみたいな……」

計助《けいすけ》自身に訪れた変化。いや、変化というより元々マキナボードと相互に繋《つな》がっていた見えない一本の経路《パス》が、展望台でその存在を強く感じて明確になったようだ。

「ほかは？　ほかはどうだ？　なにか変わった点はあるか」

前回との違いがないか一通り確認していく。ボスからのメール、古着屋からの電話——新たな八月七日もこれまでと同じイベントが発生した。そこで身をもって確信させられる。

ペンギンの言っていた「繰《く》り返《かえ》し」は正しかった。

だが、それならば阿鼻叫喚《あびきょうかん》の大須《おおす》夏祭り銃撃事件も繰り返されるだろう。

いますぐ大須《おおす》に向かいたい衝動に駆られ、しかし一度落ち着くべきだと脳が制止する。まず繰り返すこの世界について情報把握が最優先。そしてその情報を持つ存在が直《じき》に――

コンコン、と玄関扉がノックされた。「来た⁉」と計助《けいすけ》は振り返る。

ドアスコープをのぞかなくてもだれが来たか予想はつく。だが予想以上に到着《とうちゃく》が早い。まだ身だしなみを整えていない。慌てて百均で買った安っぽい鏡を見る。やばい。ひどい寝癖《ねぐせ》だ。さっさとハイスペの「志道計助《しどうけいすけ》」にならないと。どこだドライヤー、整髪料も用意して……あぁ急げ急げ、こんなみっともない姿を他人に見られるわけには――

「おっ邪魔《じゃま》しまーす！　ぺんぺーん！」

「うおあっ⁉」

素《す》っ頓狂《とんきょう》な声が出た。髪を整えている最中に突然ペンギンが玄関扉を開けた。

「な、なに勝手に入ってきてんだペンギン⁉」

「いやー、外で待つのもあれだから一足先にお家《うち》に入れさせてもらおうと思って。あ、寝癖直している最中だった？　どーぞどーぞ、わたしにお気遣《きづか》いなく」

「お、おいこっち見んな、寝癖見んなって！　お前は気を使え！」

「わかった！　じゃあ寝癖直すの手伝ってあげるねっ」

「そういう気遣《きづか》いじゃねえよ！　ああもういい！　いますぐ後ろ向け、ほら後ろ！　俺がいいって言うまでこっち見んなよ。見たらそのクチバシもぐからな！」

赤面した計助《けいすけ》はペンギンの肩を摑《つか》んで強引に後ろを向かせる。

急いで寝癖を直し、ついでに脱ぎっぱなしの衣類やら受験テキストやらで散らかった部屋も整理し——そこで思わず手が止まった。母さんの遺影《いえい》が視界を過《よぎ》ったからだ。

少し考え、詮索《せんさく》されると面倒《めんどう》だなと思い、そっと遺影を伏せた。

「おいペンギン。もういいぞ、こっち向いて」

ごほん、と計助《けいすけ》は咳払《せきばら》いして仕切り直す。

——冷静になれ。前回からペンギンにペースを乱されっぱなしだが、見方を変えればこのイベントはこれまでの八月七日とは違う展開だ。

着実に進行していく悲劇の脚本の中で変えられる展開だってあるということだ。

「さっそくだが、前回途中だった話の続きがしたい。場所は……玄関先で着ぐるみと立ち話してご近所に目撃されたらアレだな。かといって喫茶店《きつさてん》まで移動する時間も惜しいし……仕方ない、このまま俺の部屋で話す感じでいいか？　いまは一秒でも早く情報が欲しい」

——他人を家に上げるのは抵抗があるが、ペンギンは半ば入ってきてるしいまさらだ。

「あ、部屋に入る前にペンギン土足だから拭《ふ》かないと。ここにある雑巾《ぞうきん》借りるね。ふきふき」

——ペンギン土足？　いや三和土《たたき》で着ぐるみ脱げばいいだろ。こいつ脱ぐ気ないのか？

「再びおっ邪魔《じやま》しまーす！　ぺむぺむ。ここってワンルーム？　君ってひとり暮らし……って、おわっ！　地図がいっぱい!?　たくさんメモ書きまで!?　え、なにこれ。なにが書いてあるの？　えーっと、『ハイレグ水着写真集好き』……ん？　はいれぐ？」

「いろいろと事情があるんだ。気にしないでくれ」

「事情？　君、地図にこんなに情報書き込んで一体なにやってるの？　まさかヤバめな人⁉」

「ずっとペンギン姿のお前に言われたくねえよ。俺は——高校生だ。働きながら通信高校に通ってる」

いつもなら仮面を被《かぶ》るところだが、やめた。前回学生だとバレたし、今回寝癖まで見られた以上、このペンギンの前で「志道計助《しどうけいすけ》」を演じたところで格好がつかない。

「俺のことはいい。それよりも聞きたいことがある。ひとつ、繰り返されるこの世界について。二つ、ペンギンのお前についてだ。いつまで着ぐるみ姿でキャラになりきってるつもりだ。暑苦しいだろ。いい加減、素顔ぐらい見せたらどうだ」

「着ぐるみの中は夏でも意外と過ごしやすいよ？　空間に余裕がありながら要所のフィット感は抜群！　機敏《きびん》な動作を可能にしてくれる着心地《きごこち》のよさ！　着ぐるみ内部に冷却《れいきゃく》ファンが備わってて暑さ対策バッチリ！　おかげでこう、スースーするところが」

「スースー？」

「あ、いや、いまのは忘れてっ。なんでもないなんでもない！　でもまあ、うん、そうだね。君の言う通り素顔ぐらいは見せないと失礼だね。わかったよ。——いま脱いであげる」

しんしょんしょ、とペンギンは着ぐるみ頭部を持ち上げていく。汗ばむうなじに張りついた毛先、しゅっとしたあごの輪郭《りんかく》、形のいい桜色の唇——顔の下から徐々に露《あら》わになっていく素顔に、どんな人物が中に入っているのか計助《けいすけ》は前のめりになって見つめ、そしてようやく頭部を脱ぎきったそいつは解放されたような吐息《といき》を漏《も》らした。

「ん、はぁっ！　どう、これでわたしの顔見れたでしょ。満足？」

現れた素顔――しゃらんと独特の鈴音を鳴らす〝水琴鈴《すいきんすず》のかんざし〟を挿《さ》し、艶《つや》やかな〝栗《くり》色《いろ》の髪〟を肩の片側に流し、あどけなさが残る顔は〝一〇代後半ぐらいの少女〟に見えて……。

え、と頭の中が真っ白になった。

唐突に、何の前触《まえぶ》れもなく、長年探しても見つからなかったのにあるとき嘘《うそ》みたいにあっさり出てくる失《な》くし物みたいに。

〝あの子〟の特徴をすべて兼ね備えた少女が眼前に現れた。

「ん？　どーしたの急に固まっちゃって？　おーい、おーい」

計助《けいすけ》は口を半開きにしたまましばし放心し、だが次の瞬間、感情のメーターが一気に最高潮まで振《ふ》り切《き》れて彼女の両肩をガッと摑《つか》んだ。

「八年前！」

「わ、わわっ！　な、なにかな急に？」

「八年前、八年前の初夏だ！　裏山の秘密基地でのことを憶《おぼ》えてないか⁉」

〝あの子〟と外見的特徴が一致した人物を見つけたときに真っ先に聞こうと用意していた質問。返ってくる答えで〝あの子〟かどうか完全に判別できる。

だが、彼女の反応は戸惑いの域を出ない。ぱちくりとまばたきを重ねて表情を固めている。

計助《けいすけ》は昂《たかぶ》った気持ちのまま補足した。

「六・一三の悪夢の後のことだ！　あの災禍《さいか》で俺は大事なもの全部失《な》くして、でも秘密基地で過ごした時間に心を救われて……俺はそのときの子どもだ！　俺を憶《おぼ》えてないか!?」

早口になる口調。血が巡り熱くなる全身。見つけた。見つけた見つけたついに見つけたかもしれない！　もし〝あの子〟なら八年前に間違いなく俺と出会った記憶が――

「え？」

「憶《おぼ》えて、いない、いない……」

「憶《おぼ》えていないんだよ。八年前のこと」

彼女は伏《ふ》し目《め》がちにそう答えた。

「ううん、八年前のことだけじゃなくて、一年前も、一ヶ月前も、一日前のことすら憶《おぼ》えてなくて……。自分のことがよくわからないんだ。今日、八月七日より前の記憶がないから」

意表をつかれた。今度は計助《けいすけ》がぱちくりとまばたきを重ねて表情を固めた。

「ちゃんと思い出せたのは時湖《ときこ》って名前ぐらい。それ以外はほとんど思い出せなくて……」

――記憶喪失……。

興奮で血が上っていた頭にバケツ一杯の冷や水をぶっかけられた心地だった。

力んでいた全身の筋肉が一気に弛緩《しかん》して、彼女の肩を摑《つか》んでいた手がだらりと落ちた。

——そんな……。記憶が空っぽなら〝あの子〟かどうか確かめようがないじゃないか……。

確かに外見的特徴は一致していた。一〇代後半ぐらいの少女が栗色《くりいろ》の髪に水琴鈴《すいきんすず》のかんざしを挿《さ》している、その一致は奇跡的だ。けれどいくら外見的特徴が〝あの子〟と同じでも、記憶を含めた内面まで一致しなければ〝あの子〟だと断定はできない。

「えっと……すまん。取り乱した」

計助《けいすけ》は一度落ち着こうと距離を取りながらも、やはり気になって時湖《ときこ》と名乗った少女の横顔をまじまじと見つめる。定規ですっと引いたような綺麗《きれい》な眉《まゆ》に、くりりと開いた可愛《かわい》らしい目の形、ややあどけなさが残るがそれすら魅力に繋《つな》がるような人懐《ひとなつ》っこい顔つき。

——八年前の面影《おもかげ》があるかは……わからない。あのとき〝あの子〟の顔をチラッとしか見ていない。でもやけに胸が高鳴る。もし彼女が〝あの子〟だったら……いや待てよ。〝あの子〟だったらみっともない寝癖を見られたってことじゃね？　念願の初恋の人との再会で？

「ん？　君、耳が赤いよ？　どうしたの？　だいじょうぶ？」

「え、あ……な、なんでもねえよなんでも！」

——落ち着け落ち着け。ひとまずもっと探《さぐ》りを入れるべきだ。三つの特徴すべて一致した人物に出会えたチャンスなんていままでなかったんだから。

「ペンギン……じゃなくて時湖《ときこ》でいいな？　記憶喪失についてもっと話を聞かせてくれ」

「うんとね、繰り返すこの世界で目覚めたときにはもう記憶がなかったんだよ。友達も家族も帰る家すらわからなくて、まるで文字を失くした本みたいに頭の中が真っ白で……」

「一度目の八月七日はどうだ？　世界を繰り返す直前の記憶も憶《おぼ》えていないか？」

「なんとなく名古屋に居たって気はするんだよ。でも、むー、よく憶《おぼ》えていなくて……」

「じれったいな。記憶がないと〝あの子〟かどうか探ったところで無意味……いや、そうだ財布は？　財布の中に身分証とか手がかりになるものがあるだろ？」

「なかったよ。目覚めてから探したけどお財布はどこにも……」

「なんだって？　それなら携帯はどうだ？　自分のプロフィール欄を見ればきっと」

「なかったよ。目覚めてから探したけど携帯電話はどこにも……」

「嘘《うそ》だろ……」計助《けいすけ》はがっくりと肩を落とした。「記憶だけじゃなくて財布も携帯もないなんて、お手上げじゃないか……」

「だから前回の三〇ページは困ってたんだよ。自分が何者か記憶がなくて、財布も携帯も持ってなくて、みんなマキナボードに気づいてなくて、独《ひと》り途方に暮れてて……」

時湖《ときこ》はしょぼくれたように言って、「あっ、でもね！」とすぐに声のトーンを上げ、着ぐるみ胴体部《どうたいぶ》の内ポケットをがさごそ探り、一枚のチケットを見せてくれた。

「じゃん！　展望台の年パス。これは着ぐるみの中に入っていたんだよ」

「いやなんで財布も携帯もなくて年パスだけ残ってんだよ。しかも一日入場券じゃなくてよりによって年パスって。記憶を失う前のお前はどんな状況だったんだ？」

「でも、この年パスがあったから君に出会えたよ？　それは感謝だよ」

時湖《ときこ》は年パスを幸運のお守りのように両手で握り締め、えへへと無垢《むく》な笑顔を浮かべる。

「あとね、残っていたのは年パスだけじゃないよ。君にとっても大事なこと。見て」

時湖《ときこ》がペンギン頭部をくるっと逆さに回転させて、頭を入れる空洞《くうどう》部分を計助《けいすけ》に向ける。その裏地に当たる箇所に、赤色のペンでメモが書かれていた。

・繰り返すその世界は悲劇を変えるための猶予、サーティー・ピリオド《30ページの世界》

「これは……この世界のことを書いたメモか！」

計助《けいすけ》は目を見張った。しかもまだほかにメモが箇条書《かじょうが》きで並んでいる。

「君が気になっていたサーティー・ピリオドの情報さ。実際に書いてあることが起きたから内容は信じていいよ。ていうかこのメモ書いたの、記憶を失《な》くす前のわたしだと思うし」

「なに？　記憶を失《な》くす前の時湖《ときこ》が？」

「ハッキリ思い出せたわけじゃないけど……ええっと、上手な喩《たと》えかわからないけど、さっき自分の記憶を文字を失《な》くした本みたいに真っ白って言ったよね。その失《な》くした文字が元のページに戻ったみたいな感じ、っていうのかな。言葉だけ思い出せた、みたいな」

「記憶を失《な》くす前の時湖《ときこ》はサーティー・ピリオドについて知っていたってことか？」

「元々サーティー・ピリオドに関わっていたんだよ、たぶんね」

謎が謎を呼んでいた。

着ぐるみを脱いで素顔を明かしたら〝あの子〟の特徴と一致していて、でも記憶喪失状態で、記憶喪失を見越したように裏地にメモを残していて、繰り返すこの不思議な世界と関わりがあったと考えられる——一体何者だ、この時湖《ときこ》という少女は……？

「というわけで、わたしがこの世界の情報を君にも教えてあげる。メモに書いてある以上のことはまだ思い出せないけど、相談相手にはなれるからどんどん質問してよっ」

——時湖《ときこ》の素性《すじょう》が気になるが、いや気になるからこそ、まず彼女が関わっていたというこの世界について把握するところからはじめるべきだ。

速記のように慌てて書いた感がある裏地メモ。計助《けいすけ》は声に出して読み上げていく。

・サーティー・ピリオドの主体はスーパースター《抜擢者》。一般人と違い、マキナボードの認知、繰り返しの記憶の引き継ぎなど様々な「特典」を有する
・サーティー・ピリオドはスーパースターの周辺で起こる人為的悲劇のみ発生する
・スーパースターの役目は悲劇との戦い。悲劇を変えられなければ再び始点に戻り繰り返す

まだメモの続きがあったが、「待てよ」と計助《けいすけ》はそこで一度区切ってさっそく質問した。

「『人為的悲劇』ってのは、今回なら大須《おおす》夏祭り銃撃事件が該当《がいとう》するってことか？」

「大須《おおす》夏祭り銃撃事件？」

はてな、と時湖《ときこ》が小首を傾《かし》げる。そうか、時湖《ときこ》は一度目の八月七日の記憶はゼロに等しい。おまけに二度目の前回は事件発生前に繰り返しとなったから理解できないのも無理はない。

「俺もまだ詳細はわからないんだが……夏祭り真っ最中の大須《おおす》で突如銃でだれか撃たれたって騒《さわ》ぎが起きたんだ。そこで俺の前にマキナボードが現れて繰り返しの世界がはじまった」

「それだ……きっとそれだよ！　今回戦わなくちゃいけない悲劇は！　変えなくちゃいけない運命は！　スーパースターの周辺で起こるって点からも間違いないよ」

「スーパースターってのは……」

「君だよ。君のことなんだぜ」

「展望台で俺をスーパースターって呼んだのはそういうことか。抜擢《ばってき》、選ばれし者……。でも、俺だけじゃなくて時湖《ときこ》もスーパースターだろ？　マキナボードを認知できるし、前回の記憶だって引き継いでいる『特典』とやらがあるんだから」

「わたしについては……正直、よくわからないんだよ。メモを読んでいくとスーパースターって言える部分もあるし、そうじゃない部分もあって……ひとまずメモの続きを読んでみて」

メモの続きは……。

・繰り返す毎《ごと》に与えられる猶予は三〇ページ
・ページに記述される主体が三〇ページ内で死亡した場合は強制終了。始点に戻り繰り返す
・悲劇を変えるには、ページに悲劇改変、もしくは悲劇改変の可能性がある言葉を記述する
・悲劇を変えた場合、ページに記述された言葉を元手に元の現実《オリジナル》が再構成される

「『繰り返す毎《ごと》に与えられる猶予は三〇ページ』……これが前回終盤、時湖《ときこ》が猶予がないと焦《あせ》っていた理由か」

――猶予が〝ページ〟ってのは特殊《とくしゅ》だな。〝時〟ならばある程度イメージしやすいが……。

「時湖《ときこ》、『悲劇を変えるには、ページに悲劇改変、もしくは悲劇改変の可能性がある言葉を記述する』ってくだりだけど、これについて説明できるか？」

「記述される主体は計助《けいすけ》だよね。計助《けいすけ》の行動はマキナボードによって言葉に変換されて、自由に動けるのは三〇ページ分の文章量だけ。三〇ページ内に銃撃事件を未然に防いだり銃撃の被害者を出さないような言葉を刻めってことでいいと思うよ」

「そうして上手《うま》くいけば、『悲劇を変えた場合、ページに記述された言葉を元手に元の現実《オリジナル》が再構成される』って内容に繫《つな》がるわけか。元の現実が再構成されるっていうのは……」

「例えば、銃撃回避の言葉がページに刻まれたら、その言葉が元の現実《オリジナル》＝一度目の八月七日に反映されて、銃撃事件が回避される運命に改変されるって認識でいいはず」

「ううむ、そう説明されてもいまいちイメージが浮かばないな……」

「まーおおざっぱに言っちゃうとさ、ハッピーエンドに繋《つな》がる言葉を三〇ページ内に記述できたらハッピーな世界に変わるぜ！　って理解でいいんじゃないかな」

「おおざっぱすぎないか、それ。でもまあ、その理屈で言うなら、バッドエンドに繋《つな》がる言葉が記述された場合、悲劇を変えられずまた三〇ページを繰り返す。記述される主体である俺が死んでも同じく繰り返すってわけか……」

ややこしくなってきたな、と計助《けいすけ》はいったん情報を整理する。

あくまでイメージだが、サーティー・ピリオドというのは過去の悲劇を再上演する劇場と捉えればわかりやすいかもしれない。その舞台上の言葉が現実世界に影響を及ぼす。

そして時系列を確認すると——①銃撃事件が発生して被害者が出た現実があった。
②サーティー・ピリオドが発動して、繰り返して事件を防ぐ猶予が与えられた。
③繰り返しを認知できるのが現状俺と時湖《ときこ》のみで、そこから先の運命は三〇ページ内に刻まれた言葉によって分岐《ぶんき》する。
悲劇を変えて、銃撃事件を防いだ現実に戻るか。

悲劇を変えられず、サーティー・ピリオドの舞台で再びやり直しか。

「……なるほど。少しずつだが、この世界の構造が理解できてきた」

興味深くはあった。過去の悲劇を再上演する劇場サーティー・ピリオド。世界を繰り返すという〝ファンタジー〟が、〝現実〟を変える影響力を持っている構図は。

「ほかにもまだメモが残っているな。ええっと……」

・空に浮かぶマキナボード《計器盤》は、サーティー・ピリオドの現状を示す計器
・上段の数字盤はページカウント。上限は『30』。短針は一〇の位、長針は一の位を指す
・中段の本のページ上部には『第一ループ』『第二ループ』と繰り返しの回数が記載。ページ本文には記述基準が[redacted]。これまでの繰り返しで本文に記述された言葉は、ときに省略・短縮される[redacted]あり、その傾向[redacted]して、既出情報は[redacted]。だが[redacted]

「なんだこれ、メモの一部が塗《ぬ》り潰《つぶ》されてる？」

計助《けいすけ》は眉《まゆ》をひそめた。書き間違えを訂正する二重線ではなく、まるで情報を読ませないような塗り潰し方に見えるが……。

「わたしも困ってたんだよ。目覚めてメモを見つけたときにはすでに塗り潰されてて……」

「どうして……って、記憶がないのにわかるわけないか」

「でも聞いて聞いてっ。わたし、読める文字からきっとこういう文章だって推理したんだ」

「推理、判読《はんどく》ってことか」

「『記述された言葉は、ときに省略・短縮される』とあって、続く文章に『傾向』『既出情報』とあるでしょ。そこから推理すると――『これまでの繰り返しで記述された言葉は既出情報として省略・短縮される傾向にある』と読む！　どやんっ、ぺふん！」

「それなら最後の文の『だが』って逆接はなんだ？　省略・短縮はあくまで傾向で絶対ではないってことか？　そもそもマキナボードの記述基準とは一体……」

「あっ！　マキナボード！」

ドヤ顔だった時湖《ときこ》がハッとして部屋の窓から身を乗り出し、空に浮かぶそれを指差す。

「わわっ、計助《けいすけ》見て！　ページカウントがもう『16』！　やば、半分過ぎちゃってるよっ」

「げっ！　マジかよ！」

驚く時湖《ときこ》につられて計助《けいすけ》も直接マキナボードを視認。念のため目を瞑《つぶ》って心に描像《びょうぞう》を浮かべる方法でも確認するが、どちらも数字は同じでカウント『16』。

「おいおい『30』を超えたらまた目覚めからだぞ。なんて面倒《めんどう》な制限……。今回、俺はまだ外にすら出てないぞ」

「ぺむむー……わたしも戸惑ってばっかり。サーティー・ピリオドに関わっていたはずだけど、記憶ごと経験も失《な》くしちゃってる……」

――互いに経験値はゼロに等しい。初心者だからといってハンデがあるわけでもない。それでも悲劇を防がなくちゃいけない。たった三〇ページという枠の中で……。

計助《けいすけ》はマキナボードを凝視する。機械腕は淡々と計助《けいすけ》の台詞《せりふ》を記述していて、しかしよく観察してみると台詞《せりふ》すべてを記述しているわけでもないようだ。

「一体なにが記述基準なんだろうな。いまも俺の発言を書いたり、書かなかったり……」

「え？　発言？　君、ひょっとしてここからページに記述された文字が見えるの？」

「見えるっていうかわかるって感じで……あれ？　時湖《ときこ》はわからないのか？　マキナボードを意識すると目を瞑《つぶ》っても各機械構成の情報が把握できるだろ？」

「わたしは目を瞑《つぶ》っても把握できないよ？　目視だけ。それも地上から確認できるのは数字盤の針と天秤の傾きだけで、本の文章は高い所に上って近づかないと読めないよ」

――どういうことだ？　意識しただけでマキナボードを常時確認できる方法はスーパースターの「特典」なのだろうが、時湖《ときこ》にはその「特典」が与えられていない。他方、マキナボードの認知や繰り返しの記憶の引き継ぎという「特典」は有しているようだが……。

あ、そうか。時湖《ときこ》自身スーパースターかどうかよくわからないと言っていたが、「特典」のあるなしの中途半端さからそう言っていたのか。

本当に何者なんだろう、この少女は……。

「なにかな、わたしの顔をじーっと見て。もっと近くで見たい？　いいよ、ほらっ」

「あ、いや、べ、別に顔近づけなくていいから！　なんでもねえから！」

時湖《ときこ》が桜色の唇を寄せてきてドキッと心臓が騒ぐ。やばい。間近で見るとつい意識して緊張してしまう。〝あの子〟と触れ合ってるんじゃないかって。

「は、話を戻すぞ。ええっと、数字盤と本については概《おおむ》ね把握したが、下段の天秤についてのメモは……これか？　でもこれもほぼ塗り潰されてるな。なんとか読めるのは……」

・[redacted]骸の皿[redacted]最下部まで傾けば、悲劇の運命へ[redacted]収束[redacted]

・最後[redacted]

「『骸の皿』、『悲劇の運命』、『収束』。そして別の段落で『最後』……。最後ってなんだ？　天秤についての情報か？　それともまったく別の件か？」

――天秤の花と骸がそれぞれ載った両皿はいま均衡《きんこう》を保っていて……いや、ほんのわずかだが骸に傾いている。そういえば前回第一ループで天秤について時湖《ときこ》に質問したときもわずかに骸に傾いていたっけ。

「『骸の皿』『悲劇の運命』『収束』……時湖《ときこ》は天秤をどう見る？」

「マキナボードが現状を示す計器なら天秤もなにか役割があるはず。推理すると――『骸の皿が最下部まで傾けば、悲劇の運命へと収束する』と読む！　どやんっ、ぺふん！」

「いちいちドヤ顔しなくていい。悲劇の運命へと収束ってのは具体的に？」

「今回のケースなら絶対に銃撃事件が発生しちゃう結末を迎えるとか？　とにかく骸の皿が最

下部まで傾くのはキケン、ダメ、ゼッタイ！　なイメージがあるよ」

——なるほど。いま頭に入れておく必要があるのは〝最下部まで骸の皿が傾くのは危険で避けるべき〟ということか。

「天秤の両皿が傾く要因はなんだろうな？　現状、天秤はページ進行とともに骸に傾いていくというのがひとつの説だが……結論づけるのは早計か」

ほかに読み解けそうな裏地メモは——ないな。残りはすべて塗り潰されている。

計助《けいすけ》はいま一度メモを見返す。頭の中で散らばっていた情報のピースを順序立てて並べていく。三〇ページの繰り返し、マキナボードの役割、悲劇を変える言葉獲得の戦い……。

ピースを組み合わせて仕上がったパズルの全体像は、まだ欠けはあったが、ある光景を浮かび上がらせた。

「リング、みたいだな」

単なる独り言だったが、「リング？」と時湖《ときこ》が反応して小首を傾《かし》げる。

「あくまで俺のイメージだ。最初、サーティー・ピリオドは劇場の舞台を連想したんだが、その舞台上にボクシングのリングがセットされているみたいだなって。これ、要するに俺たちと銃撃事件を起こす犯人との展開の殴り合いだろ」

計助《けいすけ》は右手で作った拳《こぶし》を左手のひらでパンッと受け止める。

「敵は最悪な展開、銃撃事件で悲劇を巻き起こす。他方スーパースター側はそれを挫《くじ》く救済の展開で対抗する。三〇ページ上で互いに用意したシナリオをぶつけ合って、目指すのは望んだ言葉の獲得。敵は悲劇に繋《つな》がる言葉を、こちらは救済に繋《つな》がる言葉を。そうやって何ラウンドも戦いを繰り返して火花を散らす〝シナリオバトル〟」

「ページ《世界》に望んだ言葉を刻んだほうが勝者……ううん、正しく言うと、わたしたちが刻まなくちゃいけないんだよね。敵はもう元の現実《オリジナル》で悲劇を完成させて、わたしたちが三〇ページの猶予でなにもできなかったらその通りになるだけだから」

「だが、敵はこれから繰り返す中で一〇〇回あったら一〇〇回すべて負けるわけにはいかないが、こっちは〝銃撃事件が発生しない言葉〟をたった一回、そう、一回でも三〇ページ内に刻めばいい。裏地メモからすると一度でも悲劇を防げれば結果オーライだろ」

当然、その一回を勝ちにするのは口で言うほど容易《たやす》くないだろう。こちらはサーティー・ピリオドの戦いに慣れていないし、まだいくつも不明なルールがある。しばらくは敵の展開やルールに振り回されるかもしれない。そもそも一〇〇回もチャンスがあると思えない。

ただ、戦いの全容は見えてきた。一見ルールは細々としているが目標はシンプルだ。

──銃撃事件が起きない言葉を三〇ページ内に刻む。

「ねえ、計助《けいすけ》。この世界のルールを知った上で、改めて聞きたいんだ」

しゃらん、と時湖《ときこ》が水琴鈴《すいきんすず》を鳴らしながら意思を問う眼差《まなざ》しを向ける。

「君は今回の銃撃事件をどう受け止めてる？」

——受け止め……。平穏な夏祭りを一瞬で地獄に叩《たた》き落とした銃撃事件の混乱は、時が戻ったいまでも不気味に肌に纏《まと》わりつき、そしてそれは六・一三の悪夢を想起させた。

「……俺さ、捜している人がいるんだ」

「捜している人？」

「大切な人。時湖《ときこ》と同じ水琴鈴《すいきんすず》のかんざしを挿《さ》している〝あの子〟を」

いまの台詞《せりふ》でなにか思い出さないかと期待して計助《けいすけ》は時湖《ときこ》を見つめるが、時湖《ときこ》の表情に目立った変化はない。

「今日、大須《おおす》で〝あの子〟に会える可能性があった。でも銃撃事件が起きた。事件についてはまだ不明な点が多い。マキナボード出現で視界を塞《ふさ》がれたせいで被害者を確認できなかった。けどステージにあった血塗《ちまみ》れのかんざしに〝あの子〟が巻き込まれた嫌な予感が……」

——待て、かんざし？　そうだ。時湖《ときこ》も同じかんざしを挿《さ》していて……いや、同じとは限らないか。事件現場のが水琴鈴《すいきんすず》か不明だし、デザインも血で染まってわからないし……。

そこで計助《けいすけ》は一度目を閉じる。するとまぶたの裏にゲーム盤と駒《こま》が用意された対戦空間がイメージされ、その対戦席では得体の知れない怪物がふんぞり返っていた。片手に銃を握り締め、悲劇の刻《とき》を虎視眈々《こしたんたん》と狙っている。

ごくりと生唾《なまつば》を飲む。勝てるのか？　大した資金力もなく、服装で大人に見せかけているだけの所詮《しょせん》高校生の俺が？　それも救うチャンスはたった三〇ページしかないのに？

だがしかし、俺がスーパースターに選ばれたことにはきっと意味がある。

――戦ってみせよ。かつて救われた悲劇の遺児よ。

真価が問われている気がした。六・一三の悪夢から八年。すべてを失《な》くして〝あの子〟に救われた俺が、今度は助ける側として〝あの子〟が巻き込まれたかもしれない災禍《さいか》を防げ、と。

「――俺は、戦うよ。三〇ページ内に悲劇が起きない言葉を勝ち取ってみせる」

受けて立つ、そんな態度で対戦席に着座して怪物と対峙《たいじ》する。

――とにかくだ。最優先事項は銃撃事件を防いで繰り返しを終わらせること。

結果として〝あの子〟が関わっていないとしても事件は未然に防ぐべきだし、時湖《ときこ》の正体については繰り返しを終わらせた後にじっくり調べればいい。

「時湖《ときこ》、サーティー・ピリオドの情報助かった。次は事件現場の調査だが、後は俺がやる」

「え？　俺がやるって……まさか君、ひとりで戦う気？」

「ああ。この世界のルールは大方把握できたからな。ここから先は俺がなんとかしてみせる」

計助《けいすけ》がさっそく出かけようと踵《きびす》を返《かえ》し、しかしその手首を時湖《ときこ》が摑《つか》んで引き止める。

「ちょっ、ちょっと待って！　わたしも戦う、一緒に戦おうよっ！」

時湖《ときこ》が手を握る力は思いのほか強く、可愛《かわい》らしい瞳は戦う意志で燃えていた。

意外と闘志がある子だなと計助《けいすけ》は少し驚いたが、しかしあえて冷たく突き放した。

「俺と一緒に行動したところで時湖《ときこ》になにができる。なにも持たず、記憶だってないのに」

「そ、それは……う、歌えるもん！　げんき♪　げんき♪　ペンギンマーチ♪」

「歌うなやかましい！　いいか聞け。おふざけじゃねえぞ。敵は銃を持ってて、それも夏祭りに銃撃を企《たくら》むイカレ野郎だ。背後にどんな組織がついてるかもわからない。俺は仕事柄《がら》何度も見てきた。この名古屋の裏を、ヤバイ連中を。下手に首突っ込んで傷ついたらどうすんだ」

「あ……。もしかして君、わたしが危険な目に遭わないように心配してくれてるの？」

「……俺は完全なスーパースターで、時湖《ときこ》はスーパースターかどうか曖昧《あいまい》だ。ならこれは俺の戦いだ。時湖《ときこ》は大人しくしてろ。居場所がないなら俺の部屋でくつろいでいても――」

「おふざけじゃないんだ！　記憶を取り戻したいんだ!!」

真剣な声だった。陽気な印象とは裏腹にこうと決めたら譲《ゆず》らない意地を感じた。

「自分が何者か知りたいんだ。思い出すきっかけさえ摑《つか》めれば記憶が戻ると思うんだ。ほら、『千寿《せんじゅ》』の天むす。あのとき名古屋めしを頼んだのはわたし自身名古屋に縁《えん》があると思ったからで、実際に食べたら過去に食べた経験を思い出せたんだよ」

「記憶復活のきっかけとして名古屋めしを頼んだと？　単なる食い意地じゃないのか？」

「や、やだなー、食い意地なんてナイナイ。と、とにかく！　悲劇と戦う経験を通してだって自分の記憶を思い出せるはずだよ。元々サーティー・ピリオドに関わっていたんだから。きっと裏地メモの塗り潰されたルールも思い出すよ。君だってもっと情報が欲しいでしょ」

「それはまあ、そうだけど……」

「わたしは自分が何者か知りたい。君はサーティー・ピリオドの情報を知れる。お互いにメリットがある。だからパートナーとして一緒に戦おうよ！　ね、ね！」

――時湖《ときこ》はサーティー・ピリオドの全容を知るための鍵になりえるということか。記憶を取り戻すことがそのまま悲劇攻略のヒントとなる。

そしてなにより、繰り返しの過程で記憶が復活すれば〝あの子〟かどうか判明する。

だが、もし〝あの子〟だった場合は事件に巻き込む危険がある。

計助《けいすけ》は腕組みして黙考《もっこう》した。どれほど悩んでいたか――やがてひとつの決断を下した。

「……わかった。ああわかったよ。確かにサーティー・ピリオドの情報は知りたい」

「ホント!?　じゃあパートナーとして一緒に行動するってことで決まりだね！」

「ただし、ひとつ約束しろ。俺の指示に従い俺の言うことは聞く。ちゃんと守れるか」

「守れる守れる！　言うこと聞く聞く！　りょーかいだよっ！」

わざとらしく敬礼して笑顔を見せる時湖《ときこ》。一方で計助《けいすけ》はやや後ろめたい気分だった。

――正直、情報が知りたいなんて口実じゃないのか？　本当は下心があるんじゃないか？

危険があっても〝あの子〟の可能性がある時湖《ときこ》をそばで見ておきたい、と。

「……時湖《ときこ》、ほかに話がなければさっそく事件現場に出向こうと思うんだが、時湖《ときこ》の手持ちの情報はこれですべてか？」

「あ、一応あとひとつ、まだ見せてないメモがあるよ。ここに」

いまだ身に纏《まと》っている着ぐるみ胴体部、時湖《ときこ》はその胸の辺りを指差す。

「でもこのメモはサーティー・ピリオドのルールとは関係ないっていうか、君にとっては重要な情報じゃないと思うから口頭で伝えるよ、口頭で」

「いや、原文を見せてくれ。俺は可能な限り情報は直接この目で見ようと心掛けてるんだ」

「直接見せるとなると胴体部まで脱がなくちゃいけなくて……」

時湖《ときこ》がそう口にした途端、はわわっ、となぜか頰《ほお》を赤くする。

「そ、そのっ、直接見る必要はないんじゃないかなー。口頭で伝えればいい話じゃないかなー」

「口頭だと時湖《ときこ》が誤読していた場合に俺まで間違うだろ。だから直接見ておきたい」

「ご、誤読なんてしてないよ！　してないしてないっ」

「……お前、なんか急に様子が変だぞ。なにかごまかそうとしてないか？」

「ご、ごごごっ、ごまかそうとなんてしてないよよよ！」

「嚙《か》みすぎだ！　おい、なに動揺してんだ。着ぐるみ全部脱いでメモ見せるだけだろ」

「ど、動揺してないよ！　動揺してない動揺してない！　イツモドオリィ！」

「声が上擦《うわず》ってるぞ！　怪しい……さてはなにか隠してるな。おい、いますぐ着ぐるみを脱げ」

「ぺむ？　ボクは本物のペンギンだよ？　脱《ぬ》ぐものなんてひとつもないのさ。ぺんぺーん」

「急にキャラになりきってごまかしても無駄だ！　脱げ！」

「あーわかんないわかんない。なに言ってるかペンギンにはさっぱりわかんなーい」

「こいつ俺の言うこと全然聞かねえじゃねえか……！　ああわかったよ。そっちが原文見せるのが嫌ってなら上等だ……捕《つか》まえて強引に引き剝《は》がしてやる！　待てこら！　逃げるな！　大人しくしろ！　おら捕まえた！　どこだ、どこにファスナーがある！」

「ほ、本物のペンギンにファスナーなんて存在しな……ひゃっ、ファスナーを摑《つか》まないでー！」

ジタバタ暴れる時湖《ときこ》の隙《すき》をつき、計助《けいすけ》は着ぐるみ背部のファスナーを一気に下ろす。「観念してメモを見せろ！　うおりゃあ！」と勢い任せに胴体部をひん剝《む》いて——

え、と全身がフリーズした。

着ぐるみの下にはジャージなど動きやすい服装を着ている、そんな常識が頭にあった。

だが、計助《けいすけ》の視界いっぱいに広がったのは陶然《とうぜん》とするような生身の肌だった。すらっとした無駄のない健康的な背筋のラインに、つつけば押し返すような弾力のある豊かな胸。黒のブラとショーツは白磁の肌をいっそう際立《きわだ》たせていて——つまり、時湖《ときこ》は下着姿だった。

「あ……あ、あっ……ひゃあああああっ！」

瞬間で顔を真っ赤に上気させた時湖《ときこ》はもはやペンギンキャラ皆無の素《す》の悲鳴を上げ、タタタッと一目散にカーテンに飛びついて半裸を隠すようにぐるんと身を包む。

「お、お前っ！　なんで服着ないで着ぐるみ着てんだよ!?」

「し、知らないよっ！　最初からこうだったんだよう！　目覚めたときから着ぐるみ姿で、着ぐるみ脱《ぬ》ごうとしたら下、下っ……下着姿でっ、だから脱げなくて！」

「やけに着ぐるみ脱ごうとしなかったのは下着姿を隠すためかよ！　てかなにその身ぐるみ剝《は》がされて着ぐるみ着させられたみたいな謎状況⁉」

「わたしが聞きたいよ！　記憶を失《な》くす前のわたしはなにやってたんだよう⁉」

「単なる変態だったとか？　痛《い》てッ！」

時湖《ときこ》が投げつけた置き時計が計助《けいすけ》の額《ひたい》にクリーンヒット。続けざま教科書やらペンギン頭部やらそばにある物もポイポイ投げつけて抗議する。

「変態じゃないよっ。もお、もお！　変態だったらそんなメモ書かないもんっ！」

メモ――そうだ、と計助《けいすけ》は本題を思い出して掴《つか》んでいた胴体部をのぞきこむ。胸の裏地に当たる部分、そこには頭部と同じ筆跡《ひっせき》のメモがあった。

・時湖《ときこ》、お願い。どうか悲劇を防ぐ言葉を。

それは目立つように、願うように、ほかのメモよりも大きな字だった。

「……最初にそのメモを目にしたとき、思ったんだよ。まるでわたしが、わたしに繋《つな》ごうとした言葉のバトンみたいだなって」

記憶を失う前の時湖《ときこ》がいまの時湖《ときこ》に宛《あ》てたメッセージ、確かにそんな風に読める。

「いまのわたしはスーパースターかどうか曖昧《あいまい》だけど、記憶を失《な》くす前はきっと悲劇と戦ってた。そこでしくじったのか、悪いやつに負けちゃったのか、詳しいことはわからないけど記憶を失う目に遭って……。だからわたし、元のわたしに近づくためにどんな悲劇でも戦いたい。戦って記憶を取り戻したい。だけどこんな状態だからまともに戦えなくて……」

時湖《ときこ》はしょげた声を出しながら、小動物がうかがうようにカーテンから小顔だけを出す。

「ねえ、助けてよ」

「助けてって、それはどういう……」

「記憶が戻るまでいろいろ面倒《めんどう》見てほしいよ。とりあえず服、貸して。男物でも十分ありがたいよ。あと食べ物、三食名古屋めし付きで」

「実質四食じゃねえか。待て待て。面倒《めんどう》見ろってこちとら万年金欠の苦学生だぞ。確かに時湖《ときこ》が何者かは気になってるけど、正体不明のやつにそこまでする義理は……」

「義理はなくても責任はあるよっ。だって、その……わ、わたしを強引に脱がせたでしょ。脱がせていろいろしようとしたでしょ。男として責任取るべきだと思うな」

「脚色《きゃくしょく》すんな、いろいろしようとはしてねえよ。第一、その、すぐに視線は逸《そ》らしたし……」

――いやまあ、ぶっちゃけ見たは見たけど。バッチリまぶたの裏に焼きついてるけど。きめ細かな素肌、くびれのある腰回り、煽情的《せんじょうてき》な黒色のブラ、豊《ふく》かに膨らんだ胸……。

胸。そう言えば、古着屋が電話で〝あの子〟について胸がデカいと補足情報をくれたが、もしかして時湖《ときこ》を見かけたのか？　時湖《ときこ》もかなりの胸が……胸、胸、Ｆカップ……。

「ちょっと君、いま変なこと想像してない？」

「えっ……べ、別に変なことなんて想像してねえよ！　してないしてないっ」

「……なんか急に様子が変だよ。なにかごまかそうとしてない？」

「ご、ごごごっ、ごまかそうとなんてしてねえよよよ！」

「めっちゃ噛《か》んでる！　怪しい……ねえ、なに動揺してるわけ」

「ど、動揺してねえよ！　動揺してない動揺してない！　イツモドオリィ！」

「声が上擦《うわず》ってる！　やっぱり見たんだ！　いやらしいこと想像してたんだ！」

「う、うるせえ！　とにかくだ！　面倒《めんどう》までは見きれねえからな！」

「パートナーじゃん！　パートナーなら『フッ、全部丸ごと助けてやる』ぐらい言うもんだよ」

「はあ？　パートナーを都合よく解釈すんな。全部丸ごと助けるなんて言うかよ」

「言うよ！」

「言わねえよ！」

「言う言う言う！」

「言わねえ言わねえ言わねえ！」

「わたしの面倒《めんどう》を見ない、と？」

「そんなこと絶対に言わねえ！　……あ」

「うふ」

「い、いや、違う、違うぞ！　いまの否定は会話の流れというか……」

「聞いちゃった聞いちゃったー。はっきり聞いちゃったなー。『面倒《めんどう》を見ない』を否定するその台詞《せりふ》。二重否定ってことは、肯定《こうてい》に等しいってことだよね！　ん？　ん？」

「この野郎、引っかかるように挿《さ》し込んできやがったな！」

「これで面倒《めんどう》見るってことで決まりでいいね！　決まり決まりぃ！」

「こいつ勝手に……！　ふざけんなよ……こんなやつが、こんなやつが……」

「ん？　なになに？　なにぶつぶつ言ってるのかな？」

「〝あの子〟と特徴一致しててまさかと思ったけど……〝あの子〟は優しくて、献身的《けんしんてき》で、正義感があって、なのに着ぐるみ脱げば下着姿で、揚げ足取るように馬鹿にして、食い物までねだってきて……ああそうだ、そうだよ……こんなやつが〝あの子〟なわけがねえ……っ」

「あ、まさか名古屋めしなに奢《おご》ってくれるか考えてるの！　じゃあ小倉トーストで！」

「奢《おご》らねえよッ‼　やっぱ食い意地張ってんだろお前⁉　そんなふざけた態度に出るなら、よーしいいだろう。こっちはパートナーとして組む話自体を棚上げにしてやる！　棚上げだ棚上げ！　俺の助けがなかったらお前なんてただの一文無しの空腹変態着ぐるみペンギンだ！」

「ぺむっちょ⁉　一文無しの空腹変態着ぐるみペンギン……！」

「繰り返す度にお前はずっと空腹！　ずっと下着姿の変態！　ははは っ。だがまあ俺も鬼じゃない。調子に乗って悪ふざけが過ぎましたと謝れば考え直してやるが？　ん？　ん？　さあど

Third Loop

第三ループ

30ページでループする。

そして君を死の運命から救う。

がばっ、と上体を跳ね起こした計助《けいすけ》は、窓から射し込む強烈な朝日に手をかざす。その一連の所作に何度目かの既視感《きしかん》を覚え、まさか、と口元をひくひく痙攣《けいれん》させた。

「おい嘘《うそ》だろ、もう三〇ページが埋まったのか……くだらないあの会話で⁉」

慌てて窓枠に飛びつきマキナボードを見上げ、数字盤の表示に愕然《がくぜん》とした。

「カウント『1』……強制的にふりだしに戻らされた……。前回、俺は家から一歩も出ることができなかったというのか……」

頭では承知していた。三〇ページの猶予、みずからの行動や周囲から受ける影響によってページがどんどん進行していき、やがてリセットポイントに達する。

だが、想像以上だった。あっという間だった。

確かに前回は時湖《ときこ》からサーティー・ピリオドの詳細を聞くことに猶予の大部分を費やした。無意味ではない。けど、無駄な言い争いをすればすぐに舞台の幕が下りてしまう。

「なんてこった、銃撃事件を防ぐどころか下手すりゃ自宅すら出られず繰り返しかよ……！」

馬鹿馬鹿、と計助《けいすけ》は自戒《じかい》を込めて額《ひたい》を小突いた。

しばらく部屋の中で反省していると、玄関扉がノックされて時湖《ときこ》が訪れた。

「ごめんなさい。調子に乗って悪ふざけが過ぎました。ぺむーん……」

強制的な繰り返しで時湖《ときこ》も頭が冷えたのか、ペンギン頭部を脱ぎ正座で謝罪する。口調こそ少しおどけた感じがしたが、しょげた声音に殊勝《しゅしょう》な態度、そして少しでも早く到着しようと一生懸命走って来たのだろう、額《ひたい》に浮かぶ汗の粒《つぶ》から反省は十分うかがえた。

「三〇ページしかないのはわかってたんだけどさ、恥ずかしい姿がバレて、わーって感情的になって、でも君とのやりとりがなんだか楽しくて、それでその、つい口が止まらなくて……」

ちょんちょんと両手の先を合わせ、申し訳なさそうに微笑《ほほえ》んだ。

「最後は、はしゃいじゃってた。もう独《ひと》りじゃないんだって。たはは……」

計助《けいすけ》は脱力《だつりょく》してため息を吐《つ》き、だが時湖《ときこ》を責めることはできなかった。時湖《ときこ》の本心に対して自分はどうだったか？　同じような気持ちを一切抱いていなかったと言えるか？

そこで冷蔵庫を開け、一本しかない炭酸水のボトルを時湖《ときこ》にパスする。わわっ、と時湖《ときこ》は慌ててキャッチし、続けて放られたロールパンもなんとか落とさずに掴《つか》む。

「ひとまずの飯だ。味気ないが腹は満たせる。それと服は押入れに入ってるから適当に選べ。男物だから多少サイズが合わないかもしれないがそこは我慢《がまん》してくれ」

「え、助けてくれるの⁉　君、やっぱりわたしのこと全部丸ごと助けてくれるんだ！」

「全部丸ごとは助けない。この繰り返しが終わるまでのとりあえずの措置《そち》だ」

――たぶん、時湖《ときこ》は〝あの子〟じゃない。時湖《ときこ》の言動は憧れの〝あの子〟のイメージとかけ離れている。けど外見的特徴が一致している以上は蔑《ないがし》ろにはできない。

「無駄話はここまでだ。さっさと準備して今回こそ大須《おおす》に向かうぞ」

さっそく計助《けいすけ》と時湖《ときこ》は交互に部屋の中で着替えた。時湖《ときこ》は薄手の半袖《はんそで》パーカーに短パンをロールアップした格好で、男物でも工夫して上手《うま》く着こなしている。計助《けいすけ》はいつもの仕事着で、慣れた手つきでネクタイを結ぶ。

「時湖《ときこ》。俺は諸事情で出先では二〇代で通してる。だから時湖《ときこ》も口裏を合わせて……って、おい！　なんで服着たのにまた着ぐるみ着ようとしてんだお前!?」

「ん？　ペンギンあれば憂《うれ》いなし！　んしょんしょ。ま、いつでも裏地メモを確認できるから着ておいたほうがいいかなって。それに着ぐるみが役立つ時があるかもよ？」

「あるか？　……まあいい。準備できたし出発するぞ。今回はおそらく——戦いになる」

カウント『3』。前回と違い、早い段階で自宅を出ることができた。

外は朝からうだるような暑さだった。計助《けいすけ》は早々にネクタイを外したい気分になったが、時《と》湖《こ》は着ぐるみ姿でもへっちゃらとばかりに元気な足取りだ。

「ねえ、計助《けいすけ》。ページの記述についてちょっと話があるんだ。さっき謝っといてあれだけど、わたしね、会話は極端に抑制しないほうがいいと思うんだよ」

「抑制《よくせい》しない？　三〇ページしかないなら会話はなるべく抑えたほうがいいんじゃないか？」

「でも、会話を我慢した分、心理で言葉数が増えたりする反動があるのかなって。どのみち記述基準がわからないならどうしようもないでしょ」

——確かに俺の言動や心理はページに記述されるが、難しいのはそのすべてが記述されているわけではない点だ。未記述の時湖《ときこ》との会話も割とある。

「変に意識すると逆に動き辛《づら》くなって、それなら普段通りに振る舞ったほうがいいんじゃないかなと思ってさ。君も、わたしも」

「当然、無益な言い合いは避けるって前提でだよな」

「うん。でもね、わたしフツーに君とお喋《しゃべ》りしたいんだ。君のこと、もっと知りたいなって」

——いささか悠長《ゆうちょう》な気はしたが、パートナーとして動いている以上コミュニケーションを取らないわけにはいかないか。

「わかった。ただこれはあくまで推測だが、俺はこの世界には終わりがあると思ってる」

「終わり？　繰り返せる回数に限りがあるってこと？」

「『最後』って続きが塗り潰されて読めない裏地メモがあっただろ。そのメモがどうも引っかかる。もし『最後』が繰り返しの終わりに関連するメモだったら？　ページが永遠に続く本がないように、永遠に繰り返せる保証はないだろ。どうだ時湖《ときこ》、繰り返しのリミットについてなにか思い出せないか？」

　ぺむぅー、と時湖《ときこ》はペンギン拳《こぶし》で側頭部をぐりぐりするがいまいち思い出せない様子だ。

「俺の見当違いならそれでいいが、失敗できる回数は限度があると意識して動いたほうがいい。もし何度かやり直すことになったとしても、最低限、一回一回繰り返す毎《ごと》にアガリへの手がかりは摑《つか》んでおきたい」

「アガリへの手がかり……今回はどう動くの？」

「まず、交番で警察が使えるかどうか試す。上手《うま》くいかなかった場合は事件現場となるイベント会場に出向いて情報収集し、事件を未然に防ぐアクションを起こしたい。そこで時湖《ときこ》、改めてひとつ確認だ。悲劇の運命を変えるには、三〇ページ内に銃撃回避の言葉、もしくはそれに繋《つな》がる言葉を刻めばいいんだよな」

「うん。そのために銃撃が起きないような展開を作り上げるんだっ。がんばろうね！」

時湖《ときこ》と会話しているうちに一〇〇メートル道路を越え、目的の大須《おおす》商店街に到着した。

視界に入り込む人の数がどっと増えた。浴衣《ゆかた》や甚平《じんべえ》など夏の装《よそお》いのほかにコスプレイヤーや着ぐるみマスコットなども散見され、おかげで時湖《ときこ》のペンギン姿も特に悪目立ちすることなく順調に通りを進むことができたのだが、ぴたっ、と突然時湖《ときこ》が足を止めた。

「あれ、ここって……」

時湖《ときこ》が顔を上げて見つめていたのは──『大須《おおす》三〇一ビル』。

ヨガスタジオやメイド喫茶《きっさ》などが入った一二階建ての複合ビルで、ビル外壁《がいへき》最上部には周囲に存在感を示すように〝osu301〟とシンボルロゴが掲げられている。

「どうした時湖《ときこ》。急に立ち止まって」

「〝osu301〟……三〇一……あのロゴ、どこかで見覚えが、なにか大事な……。それにこの商店街、最近来たことがあるような……。なにか思い出せそうな……」

「思い出せそう？　それってまさか……失《な》くした記憶か⁉　最近来たことがあるっていつだ、

いつ時湖《ときこ》は大須《おおす》に訪れた⁉」

「わ、わからない。まだハッキリ思い出せなくて……。でも大須《おおす》を進んでいけば記憶を思い出すきっかけが見つかるかもっ。行こ、計助《けいすけ》！　まずは交番に！」

手始めに向かった交番は人でごった返していた。落とし物や迷子の対応で警官は大忙しで、ようやく計助《けいすけ》たちの順番が回ってきてライブ会場に銃を持った人間が紛《まぎ》れ込んでいる可能性を伝えたが、銃所持者の容貌《ようぼう》や情報元を尋ねられて具体的に説明できるわけもなく、話こそ聞いてくれたが半信半疑なのかすぐに対応してくれる気配はなかった。

――取り締まりに動く言葉がページに刻めていない。これじゃダメってことか……。

いや、想定はしていた。確固たる悪が実行されなければ正義を実行しにくい組織はその性質上、事件を未然に防ぐサーティー・ピリオドの戦いにおいて相性が悪い。

舞台に上がる役者になりえるのは善悪の基準とは別に「利害」を優先して動く者たち。そしてそれら役者を動かし銃撃事件を挫《くじ》く脚本を作り上げるのが自分の役割なのだろう。

交番を出て移動を再開すると、すぐに大須《おおす》観音《かんのん》の威厳《いげん》ある仁王門《におうもん》が現れた。左右に厳《いか》めしい仁王《におう》像が二体並び、手にした金剛《こんごう》の法具で仏敵を警戒《けいかい》する荒々《あらあら》しいポーズを取り、「阿《あ》ッ」「吽《うん》ッ」といまにも怒声を発しそうな迫力がある。

――さあて、ここからは情報収集ターンだが……。

計助《けいすけ》は門前で一度立ち止まる。この門をくぐった先に銃を忍《しの》ばせた犯人が高確率でうろついている。犯人を見つけられなければ銃口が火を噴《ふ》き、仁王《におう》像の威圧むなしく霊験《れいけん》あらたかな場に鮮血が舞う。

行くぞ、と覚悟を決めて仁王門《におうもん》をくぐり、だが、その覚悟を砕《くだ》くような光景が広がった。

「こ、これは……！」

気圧《けお》されるほどの、夥《おびただ》しい人の数。

それは少女撃弾《しょうじょげきだん》のファンだった。バンドTシャツを着込み、まだかまだかとライブ開始を待ち焦がれている。あまりの混雑ぶりにわざわざ規制ロープまで張られているほどだ。

――すごい人気だ。この人の多さ、犯人が潜《ひそ》むには好都合だ……。

「計助《けいすけ》、計助《けいすけ》！　この境内《けいだい》にも見覚えがあるよ。やっぱりわたし大須《おおす》に来てたんだよ！」

ファンの多さに圧倒される計助《けいすけ》の傍《かたわ》ら、時湖《ときこ》は失った記憶を摑《つか》みかけていた。

「よーし、記憶についても事件についても調査調査っ。さっそく調べるぞー、ぺむっ！」

意気込んだ勢いで規制ロープをくぐろうとした矢先、「ちょっとちょっと！　勝手に入っちゃダメだよそこの君……というかペンギン？」と腕章をつけた係員に呼び止められる。

「悪いけど、少女撃弾《しょうじょげきだん》のライブは混雑を見込んで入場規制をかけてるんだ。ステージ前のファンエリアと後方の一般エリアを隔《へだ》ててね。ファンエリアに入るには事前配付の入場券が必要だよ。入場券がないなら諦めて」

――入場券だって？　ただでさえ群衆の中から銃を隠し持つ犯人を特定するのが困難なのに、

もし犯人がファンエリアに潜《ひそ》んでいたらまず見つけられないぞ。

「ぺむぅー、なんだよケチだなぁ。このままじゃ犯人が見つけられな——あ、いた」

きょとんとしたように時湖《ときこ》が呟《つぶや》く。いた？

「いた！　いたよ計助《けいすけ》っ！　ほらそこ、バンドTシャツ着てる人！　銃を持ってる！」

「んな馬鹿な。そんな都合よく見つけられるわけ——いた‼」

時湖《ときこ》が指差した先、確かにいた。片手に拳銃をぶら下げているファンが。

無骨で、黒色で統一され、銃把《じゅうは》に五芒星《ごぼうせい》の紋章《もんしょう》が象《かたど》られただけの殺風景なデザインの拳銃。人を殺すことだけに合理化された単純思想がそのデザインから垣間見えてひやりとさせられる。

でもなぜ拳銃を表に出しているのか妙だなと思い、そこで気づいた。隣にいるファンも同型の拳銃を握り締め、さらにその隣も銃、その隣も銃、銃、銃、銃、銃、銃、銃——

「な、なんだこの銃だらけの異様な光景は⁉」

「ぺぺん⁉　なんでファンの人たち同じ銃を持ってるの⁉」

「本物の銃……ではないよなさすがに。あれはモデルガンか」

「モデルガン……まずいよっ。会場にはたくさん人がいて、一部エリアに入れなくて、しかもなぜかファンのほとんどが偽物《にせもの》の銃を持ってて……これじゃ三〇ページで犯人も本物の銃も見つけられっこないよ！」

無数の人、入場規制エリア、モデルガン、犯人にとってあまりに都合のいい環境だ。

——いや、まさか計算ずくか。犯人はライブ会場の環境を利用して銃撃を企《たくら》んでいる？

「……時湖《ときこ》、いったん引くぞ」

「引く？　引くってどこに？　ちょっと君、君ってば。どこ行くの？　どうするつもり？」

「より詳しい情報を手に入れて犯人のシナリオを潰す。そのために会いに行く——〝レンタル屋のドラ息子《むすこ》〟にな」

計助《けいすけ》は大勢のファンに背を向けて遠ざかり、境内《けいだい》の端《はし》まで移動すると、運動会でよく見られる白い三角屋根のパイプテントが立っていた。夏祭り運営委員の待機所であるそこに——居た。半被《はっぴ》姿の若い男が。

「ハァァァァアン!!　なんでも貸します金山《かなやま》商会～♪　着ぐるみも祭りもイベントも～♪　山車《だし》もジャンボ機もトラクターも～♪　ワァオ！　貸す貸す貸す貸すなんでも貸します♪　レンタルの際はぁぁぁ金山《かなやま》商会におまかせくださぁぁぁい！　Ｆｏｏｏｏｏ！」

右手に持った金扇子《せんす》でご機嫌に舞い踊り、左手に握ったマイクで自社ＣＭを喧伝《けんでん》している。

「うるさっ！　え、なにあのバカ騒ぎ男。まさかあれに話しかけるの？」と時湖《ときこ》はドン引きしていたが、「いつもあんな調子だ」と計助《けいすけ》は気にせず声を掛けた。

「よう、ドラ息子。祭りの日にも自社アピールとは熱心だな」

「おや、これはこれは調査屋じゃないか！　ご機嫌かーい！　Ｆｏｏｏｏｏ！」

男の名は、金山道楽《かなやまどうらく》。弱冠《じゃっかん》二〇歳《はたち》で祖父が創業した『金山《かなやま》商会』を継《つ》いだ若社長。

金山《かなやま》商会は名古屋を拠点とした老舗《しにせ》総合レンタル会社だ。戦後混乱期の物が不足している時代に創業し、レンタル業の草分け的存在として急成長した。「なんでも貸す」という売り文句はネタではなく、着ぐるみからビジネスジェット機まで本当になんでも貸し出す。大須《おおす》に支店があり、その関係で道楽《どうらく》は夏祭りイベント運営の主管を任されている。

そんな男を、計助《けいすけ》はサーティー・ピリオドの舞台役者のひとりと考えていた。

「へっ、ご機嫌なのはお前だろドラ息子。ずいぶん景気よさそうじゃないか、ええ」

「おや、顔に出ちゃってるかい？　少女撃弾《しょうじょげきだん》のステージは丸ごとウチの貸し出しでね、世間は不況らしいけどウチは儲《もう》かって笑いが止まらないよお。アハハ！」

金扇子《せんす》で扇《あお》ぎながら尊大に笑う道楽《どうらく》。その姿に時湖《ときこ》は、「なんだこの金持ちアピール自慢野郎は。こっちは無一文ペンギンだぞう！」とぶすっとしていた。

だが実際、道楽《どうらく》の仕事ぶりは大したものだ。幅広なステージには高品質な音響機材と多彩《たさい》な演出照明がセットされ、境内《けいだい》の一角に本格的なライブステージを出現させている。

「ドラ息子、聞きたいことがある。少女撃弾《しょうじょげきだん》のファンがモデルガンを持っているのはなぜだ？　ライブを手伝ってるなら詳しいだろ」

「それはあれだよ、ライブを盛り上げる応援芸さ。まだ少女撃弾《しょうじょげきだん》が小さなハコでライブをやっていた頃、あるファンがライブを盛り上げるために考案したんだ。それが銃を題材にした人気曲のワンフレーズ、『私を狙って撃ち抜いて』に合わせてモデルガンを掲げ、ボーカルの沙《さ》羅《ら》に狙いを定め撃つポーズをすること。客席から次々と銃が突き上がる光景は刺激的でファンの間で感染的に広がってね。銃の種類も統一されたことでファン同士の連帯感も高めて定着したムーブメントさ」

刹那《せつな》。道楽《どうらく》の説明を受けて、計助《けいすけ》は犯人の邪悪な閃《ひらめ》きを垣間見た。

――もしも、もしもだ。ファンがライブに熱狂してモデルガンを突き上げる状況下、木を隠すなら森とばかりに犯人は本物の銃で沙羅《さら》に狙いを定め、『私を狙って撃ち抜いて』のフレーズでボーカルの沙羅《さら》を撃ち抜く。それが犯人が企《たくら》む悲劇のシナリオだとしたら……。

背筋がぞっと凍《こお》りついた。

この読みが正しければ元の現実で撃ち殺されたのは沙羅《さら》で……いや待て、引っかかる点がある。ステージにあった血塗《ちまみ》れのかんざし、あれは一体？

「おや、調査屋の隣にいるのはペンぷーかい。ダメじゃないか、本番前に油を売っていたら」

計助《けいすけ》が考え込んでいると、道楽《どうらく》が唐突にペンギン時湖《ときこ》の胴回《どうまわ》りを、よっ、と抱える。そしてそのままイベント関係者専用通路へ強引に持ち運ぼうとする。

「ぺむむー攫《さら》われるー！　事件だーペンギン拉致《らち》だー！　いきなりなにするんだバカアホー！」

「こらこら。口汚《くちぎたな》い発言は『愛のペンギン』ってキャラ設定が崩れるだろう。愛だよ、愛。愛を振りまいてたーんと客に金を積ませないと。さ、これからその本番だ。金山《かなやま》商会の看板キャラとして恥じないパフォーマンス頼むよ。はい、復唱。愛《金》、愛《金》、愛《金》！」

「副音声が金！　金に汚い発言こそやめろー放《はな》せ放《はな》せー！」

「おい、ドラ息子《むすこ》。なに勘違《かんちが》いしてるか知らないが、そこのペンギンは俺のツレだ」

「おや、調査屋の？　なんだ、ウチと無関係で単なるコスプレ趣味か。これは失礼した。てっきり少女撃弾《しょうじょげきだん》のバックダンサーがサボっていると思ってね。それならキミに返すよ」

そこで急に解放された時湖《ときこ》は「ぺぐふっ」と地面にクチバシをぶつけた。雑に扱われて憤《いきどお》るかと思いきや、「バックダンサー……それって……」となにか引っかかったように呟《つぶや》く。

「今日のライブは少女撃弾《しょうじょげきだん》とペンぷーがコラボするのさ。ライブ中盤でペンぷーが複数登場してダンスを踊る予定でね。メディアも来てるしペンぷーのアピールには絶好だろう」

「商魂《しょうこん》たくましいな。かつてのペンぷー人気を取り戻そうとライブにねじ込んだわけか」

「もちろんだとも。そして金山《かなやま》商会はキャラクター事業でもレンタル事業でも成功を収め、いずれボクは名古屋一有名な社長になってみせる。そのためには利益、利益利益利益。そこに利益があるならなんでも貸す。着ぐるみからジャンボ機まで貸す。貸す貸す貸す貸すなんでも貸すよおおおお!!」

「──じゃあ、ライブの延期を貸せよ」

そこで、仕掛けた。

「なんでも貸すなら、俺に少女、撃弾、の、ライブ、の、後日、延期、を、貸せ」

計助《けいすけ》が鋭く告げると、さすがの道楽《どうらく》も虚《きょ》をつかれたようにおどけた表情が一瞬停止し、だがすぐにフハッと愉快《ゆかい》げに笑ってみせる。

「延期？　後日延期を貸せだって⁉　いやいやキミはなんてひどい要求をするんだ調査屋！この夏祭りを成功させるために実行委員がどれだけ時間をかけて準備してきたかわかるかい？一年。そうさ、一年前からせっせと準備してきたんだよ！　中でも少女撃弾《しょうじょげきだん》のライブは祭りの目玉。ほら、ライブに大勢集まったファンの輝いた目を見なよ。なのに延期しろだって？彼らの気持ちを裏切れと言うのかい⁉　最っ低だなあキミは‼　ええ‼」

「話し合いの余地はあるだろ」

「当っっ然！　キミがライブ成功を上回る得を示せれば延期だって貸そう‼」

そういう人間だった。義理人情、堅い絆《きずな》、そんなものは自社の利益の前で簡単に手のひらを返す男。しかしそれは見返りさえ出せれば無理が通るということでもある。だから。

「――交渉《こうしょう》といこうじゃないか、ドラ息子」

その一声で、場の空気が張り詰めた。

計助《けいすけ》はネクタイを締め直す。ここからだろう。ここからが戦い。演技、フェイク、ハッタリ、あらゆる〝偽り《いつわ》〟を駆使して悲劇を止めにいく。

道楽《どうらく》もまた目つきを鋭くする。瞳の奥でしたたかに打算を弾《はじ》く商売人の面構《つらがま》え。びた一文譲歩《じょうほ》しないと言外の宣戦布告。

カウント『13』。情報収集ターンは終わり、これより先は名古屋の有力者である若社長を口説き落とし、銃撃回避の言葉を勝ち取れるかどうかの戦い。

すなわち、言葉の刻み合い《交渉》である。

「いいよいいよお、愉快な商談になりそうだね調査屋！　じゃあそうだね、ライブを延期してほしいなら……うん、決めた。いいよ。二千万で」

気軽に口にした暴力的な要求額に、「へ？」と時湖《ときこ》が目を白黒させる。

「だから二千万だよ。延期してあげるから用意して。いますぐ現金《キャッシュ》で」

「にっ、にっ……二千マ――――――ン！　ペ――――――ン!!」

想像を絶する額に時湖《ときこ》がこてんと卒倒《そっとう》。いまにもクチバシから泡《あわ》を吹き出しそうだった。

「は、払えっこないよそんなお金！　こっちは無一文ペンギンだぞう！」

「ないならサラ金でも闇金でも使って必死に掻《か》き集めてきなよ。ほらほら早く早くぅ」

道楽《どうらく》がニタニタと笑う。計助《けいすけ》の出方をうかがうように。

服装で大人に偽装してもその正体は資金力のない高校生。しかしいますぐ二千万を用意しなければ防げない銃撃事件。吹っかけられた難題。その回答は――

「逆だろ、ドラ息子――お前が俺に二千万寄越せ。延期で得させてやるんだからよ」

へらへらと軽薄《けいはく》に笑い返す。すると「へ？」と時湖《ときこ》が再び目を白黒させる。

「な、なんで……おかしいよ計助《けいすけ》!?　こっちが延期を頼んでいるのにお金払えって！　しかも二千万なんて！　そんなめちゃくちゃな頼み方したら事件の解決は――」

「用意できないのかドラ息子？　いますぐ現金《キャッシュ》で。あー、残念。んじゃ交渉終了ー。ま、せいぜい後悔すんなよ。──少女撃弾《しょうじょげきだん》とペンぷーのコラボが成功しなくとも」

開始数秒で交渉打ち切り。計助《けいすけ》はひらひらと手を振り飄々《ひょうひょう》とした態度で踵《きびす》を返《かえ》しながら、しかし内面では強く念じていた。追いかけてこい。こい、こい、こい……。

「待ちなよ、調査屋。まったく脅《おど》しとは恐《おそ》ろしいなあキミは」

──きた。

よし、と小さく頷《うなず》く。呼び止められる自信はあった。〝あの子〟捜しの際に集めた人物情報で把握していたから──金山道楽《かなやまどうらく》。利益優先のリアリスト。パイの最大化を常に計算し、パイを最小化するリスクは放置しない。

駆け引きはもうはじまっている。人物情報を活《い》かして交渉を進めるんだ。理不尽《りふじん》な要求をされても食らいつけ。持っていなくても持っているようなブラフで切り抜けろ。

──この交渉、びた一文払わず合意を結んでみせる。

「脅し？　へっ、お前が二千万なんて吹っかけてくるからこっちもそう返しただけだろうが。勘違いすんなよドラ息子。この交渉、俺とお前の立場は対等だ」

交渉の風上に立とうとする道楽《どうらく》に一睨《いちげい》で牽制《けんせい》し、対等な立場を強調して再び交渉の卓に戻る。

「もしもお前が俺の足下につけこむなら、俺は別の選択肢を取るだけだ。いいか、こっちはいつ袖《そで》にしても構わねえんだぞ」

「なるほどね。事前に別の選択肢を用意しておけば理不尽《りふじん》な要求もはね返《かえ》せるってわけだ。そこらへんはボスに仕込まれたのかな？　ブラボーブラボー！　はーいよくできましたー！」

「おい、いつまで上から見下す態度取ってんだ。本気で話し合うつもりはあるのか？」

「それはボクの台詞《せりふ》さ。だって先に吹っかけたのはボクじゃない。キミだ。要求はライブの後日延期？　違うねえ。違う違う！　真の落とし所はどこに設定してるう？」

計助《けいすけ》は内心で舌打ちした。手強《てごわ》い。名簿屋に通じたテクニックがこの男には見切られている。

そう、「後日延期」は最初からブラフ。真の狙いは「一時中断」。最初にカマした大きな張りを取り下げて譲歩《じょうほ》したようにみせ、後出しの本命を通しやすくするテクだったが……。

「へへっ、いいだろうドラ息子。要求を後日延期から一時中断に格下げしてやってもいい」

「ハハッ、最初から格下げする算段だったんだろう」

「いやいやそれだけじゃねえぞ。二千万寄越せって要求も考え直してやるよ」

「はいはいそれも最初から本気で言ってないだろう。全部見え見えだよお」

互いに嘘つきの笑顔で腹を探り合う。

仮面の下、計助《けいすけ》が引いたアガリまでのルートはシンプル。境内《けいだい》全域に伝わるマイクを使ってイベントの仕切り役である道楽《どうらく》に一言言わせればいい。『少女撃弾《しょうじょげきだん》のイベントは一時中断となりました。再開については後ほどまたアナウンスします』と。

その言葉だ。その言葉さえぶん捕《ど》れば、ボーカル沙羅《さら》の銃撃は一時的に不可能となり繰り返しの舞台は終幕。元の現実は銃撃事件が発生しない展開に再構成されると読んだ。

「あーもうごたくはいいよ調査屋。延期で得させてやる、キミはそう言ったね。じゃあ聞かせてよ。ボクは得がしたい。利益にしたい。キミはどんな見返りでボクを口説くう！」

——カウント確認……『17』⁉　もう残り一〇ページ弱だと⁉

くそ、進行が早い。どうする。有利になるまで駆け引きを続けるか、もしくは決めのカードを切るか。まだ一〇ページあると考えるべきか、もう一〇ページしかないと急ぐべきか。難しい。迷う。サーティー・ピリオドの戦い方がまだ体に馴染《なじ》んでいない。選択は、判断は——

いいさ決めてやる。早期決着で言葉を捕りにいく。

「——見返りは、俺が道楽《どうらく》を名古屋一有名な社長にしてやるよ」

それを交渉の卓にのせた瞬間、ほう、と道楽《どうらく》の目の色が変わった。しかし興味を気取《けど》られないようにすぐ片頰《かたほお》に微笑《びしょう》を張りつけてごまかすが、その一瞬を見逃す計助《けいすけ》ではない。

「聞け道楽《どうらく》。いまこのライブ会場には銃撃事件を起こそうと企《たくら》んでいるクソ野郎が潜《もぐ》り込んでいる。おそらくそいつは本物の銃を持って少女撃弾《しょうじょげきだん》のファンに紛《まぎ》れ込み、ライブパフォーマンスに合わせて沙羅《さら》を銃撃するつもりなんだろう」

「おそらく、だろう……曖昧だねえ」

本物の銃と聞いても顔色ひとつ変えない。情報の信憑性《しんぴょうせい》を怪しんでる節もあるだろうが、そもそもこの男は正義に興味がない。「利益」だけが金山道楽《かなやまどうらく》を動かす。

「俺の筋書きはこうだ。ライブ中断によって犯人の銃撃を阻止《そし》、少女撃弾《しょうじょげきだん》のボーカルを守り夏祭りを救う。結果、お手柄《てがら》だと祭りの来場者は喝采《かっさい》し、少女撃弾《しょうじょげきだん》のファンはSNSで賛辞を呟《つぶや》き、メディアは地上波でそのニュースを流す。今日一日名古屋の話題を掻《か》っ攫《さら》い賞賛を浴びるヒーローは、お前だよ道楽《どうらく》。――俺が金山《かなやま》商会の駒として裏で動き銃撃犯を見つけ、その手柄をすべて道楽《どうらく》にくれてやる」

それが悲劇を潰すシナリオプラン。交渉を成立させる決めのカード。

――犯人がライブ環境を利用するなら、俺は犯人の計画そのものを交渉材料に利用してやる。

「なるほど筋書きは面白《おもしろ》い。が、ボクがヒーローになるには確実に犯人を見つけることが必須。どうやって見つけるんだい？　いや、そもそもその銃撃犯とやらは本当に存在しているのかな？　デマの可能性は？　不確実な存在に中断のリスクは取れないなあ」

「心配すんなよ、俺は調査屋だぜ。犯人は存在している。そして必ず見つけてみせる」

「じゃあ見つけるための手がかりは？　そんなに自信満々に言うならもちろん持ってるよね？まさかまさか、持ってないなんてことないよねえ⁉」

ない。犯人に繋《つな》がる手がかりなんて。

「あるぜ、もちろん！」

が、堂々と嘘《うそ》をつく。

「へえそう！　だったらいますぐ見せてよ。ほらほら早く」

「お前がライブを中断するのが先だ。それくらいの度量みせろよ社長だろ。ほらほら早く」

手がかりがないことがバレたら一巻の終わり。が、そこを偽る。余裕綽々《よゆうしゃくしゃく》のへらへら顔で。

「言うね言うねえ！　オーケイわかったじゃあこうしよう。キミが持つ手がかりとやらで犯人を見つけられなかった場合は——」

すっ、と道楽《どうらく》が耳元で囁《ささや》く。

「キミが銃撃犯を演じてボクに捕まれよ。警察に突き出すからさあ」

思わず、一瞬表情が崩れそうなほどの、えげつないカウンターパンチが撃ち込まれる。

「さあ、誓いなよ。犯人を見つけられる手がかりがあるなら別に問題ないだろう？」

まともな発想ではなかった。本気で言っているのか。いやそれとも試しているだけか。志道《しどう》計助《けいすけ》が本当に手がかりを持っているかどうか、表情、口調、仕草から。

「おう、それでいいぜ。俺がお前をヒーローにしてやるよ、道楽《どうらく》！」

ならば偽り通す。これでもかというぐらいふてぶてしく口角を持ち上げて。

——究極、サーティー・ピリオド《30ページの世界》ではハッタリだろうが勝ちの言葉さえ刻めばいい。

たとえ三〇ページ中に犯人を見つける展開までいかなくとも、道楽《どうらく》から中断の約束を引き出しページに刻めればひとまずライブ中の銃撃は回避できる。ずるい？　嘘《うそ》なんて卑怯《ひきょう》？　構うものか。サーティー・ピリオドの本質は限られた枠の中で救命すること。それが第一義。

「くくっ……くははははははははっ！」

効《き》いた。道楽《どうらく》が相好を崩す。煽《あお》りや脅しといった強気一辺倒《いっぺんとう》の交渉人《こうしょうにん》の仮面がひび割れ、表れた表情は正真正銘《しょうしんしょうめい》の微笑《ほほえ》みだった。

「見事だ、調査屋」

嫌味のない純粋な賛辞に、計助《けいすけ》は静かに拳《こぶし》を握った。――偽り通した。

「交渉、まとまった……？」傍観《ぼうかん》していた時湖《ときこ》が目を丸める。「あれ？　二千万要求されてたよね？　それが一円も払わずに……計助《けいすけ》、君って一体……」

道楽《どうらく》が手にしていたマイクを口元に近づける。その姿に計助《けいすけ》は勝利を確信。後は銃撃事件回避の言葉がページに刻まれるのを待つだけ。『大変申し訳ありません。少女撃弾《しょうじょげきだん》のイベントは一時中断となりました』と。

「大変お待たせいたしましたッ！　まもなく少女撃弾《しょうじょげきだん》のライブを開催《かいさい》いたしますッッ！」

――は？

耳を疑った。道楽《どうらく》から発せられた台詞《せりふ》が想定と真逆で。

「面白《おもしろ》い提案だったよ調査屋。普段なら間違いなく呑《の》んでいた。ただ、相手が悪かったね」

「相手……？　なんだよ、相手って……」

「まあこれは調査屋が知らなくても無理はない。ボクだってその正体を知らないからね」

「なにが言いたい道楽《どうらく》……どういうことだ⁉」

「なに、つまりこういうことさ。二千万。あれは単なる吹っかけじゃなくて、実際に金を出した人間がいるんだよ。少女撃弾《しょうじょげきだん》のライブ成功を楽しみにそれほどの大金をポンとね」

「二千万を、ポンと……。なんだよ、それ……」

「匿名《とくめい》の寄付さ。『少女撃弾《しょうじょげきだん》のライブを予定通り進行してくれたら今後も大須《おおす》夏祭りを支援いたします』と一文を添《そ》えて。万年資金不足の大須《おおす》商店街連盟の上層部は大喜び。金山《かなやま》商会もその果実にあやかれるってわけさ」

――寄付？　匿名《とくめい》？　二千万なんて大金をあっさり寄付するなんて、一体だれが……。

カチン。

不意に、撃鉄の音が中耳《ちゅうじ》に響《ひび》き、同時、最悪な想像が過《よぎ》って慄然《りつぜん》とした。

――まさか、まさか……銃撃犯の仕業《しわざ》だというのか⁉　ライブに妨害《ぼうがい》が入らないように道楽《どうらく》や商店街連盟を金で釘付《くぎづ》けにしていた⁉

いや馬鹿な！　ありえない！　妨害されるかわからないのに予防策に大金注ぎ込んで犯行計画を万全に期していたなんて。二千万だぞ。さすがにそれは異常で……。

異常、だからか。

度を越《こ》えた異常だからこそ、だれもが笑顔になる祭りを絶対に地獄に堕《お》とそうと企《たくら》む。

その邪悪はまさしく、正真正銘《しょうしんしょうめい》の、怪物……。

「調査屋、今回の交渉結果は単純な差し引きだ。キミがプロデュースしてくれる名声と、二千万と今後の支援を秤《はかり》にかけた結果だ」

「聞け道楽《どうらく》！　匿名《とくめい》の寄付だぞ！　この先も支援する保証なんてどこにもない！」

「でも大金はすでに手元。未来で得られる不確実な名声よりいま確実にある金が強い。残念だよ。ライブ関連以外の要求だったら呑《の》んであげたのに」

「待て！　だったら借りでいい。今回の件はいつか必ず色をつけて返す」

フッ、と道楽《どうらく》は心から落胆《らくたん》したみたいに失望の瞳で笑った。

「最後に出した手が泣き落としなんて……がっかりさせるなよ、調査屋。それはボクには悪手だ。いつか？　必ず色をつけて返す？　飽き飽きなんだ、その手の利益にならない美辞麗句《びじれいく》は。いいかい、〝言葉〟なんて大した価値はないんだよ。それでも駄々《だだ》をこねるというなら、調査屋のやり方が手ぬるかっただけだ」

「なに」

「非難じゃない。キミを認めて本心で助言している。キミが持つ人脈を駆使してボクが用意した舞台を強引にでも潰すべきだったと。犠牲は出るがそっちのほうが勝算は大きかったはずだ」

「穏当かつ平和的な、悲しみのない方法が取れるならそれがベストだ」

「悲しみのない、か。なるほど、それがキミの理想なわけだ。素晴らしいよ。確かに理想的だ。……で、実際は？　キミの実力でどれほど現実を理想に塗り替えられた？」

瞬間、衝撃が計助《けいすけ》の背中を叩《たた》いて思わず息を呑《の》んだ。なにがぶつかってきたんだと思ったら、音だ。興奮、熱狂、咆哮《ほうこう》——背後でファンの大歓声がワアアァァァッと炸裂《さくれつ》した。

少女撃弾《しょうじょげきだん》がステージに登場した。スモーク演出の中から続々と姿を見せるメンバー。ファンが名を叫ぶ。ギター愛佳《あいか》、ベース綾《あや》、ドラム七津美《なつみ》、そしてボーカル沙羅《さら》。レーザージャケットにハイニーソとパンキッシュな格好で、クールな顔つきながらも眼は熱く燃えていた。

前口上はなかった。沙羅《さら》は静かにマイクを握り、ちらりと目線をドラムに送る。開始の合図。ドラムがチッチッチッとスティックでカウントを取って——

ぶちかます、そう言わんばかりの沙羅《さら》の歌声。心地よく絡《から》みつく粘性のハスキーボイスが刹《せつ》那《な》で観客の心を鷲摑《わしづか》み、一曲目から会場を最高潮へと引っ張り上げて場を圧倒する。

——はじまっちまった……。もうライブは止まらない、止められない……。

刹那《せつな》、ガゴンッ、と重々しい響きが計助《けいすけ》の両肩に降りかかる。今度はなんの音だと頭上に意識を向けた。天秤の骸《むくろ》の皿が深く沈む、その音だった。

「——そうか、そうだったんだ……。大須《おおす》、ライブ、バックダンサー、ああ、あぁ……！」

時湖《ときこ》もまたペンギン頭部をずらして天秤を見つめていた。そこでなにか恐《おそ》ろしいことに気づいたように声を震わせ、そして切迫《せっぱく》したように道楽《どうらく》に詰め寄る。

「いますぐ中断して！　あなたが中断すると言えばそれだけで惨《むご》たらしい銃撃事件を回避できる！　この世界は言葉ひとつで人が生きることも死ぬこともあるんだ！」

「無理だよ。もうライブははじまった」

「あなたの会社にとっても銃撃事件なんて起きたら困るでしょ！」

「いや、やり方次第だろうね」

「やり、方……？」

「銃撃事件に屈《くつ》せず人々に希望を与えるペンぷー。そんなマスコットを生み出した金山《かなやま》商会。メディアが喜びそうな感動ストーリーを作って事件後に利用する。そういう手もある」

　道楽《どうらく》のしたたかさに時湖《ときこ》は茫然自失《ぼうぜんじしつ》し、だがそれは数秒にも満たなかった。

「いいよ……だったらもういい！　わたしがまた守るだけ！」

　決然。時湖《ときこ》が啖呵《たんか》を切ってライブ会場へと駆け出す。「時湖《ときこ》？　おいどうした時湖《ときこ》!?」と計《けい》助《すけ》がワンテンポ遅《おく》れて追いかけ、彼女の肩を掴《つか》んで振り向かせる。すると別人かと疑うほど闘志に滾《たぎ》った時湖《ときこ》の顔つきがそこにあった。

「カウント『24』……聞いて、計助《けいすけ》。時間もページもないから簡潔に説明するよ。どうか、どうか落ち着いて聞いてね。ここから残りページで打つ手を」

「残りページで打つ手？　あと六ページしかないぞ。なにを仕掛けるつもりだ」

「まだ間に合う。手順はこう。わたしが着ぐるみ姿でバックダンサーを装《よそお》って関係者通路を通る。そして銃撃のタイミング、死のフレーズに入る前にステージに飛び込んで沙羅《さら》ちゃんを守り抜く。そうすれば沙羅《さら》ちゃんは救える。元の現実でもそうやってわたしが救ったから」

　一瞬、その発言に理解が追いつかず呆気《あっけ》に取られる。

「元の現実《一度目の八月七日》で、時湖《ときこ》が、沙羅《さら》を救った……？　いきなりなにを言って……まさか記憶が復活したのか!?　いや、いやでも待ってくれ。それはおかしい。だって俺はステージに広がる血を見た。救ったと言うならなぜ血が流れる？　沙羅《さら》を救ったならだれが撃たれて……」

「──わたしだよ。撃ち殺されたのはわたしだった」

全身が凍りついた。

「思い出したんだ。あくまで断片的《だんぺん》、一部の記憶だけど……間違いなくさっき言ったやり方でわたしは沙羅《さら》ちゃんを救った、救ったけど、身代わりになってわたしが撃ち殺された」

心臓までも凍りついた。

──狙われているのは沙羅《さら》で、しかし結果として撃たれて死んだのは時湖《ときこ》……。

「ダメだ！　だったら余計に時湖《ときこ》を行かせるわけにはいかない！」

「違うよ！　ここでわたしが行かなかったら沙羅《さら》ちゃんが死んじゃう！　どのみち銃を持った犯人を突き止められないままライブを迎えた時点で負けなんだ。悲劇、バッドエンド、その結末を証明するように天秤も骸に傾いている。けど、ただ負けて終わりになんてしてあげない」

虚勢《きょせい》や蛮勇《ばんゆう》ではなく、窮地《きゅうち》を反逆の足掛《あしが》かりにしようとする力強さが時湖《ときこ》の言葉にはある。

「時湖《ときこ》、お前なにを考えて……」

「さっき言った通りだよ。沙羅《さら》ちゃんを守りに行って、元の現実《オリジナル》で起きた展開をそっくりそのまま再現する。たとえわたしが死ぬことになっても」

ガゴンッ、と骸の皿が最下部まで一気に落ちた。

裏地メモによれば、『骸の皿が最下部まで傾けば悲劇の運命へと収束する』。それを今回のケースで言い換《か》えるなら、『絶対に時湖《ときこ》が銃で撃ち殺される展開となる』。

計助《けいすけ》は震撼《しんかん》する。だが、時湖《ときこ》は骸の傾きを見て力強く頷《うなず》く。そこで計助《けいすけ》は悟った。時湖《ときこ》の策、その真意を。時湖《ときこ》は自暴自棄《じぼうじき》になったわけじゃない。こいつの狙いは――

「よかった。これで銃撃事件の光景が再現される。一〇〇%、完璧に。わたしも君も詳細を知らないその光景、それを君が見て。その光景から犯人に繋《つな》がる手がかりを見つけて！」

「お前、サーティー・ピリオドの死のルールを逆手に取るつもりか……！」

今回負けても次負けないために活路を開く。死の傷を負ってでも犯人に迫ってみせる覚悟。

「正気かよ！　なんで死に行くことができる⁉　たとえ繰り返すとしてもそんな怖《おそ》ろしいこと……俺たちは記憶を引き継ぐ。死の記憶だって！　俺は言った。確かに言ったさ。繰り返す毎《ごと》にアガリへの手がかりを掴《つか》めたらと。だけどそれで時湖《ときこ》が撃ち殺されるなんて――」

――だったら、沙羅《さら》が撃ち殺されてもいいと言うのか？

計助《けいすけ》は揺らいだ。ズシンと重い塊《かたまり》のような疑問がのどを塞《ふさ》ぎ、二の句が継《つ》げなくなる。

「わたしは沙羅《さら》ちゃんを見殺しにしない。たとえ繰り返すとしてもそんな言葉刻ませない。悲劇を防ぐ言葉を。わたしなら、本当のわたしならそんな悲しみ見過ごさない！」

時湖《ときこ》は揺るがなかった。顔つきは凛然《りんぜん》として気高く、たとえ死の傷を負ったとしても他者を救おうとする心は優《やさ》しく、献身的《けんしんてき》で、正義感に満ちて、それは、その姿はまさしく……。

「――救うから。ここからは全部懸けて救うから」

「――同じじゃないか……三つの特徴だけじゃなく心の在り方まで〝あの子〟と！

計助《けいすけ》、犯人はわたしの妨害にきっと動揺して尻尾《しっぽ》を出す。君なら手がかりを掴《つか》めるよ」

「そんな、そんな……時湖《ときこ》が、時湖《ときこ》が……」

「だいじょうぶだよ。今回負けても、次は負けないようにすればいいんだ」

「もしも時湖《ときこ》が、俺の、俺の大切な……、ああ、あぁ……」

「『27』！　ほら、もう迷っている猶予はない。嘆《なげ》いている猶予もないっ。計助《けいすけ》、計助《けいすけ》！」

「大切な、大切な人だとしたら……彼女は、彼女は死の運命に囚《とら》われて……！」

どこかで怪物が嗤《わら》った。愛した人をその手で処刑台《しょけいだい》に送り込んでみろよ、と。

「……………………………………………………………………………ちくしょうっっ」

頭を抱え、迷い、震え、恐れ、悩み、血が出るほど唇を噛《か》んで、最後は断腸の思いで非情な決断を口にするしかなかった。

「時湖《ときこ》……俺、俺は、仁王門《におうもん》側からファンエリアに侵入《しんにゅう》する……拳銃の射程や命中を考えるなら、犯人にとって都合がいいのはなるべくステージ前に陣取《じんど》ることだと思うから……！」

「うんっ、わかった！」時湖《ときこ》は即座に応じる。背を向けて沙羅《さら》の救援に駆けつけようとして、しかしそこで計助《けいすけ》は見た。ペンギン頭部を被《かぶ》ろうとした瞬間の、死の恐怖に震えた唇を。

「時湖《ときこ》おおおぉぉぉぉぉぉぉぉおおおッッ！」

ねえ、助けてよ――ロックサウンドの爆音の中、前回の返事をいま一度全霊《ぜんれい》で叫ぶ。

「俺が全部丸ごと助けてやる！　何度繰り返すことになっても三〇ページの世界で絶対に!!」

ぴたっと停止した時湖《ときこ》は、計助《けいすけ》に向き直ってみせた。心から全開の微笑《ほほえ》みを。

「いま撃たれちゃったかと思った、君に胸を。その言葉にときめいて。えへ」

計助《けいすけ》は誓い、時湖《ときこ》は決意し、今度こそ互いに背を向けてそれぞれの目的地へ急行する。

計助《けいすけ》は一般エリアを突き抜け、ファンエリアを視界に入れる。人肌が擦《す》れ合《あ》うほどの高密度空間。重厚なサウンドにアドレナリンをガロン単位で投入されたファンたちが腕を振り上げ熱狂の波を打っている。その光景に一瞬気後《きおく》れしつつも、「行け！」と自身に発破をかけて規制ロープを飛び越え、群衆の隙間に身体《からだ》を滑《すべ》り込ませて侵入する。

「おい、君！　待ちなさいッ！」背後から制止の声。おそらく係員。無視する。先を急ぐ。が、人の背が重なり壁となって容易に進めない。狂ったような大歓声のうねりに巻き込まれて揉《も》みくちゃにされる。汗《あせ》の臭《にお》いが充満《じゅうまん》し唾《つば》が飛び交う。死のフレーズが一秒毎《ごと》に近づく。滲《にじ》ませた脆《もろ》さ。爛《ただ》れた強さ。弱ければなにも守れない。状況を変えろ。すべて失《な》くしてからが本当の勝負――

「くそったれッ！　どけ、どいてくれ！　時湖《ときこ》が、彼女が……!!」

――救ってやりたい。時湖《ときこ》を、時湖《ときこ》の中に垣間見た〝あの子〟を。

でも今回の幕では絶対に救えない。死の弾丸《だんがん》が彼女の心臓を撃ち抜く。

ごめん。ごめん時湖《ときこ》。でも次こそ必ず勝つための手がかりを手に入れるから……！

ファンを押し退《の》けるように進む。だが沙羅《さら》の立つステージに一向に近づけない。それどころか人の揺れに押し流される。自分が会場のどの辺りにいるのかすらろくに把握できない。三六〇度どこを見回しても人の顔、顔、顔、顔、顔、顔、顔、顔。

歌はサビに突入。骨太の疾走感ある旋律《せんりつ》が会場を駆けた刹那《せつな》、不気味に黒光りしたものが計助《けいすけ》の視界を過《よぎ》りぎょっとした。光の正体は日射《ひざ》しを照り返す黒の銃身。一丁の拳銃が掲げられたのを契機《けいき》に次々と銃が突き上がる。身震いするほどの拳銃の列。ファンは爆音のロックサウンドと全方位から点滅《てんめつ》するスポットライトに酩酊《めいてい》し、教祖を崇《あが》め奉《たてまつ》る敬虔《けいけん》な信者が聖書を出すように銃を掲げ、だれもが恍惚《こうこつ》とした表情を浮かべていた。

——どいつだ、この中のだれかが本物の銃を持った犯人……！

沙羅《さら》は歌う。懸命だった。血と、骨と、内臓すらもひっくるめて表現する気迫。みずからがいま持てるすべてを注ぎ込む全身全霊《ぜんしんぜんれい》に会場が大きく揺れる。

そして入った。死へと繋《つな》がるその歌詞に。

刹那《せつな》、ステージ脇《わき》から猛スピードで突進してきた影。沙羅《さら》が死のフレーズを歌い切る間際に時湖《ときこ》が到達。沙羅《さら》を守るように身を挺《てい》し、そして——

計助《けいすけ》は反射的に目を背《そむ》けそうになる。だが腹筋に力を入れて身体《からだ》を捩《ね》じることを許さなかった。まぶたも閉じそうになったが片手で必死に押さえた。

――逃げんな絶望を見ろッ!!

目ん玉をひん剝《む》け。網膜《もうまく》に焼きつけろ。絶望の中にしか手がかりはない。さあ、くるぞ――

痛烈《つうれつ》な敵の一撃。それは時間にしたら数秒もなかった。

銃声は各所に設置されたスピーカーの大音量のせいか、観客の熱狂のせいか、原因は定かではないが計助《けいすけ》の耳は拾うことができなかった。マズルフラッシュや空薬莢《からやっきょう》は照明のせいか、スモーク演出のせいか、まったくと言っていいほど見分けられなかった。

――すべてがあっけなく、あまりに一瞬で……。

視界不良の中でも、一段高いステージにいる時湖《ときこ》の様子は克明《こくめい》に映った。

糸をハサミで切られた操《あやつ》り人形のように不自然な形で前のめりに倒れ、その衝撃《しょうげき》で着ぐるみ頭部がごろりと転がり、かんざしが外れて広がりゆく血溜《ちだ》まりに沈み、びくっ、びくっ、と全身が痙攣《けいれん》した後に完全停止した。

計助《けいすけ》はひざの力を失って崩れ落ちた。

――あまりに一瞬で手がかりが摑《つか》めていない。なにひとつ、なにひとつとして……。

考えの甘さを痛感させられた。なにが穏当なやり方か、平和的なやり方か。

――たった三〇ページでこの悲劇を止めるには、俺の戦術は手ぬるかったのだ。

『30』。この世界の最終段階の数字を迎え、血で赤く染まった視界に絶望的な言葉が浮かんだ。

時湖《ときこ》は死んだ。

Fourth Loop

第四ループ

30ページでループする。

そして君を死の運命から救う。

――完膚《かんぷ》なきまでに打ち負かされた。

敵はライブ中に銃撃するという大胆な犯行ながら、二千万という大金で運営側への干渉《かんしょう》を防ぎ、大勢のファン、派手な演出、幾重《いくえ》にも掲げられた拳銃の列を隠《かく》れ蓑《みの》にする策略だった。時《とき》湖《こ》が決死の思いで銃撃事件の再現を試みたが、手がかりを得られず時湖《ときこ》を見殺しにしただけの最悪な結末を迎えた。

邪悪で、周到で、圧倒的なまでの、三〇ページに構築された怪物のシナリオ。

敗残の将となった計助《けいすけ》は、その額《ひたい》に赤熱した焼印をジュウウウッと押しつけられた。

時湖《ときこ》は死んだ、と。

新たな三〇ページが開幕しても撃ち殺された時湖《ときこ》の死顔《しにがお》が脳裏に焼きついて離れず、計助《けいすけ》は流し台で嘔吐《おうと》した。何度も、何度も、胃液すら空っぽになるまで。

すべて吐き尽くしてうな垂れていると――玄関扉が開いてペンギンマスコットが現れた。

繰《く》り返《かえ》しのおかげで悲劇がリセットされて生き返った時湖《ときこ》。いや厳密に表現するなら繰り返す世界でしか生きられない時湖か。元の現実《オリジナル》で死の運命に囚《とら》われ、サーティー・ピリオドという延命装置でいまかろうじて生き長らえている状態。

もしもこの先、怪物が構築した悲劇のシナリオを凌駕《りょうが》できなければ、時湖《ときこ》の死が揺るぎない現実として確定してしまう。

――時湖《ときこ》は〝あの子〟かもしれないのに……。

　完全に証拠が出揃《でそろ》って確定したとはまだ言い切れないが、あの一瞬、沙羅《さら》を救おうとした台詞《せりふ》はかつて秘密基地で抱き締めてくれた〝あの子〟の姿と重なった。

　計助《けいすけ》は時湖《ときこ》に顔向けできず目を伏せた。無駄死《むだじ》にさせた。時湖《ときこ》が命懸けで作り上げたシーンから犯人に繋《つな》がる手がかりをなにひとつ摑《つか》めなかった……。

　失望されても仕方ないと、ひどく嗄《か》れた声で、まさしく〇点の恥《は》ずべき結果を報告した。

「はい、これ。君、飲んだほうがいいよ」

　すると、時湖《ときこ》は心配する声で冷蔵庫にあった炭酸水を差し出してくれた。

「頰《ほお》、真っ白だよ。ほら、水分取って。脱水症状になったらたいへんだよ」

「なんで、この期《ご》に及《およ》んで俺の心配なんて……いいんだよ、俺のことなんて。心配されるべきはお前だ。大事なのはお前なんだよ時湖《ときこ》。元《オリジナル》の現実で撃ち殺されたのは時湖《ときこ》だった。サーティー・ピリオドで真に救わなければいけないのは時湖《ときこ》だった。これから先、三〇ページの言葉のひとつひとつに時湖《ときこ》の生死がかかって……もし三〇ページ上で救えなかったら時湖《ときこ》はッ！」

「優しい人なんだね、本当の君は」

　そこで顔を上げた。

　慈《いつく》しむような時湖《ときこ》の微笑《ほほえ》みが眼前に広がった。

「自慢野郎と交渉していたときに思ったんだ。外での君はきっちりネクタイして大人っぽくて、喋《しゃべ》り口調は自信満々って感じで、余裕な顔つきは隙《すき》なんて全然なさそうで。でも君のそばにいてこうも思った。本当は見た目以上に必死で、繊細《せんさい》で、傷つきやすくて、そして優しい人なんだなって」

「俺は、俺は別にそんなんじゃ……」

「わたしね、すっっごく嬉しかったんだ！　全部丸ごと助けるって君が誓ってくれた言葉」

「嬉しいって……そうじゃないだろ時湖《ときこ》。なんで責めないんだ。怒ってくれていい。時湖《ときこ》は自分を犠牲にして傷ついたのに、俺はなにひとつ犯人の手がかりを摑《つか》めなくて――」

　そこまで言いかけて、ふと時湖《ときこ》の笑みがぼやけた。まるでソーダ水越しに見るように。

「あ……」

　不意に胸が詰まって涙《なみだ》ぐんでいた。

　慌てて涙を隠すように背を向けるが、手遅れだった。

「計助《けいすけ》、君泣いて……」

「ち、違う……これは違うぞ。なんでもない、なんでも……」

　声が上擦《うわず》った。らしくなかった。普段なら人前で涙なんて見せないのに。余裕で自信満々でハイスペックな完璧さを演出するのに。時湖《ときこ》を前にするとなぜか脆《もろ》さが漏《も》れ出て……。

　――〝あの子〟だからだろうか。

　かつて〝あの子〟の優しさに包まれて泣きながら本心を打ち明けたように、いまも俺は……。

　ごしごしと目元を拭うが涙が止まらない。悔しかった。敵は二千万を躊躇《ちゅうちょ》なく注ぎ込むイカれた怪物だというのに甘っちょろい戦い方しかできなかった。

不甲斐《ふがい》なくもあった。かつて自分を救ってくれたかもしれない彼女をこの手で処刑台《しょけいだい》に送り込んで、血塗《ちまみ》れの姿を眺《なが》めることしかできなかった。

優しい？　優しいだって？　いくら優しかったところで怪物に対抗できる展開や言葉は生まれない。優しさでは時湖《ときこ》を救えないんだ。

覚悟が足りなかった。どんな汚《きたな》い手を使ってでも時湖《ときこ》を救わなきゃいけなかった。

情けねえ。ただただ情けねえ……。

「ぺむっちょペンギ――ン!!」

「え？　ぺむっちょ？　……うおぁっ!?」

突然、悲愴感《ひそうかん》を吹き飛ばす滑稽《こっけい》な掛《か》け声《ごえ》とともに計助《けいすけ》の背中にどかっと体重が乗っかった。

何事かと振り向くとペンギンが豪快にダイブしてきて、その勢いのまま共に床《ゆか》へと倒れ込む。

「痛《い》ってて……お、おい時湖《ときこ》、いきなりなにを――」

「救えてるよ、ちゃんと!!」

強引に振り向かせてでも伝えたい、そんな語気で時湖《ときこ》は言った。

「わからない計助《けいすけ》？　なんでわたしが絶望してないかわからない？　もう現実では死んじゃってて、たった三〇ページでどうにかしなきゃ確実に死んじゃう運命で、でもわたし、全然これっぽっちも絶望してないんだよ。どうしてだと思う？　さっき言った通りだよ。君が誓ってくれたから。全部丸ごと助けるって。独《ひと》りだったらとっくに絶望してたよ！」

「そんなの……ただの宣言でしかない。現状俺はまだなにも救えていない」

　バツが悪くて計助《けいすけ》は目を逸《そ》らす。

「絶望からわたしの心は救えてるよ。その言葉で」

　時湖《ときこ》は目を逸《そ》らさない。

「言うだけならだれだって言えるさ」

「だれも言ってくれなかったよ！　だれもが〝あちら側〟のこの世界では！」

「それは……」

「元気出してよ。君に元気出してほしいんだ。一回手がかりが摑《つか》めなかったぐらいで恥《は》じる必要なんてないよ。前回の交渉だってあと一歩だったじゃん。君はすごい、すごいよっ」

「よしてくれ、そんな持ち上げ方……」

「君が元気になるまで何度だって言うよ。すごいすごい、君はすごいんだっ。君なら絶っっ対上手《うま》くやれるよ！　だってわたしの心はもう救われてるもん。本当だよ。証明してあげる。ほら、このとーりっ」

　時湖《ときこ》は勢い任せに計助《けいすけ》の頭を抱き、ぎゅっっ、と胸にうずめて心音を聞かせる。

「ほらほらっ、着ぐるみ越しでもわたしの鼓動を感じられるでしょ。心臓は生きてる。心臓の奥にある心もちゃんと生きてる。心は元気いっぱいっ。元気元気めちゃくちゃ元気！」

「お、おい時湖《ときこ》っ。わかった。お前の励ましは十分伝わったから！　その、胸、胸っ」

「銃で撃たれたことなんてへっちゃらだよっ。あのときの君の台詞《せりふ》のほうがズキューンと胸にきたぜ！」

「だから胸、胸で息が……っ」

「ん、胸？　……あっ」

そこで時湖《ときこ》は我に返ったのか、はわわっ、と照れたように飛《と》び退《すさ》った。

「こ、これは違うよっ。だ、抱きついちゃったのは君を励ますのに夢中なだけで！　ううんむしろ着ぐるみだからノータッチ、みたいな？　そうだよ着ぐるみ越しだもんね！　問題ナシナシ！　あーよかった着ぐるみ着てて。あーよかったペンギンで。ぺんぺん」

焦《あせ》った口調で謎論理をかましながら、紅潮した頰《ほお》をペンギン頭部を被《かぶ》ってごまかす。

「いや、その、俺も悪かったっていうか……気を使わせたな、時湖《ときこ》」

――時湖《ときこ》に冷静になれと言ったが、冷静にならないといけないのは俺のほうだ。

ページカウントはすでに『6』。もう『6』だ。落ち込もうが涙流そうがマキナボードが同情して針を止めてくれるわけじゃない。時湖《ときこ》を救う猶予はどんどん削られていく。

泣く余裕すらないんだな、三〇ページの世界ってのは。

「俺は……大丈夫、大丈夫だから。ここからは、しっかりするから」

両頰《りょうほお》を叩《たた》く。もうぐじぐじしていられない。切り替えろ。話し合うことは山ほどあるのだ。

「前回の反省がしたい。犯人の手がかりは得られなかったが、三点、気づいたことがある」

「気づいたこと？」

「ああ。まずひとつ目、マキナボードの記述について。今回は過去三回のループに比べて、起《き》床《しょう》後すぐの一連の所作が『省略』されている。行動を積み重ねて言葉を獲得していけば『省略・短縮される傾向』というルールは間違いないと確認できた」

「それってプラス材料だよね！　繰り返せば繰り返すほど言葉が省略されていって、前回よりも行動範囲が広がるってことだし」

「次に二つ目、元の現実《オリジナル》での時湖《ときこ》の行動について。着ぐるみを着て銃撃時に沙羅《さら》を守った事実から、『記憶を失う前の時湖《ときこ》は沙羅《さら》が銃撃されることを予期していた』と考えられないか。銃撃事件についてなにか思い出せないか？」

「うーん、ライブでの行動自体は思い出せたんだけど、それ以外の記憶はサッパリで……」

――ダメか。今後も時湖《ときこ》と行動を共にして記憶復活のきっかけを摑《つか》んでいくしかないか。

「最後三つ目、ライブ会場での犯人について。ここでは〝わからないことがわかった〟」

「わからないことがわかった？　どーいうこと？」

「大勢のファン、モデルガン、派手なライブ演出、それら悪条件下では手がかりが摑《つか》みにくい。敵は想像以上に周到に〝計算〟している。前回の展開を数十回繰り返せば一回ぐらいは幸運に恵まれて手がかりを得られるかもしれないが、数回繰り返したところで空振りに終わる可能性が高い。なら、別の線から手を打ったほうが勝算が大きいと俺は考える」

「別の線……君にはもう今回の三〇ページをどう戦うか考えがあるんだね！」

「ああ。沙羅《さら》だ。少女撃弾《しょうじょげきだん》のボーカル、沙羅《さら》に接触する」

それがプランB。前回から大まかに考えていた別の選択肢。

「殺されたのは時湖《ときこ》だが、本来銃撃のターゲットは沙羅《さら》。沙羅《さら》を守ることが時湖《ときこ》を守ることに繋《つな》がる。だとしたらライブステージに立たないよう沙羅《さら》を説得すればいい。ライブそのものが流れれば時湖《ときこ》が犠牲になることもない。だろ？」

「確かに理屈はそうかもだけど……それ、沙羅《さら》ちゃんに今日のライブを諦めてもらうってことだよね？　中断ではなく中止……わたしたちが説得したところで受け入れてくれるかな？」

「説得策だけじゃ詰めが甘いだろうな。だから今回は用意する——強攻策《きょうこうさく》を」

——調査屋のやり方が手ぬるかっただけだ。

道楽《どうらく》の台詞《せりふ》は時が戻ったいまでも耳にこびりついていた。こちらは試行錯誤《しこうさくご》の段階だったとはいえ、交渉は失敗し時湖《ときこ》は犠牲となった。戦術の手ぬるさを痛感した。

四の五の言っていられない危機。何度繰り返せるかわからない猶予。穏当なやり方？　平和的な解決法？　甘かった。是が非でも悲劇を止めることが最優先。

「強攻策《きょうこうさく》って、沙羅《さら》ちゃんになにかするの……？」

やや物騒な気配を感じ取ったのか、時湖《ときこ》は眉《まゆ》を八の字に下げる。

このままだと時湖《ときこ》自身の死が確定するのに、そんな危機の中でも沙羅《さら》を気にかける優しさ。

こういうところだ、時湖《ときこ》の中に〝あの子〟を感じるのは。

そして〝あの子〟が死ぬかもしれない以上、計助《けいすけ》の銃撃事件の受け止めはより重くなった。

「へーきへーき。穏便《おんびん》に済ませるから。ま、安心してくれ」

だから嘘《うそ》をついた。

いかにも大事《おおごと》にはならないと軽い口調で嘯《うそぶ》いて、しかし腹の中では虚言《きよげん》を駆使してでも勝ちの言葉をぶん捕《ど》りにいく固い決意があった。

――八年培《つちか》った俺の力を。表裏あらゆる手段を厭《いと》わず、今回こそ沙羅《さら》を守り時湖《ときこ》を救う。

『9』。鳴り響くリベンジマッチの鐘《かね》に、計助《けいすけ》は反撃の第一手としてさっそく携帯を手にした。

「でも計助《けいすけ》、沙羅《さら》ちゃんにどうやって接触するの？　相手は人気バンドのボーカルでしょ。そもそもライブ前にどこに居るかすらわからないし」

「わからないなら見つけるまでだ。へへ、俺はずっとやってきたんだぜ、人を捜す作業をな」

携帯のアドレス帳に並ぶ多くの連絡先。だれに連絡し、どのように抱き込み、どう動いてもらうか、今回狙うシナリオの成否はひとえにこの舌にかかっている。

手始めに電話をかけた相手は――大須《おおす》商店街連盟事務局副長、大林《おおばやし》。

「やあ、計助《けいすけ》君。元気かい。こないだの商店街麻雀《マージヤン》大会以来だね」

慣れ親しんだ挨拶《あいさつ》を耳にし、そこで計助《けいすけ》は意識的に切り替えた。

いつものように「志道計助《しどうけいすけ》」のよく回る舌に。

「いやーーご無沙汰《ぶさた》しています副長！　前回の麻雀《マージャン》大会は完敗でしたー。副長の面白トークに裏ドラも乗って乗って！　あははっ。さすが副長お強い！　お見事！　よっ、商店街の雀聖！」

快活とした声。上司を持ち上げるサラリーマン風の言い回し。それら計助《けいすけ》の様変わりぶりに時湖《ときこ》が目を点にする。「さ、さっきまでとキャラが違う……！」

「で、本題なんですが副長。ひとつお願いがありまして――」

「少女撃弾《しょうじょげきだん》の楽屋はどこかって？　いやぁ、いくら計助《けいすけ》君の頼みでもそれは困るなぁ。一般人には教えられない決まりなんだよ。それに楽屋を知ったところで入館証がないと警備係が通してくれないよ」

渋《しぶ》る副長に、計助《けいすけ》は壁の地図のメモ《人物情報》を注視――大林益男《おおばやしますお》。年齢五〇。バツイチ。趣味は麻雀《マージャン》。スナック『愛』の常連でママに惚れ込んでいる。

「では副長、こうしましょうよ。独り言ですよ。副長は情報を漏《も》らしたのではなく、独り言を呟《つぶや》いて偶然にも俺が聞いただけです。え、やだなぁ偶然ですよー。偶然なら仕方ないですよね！　あっはっはっ！　そしたら俺も偶然呟《つぶや》いちゃうだろうなぁ。『愛』のママの前で副長は素晴らしい男性だと。パートナーにはぴったりだって。……ええ、そうです。はい、はい、なるほど。わかりました。では失礼します。――よし、沙羅《さら》の居場所を突き止めたぞ」

「早っっ！　もう見つけたの!?　あ、でもまだ居場所を見つけただけじゃ……」

――そう。新たに持ち上がった問題、常駐《じょうちゅう》警備係への対処。ただ副長から警備担当者の名前は聞いておいた。商店街連盟所属の山谷《やまたに》。ならば問題なく取り込める。

「おう！　計助《けいすけ》か。今日はどうした？　またとびっきりの女をオレに運んでくれるのか？」

「もちろん。山さんの好みは重々承知してるよ、へへっ。だから俺の話も聞いてよ」

続いての電話相手――山谷省吾《やまたにしょうご》。年齢四三。未婚《みこん》。趣味はフィリピンパブ通いと昭和グラビア写真集のコレクション。

「山さん、いまイベント出演者の待機所で警備係やってるんだろ。いまからそっちに行くんだけど、俺と会ったら山さんにこういうイベントが起きるのはどうかな。外国人観光客に道案内を頼まれて、山さんは胸から溢《あふ》れ出《で》る良心を抑えきれず、仕方なく、本当に仕方なーく、警備の持ち場を一度離れる。だからその間、建物に入る人間を見ていない」

「ハハハ。なるほどな。オレらしい善行溢《あふ》れるいいストーリーだな。おう、いいぜ。なら一〇分だ。オレが外国人観光客を道案内するために持ち場を離れる時間は」

「二〇分だ。あと夏祭りスタッフの腕章も借りたいな。頼むよー、俺と山さんの仲じゃーん」

「フッ、相変わらず人たらしだな。わーったよ。二〇分だ。いい女持ってこいよ」

――これで警備の問題もクリア。だがまだ足りない。確実な勝利にはカード《強攻策》が必要。

さあてと腕をまくる。ここまでの取引は言わば前座。次が勝負所だ。

気を引き締めて電話をかける。しばし呼び出し音が続いてようやく繋《つな》がった。

「……調査屋か。フン、用はなんだ。手短に言え」

他を寄せつけない喋《しゃべ》り方、社会の暗部に生きる人間特有の仄暗《ほのぐら》い声質。それが電話の相手、『ファンタズマ《亡霊》』の首領ブルーノ。

ファンタズマは報酬次第で様々な荷を引き受ける運び屋組織。構成員の大半は外国人で、年齢層は若く一〇代後半から二〇代。元々名古屋のアングラ界隈《かいわい》で名のある運び屋組織に所属していたが、不当な扱いから独立してファンタズマを立ち上げた。

紹介《しょうかい》はボスからだ。見合うものを出せば大抵のことはやる、人手が足りなきゃ使え、と。

そこで過去に計助《けいすけ》は追跡調査の足として利用した。そのときの仕事ぶりから彼らの実力は本物だと感じたが、彼らの不幸は元組織に圧力をかけられて同業者でも断るようなろくでもない依頼しか回ってこないこと。構成員は実働部隊のみで幅広い人脈と交渉力を持った営業マンがおらず、結果、組織はいま存続の危機に瀕《ひん》している。

逆に言えば、付け込む隙《すき》があるとすればそこだ。

「飛び込みの依頼で悪いが、頼めるか」

「チッ、タイミングが悪いヤツだ。オレたちはいま立て込んでいる」

——素っ気ない態度は常だが、今日はいつも以上につれない。呼び出し《コール》にすぐ応じなかったし、声も神経質で苛立《いらだ》っているよう。

耳を受話口により近づける。……やけに背景音が騒がしいな。出先か。おそらく荷運びの最中。ピリついた口調からハイリスクな依頼と読む。

「ずいぶん切羽詰《せっぱつ》まってそうだな。そんな調子でお仲間を食わせていけるのか？」

「ぬかせ、口先だけのモヤシ野郎が。用がねえなら切るぞ」

——軽口で煽《あお》ると余裕のない苛立《いらだ》ちが返ってきた。かなり追い込まれているなこれは。

「ここ最近、錦《にしき》で働く嬢《じょう》たちが不審者《ふしんしゃ》につけ狙われて困っている話は知ってるか？」

「あ？　なんだいきなり。アバズレどもが困っている話なんて知るかボケ。切るぞ」

「まあ聞けよ。そうカッカするから儲《もう》け話を逃すんだ。人気嬢のストーカー被害なんて珍しくない話だが、不気味なのは狙われているのがひとりじゃないって点だ。風俗嬢、キャバ嬢、ストリップ嬢、不審者が複数現れて同時多発的に付《つ》き纏《まと》ってる。一部の嬢は家が特定されていないか道中襲われるんじゃないかと気に病《や》んでる。店側も対策しているが人手が足りていない。そこで揉《も》め事《ごと》の対処ができて自宅から職場まで送迎《そうげい》してくれる人材を探している」

「フン、話が読めたぞ。調査屋ってのは仕事の斡旋《あっせん》までやるのか」

「なんでも屋みたいなもんだからな。斡旋から交渉までなんでもやるぜ。どうだ、俺が間に立ってファンタズマを紹介してやってもいい。金払いのいい連中だ。手を汚《よご》す必要もない」

「オマエへのリターンは？」

「仲介料ってわけじゃないが、見返りに運んでほしい荷がある。それは——」

そこで言葉が詰まった。ライブステージで情熱的に歌う沙羅《さら》の姿が蘇《よみがえ》って。

脳が最後通告を発した。そこから先の言葉を言えばもう後戻りはできない。今日のライブは中止となり、ライブ中止の原因を作った俺自身も……。

いや、怯《ひる》むな。時湖《ときこ》が撃ち殺されるよりずっとマシだろ。

あんな悲惨な展開だけはもう二度と起こしちゃいけない。たとえ理想的な結末でなくても。

——汚《よご》れ役《やく》を買ってでもやるんだ、この俺が。

時湖《ときこ》に会話を聞かれないようにさりげなく距離を取り、そこで改めて荷の種類や段取りなど依頼内容を携帯の送話口に囁《ささや》く。

「なんだ、その依頼は……」ブルーノは驚愕し、だがすぐ声に険を込める。「オイ、ナメてんのかテメエ。オレたちに荷とハイウェイドライブでも楽しめってか。バカが。いま立て込んでると言ったろうが。ふざけた依頼吹っかけてきやがって。嫌がらせか？　あ？」

「依頼について余計な詮索《せんさく》はしない。それが数少ないあんたらの美徳だろ」

「まさかテメエか？　オレたちを妨害して仕事を潰そうとしやがるクソ野郎の正体は」

いきなり話が飛んだ。妨害？　仕事を潰す？　なにを言ってるんだ？

「勘違いだ。どんな依頼を受けているか知らないが、ブルーノの邪魔をするつもりはない」

無言の間となった。

ブルーノはしばし熟考した後、譲歩《じょうほ》の余地を示した。

「……いいだろう。ならば、そちらにルーカスを差し向ける」

「構成員ひとりだけ？　おい、出《だ》し惜《お》しみが過ぎるんじゃないのか」

「図に乗るなよ。調査屋の依頼内容ならひとりで十分だ」

「ブルーノの仲間の実力は疑っていない。団結力があり、熱心な働きぶりは知っている。だがこっちに寄越す人材がひとりでは心細すぎる。五人寄越せ」

「ならばこの話はなしだ。こちらも忙しい」

声が遠のいた。いまにも電話を切りそうな雰囲気《ふんいき》。

「待て」急いで呼び止める。「わかった。五人は諦める。だが、もうひとりつけてくれ。人員を計二人回す。それが条件だ」

「………」

「ならばこの話はなしだ。こちらも忙しい」

そっくりそのまま強気に言い返す。今度は計助《けいすけ》がわざと声を遠ざける。

乗ってこい。乗ってくるはず——ブルーノ・レゼンデ。二〇代前半。感情的な口調とは裏腹に打算的な冷静さあり。手を汚《よご》さないで済む高報酬の依頼ならば「得」と考える。

「待て」

——ほうら、乗ってきた。

「チッ。いいだろう。二人回す。それで手打ちだ。だが覚えておけ。調査屋が手こずればこちらが勝手に動いて強引にでも荷を回収させてもらう」

ブツリ、とそこで乱暴に電話が切られた。これ以上構っている暇はないとばかりに。

フー、と計助《けいすけ》は一息つく。さすがに運び屋の首領との話し合いは少々緊張したものになったが、結果は上々だ。

五人寄越せというのは吹っかけ。大口の依頼を受けているだろうファンタズマから二人引っ張り出せたなら成果は十分。これで強攻策《カード》が揃《そろ》った。

――ようし、勝つためのシナリオの土台は固まったぞ。

「……君って、一体何者なの？」

電話でのやり取りを静かに見つめていた時湖《ときこ》が長い睫毛《まつげ》をパチパチと上下させていた。

「前回は二千万要求してくる自慢野郎と対等に渡り合って、今回は沙羅《さら》ちゃんの居場所をいち早く特定して、なんで高校生なのにそんなことができるの……」

「これくらい普段から仕事でやってる。普通の高校生ではいられないから、俺は」

――総合調査事務所『虎屋《とらや》』。そこに所属している調査員のひとりが俺だ。

思い返せば、虎屋《とらや》に所属したきっかけは〝あの子〟捜しにある。

人を捜すには興信所や探偵社など調査のプロへ依頼する方法があるが、問題が二つあった。

ひとつ、子どもが頼むには依頼料が高額なこと。二つ、『三つの特徴』だけでは手がかりが乏《とぼ》しいと大抵の事務所では引き受けてもらえないこと。

俺が依頼できたのは高校に進学して貯金が貯《た》まった頃だった。何軒も断られた後にとある興信所が引き受けてくれて、だが、そこはよりによって悪徳事務所だった。

連中はろくに調査などしなかった。適当に調査報告書をでっち上げて金を騙《だま》し取り、そして調査費用が足りないから上乗せすれば次こそいい結果が出るとさらに金を奪おうとした。

激怒した俺は相手の胸倉《むなぐら》を摑《つか》んで揉《も》めた。だが奥から強面《こわもて》の男が現れて逆にボコボコに叩《たた》きのめされた。最後は路地裏のゴミ捨て場に放り捨てられる始末。

みじめだった。食費を切り詰め、深夜まで交通整理の棒振りバイトをして、やっと貯《た》めた三〇万。それを騙《だま》し取られた挙句にタコ殴りにされるなんて。

そんな失意の状態で出会ったのが——後にボスとなる虎鉄《こてつ》だ。

虎鉄《こてつ》は調査事務所を仕切ってる者だと簡潔に身の上を明かし、そして一言問うた。

——さあどうするよ。

騙《だま》された次はどうする？　俺にはそう聞こえた。そうだ。非力な俺は暴力では勝てない。もう所持金すらない。けれど口がある。舌は回る。ならば自己演出しろ。そうしてその世界に入って「客」ではなく「プロ」になればいい。

——なあ、俺があんたに貢献《こうけん》してやるよ。だから代わりに俺の人捜しを手伝ってくれよ。俺をここで買っといたほうが得だぜ。俺はとびっきり優秀で役立つからな。へへへ！

滑稽《こっけい》なのは百も承知だった。異臭漂《いしゅうただよ》うゴミ山に埋もれながら、殴られて腫《は》れた頰《ほお》を無理やり持ち上げ、自信満々にそう演出するのは。

――面白《おもしれ》え。使ってやるよ。おれに貢献し愉《たの》しませている間は、な。

それでも虎鉄《こてつ》は計助《けいすけ》の手を摑《つか》んだ。虎鉄《こてつ》の目は愉悦《ゆえつ》と支配欲を満たす飼い犬を求めていたが、構わなかった。〝あの子〟が見つかる確率が一パーセントでも上がるなら。

そうして飛びこんだ調査事務所は社会の表と裏の狭間《はざま》にあった。事務所の入り口は表社会にあっても依頼内容によっては裏社会に片脚を突っ込む仕事。複雑に利害が絡《から》み、だれかがだれかを騙《だま》し、持ってなくても持ってるように巧言《こうげん》や虚勢《きょせい》を駆使し、是が非でも結果を出さなければならない実力主義の世界。そこで様々なことをボスから叩《たた》き込まれた。

――計助《けいすけ》。まともに戦うな。上手《うま》く戦え。上手《うま》く相手を騙《だま》し偽ってでも結果を出せ。心が痛い？　ならばその心すら偽れ。すべては結果だ。表も裏も真《まこと》も嘘《うそ》もあらゆるものを利用しろ。白い猫《ねこ》だろうが黒い猫《ねこ》だろうが鼠《ねずみ》を捕るのがいい猫《ねこ》だ。


自宅を出て大須《おおす》商店街から少し離れたオフィス街、計助《けいすけ》は五階建ての会館ビル前で足を止めた。そこが夏祭りイベント出演者たちの待機所だ。

「ぺむむっ、警備係がいるよ。わたしたち入館証持ってないけど本当に入れてくれるの？」

ササッと時湖《ときこ》が警戒《けいかい》するように電柱に身を潜《ひそ》め、そろそろーとペンギン顔を半分出して会館ビル前の様子をうかがう。

「話はつけてあるから問題ねえよ。てか、ペンギンボディはみ出てて隠れてもバレてるぞ」

計助《けいすけ》は紙袋を引《ひ》っ提《さ》げて警備の山谷《やまたに》のもとまで向かい、「やあ山さん。これ、約束のブツね」と挨拶代わりに紙袋を渡す。山谷《やまたに》が中身を確認すると実にだらしなく鼻の下を伸ばした。

「フッ。見事な手腕だな。出来る男はやはり一味違うな、計助《けいすけ》よ」

山谷《やまたに》は交換で夏祭りスタッフの腕章を計助《けいすけ》に手渡し、紙袋を小脇《こわき》に抱えながら鼻歌交じりのステップで会館ビルから去っていく。

「あっさり通してもらえちゃった……すごい計助《けいすけ》！　一体なに渡したの？」

「昭和の水着写真集『ドキドキッ！　二〇歳《はたち》のワタシのハイレグ魅惑Gカップ』」

「しょうもな⁉　なにが出来る男だよ！　そんなの持ってたなんてエッチだな君は！」

「ば、馬鹿っ。声がでかい。元々あれは山さんに人捜しの礼として渡す用で――」

そのときだった。スモークガラスのワンボックスが会館ビル前に停車した。アイドリング中の小刻みなエンジン音が「早く荷を回収しろ。遅くなればこちらが動く」と急かす。

「連中も来たか……時湖《ときこ》、急ぐぞ。時間もページも限られている」

計助《けいすけ》は腕章をつけて会館ビルに入る。『19』。足早に通路を移動しながら各扉の出演者の貼《は》り紙をチェック。少女撃弾《しょうじょげきだん》の楽屋を探す。どこだどこだ急げ急げ……。

「時湖《ときこ》、沙羅《さら》はまだ楽屋待機しているはずだ。お前はそっち側の扉を確認してくれ」

「沙羅《さら》ちゃんに接触《せっしょく》できたとしても、わたしたちの話を聞いてくれるかな？」

「そのための腕章だ。これつけて声を掛ければ少なくとも無視はできないだろ」

「それってつまり夏祭りスタッフに偽装するってこと？」

「ああ。事件を止められるなら偽装だろうがハイレグ写真集渡そうが、なんだってするさ。今回で終わらせる。ここで必ず悲劇を止めてみせる。だから——」

刹那《せつな》、計助《けいすけ》は言葉を切った。ひとりの女性が向こうから歩いてきて。

——あれ、この人……。

キャスケット帽にTシャツとラフな服装。そのまま計助《けいすけ》の真横を通り過ぎようとして、瞬間、計助《けいすけ》は脊髄《せきずい》反射で女性の手首を摑《つか》んだ。

「え……な、なに？」

いきなり引き止められて狼狽《うろた》える女性。一方で計助《けいすけ》は帽子のつばからのぞいた面立《おもだ》ちと中性的なハスキーボイスを耳にして確信した。見つけた、と。

「——沙羅《さら》さん、だね？」

瞬時にスタッフを騙《かた》った。口調を切り替え、それらしい顔を作って。

だが計助《けいすけ》とて虚《きよ》をつかれた思いではあった。危なかった。ラフな服装で一瞬スルーしかけた。

まさか通路で沙羅《さら》と出くわすとは。

「スタッフの人……？　私になにか用？　いまからライブ衣装に着替えなんだけど……って、ちょ、ちょっと！　なに、急に引っ張って⁉」

「細かい説明は後で。とにかくこっちに。急いで。至急安全な場所まで避難を」

事前に用意していた台詞《せりふ》を緊迫感ある感じでまくし立て、有無《うむ》を言わせず沙羅《さら》を引っ張っていく。詐欺師《さぎし》の話術だ。早口でめまぐるしく演出して相手に考える隙《すき》を与えない。

——よし。辛《から》くも沙羅《さら》を掴《つか》まえた。後は所定の位置まで連れて……。

「待って、ちょっと待って！」困惑顔の沙羅《さら》が計助《けいすけ》の手を振り解《ほど》いて足を止める。「いま説明してよ。てかなんでペンぷーまで一緒？　なにこれ、どういうこと⁉」

「沙羅《さら》ちゃん沙羅《さら》ちゃんっ。大事な話があるんだ。わたしたちの話を聞いてほしいんだ」

「銃撃事件が発生する。今日の少女撃弾《しょうじょげきだん》のライブで」

率直に告げた。『21』。残り九ページ。

沙羅《さら》のまぶたが倍ほど開き、そのまま硬直した。

「手短に言う。さっき事務局から連絡が入った。本物の拳銃を持った銃撃犯がライブ会場に紛《まぎ》れ込んで、ライブ中の銃撃を企《たくら》んでいる。あなたは狙われている」

「……銃撃？　狙われてる？」沙羅《さら》は戸惑い、だがすぐに空笑いした。「なにそれ？　いきなりなに？　冗談でしょ？　銃撃なんてさっきまでだれも騒いでなかったけど」

「最近嫌がらせを受けたことは？　ファンとの間にトラブルは？　どんな些細《ささい》なことでもいい。気がかりなことがあったら教えて。少しでも犯人に繋《つな》がる情報が欲しいんだ」

「嫌がらせなんて別にないし、ファンとだって特に問題は……。いやホント、スタッフの勘違いじゃない？　今日なんて豪華な楽屋花まで届いたんだから。『少女撃弾《しょうじょげきだん》のライブ応援してます。予定通り進行してやり遂《と》げてください』ってメッセージカードまで添《そ》えられて」

　──引っかかった。『予定通り進行』。それ、どこかで聞き覚えが……。

　そうだ。商店街連盟に寄せられたメッセージだ。二千万の寄付とともにライブを予定通り進行するようけしかけた文章と酷似《こくじ》してて……。

　まさか同一人物か。

　応援を装《よそお》って沙羅《さら》が絶対にステージに上がるようけしかけてるのか。

「犯人の野郎、手の込んだことを……！　教えてくれ！　その花を贈ったやつの名は⁉」

「匿名《とくめい》だから名前はわからないけど……え、待って、まさかファンを疑ってるわけ？」

「犯人の正体がわからない以上すべて疑うべきだ。狂信的《きょうしんてき》なファンかもしれないし、愉快犯《ゆかいはん》のサイコ野郎の可能性だってある」

「だ、だったらいますぐ警察にでも」

「ダメなんだ！　……伝えたけどそれじゃダメなんだ。そんなぬるい展開じゃ銃撃事件回避には繋《つな》がらない。犯人のシナリオを挫《くじ》くために必要な展開は──」

　そこで言葉がつかえた。覚悟を固めたはずなのに土壇場《どたんば》で躊躇《ちゅうちょ》が生まれた。

　──その先を言っていいのか？　ライブを犠牲にせず時湖《ときこ》を救う方法は本当にないのか？

　いや、と頭を振る。いまさらなに甘ったれたことを。偽れ。自分の心すら偽れ。

「──少女撃弾《しょうじょげきだん》には、今日のライブを諦めてもらう」

ふっ、と沙羅《さら》の表情が失《しっ》した。

瞬間、チリリッと微電流が首の裏側を流れた。原因はわからなかった。だがなにか間違った感覚に似ていて、それをごまかすように早口で喋《しゃべ》り立てた。

「外に車を待たせてある。しばらく車中に身を隠してくれ。仮にどこかのタイミングで犯人が襲ってきても荒事《あらごと》を処理できる者たちがついてる。君を命懸けで守ってくれる。代替《だいたい》のライブはどこかで用意する。必ず用意するから。だから――」

「……無理、諦めるなんて」

沙羅《さら》が半歩後ずさった。受け入れられない、そんな青ざめた顔で。

「ずっと夢だった。憧れのバンドが大須《おおす》出身で、私、大須《おおす》夏祭りでのライブに胸打たれて、私も同じ場所で歌う、絶対歌うんだって夢見て、今日、その夢が叶《かな》ったのに……」

「今回だけ、どうか今回だけは諦めてくれないか」

「仲間が、ファンが、この夢の舞台に立たせてくれたのに……」

「そのファンの中に銃撃犯が紛《まぎ》れ込んでるんだ。このままライブに進んでも絶対成功しない。絶対にだ。輝かしい夢のステージで無惨《むざん》な殺人ショーが繰り広げられる」

「そんなこと……そんなことわかんないじゃん！」

「わかるんだ。俺にはわかるんだよ」

「なんでそんなこと言い切れるわけ！　デマかもしれないのに。おかしいよ。あなたのまるで見てきたかのような口振《くちぶ》りはおかしい！　私は歌う。歌うから！」

沙羅《さら》の反発は強かった。

沙羅《さら》にとって夏祭りはただの一イベントではなく夢が叶《かな》ったステージというわけか。

だからといって同じ日を繰り返しているなどと〝こちら側〟の説明を、〝あちら側〟の沙羅《さら》にしたところで嘘《うそ》だデタラメだと余計に怪しまれて信用を失うだけだ。

ふと、嘲笑《ちょうしょう》が聞こえた。横を向くと怪物が下卑《げび》た笑みを浮かべていた。

――これも怪物の周到な〝計算〟なのか。怪物は沙羅《さら》がライブの夢を諦めないことも計算に入れて、夢を諦めないからこそ悲劇は確実に完成する残酷な犯行計画を組んだ……。

「もうあなたと話すことはないから。さよなら」

カチン。

沙羅《さら》から別れの言葉を刻まれ、同時、撃鉄の音が耳に響いた。

悲劇開幕の合図。危機を訴《うった》えて説得しても無駄だった。最悪な運命は変えられない。時湖《ときこ》が撃ち殺される結末へ進行する。このままでは時湖《ときこ》が死ぬ。また死ぬ。死ぬ死ぬ死ぬ死ぬ。

――ま、想定内だな。

計助《けいすけ》とて説得失敗は織り込み済み。それよりも大事なのはいま立っている場所。人気がまるでない会館ビル裏口前。そこまで沙羅《さら》を連れてきた時点で最低限の仕事はした。

「えっ」と驚き声を漏《も》らしたのは沙羅《さら》だ。計助《けいすけ》のもとから立ち去ろうと踵《きびす》を返《かえ》して、だが行く手を遮《さえぎ》るように二人組の外国人が立ち塞《ふさ》がっていた。

両者とも上背があり、パーカーのフードを目深《まぶか》に被《かぶ》った姿は仄暗《ほのぐら》く、褐色《かっしょく》の肌に刻まれたタトゥーは示威《じい》的で、そんな二人組が向かってきているのを計助《けいすけ》は少し前から視界に捉えていたが、沙羅《さら》には振り向き様に突如二人組が出現したみたいで驚いた様子だった。

――タイムオーバー。連中が動いた。

二人組のアクションは無言かつ瞬時に実行された。一方が青白い光を放つスタンガンを当て沙羅《さら》の気を失わせ、倒れかけるともう一方が預かった。暴力行使に一切の躊躇《ちゅうちょ》がなく、時間にしたら数秒にも満たない動作。

「ちょっ、ちょっとなに⁉　いきなりなんて乱暴なこと――」

いまにも食ってかかりそうな時湖《ときこ》だったが、その肩に計助《けいすけ》は手をのせて後ろに引かせ、代わりに二人組――運び屋ファンタズマの構成員の前に出る。

「調査屋、文句は聞かねえぞ。ブルーノから荷の回収に躊躇《ちゅうちょ》はいらねえと聞いている」

「運び屋、これ以上沙羅《さら》に手荒な真似《まね》はよせ。丁重《ていちょう》に扱え。絶対にだ。いいな」

構成員は被《かぶ》ったフードの隙間から青い瞳《ひとみ》をのぞかせ猛禽《もうきん》類の鋭い眼光を放ち、しかし計助《けいすけ》は怯《ひる》むことなく睥睨《へいげい》を突き返して厳命した。

「必ず沙羅《さら》を守り抜け。命を狙われてる少女だ。もし契約を破ったら交渉の卓に上げたものひっくり返してお前らを潰してやる。わかったな。わかったならさっさと仕事をしろ」

それ以上の会話は互いに必要なかった。運び屋は背負った沙羅《さら》に上着をかけてカムフラージュし、周囲に人がいないのを確認して会館ビル裏口から立ち去る。一方で計助《けいすけ》は再び横を向き怪物をイメージした。

――汚い戦い方だと憤《いきどお》るか？　運び屋なんてダーティーな駒を使うなんて反則だと喚《わめ》くか？　んなもん関係ねえよ。

結果は出した。持てる手札を吟味《ぎんみ》し、表裏問わず様々な人間と交渉し、俺自身の本心すら偽り、怪物のシナリオを凌駕《りょうが》した。白い猫だろうが黒い猫だろうが鼠を捕るのがいい猫《どんな手を使ってでも結果を出す》だ。

「俺はもう泣いてばかりのガキじゃねえぞ。強引だろうが銃撃回避のシナリオは完成……！」

カウント『26』。三〇ページ内に沙羅《さら》をステージに立たせず、なおかつ護衛もつけて安全を保障した展開。沙羅《さら》がステージに立たなければ悲劇の幕は上がらず時湖《ときこ》は救われる。

残ったページはせめてライブを中止にしたアフターフォロー。夏祭り関係者に連絡して、代替で少女撃弾《しょうじょげきだん》がライブをできるよう根回しを……。

「聞いてないよ、こんなやり方……ダメ、この結末はダメだよっ！」

だが、時湖《ときこ》は納得していなかった。運び屋から沙羅《さら》を奪い返そうと駆け出し、しかし強攻《きょうこう》策《さく》の反発を予期していた計助《けいすけ》が瞬時に羽交《はが》い締《じ》めにする。

「放《はな》して計助《けいすけ》！　こんな展開はダメだ。沙羅《さら》ちゃんを助けるんだ！」

「暴れるな時湖《ときこ》！　落ち着け！　沙羅《さら》は大丈夫だ。あの二人が守ってくれるから」

「そうじゃないよ！　こんなやり方しちゃったら沙羅《さら》ちゃんが悲しむよ。君だって三〇ページ後に悪者にされちゃう。本当の君は優しい人なのに！」

「だが、これでだれも死なない！」

「問題はそれだけじゃないよ！　君が望んでないでしょ、本当はこんなやり方」

「そりゃ俺だって沙羅《さら》の夢を犠牲にせず時湖《ときこ》を救えたら一番いいとは思う！　でも何回やり直せるかわからないし、犯人が捕まえられない以上これが確実なやり方だろ。最低限でも結果は結果。沙羅《さら》と時湖《ときこ》を守れた言葉はページに刻んだ。たとえ理想的でないとしても！」

「理想的じゃないとダメなんだよ！　三〇ページの世界のシナリオは‼」

　――なに？

「銃撃事件の発生を防いでも、この展開じゃ三〇ページの繰り返しは終わらない。終わらせてもらえない。見て、天秤を」

　時湖《ときこ》が窓越しに浮かぶマキナボードを指し、ガゴンッ、と天秤の皿が沈む音が響いた。

　傾いたその皿は――骸の皿。

「なんで骸の皿が？　前回に比べて最下部までは沈んでいないけど……」

「確かにこれまでも天秤はページ進行とともに骸の皿に傾いてきた。けどそれはページの限界が迫っても有効な言葉を獲得できない展望に対しての判定なんだ」

「有効な言葉？　判定？　……って、ちょっと待て。時湖《ときこ》いま、天秤の説明を……」

「そうだよ。沙羅《さら》ちゃんが連れていかれて、計助《けいすけ》も本心では納得してない顔してて、そんな理想的じゃない光景を見て思い出したんだ。塗り潰された裏地メモ、天秤の役割を」

「天秤の役割……それは一体……？」

「『三〇ページ内に刻まれた理想とする展開の判定。刻まれた言葉が理想に対して有効かどうか両皿で判定する』」

「なんだよそれ……どういう意味だ……」

「ページに理想的な展開を構築する有効な言葉が刻まれれば花の皿に傾き、花に傾いたままカウント『30』を終えれば繰り返しが終わる。だけどその逆、非理想的な言葉が刻まれれば骸の皿に傾き、再び三〇ページを繰り返す。さらに前回第三ループ終盤のように最下部まで傾けばその時点で敗北が確定——わたしが絶対に死ぬ」

「ま、待てよ。急にそんなこと言われても整理が……理想的な展開を構築する有効な言葉って、大切なのは銃撃阻止の言葉だろ？　沙羅《さら》をステージに立たせない言葉をページに刻んだぞ」

「ダメなんだ。ただ銃撃事件を回避するだけじゃ。サーティー・ピリオドは悲劇を変えられるかだけじゃなく、悲劇の中で理想を達成させられるかも大事なんだ。マキナボードは三〇ページの理想／非理想の言葉の総量を判定して、再び繰り返すかどうかシナリオの合否を決める」

——合否……確かにライブを強引に中止させた今回の三〇ページは理想的とは言い難《がた》い。でもそれは銃撃事件が発生するよりマシで、銃撃事件回避を優先した結果で、サーティー・ピリオドの本質は人命優先で……。

だれかがそう言ったか？

あれ、と途端に自信がなくなった。人命優先こそ本質だと、証言や物証があったか？　いつの間にか俺自身が勝手に思い込んでいたんじゃないのか？

ライブを諦めろと沙羅《さら》に言い放ったとき後頭部がチリリッとしたが、いまさらながらその原因を理解した。本能が警鐘《けいしょう》を鳴らしたのだ。その手は悪手だ、考え直せ、と。

だが、後悔が先に立たないように、手を打ってからしか悪手だと気づけなかった。

「……理想を考慮《こうりょ》しない展開はＮＧで、つまり、だから……〝少女撃弾《しょうじょげきだん》のライブを中止にしてはいけない〟」

そのことに気づいた瞬間、ガゴンッ、と花の皿が重さを得た。だが比重は依然《いぜん》として骸の皿優勢で、理想的シナリオではないと判定を下している。

「馬鹿な……ライブがはじまったら骸が傾いて敗北確定だぞ！　時湖《ときこ》が絶対に死んじまう！　なのにライブを中止しないで時湖《ときこ》を救えって……一体どうやって⁉　無茶苦茶だ！　なんだよ理想って！　マキナボードが合格点をくれる理想の基準ってなんなんだよ⁉」

「君だよ、計助《けいすけ》」

──俺？

「秤《はかり》にかけられるのは三〇ページに記述される主体、その『特典』を持つ計助《けいすけ》の理想。理想とは望みの集積で、君自身が望む言葉で、偽りのない本当の君の気持ちで、少なくとも君は今回のシナリオを心から望んでいないでしょ」

「俺の望み……」

理想を問われたその瞬間——悲しそうな時湖《ときこ》の表情が瞳に映った。

六・一三の悪夢で家族も居場所も失って悲しみに濡《ぬ》れて、でもこれ以上悲しみに濡《ぬ》れないようにと〝あの子〟が傘を差してくれて。

そして八年経ったいま、俺の前に現れた時湖《ときこ》がもしも〝あの子〟だとしたら。

——俺はいま、悲しみを癒《い》やしてくれた〝あの子〟に悲しませるシナリオを見せたのか？

違う。違うんだ。第三ループで道楽《どうらく》に手ぬるいと指摘され、理想よりも結果を優先して、俺だって彼女を悲しませるつもりはなくて、だから、そうだから……。

「理想、理想は……沙羅《さら》の夢を犠牲にせず時湖《ときこ》を救う、そんな悲しみのない世界《三〇ページ》」

理想が口からこぼれて困惑した。どうやってそんな薔薇色《ばらいろ》な世界を構築するのかと。

でも反面、胸の奥に熱源もあった。今度こそ理想的シナリオを完成させるチャンスだと。

「理想を、たった三〇ページ内に築く……。なんて、なんて困難な……」

複雑な感情を抱えながら、前を向いた。眼前に広がる新たなハードル、いまここが真のスタートラインだった。理想的シナリオ完成のために、いま一度、俺は——

「……いいだろう。わかったよやってやる。だからまた繰り返す。三〇ページでループする！」

Fifth Loop

第五ループ

30ページでループする。

そして君を死の運命から救う。

――サーティー・ピリオドで求められているのは理想的シナリオだった。

三〇ページ上で繰り広げられた展開、そこで発生した言葉の理想／非理想を、マキナボードという審査員が天秤《てんびん》の両皿を傾かせて判定し、最終的に仕上がったシナリオに審判を下す。

理想的だ、と繰り返しを終わらせるか。

非理想的だ、と繰り返しを続けさせるか。

――マキナボードが設定する理想の基準は志道計助《しどうけいすけ》の理想に基《もと》づいている。俺が三〇ページになにを望み、どういう言葉を構築するかが問われていた。

結果を勝ち取りたかった。銃撃事件を防いだ結果を。そのためなら沙羅《さら》の夢を犠牲にすることも止《や》む無《な》しと実行に移した。けれどそれは理想を伴《ともな》わない最低限の結果でしかなかった。

どんな手を使ってでも悲劇を止めるだけじゃダメだった。

どんな手を使ってでも理想的シナリオを完成させなきゃダメだった。

――理想を問われて心は望んだ。沙羅《さら》の夢を犠牲にせず時湖《ときこ》を救う、そんな悲しみのない三〇ページ《さんじゅっページ》世界を。

いつだったか。自分の心にはじめて嘘《うそ》をついたのは。六・一三の悪夢以降、引き取ってもらった親戚の家では迷惑をかけないよう本音を抑圧し、街の人々の前では役立つ優秀な「志道計助《しどうけいすけ》」を演じ、秘密主義的な調査の仕事では胸の内を晒《さら》したらつけ込まれるとボスに叩《たた》きこまれ、態度を偽り、言葉を偽り、本心を偽り……。

だけど、マキナボードは欺《あざむ》けない。常に志道計助《しどうけいすけ》の理想《心》を見抜く。

「問題を解決するのに犠牲は仕方ない」「現実的な方法を取るべきだ」そんな風に自分の心を無理やり納得させても理想ラインが下がってクリアしやすくなることはない。

――理想的シナリオを構築するにはいくつかハードルが立ちはだかっている。

銃撃事件を防ぎ時湖《ときこ》を救う、それがひとつ目のハードル。

その救い方において犠牲による悲しみを発生させてはいけない、それが二つ目のハードル。

この二つのハードルを越えるだけでも大変だが、要求されているのは理想。ならばあとひとつハードルがあると正面の対戦席を睨《にら》んだ。

――得体の知れない怪物。こいつを野放しにはできない。

犯行計画の周到さ、二千万を注ぎ込む大胆さ、ライブを血祭りにする邪悪さ、それら一手一手から悲劇完成に対する狂気染《じ》みた執念が横溢《おういつ》している。サーティー・ピリオドで対症療法《たいしょうりょうほう》的に悲劇を防いだところで、怪物《かいぶつ》は必ず第二、第三のリベンジを仕掛けてくる。

だから怪物の正体を暴《あば》いて凶行を根絶する、それが三つ目のハードル。

もしくは、三〇ページ内で怪物に繋《つな》がる手がかりを摑《つか》んで、ループが終わった後に怪物の正体を突き止めて対処するのもアリか。

つまりまとめると、こうだ。

――犠牲など悲しみを発生させず銃撃事件を防ぎ、怪物の正体を暴《あば》くか手がかりを入手する。

……ムズくね？

やってやると意気込んだものの、冷静に考えると難度の高さに天を仰《あお》ぎたくなる。

そんなシナリオ、三〇ページ内でどうやって実現すんだよ……。

「――とまあ、以上が前回の結果を受けての総括《そうかつ》で……痛《い》てッ！　お、おい時湖《ときこ》、クチバシでなにしやが痛《い》でででっ！　顔、俺の顔をつつくな！」

「やだ。ツンツンしてやるんだ。君がわたしに嘘《うそ》つかないって約束するまでね」

自宅。繰り返しも五回目で定番となった反省会。ペンギン時湖《ときこ》はぶすっと不機嫌だった。

「嘘《うそ》って運び屋の件か。強攻策《きょうこうさく》の内容をごまかしたことを怒って……あがっ！　鼻、そこ鼻！」

「確かにわたしだって落ち度はあるよ。理想っていうルールをすぐに思い出せなかったから」

「あがががっ！　ク、クチバシで鼻をついばむのはよせ！」

「君が銃撃事件をなんとかしなきゃって焦《あせ》る気持ちだってわかる。犯人は強敵でまっとうな戦い方だけで勝てるほど生易《なまやさ》しい相手じゃないから」

「だったらクチバシを引っ込めてくれ！」

「でもわたしにはちゃんと話してほしかったよ！　……パートナーなんだからさ」

そう言った時湖《ときこ》はもはや咎《とが》める風ではなく、むしろどこか寂《さび》しげだった。

「…………」

計助《けいすけ》は目を逸《そ》らす。

話せるわけがない。泥《どろ》をかぶるのは俺だけでいい。

「むー、なんだよ黙っちゃってさ。君ひとりで汚れ役を演じるつもりだったわけ」

「……迷惑かけるのが嫌なんだよ」

——〝あの子〟かもしれない彼女には、特に。

「迷惑……。ふーん、そういうつれないこと言うんだね。だったらいいよ。こうするんだ」

そこで時湖《ときこ》はなにを思ったのか、ペンギン頭部を脱いで冷蔵庫の炭酸水を取り出し、桜色の唇をつけて一口分だけ飲み、そして残りを計助《けいすけ》にはいっと差し出す。

「第二ループのときにここで君が言ったよね。『俺の指示に従うと約束しろ』って。そこで今度はわたしからの約束。君、このボトルを飲んでよ。それでお互いに飲み交《か》わしたら、相手に迷惑をかけるとか、嘘《うそ》ついて独《ひと》りでどうこうしようとか、そういうのは今後一切なし！」

「ボトルを飲み交わすって……杯《さかずき》を交わす的なことがやりたいのか？」

「それそれ！　固い信頼関係を結ぶって感じでいいでしょ。さあ飲んで飲んで。もし飲まなかったらーこうだっ！　いろんなとこツンツンしちゃうぞーっ」

「わかった。ああわかったからもうよせ。ちゃんと飲むから」

杯《さかずき》ではなくペットボトルだから格好はついてないし、酒ではないから作法にも則《のっと》っていないが、計助《けいすけ》が飲み口に唇をつけると、えへへっと時湖《ときこ》は照れくさそうに口元を綻《ほころ》ばせた。

「飲んだね。これで契《ちぎ》りは結ばれたんだぜ。ね、わたしの相方さん」

そう言うと、時湖《ときこ》は計助《けいすけ》からボトルを取って再び飲み口に唇を重ねる。

「結婚式って確かこうやってまた飲むよね。新郎新婦っぽいね、わたしたち」

朱《しゅ》に染まった頬《ほお》。両手を使って丁寧に飲む所作。それはまるで婚礼《こんれい》の三三九度を意識して心も重ねるよう。

「頼り合ってこ。ある意味でわたしたちはこの繰り返す世界で二人ぼっちなんだからさ」

ねっ、と小顔を傾けて水琴鈴《すいきんすず》を鳴らし可愛《かわい》らしく微笑《ほほえ》む。

――ドキッとした。いまさらだが時湖《ときこ》が〝あの子〟なら初恋相手と間接的に唇を重ねたことに……。やばい。顔が熱くなっていく。ああやばい。話題、話題を変えないとっ。

「ま、まあ頼り合ったとしても理想という条件が加わったせいで高難度は変わらずだけどなっ」

「でも、素敵《すてき》だと思ったよ。君の〝悲しみのない世界〟って理想を聞いたときは」

時湖《ときこ》は胴体部のメモに視線を向ける――時湖《ときこ》、お願い。どうか悲劇を防ぐ言葉を。

「わたしもそんな三〇ページであってほしいもん。きっとね、記憶を失《な》くす前のわたしも悲しみを失《な》くそうと悲劇と戦っていたと思うから。一緒だったんだよ、わたしたちの理想はさ」

だれも犠牲にせず銃撃事件を防ぐ。いまそんな地平を二人して見ていた。

問題はそこにたどり着ける地図をちゃんと描けるかだが……。

「時湖《ときこ》。反省会の続きだ。気づいたことがある。前回終盤〝少女撃弾《しょうじょげきだん》のライブを中止にしてはいけない〟という言葉がページに刻まれると、花の皿が一瞬重さを得たよな。花に傾いたのはライブに関しての気づきが〝理想的シナリオを構築する有効な言葉〟と考えていいよな？」

「うん。そう解釈していいと思う」

「要するに天秤ってのは三〇ページに記述された理想／非理想の言葉の総量を両皿の傾きで示すパラメーターで、それって見方を変えれば俺たちの行動の指標に使えないか？」

「行動の指標？」

「俺の行動が理想的シナリオに沿っているかどうか、その善《よ》し悪《あ》しを天秤の傾きで確認しながらシナリオ運びができるってことだ。第三ループで〝時湖《ときこ》が沙羅《さら》の身代わりになる〟のは非理想的な展開だから骸に傾いた。一方、第四ループで〝少女撃弾《しょうじょげきだん》のライブを中止にしてはいけない〟という気づきは理想の構築に有効だから一瞬とはいえ花に傾いた」

「両皿の動きを見れば、これは善い、これは悪い、と明確にわかるってことだね」

「具体的なイメージで喩《たと》えるとそうだな……サーティー・ピリオドがボクシングのリングなら、天秤は公開採点制度《オープン・スコアリング・システム》と言ったところか」

　自分と対戦相手、獲得したポイントを試合中に公開して優勢か劣勢か現状の採点を知る制度。こちらが繰《く》り出《だ》したパンチが有効的、つまり理想的な言葉が刻めれば、ポイントが加算されるように花の皿が優位に傾く。いずれ勝てるためその戦術を続ければいい。

　逆に敵からのクリーンヒット級のパンチ、つまり銃撃に繋《つな》がる言葉が刻まれれば、敵のポイントが加算されて骸の皿が優位に傾く。いずれ負けるため戦術を改める必要がある。

「これでようやく、マキナボード三種の役割を把握できたわけだ」

「理想に繋《つな》がる言葉を積み重ねて、敵が仕掛ける展開に逆転されないように注意する。最終的に花の皿優位で三〇ページを終えれば……悲劇の運命が変わるねっ」

「問題はルールを把握した上で今回の三〇ページをどう行動するかだな」

「ライブに介入するのはNG。沙羅《さら》ちゃんを連れ出すのもNG。それなら銃撃犯を犯行前に止めるしか方法がなさそうだけど、銃撃犯を見つける手がかりは持ってないしね……」

——手がかり、か。理想的シナリオには必須な条件だとは思うが……。

第三ループみたいにライブ会場に入って銃撃犯を見つける戦術は下策だ。無数のファンやライブ演出など悪条件下で手がかりを摑《つか》めるとは思えない。

銃撃後にテレビやネットの報道で犯人の情報を得る作戦はどうか？　いや、難しいだろう。たった三〇ページしかないのだ。犯人の情報が報道されるまで三〇ページが持つとは思えない。

そもそも「ライブ会場調査」も「銃撃後調査」も時湖《ときこ》の死が前提となる作戦だ。骸の皿が最下部まで落下し、時湖《ときこ》は何度も何度も死の傷を負う……。

——させない。もう時湖《ときこ》を傷つけることだけは絶対にさせない。

「相方さん相方さん、いい作戦思いついたら教えてね。前回はいまいち活躍できなかったけど、今回こそ君の力になるからっ。パートナーとしてわたしを頼ってね！」

作戦か、と計助《けいすけ》は壁の地図群の前に立つ。理想的シナリオを構築する上で使えそうな情報を探し、いくつかピックアップしたそれらを元手に、脳内でアガリまでのルートを引いていく。

一本目のルートは……理想的条件が揃《そろ》わず却下。

二本目のルートは……三〇ページに収められる展開と思えず却下。

三本目のルートは……NGに引っかかりそうな展開を含《ふく》んでいるため却下。

思索《しさく》を巡《めぐ》らしルートを引き、だがバツを打って却下する。それをひたすら繰り返す。七本目のルート却下、八本目のルート却下、却下、却下、却下、却下、却下……。

——ダメだ。どのルートも行き止まりだ。

くそ。三〇ページ制限に加えて理想という条件はやはり厄介だな。

カウント『8』。もう『8』だ。悩む間も猶予が削られていく。このままだと時湖《ときこ》が殺される現実が確定してしまう。八年ぶりに会えた〝あの子〟かもしれない彼女が銃で殺さ——

「銃」

あっ。

突如、閃光が走った。

「銃……銃か……」

闇をつんざいて裂く閃《ひらめ》きの光に、暗闇に沈んでいた一本のルートがすっと照らし出される。

でも光芒《こうぼう》は一瞬で消え失せ、視界は再び足元すら見えない暗闇に戻る。

そのルートを進めば鬼《おに》が出るか蛇《じゃ》が出るか。わからない。

だがわからないからこそこれまでと違ったアプローチとも言える。

――事態の解決に繋《つな》がるか未知数だが、このまま悶々《もんもん》と悩んで猶予を浪費するよりマシか。

思い立った計助《けいすけ》はすぐさま携帯を掴《つか》み、少女撃弾《しょうじょげきだん》ファンが持っていた銃のフォルムを思い起こす。闇を凝縮したような漆黒《しっこく》の銃身、銃把《じゅうは》に施《ほどこ》された五芒星の紋章……。

ネット検索かけると記憶と一致する拳銃が出てきた。

「時湖《ときこ》。これまで犯人と決着をつけることにページを割《さ》いてきたが、今回は情報収集に徹しよう。銃撃犯が使う本物の銃、その情報を手に入れて解決策を探る」

「ほ、本物の銃の情報!?　そんなのどうやって!?」

「情報屋がいるんだ。銃の密売に詳しい情報屋がな」

計助《けいすけ》は地図群の中にある一枚に目を向ける。そこは名古屋駅周辺でもなく、大須《おおす》商店街でもない、これから向かうそのエリアとは――

「さっそく会いに行くぞ――〝錦《にしき》の女帝《じょてい》〟揚羽《あげは》に」

名古屋が誇《ほこ》る歓楽街《かんらくがい》、錦三丁目《にしきさんちょうめ》。通称《つうしょう》、錦三《きんさん》。

陽《ひ》が落ちると商業ビルの外壁に連なる縦長の看板群が一斉に輝《かがや》き出し、艶《あで》やかなネオンサインで夜の底が満たされる。高級クラブ、ショットバー、風俗店、キャバクラ、それらの看板が誘蛾灯《ゆうがとう》の如《ごと》く快楽を求める大人たちを誘《いざな》う。

だが、陽《ひ》が昇《のぼ》りはじめると騒がしかった客引きや泥酔者《でいすいしゃ》がさーっと波のように引いて、街全体がまどろむように眠りはじめる。

そんな気怠《けだる》げな錦《にしき》三丁目《さんちょうめ》の朝を、計助《けいすけ》と時湖《ときこ》は歩いていた。

「ここが錦《にしき》、大人の街かー。ふむふむ、ぺむぺむ………ん？　あ、あれはっ！」

ビル看板を見回していた時湖《ときこ》がなにか発見したように指を差す。

「計助《けいすけ》、計助《けいすけ》っ。わたし、あのビル壁に描かれたでっかい絵、見たことある。絶対そう！」

「『壁絵《かべえ》錦三《きんさん》』を？」

「わたし、錦三丁目《にしきさんちょうめ》に来たことがあるんだよ。絶対そーだよっ」

「錦三《きんさん》に？　一体何の目的で？」

「なんでかな？　ぺむーん……そこまでハッキリとは思い出せなくて……」

「俺らの年頃で遊ぶとしたら錦《にしき》じゃなくほかに行くと思うけどな。治安だってひと昔前に比べればそこまで悪くないけど、最近はちょっとピリついてたんだ。有名な暴力団が分裂して主流派のシマとなってるここ錦《にしき》が抗争の場になるんじゃないかって。表立ったトラブルは起きてないけど水面下ではどうなってることやら。そんな錦《にしき》をほっつき歩く理由はなんだ？」

「……ハッ！　まさか！　夜の蝶《ちょう》的なお店で働いてたとか⁉　それがわたしの正体⁉」

「夜の蝶どころか短足のペンギンじゃねえか。さすがにそれはないだろ」

「でもほら、わたしって愛嬌《あいきょう》あるしー、人と喋《しゃべ》るの好きだしー、それにペンギンスーツ脱げば、その、なんていうか……すごいほう、だよね？」

「すごい？　すごいってなにが？」

「君、脱がせて見たからわかるでしょ。……わたしの下着姿」

ぶっ、と計助《けいすけ》はむせ返った。

下着からこぼれそうな豊かな胸が頭に浮かび、慌《あわ》ててそれを打ち消すように両手を振る。

「あ、あれは不慮《ふりょ》の事故というか不可抗力《ふかこうりょく》というか！　すぐ目は逸《そ》らしたぞ逸《そ》らしたが！　見たというか見えたというか！　いや確かに怒りたくなる気持ちはわかるが――」

「これまでわたしだけ？」

「ああ謝れってんだろ俺も悪か……え？　わたしだけ？」

「恥ずかしいことっていうか、照れることっていうか、ああいう無防備な姿を君に見せた女の子って……これまでわたしだけ？」

きょとん、と計助《けいすけ》は目を丸めた。時湖《ときこ》がペンギン頭部をずらして上目遣《うわめづか》いでおずおずと探ってくる様子に。

――あれ、怒ってない？　てっきり下着姿を見たことを怒られる流れかと思ったが……。

「君って喋《しゃべ》り上手で知り合いたくさんいるし、繁華街《はんかがい》も歩き慣れてる感じで女の子との遊びも知ってそうな雰囲気《ふんいき》というか……だからふと思って。彼女とかいるのかなって」

「彼女……。いやまあ、いないけど……彼女なんて」

「ホント⁉　彼女いないの⁉」

「錦三《きんさん》を歩き慣れてるのはこれから会う情報屋がここ錦《にしき》を拠点にしてて、主に情報収集が目的だからだ。ここで女遊びなんてろくにしたことなければ彼女もいねえよ。まあ他人の前では気安く接してもらえたほうがいいから遊んでる雰囲気《ふんいき》は作ってるけど」

「そ、そっか！　そうだよね！　わたしの下着姿ちょっと見ただけでめっちゃ動揺してたもんね！　喋《しゃべ》り上手な君が噛《か》み噛《か》みで喋《しゃべ》り下手になってたもんね！　女性経験乏《とぼ》しいからだよね！　彼女なんているわけないよね！」

「さりげなく馬鹿にしてるだろお前」

時湖《ときこ》が嬉しそうに「よしっ」と胸元で小さくガッツポーズを作り、だがすぐに「あ、なんでもないなんでもない。えへへ」とごまかすように笑って話題を変えた。

「で、その情報屋が〝錦の女帝《にしきのじょてい》〟って呼ばれてるんだよね？　女帝ってなんか凄《すご》そうなイメージだけど一体どんな人？」

「揚羽《あげは》の人物評は難しいな。部下には慕《した》われてるが、うちのボスは大嫌いでよくこき下ろしてる。俺にとっては……正直やりにくい相手だ。手持ちの人物情報から駆け引きするのが俺のやり方だが、揚羽《あげは》にはそれが一切通じない。快楽主義の気分屋で情報の見返りとして要求されるものがその日の気分で変わるんだよ。だから銃情報も入手できるかはぶっちゃけ出たとこ勝負——と、印象づけて取引相手に腹を読ませない自己演出にも思える」

「ぺむむ？　聞けば聞くほどよくわかんないんだけど？」

「ま、名古屋の有力者の一人であることには違いない」

　正直、避けられるなら避けたい人物だが、錦《にしき》の裏情報に関して彼女の右に出る者はいない。

「抗争とか銃の密売とかなんだか物騒な雰囲気《ふんいき》だけど、錦《にしき》の女帝が居る場所は安全なの？」

「そこは安心しろ。命を取られる危険はない。俺も実際に何度も行ったことがあって……あ、見えたぞ。ほらそこ、五階建ての商業ビル。その一、二階部分の店だ」

「どれどれ、どんなお店？」

　洒落《しゃれ》たフォントで『トイボックス』と店名が刻まれた看板。誘惑する仕草の女性を象《かたど》ったネオン管。貼《は》り出された出演者の香盤表《こうばんひょう》。そこはすなわち——

「へー、なるほどストリップバーかー……ストリップバぁぁぁぁぁぁ——————ッ!?」

　ペンギンのまん丸な目玉が驚愕で飛び出しかけていた。

「す、ストリップってエッチなお姉さんが脱ぐあれ!?　ええっ、君めっちゃエロエロな遊びしてるじゃん！　さっき女遊びしてないって言ってたのに！　嘘《うそ》か！　また嘘《うそ》ついたんか!!」

「馬鹿、声がでかい！　俺の場合は仕事で来たことがあるだけだって」

「仕事仕事とごまかしてどーせお財布にいかがわしい女の名刺《めいし》とか入ってるんでしょう！　わたしがペンギンで稼《かせ》いだお給料を若い女の胸に挟《はさ》んでいたのね！　ひどいわ、あなた！」

「動揺しすぎてキャラが謎だぞ。この店の経営者でもあるんだよ、錦《にしき》の女帝は」

店の入り口前にはスーツ姿の外国人が番をしていた。最近、嬢に付《つ》き纏《まと》う不審者対策として置かれた見張りだ。筋骨隆々《きんこつりゆうりゆう》かつ無表情の立ち姿は威圧感《いあつかん》十分だが、「よっ、エイダン」と計助《けいすけ》が気さくに名前を呼ぶとニカッと相好《そうごう》を崩《くず》した。

「ケイスケさん、おはようございマース！　ソチラのオツレは……ペンギン？　ワオ！　さすがケイスケさん、ペンギンまでオトモダチなんて顔広いデス！　ワハハ！」

「ああさすがだろ。笑ってくれ。揚羽《あげは》はいるか？　案内頼む」

エイダンが頷《うなず》きビル脇《わき》に入って先導し、その後ろに計助《けいすけ》と時湖《ときこ》が続く。

店の裏口前。そこでエイダンが身体検査を要求。計助《けいすけ》は毎度のことで慣れていたが、経験のない時湖《ときこ》は少しそわそわした様子で着ぐるみを脱ぎ一時的に姿を晒《さら》す。

「ワオ！　アナタ脱いだらスゴイッ！　ワガママボディィエスッ！　ウチでダンサーやりましョー！　ゼッタイ人気でマース！　揚羽《あげは》さんもヨロコビマース！」

エイダンは時湖《ときこ》を口説きながらも金属探知機で抜かりなく検査を済ませ、次に襟《えり》のピンマイクになにやら吹き込んでいる。揚羽《あげは》に来客を報告して面会の許可を取っているのだろう。

許可はすぐに下りた。エイダンが電子番号を入力して裏口の鉄扉《てつぴ》を開錠《かいじよう》する。

店内。照明がしぼられてダークな雰囲気《ふんいき》が艶《つや》めく通路を渡っていると横目にホールが見えた。まだ開業前で客の姿はないが、舞台上では露出度《ろしゆつど》の高い衣装を着た踊《おど》り子《こ》たちがダンスミュージックに合わせてポールダンスの稽古《けいこ》に汗を流している。

「ねえ計助《けいすけ》、わたしあの外国人さんにスカウトされちゃったよ。どうするどうする。わたしがもしここで人気ナンバーワンになったらさ、君、嫉妬《しっと》しちゃうんじゃない？　時湖《ときこ》が手の届かないところにいって寂《さび》しいよーって泣いちゃったり？　引き止めるならいまだぜぃ、ほらほら」

「アホ。リップサービスだ。すぐナンバーワンになれるほどここは甘い世界じゃない。名古屋で唯一生き残ったストリップ。日夜ダンサー同士しのぎを削ってるんだ」

階段を上って二階。ホール全体を見渡せるそこでエイダンが立ち止まる。案内役はここまでと手で先を促された。

VIP席。そこへ時湖《ときこ》と二人で進むと——居た。

「やあ、坊《ぼう》やぁ」

情欲を掻《か》き立《た》てるように長髪をかき上げる美女。経験豊富な年頃の余裕を醸《かも》し出《だ》しながらも輝く氷肌《ひょうき》はどう見ても二〇代。切れ長の目元は美麗《びれい》な顔立ちに貢献していて、シースルーの紫ドレスは煽情的《せんじょうてき》かつ上品。だがその品を崩すように本革のソファに寝仏《ねぼとけ》の体勢で横たわっており、手にはワインボトルが握られている。その姿は一言で言えば——酔《よ》っ払《ぱら》いだ。

「会いに来てくれて嬉しいぞぉー。待ち遠しかったんだからなー。ふふ、うふふふっ！」

とろんとした目で笑い、ぐびぐびと豪快にワインボトルをラッパ飲みする。その足元には空《あ》き瓶《びん》がすでに二、三本転がっていて、漂《ただよ》うアルコール臭に時湖《ときこ》が鼻をつまむ。

「うっ……アルコール臭《くさ》っ。な、何者⁉　朝から飲んだくれてだらしないよっ」

「揚羽《あげは》だよ、そいつがな」

「ぺぺん!?　この人が錦《にしき》の女帝《じょてい》!?　錦《にしき》の酔っ払いじゃなくて!?　名古屋やばっ。レンタル屋の自慢野郎といいストリップの酔っ払いといい変人ばっかだな！」

——いや下着姿で着ぐるみ着てたお前も変人だけどな。

「へえ、珍《めずら》しいねえ。普段単独行動してる坊《ぼう》やにツレがいるなんて。ひょっとしてぇ、そこにいるペンギンの娘《むすめ》が浮気《うわき》相手ってわけかーい」

「浮気《うわき》相手？　なに言ってんだ酔っ払い」

「しばらく顔を見せないと思っていたらぁー、私をほったらかして浮気《うわき》していたなんてぇー。ひどいなー、私は寂《さび》しかったぞー、ふふ、くふふっ」

「浮気《うわき》じゃない。情報売る、買う、俺たちはビジネス上の割り切った関係だ」

「と、素っ気なく言いながらぁ、こうして私を求めてトイボックスに帰ってくる。おかえり」

揚羽《あげは》はグロスで官能的に濡《ぬ》れた唇で妖《あや》しく笑い、その仕草に計助《けいすけ》は一瞬ドキリとさせられるが、表情に出さないよう飄々《ひょうひょう》とした態度を装《よそお》って対面のソファに腰を下ろす。

揚羽《あげは》はここトイボックスをはじめ、錦《にしき》の高級クラブや風俗店を取り仕切る経営者だ。長引く不況によって働き口や居場所を失った女性たちに対して仕事の紹介や一時的な住居の提供など支援活動も行っている、というのが表の顔。

裏の顔は、錦《にしき》の暗部に蠢《うごめ》く裏情報を高く売《う》り捌《さば》く情報屋。揚羽《あげは》が子飼いの嬢たちに指示し、その嬢たちがターゲットに働きかけて情報を摑《つか》んでくる。ときに「女」の部分まで存分に使って。そうして情報を搔《か》き集《あつ》め、独占《どくせん》し、錦《にしき》で女帝と呼ばれる地位を確立した。

そんな揚羽《あげは》が取り扱っている裏情報のひとつが、銃の密売。

銃撃事件を起こす犯人がどこで銃を手に入れたか定《さだ》かではないが、一見《いちげん》にも銃を売《う》り捌《さば》く売人が錦《にしき》には潜《ひそ》んでいる。事件解決へのヒントが摑《つか》めるかもしれない。

「揚羽《あげは》。さっそくだが俺が今回トイボックスを訪れた目的は――」

「やってくれるね、虎屋《とらや》は」

計助《けいすけ》が本題を切り出そうとして、だが揚羽《あげは》が言葉を被《かぶ》せてきた。

――やってくれる？　虎屋《とらや》？

「いきなりなんだ？　俺がトイボックスを訪れたのは個人的な頼みで虎屋《とらや》は一切関係ないが」

話の要点が摑《つか》めず計助《けいすけ》が聞き返す。その反応に「な・る・ほ・ど」と揚羽《あげは》はひとり納得したように頷《うなず》く。そして、よっ、と体勢を変えてドレス姿にもかかわらず胡坐《あぐら》をかく。

「ねえ、坊《ぼう》や。ひとつ提案なんだが、虎屋《とらや》を捨ててトイボックスにつかないかい？」

「虎屋《とらや》を捨てて？　自分の所属組織を裏切って情報横流ししろとでも言いたいのか？　乗るわけないだろそんな話」

「いいじゃないかぁー、別に虎屋《とらや》に愛着があるわけじゃないんだろう？　ましてや虎鉄《こてつ》に心を捧げるほど忠誠心があるわけでもないはずだ」

「学ぶことはあるんだよ」

「ほら、ほらほらぁ！　否定しない。心を捧げているとは決して言わない。虎屋《とらや》に入ったのだって人捜しを有利に進めると思ったからだろう？　それならうちだって人捜しを手伝ってあげられるよ。私の情報網、可愛《かわい》い娘《むすめ》たちならきっと〝あの子〟の有力情報を摑《つか》んでくる。だ・か・ら、うちにつきなよぉー、ねえそうしなよぉー」

「いい加減に酔いを醒《さ》ませ。話にならねえよ」

「酔い？　私は本気だぞぉー。くふ、ふふふふっ」

――ああこれだ。この態度。酔ってるのか本気なのか腹が読めない。いや読ませないのか。まったくやりにくい。おかげで会話の主導権を握られっぱなしだ。

「じゃあ俺も本気で答えてやるよ。返事はノーだ。てか、俺を裏切らせてなんのメリットがある。虎屋《とらや》との関係が悪化するだけだぞ」

「それを望んでいるとしたら？」

――望んでいる？　馬鹿な。なんで進んでトラブルを引き寄せる真似《まね》を……。

いや、元々虎鉄《こてつ》と揚羽《あげは》は犬猿の仲だと聞く。事務所に入ってから虎鉄《こてつ》と揚羽《あげは》の関係についていくつか噂話《うわさばなし》を耳にした。虎鉄《こてつ》が揚羽《あげは》をモノにできなくて妬《や》いているやら、かつて錦《にしき》で覇《は》を競って争ったやら、どれも噂《うわさ》レベルで真相は定かではないが、虎鉄《こてつ》と揚羽《あげは》が互いに敵視しているのは間違いない。

　ただし、近年はバチバチに揉《も》めることはなくなったとも聞く。互いにメリットがないからだ。虎屋《とらや》にしてみれば錦《にしき》の情報は揚羽《あげは》が独占してるから頼らなければ調査効率が悪く、トイボックスにしてみれば虎鉄《こてつ》にプレッシャーをかけられるのは面倒《めんどう》。だから暗黙の了解ではあるがビジネス優先で互いに手を出さないことで均衡《きんこう》が保たれている、という話のはずだが――

「きゃぁぁぁぁぁっ！　会いたかったよぉぉぉ計助《けいすけ》ぇぇぇぇぇぇぇ!!」

　と、思考が中断した。突然、黄色い歓声が背後から響いて。

　ああこの声は、と計助《けいすけ》がいつものノリを察した直後、柔《やわ》らかな細腕で首を抱かれる。振り返ればボンデージ衣装を纏《まと》った踊り子の冬華《ふゆか》が猫《ねこ》みたいな小顔を計助《けいすけ》の肩にのせてじゃれていた。

「やぁぁぁぁぁん！　私も会いたかったわぁぁぁ計助《けいすけ》ぇぇぇぇぇぇ!!」

　続いてロングパーマと巨乳を揺らしながらやって来たのはバニーガール衣装の春音《はるね》。計助《けいすけ》に飛びつこうとした際にそばにいた時湖《ときこ》をドンッと肩で弾《はじ》く。「ぺぐはぁっ！」と時湖《ときこ》が悲鳴を上げて弾《はじ》き飛ばされるが、春音《はるね》は気にも留めず胸を密着させる形で計助《けいすけ》の片腕を抱く。

「ちょっと春音《はるね》、邪魔しないで！　あんた胸見せつけてるけど、豊胸手術に失敗したアバズレ偽乳《ぎにゅう》ってみんなに陰口《かげぐち》叩《たた》かれてるの知ってる？」

「あーら、ひがむのやめてもらえますー。バスト盛ってるサバ読みの冬華《ふゆか》さぁん。その貧相《ひんそう》な胸はお呼びじゃないと思いますけどぉ」

　トイボックス人気ナンバーツーの冬華《ふゆか》とナンバースリーの春音《はるね》が登場し、ほかの踊り子たちも続々と駆け寄って来る。「よっ、計助《けいすけ》」とミニスカポリス衣装の陽子《ようこ》。「お久しぶりですネ、計助《けいすけ》サン」とセーラー服姿のダリア。「お会いできて嬉しいです」と毒々しいほど赤い口紅の悠菜《ゆうな》。だれもが計助《けいすけ》に肌を密着させて積極的なアプローチを仕掛ける。

「おいおいみんな。毎度急に来て騒ぐなよ。ほら、俺はこの通り逃げないからさ。ははは」

計助《けいすけ》は白い歯を見せて笑った。女慣れしてるんで余裕ですみたいな顔を作って。

「でもいくら誘惑したって無駄だぜ。その程度じゃ俺は鼻の下すら伸ばさないぜ。ははは」

実際は肌色の多さにバクバクと心臓が早鐘《はやがね》を打っていたが。

だが、ボロは出さない。時湖《ときこ》の下着を目撃したときは事故的だったが、トイボックスを訪れれば踊り子たちからいつものようにアプローチを受けると心構えができていた。長年「志道計《しどうけい》助《すけ》」を演じてきた演技力を発揮できる。

「えー、つまんない計助《けいすけ》ー。これからオフだから付き合ってよ。エルメスのバッグ、どこにも売ってないからパーソナルオーダーの紹介を計助《けいすけ》に頼もうと思って――」

「あーっ、冬華《ふゆか》抜け駆けずっるーい！　私だって計助《けいすけ》に頼みたいことが――」

私も！　私も！　と踊り子たちが口々に欲望を主張する。

――彼女たちが誘惑してくる理由はこれだ。決して恋愛感情があるわけではなく、俺だけが持つ情報や人脈が目当てで利用しようと企《たくら》んでるだけで……って、もう『20』!?　やばっ！

「あー、いまちょっと忙しんだ。離れて待っててくれよ。頼む、な」

「ダーメ。前もそう言って逃げたからね計助《けいすけ》は。今日は離さないよ。夜までだってね！」

——まずい。残り一〇ページを切った。このままじゃまたふりだしに……。

「わたしを……わたしを吹っ飛ばしてイチャつくなこらあぁぁぁぁぁッッ！」

そのとき、突如叫んだのは時湖《ときこ》だった。

ズンズンと肩で風を切って踊り子たちに迫り、「イチャイチャ禁止！　イチャイチャ禁止！　ぺむっちょぺむっちょぺむっちょ——ッ！」と両掌で百裂張り手《手羽先》を繰り出し、「きゃっ！」「痛っ！」と踊り子たちを次々と蹴散《けち》らしていく。

「計助《けいすけ》にお触《さわ》りしてイチャつくの禁止！　ぺっふ——ん」

圧倒。これ以上近づけさせまいと計助《けいすけ》の前で仁王立《におうだ》ちして鼻息を鳴らす。

そしてその怒りの矛先《ほこさき》は計助《けいすけ》にも向いた。

「計助《けいすけ》も計助《けいすけ》だよ！　女遊びなんてろくにしたことないって言ってたのに！　おいおいみんなそんな騒ぐなよ～ははは～、なんて得意げな表情を浮かべちゃってさ！」

「あ、いや、そ、それはだな」

「なんだよなんだよ、わたしの下着見たときめっちゃ動揺してたのに！　ピュアな男の子だと思ってたのに！」

「お、おい馬鹿！　余計なことを言うな！　周りに聞こえるだろ！」

「なんだよなんだよ、踊り子に囲まれて楽しそうにイチャイチャしちゃってさ！」

「いやだからイチャイチャしてるわけじゃなくてこれは！」

「わたしとイチャイチャすればいいじゃん！」

「それは誤解だと…………ん？」

「だからわたしと…………ん？」

ぴたっと時湖《ときこ》の全身が固まって、やばっ、と慌ててクチバシを手で押さえる。

「あ、あわわっ、ち、違うよ！　いまのは言い間違え。イチャイチャは間違えただけ。だからナシ！　いまのナシ！　忘れて忘れて記憶吹っ飛んで！　わっ、わあぁぁぁ――ッ！」

「痛《い》だッ！　おい頭殴るのはよせ！　ふげッ！　言い間違えはわかったからやめろ！」

――こいつマジで記憶飛ばそうと殴ってきやがる！　んなことしてる場合じゃねえだろ。

「痛ぁっ、なにこのクソペンギン！」「こんのぉ、丸焼きにしてやるわ！」と冬華《ふゆか》と春音《はるね》が本性剝《む》き出《だ》しでブチギレ、ほかの踊り子たちもブーイングをかます。「ペンギンのくせにしゃしゃり出てあんた何様！」「計助《けいすけ》を独《ひと》り占《じ》めする権利ないでしょ！」「さっさと南極に帰れーッ」。

一方で時湖《ときこ》も負けじと、「ぺむっ。計助《けいすけ》はパートナーだよ！　わたしを助けるために全力で動いてくれてるんだ！　これ以上わたしに許可なく計助《けいすけ》にお触《さわ》りしたらまたカマすよ？　百裂手羽先張り手。やんのかコラー！」とファイティングポーズを取って戦う気満々。

「お、落ち着けお前ら！　げっ、『22』!?　ああもうめちゃくちゃだ！」

計助《けいすけ》が間に入って止めようとするが、ペンギンと踊り子の諍《いさか》いはエスカレートしていく。

収拾がつかなくなる事態。どんどんページリミット『30』に差し迫っていく。いよいよ計助《けいすけ》ひとりではどうしようもなくなってきた——そのときだった。

「へえ、パートナー……坊《ぼう》やが……」

ワインボトル片手に状況を愉《たの》しんでいた揚羽《あげは》の目がすっと鋭くなる。だがそれもほんの一瞬。次の瞬間には陽気な雰囲気《ふんいき》に戻ってパンパンッと手を叩《たた》いて合図した。

「はいみんなー、終わり終わりー。ほら、坊《ぼう》やから離れてこっちにおいで。私の可愛《かわい》い娘《むすめ》たち」

ぴたっ、と踊り子たちの罵詈《ばり》雑言《ぞうごん》が止《や》む。すると一斉に揚羽《あげは》に恋するような眼差《まなざ》しを向け、「はーい揚羽様《あげは》」「大人しくしまーす」「揚羽《あげは》様にお呼ばれされるなんてああ幸せ」「一生お供いたしますわぁ」と飼い猫《ねこ》みたいにすり寄っていく。

——場があっさりと収まった……。さすが揚羽《あげは》。扱《あつか》い難《にく》い踊《おど》り子《こ》たちを飼い馴《な》らしてる……。と、感心している場合じゃない。『23』。ようやく本題を切り出せるチャンス。

「揚羽《あげは》、改めて俺がトイボックスを訪れた目的はこれだ。この銃について知りたい」

計助《けいすけ》が銃情報が表示された携帯を手渡すと、揚羽《あげは》はさっと目を通しただけでつまらなそうに返した。

「なに、別に珍《めずら》しくない銃さ。グリップの紋章がいかにも共産圏だね。最大の特徴は安全装置《セーフティ》を省略したその大胆さ。その分、暴発事故も多発したみたいだけどね。単純設計で盛《さか》んにコピー生産されて日本にも平成初期に大量に出回ってね、コピーの大半は安全装置《セーフティ》が——」

「銃の薀蓄《うんちく》は後回しだ。この銃の売買情報を教えてくれ」

仕事の話になると酔っ払ってても知識がすらすら出るのはさすがか。

「揚羽《あげは》の頭には銃の売買情報が入ってるだろ。その銃と同型を入手した買い手が知りたい」

買い手＝銃撃犯という図式が必ずしも成り立つわけではないが可能性は高いと読む。

「坊《ぼう》やぁ、私がなんでも知っていると勘違いしてないかい？　私が把握しているのは銃と銃の密売人について。買い手の情報すべてが頭に入ってるわけじゃないよ」

「わかる範囲《はんい》の情報でいい」

「なら絞《しぼ》りな。その銃と同型の売買なんて遡《さかのぼ》ればいくらでも思い当たるからね」

銃をネット検索するときに少女撃弾《しょうじょげきだん》のライブについても調べた。ライブ告知が六週前。もし犯人がそのときから犯行計画を練っていたなら……当たるならまずそこからか。

「六週前からの売買で頼む」

「六週前から……そういえば一件、おや、と思い当たる取引があったね」

「聞かせてくれ。浴びるほど酒飲んでも裏情報の記憶はしっかりしてるだろ」

「ふふっ、まあね。ここ最近、銃と弾丸が高騰《こうとう》しているのは知ってるかい？　分裂した暴力団主流派の幹部が近々出所予定で抗争に向けた銃の買《か》い占《し》め競争が激化中なのさ。そこに銃器《じゅうき》押収《おうしゅう》ノルマにあくせくしてる警察まで銃を欲《ほっ》してる状況だ。入手困難な銃と弾丸に高値がつく中、言い値で買う太っ腹な客が現れたそうだ。坊《ぼう》やが探しているその銃を」

ガゴンッ——突然、天秤の皿が傾《かし》ぐ音に中耳《ちゅうじ》が震えた。計助《けいすけ》はハッとして心中にマキナボードを描くと、花の皿が重さを増して一時的優勢を誇っていた。

——有効な言葉の記述……もしかしてその取引がアタリか！

揚羽《あげは》の台詞《せりふ》がページに刻まれるのと連動して花に傾いた。天秤が悲劇阻止の理想に対して有効な言葉だと判定した結果だ。

つまり、探していた犯行に使われる銃は揚羽《あげは》がいま口にした取引。

アガリまでの行動の指標。自宅で時湖《ときこ》と話した通り天秤にはこういう使い方ができる！

「銃の受け渡しはいつだ？」

「八月七日、今日さ」

ガゴンッ、とさらにもう一段花の皿が傾《かし》ぐ。それが計助《けいすけ》にインスピレーションをもたらす。

——銃の受け渡しが本日中に行われるなら、犯人が手に入れる前に銃を奪えれば……。

「時間は？　銃の受け渡しは何時に行われる？」

「さあねぇ。正確な時間まではわからないが、受け渡し方法はコインロッカーを使うみたいだ」

——コインロッカーか。裏取引の方法のひとつとして聞いたことがある。

コインロッカーは匿名性《とくめいせい》が高く、売り手と買い手が直接顔を合わせなくて済む利便性の良さから利用される。銃以外にもドラッグや裏ＤＶＤなどの受け渡しに好都合なのだ。

売買の流れはこうだ。『まず買い手が売人に銃を注文→受け渡し当日に売人は銃をロッカーにしまって暗証番号を買い手に連絡→買い手は暗証番号を入力してロッカーから銃を入手』。

買い手の要望や売人のタイプによって差異《さい》はあるが大方そのはず。

「直《じき》に昼になるね。少なくとも売人はすでに銃をロッカーに収めているはず。後は買い手次第だがよほど呑気《のんき》でない限り手に入れてるだろう」

取引終了。銃を奪うには遅かった。だが、それはあくまで〝今回の幕〟ではの話だ。次だ。次ならいけるはず。悲劇を生み出す銃をロッカーから横取りできたら、犯人は凶器を失い、沙羅《さら》の夢を犠牲にせずとも犯行計画を破綻《はたん》させられる。

そしてループが終わった後、取引失敗で損を被《かぶ》った売人に接触し、「銃を返してやるから買い手を教えろ」と交渉を持ちかければ銃が犯人の正体を暴《あば》く手がかりにもなりえる。

一気に繋《つな》がっていく点と点。導き出される理想的条件達成までの道筋。

銃を奪い、確保し、手がかりとすること。

すべての中心は銃にある。

「揚羽《あげは》。コインロッカーの場所はどこだ？　どこを使う？　開錠に必要な暗証番号も売人によっては固定のものを使うだろ。揚羽《あげは》ならロッカーも暗証番号も摑《つか》んでいるはずで――」

「――サービスはここまでだよ、坊《ぼう》や」

ぴしゃり、と一線を引く揚羽《あげは》の声。

目が、先ほどまでとは違った。打算に鋭く光るその目つきは酔っ払いではなく、欲望渦《うず》巻《ま》く錦《にしき》で裏情報を駆使して地位を築いた女帝そのものだった。

「おそらく裏取引が完了してまず価値がない情報。だが、万が一ということもある。もし買い手がルーズでいまだコインロッカーから銃を回収していなければ坊《ぼう》やが横取りできる。高騰《こうとう》中の銃と弾丸を。だから私も要求するよ。情報の見返りを」

要求。揚羽《あげは》がビッと指差して求めてきたものは——なんと時湖《ときこ》だった。

「——そこにいるペンギンの娘がトイボックスで脱ぎな。そしたら銃情報をくれてやろう」

——は？　時湖《ときこ》が脱ぐ？　は？　は？　はあああああ!?

「な、なに言ってんだ揚羽《あげは》……ふざけんな酔っ払い！　そんな要求呑《の》めるか!!」

「おやぁ。どうしたんだいムキになって。いつも余裕そうな面《つら》をしてるのに」

「俺ならいい。俺ならどんな要求だって話し合いに応じてやる。だが時湖《ときこ》はダメだ。ダメダメだ！　時湖《ときこ》だけは絶対に巻き込ませない。彼女に身売りさせるような真似《まね》なんて——」

「いいよ。わたしと交換で銃情報をくれるならっ」

——は？　いいよ？　は？　は？　はあああああ!?

「いいよってお前……ば、馬鹿野郎！　な、なに言ってんだ時湖《ときこ》！　勝手に話を進めんな！　お前ここでなにやるかわかって言って——」

「頼って！　わたしは君の相方なんだから」

計助《けいすけ》が慌てて止めようとして、力強い時湖《ときこ》の眼差《まなざ》しが返ってくる。一瞬の視線の交錯《こうさく》。そこで時湖《ときこ》の瞳から意図が伝わり、計助《けいすけ》は先走った感情にブレーキがかかった。

「〝こちら側〟なんだ。君とわたしはただ二人だけの」

――そうか。ページリミットを利用する気か。どのみち三〇ページを超えればふりだしに戻る。踊り子として働くと口先だけカマして揚羽《あげは》から必要な情報だけを引っ張り出す作戦。だが、揚羽《あげは》はそう手ぬるくない。

「いい心意気だペンギンの娘。ただし、銃情報をやるかどうかはあんたの器量次第だ」

「器量……」

「銃情報に見合う商品価値があんたにあるかってことさ。うちとしても客を呼べる娘がほしいからね。眼鏡にかなわなければこの話なしだ」

「ダメ！　話をなしにするのはダメだよ！」

「ならあんたの商品価値をアピールしてみせなよ。いまここで」

「アピール？　えっと、えっとね……わたし、ボ、ボンデージとか、バ、バニーガールとか、そういう、え、えっ……エチチな衣装がとっても似ゃう！」

――噛《か》みすぎだ。着ぐるみ内で顔真っ赤になってんだろうな……。

「ひ、人前で脱ぐことだって、へ、平気だしー。よ、余裕だしー。その、お、おっ……おっぱい見せるのだってへっちゃらだもん！」

――開き直りすぎだ。貴重な三〇ページの猶予になんて言葉刻んでんだ……。

「ど、どう。わたしの魅力が伝わったでしょ。わたしが欲しくなったでしょ。銃情報と交換ね。交換っ。さあ銃情報教えて。ほら、早く早くっ」

だが時湖《ときこ》なりに必死だ。恥を忍《しの》んででも絶対に今回で銃情報を取るつもりだ。

「ふふ、くふふっ。面白《おもしろ》いじゃないかペンギンの娘。ではいまからさっそく〝査定〟に移ろう」

「へ？　査定？　いまから？　いや、先に銃情報を……」

「さあさあみんな、査定をはじめてやっておくれ――カラダの隅々《すみずみ》まで徹底的にね」

冬華《ふゆか》と春音《はるね》の二人がいち早く立ち上がる。「ささ、脱ぎに行こっか」「向こうに査定の道具があるから」と時湖《ときこ》の両脇《りょうわき》をがっちりホールド。ほかの踊り子たちも手伝って抱え上げられ、スモークガラスで区切られたスペースまで連行。そこでさっそく査定とやらがはじまった。

「ひゃ、ひゃぁぁぁぁっ！　そ、それはやめておくれえぇぇぇぇぇ！」

「時湖《ときこ》⁉　おい大丈夫か時湖《ときこ》⁉　一体なにされてる⁉」

断末魔《だんまつま》の悲鳴を上げる時湖《ときこ》。一方で踊り子たちの賑《にぎ》やかな反応も飛び交う。

「うわ、着痩《きや》せするタイプだこの子！　あたしよりバストある！」「豊胸手術なしでこれ⁉」

「タトゥーなし、体に傷なし、身長は低めだけどまあ好みの客はつきそうだ」「猿轡《さるぐつわ》ありました！　拘束《こうそく》しまーす！」「ねえこの衣装着せてみましょー」「さっ、ご開帳しよ、ご開帳っ」

――な、中でどんな査定が行われているんだ……。

「――特別なんだね、あのペンギンの娘は」

ふと、心を見抜くような声。ＶＩＰ席にひとり残った揚羽《あげは》だった。

「坊《ぼう》やが本気で焦《あせ》った顔を見て確信したよ。ペンギンの娘とは特別な関係なんだと。だとしたら後は簡単だ。直接坊《ぼう》やに虎屋《とらや》を裏切るよう口説くより、ペンギンの娘を使って裏切らせればいい。――返さないよ、坊《ぼう》やが虎屋《とらや》を裏切るまで大事なペンギンの娘は」

計助《けいすけ》は混乱した。揚羽《あげは》は俺に虎屋《とらや》を裏切らせるために時湖《ときこ》を人質《ひとじち》として取ったと言いたいのか？　ていうか……怒ってる？　なにを怒っている？

「……なぜだ？　なぜそこまで虎屋《とらや》と揉《も》めようとする⁉」

「外された坊《ぼう》やにはわからないだろうね。均衡《きんこう》を崩したのは虎鉄《こてつ》だよ」

「俺が外された？　虎鉄《こてつ》が均衡《きんこう》を崩した？　どういうことだ。虎屋《とらや》とトイボックスになにが起きてる⁉　いやなにを起こそうとしている⁉」

「安心しな。情報屋として坊《ぼう》やとの約束は守る。一度しか言わないよ。よく聞きな」

揚羽《あげは》が口を開く。計助《けいすけ》は戸惑いながらも脳が優先事項を訴《うった》える。一文字たりとも聞き逃すな。

カウント『30』。もう猶予がない。怪物を倒す言葉を必ず次に持って還《かえ》れ。

「松ヶ枝《まつがえ》通《どおり》付近にあるコインロッカー、そこの九番」

〝松ヶ枝《まつがえ》通《どおり》付近〟〝九番ロッカー〟。聞きながら携帯の地図アプリを開く。コインロッカーの場所を揚羽《あげは》に確認して特定。そして最後、暗証番号は――

「暗証番号は――『〇七二三』」

Sixth Loop

第六ループ

30ページでループする。そして君を死の運命から救う。

大須《おおす》商店街から少し離れた松ヶ枝通《まつがえどおり》、その付近に目的のコインロッカーはあった。一帯に林立する雑居ビルの谷間にひっそり設置され、思わず素通りしそうになったほど存在感が薄く、また人通りも少ないため裏取引の利用場所としては絶好と言える。

コインロッカーのサイズは自販機二台分ほどで、型は一世代古く塗装はすでに剝《は》げかかっていて、中央には白黒表示のタッチパネルがあった。

——揚羽《あげは》の情報によれば、ここの九番ロッカーに拳銃が眠っている。

計助《けいすけ》がさっそくパネルを操作してロッカーの使用状況を確認した。九番ロッカーだけ使用中との表示。そこで腕時計を一瞥《いちべつ》してここまでの流れを振り返る。自宅からロッカーまで最短距離《さいたんきょり》で移動して、売人が銃をロッカーにしまう時間には間に合わなかったが、買い手が銃を確保するよりも先にロッカーに陣取《じんど》ることはできた、といったところか。

「よし、後は暗証番号を打ち込んで銃を手に入れれば……って、どうした時湖《ときこ》？」

「しょぼーん……ぺむーん……」

すぐ隣、ペンギン時湖《ときこ》はしょげたようにうずくまり地面に『の』の字を書いていた。

「もしかしてまだ引きずってるのか、前回の査定とやらの一件」

「……そーだよう。すっぽんぽんにされてさ、体まさぐられてさ、めっちゃえっろい格好させられてさ、おまけに最後にはアレを……きゃっ、アレ！　はわわ、アレを思い出しただけで顔真っ赤でこれから一生着ぐるみに隠れなきゃお外歩けないよう！」

――ア、アレとは一体……。どんな恐《おそ》ろしい目に遭ったんだ……。

「あー、なんていうかその……。すまなかったな。俺の見通しが甘かったばかりに……」

――知らなかった。虎屋《とらや》とトイボックスがこじれていたなんて。

虎屋《とらや》―トイボックスの対立は銃撃事件と別ラインの問題ではあるが、名古屋の街の人々を頼って情報収集する計助《けいすけ》のやり方において、街の状況や勢力関係は無下にできない。

揚羽《あげは》側の言い分から推測するに、互いに不干渉《ふかんしょう》という両組織の均衡《きんこう》を崩したのは虎鉄《ボス》だ。おそらく虎鉄《こてつ》が部下を動員してトイボックスになにかしら手を出したのだ。

しかし、計助《けいすけ》には声が掛からなかった。外された。なぜか。

まだ虎鉄《こてつ》にそこまで信用されていないってことだろう。

実力不足、駆け出しの新米、一兵卒は雑用やってろ、そう下に見られてるってことだ。

――ナメやがって、クソ上司め。

両組織のこじれた事情を知らない俺はのこのこトイボックスを訪れ、揚羽《あげは》にいいように弄《もてあそ》ばれ、結果的に時湖《ときこ》に迷惑をかけてしまった。

「悪かったな時湖《ときこ》。でも助かったよ。お前の活躍がなかったらコインロッカーまでたどり着けなかった。あの場でよく機転を利《き》かせたな。時湖《ときこ》のおかげだ、本当に」

「ん、時湖《ときこ》のおかげ……」

ぴくっ、とクチバシが反応。いじけていたペンギン顔が持ち上がる。

「いまの台詞《せりふ》、いい。とってもいい……。いまの、もっかい」

「え、もっかいって……痛《い》てッ！　おい急に顔寄せんな！　クチバシ刺さってる！」

「いまの台詞《せりふ》もっかい！　もっかい！」

「ああわかった！　わかったから離れろ！　時湖《ときこ》のおかげだ！　助けられたよ！」

再度感謝を口にすると、にへらぁ、と時湖《ときこ》が落ちそうなほっぺを持ち上げ、「わたしの活躍のおかげかー！　それってわたしの存在が不可欠ってことだよね！　そんな強く求められるなんてもお照れちゃうなあ。ぺふふ」とすっかり陽気な調子に戻っていた。

――やや誇張してる感じがするが……まあ時湖《ときこ》に助けられたのは事実だ。

時湖《ときこ》と三〇ページを重ねて今回で六回目。少しずつ彼女についてわかってきた。

可愛《かわい》らしい天真爛漫《てんしんらんまん》な振る舞いの一方で、他者が窮地《きゅうち》に陥《おちい》ると捨て身の献身《けんしん》を発揮する。第三ループの沙羅《さら》の身代わり作戦然《しか》り、第五ループのトイボックスへの身売り作戦然《しか》り。

その躍起《やっき》さは利他的で美しく見える。

だが、他人のために本気になる余り自分自身を軽《かろ》んじてるようにも見えてしまう。

なんだか、いつか身を滅《ほろ》ぼしかねない危うさを感じられて……。

時湖《ときこ》が〝あの子〟なのか人違いなのか、まだ記憶は復活せず確たる証拠も出揃っていない。

だが、この銃撃事件を防いで時湖《ときこ》を救えば必ず判明する時がくる。

「さあ、いよいよだぞ。暗証番号を打ち込んで銃を奪った言葉をページに刻めば、沙羅《さら》の夢を犠牲にせず時湖《ときこ》の命を救える。ここだ。ここで終わらせるんだ。悲劇を」

計助《けいすけ》は興奮と緊張でかすかに震える指先でタッチパネルを操作する。「取り出し」項目をタッチすると四ケタの暗証番号入力画面に切り替わる。揚羽《あげは》から教わった番号を思い返しながら○から九まで表示された数字を入力していく。○七二三――

だが、ピーッと拒絶するような電子音が鳴った。画面に表示されたのは「エラー」。

あれ、打ち間違えた？　今度は入念に確認しながら打ち込む。○、七、二、三――

だが、再びピーッと拒絶音。「エラー」表示。

「開かない……？」

「え、開かない？　なんで開かないの？　だって君、あの酔っ払い年増《としま》から暗証番号を聞いたって……ああ！　まさか年増に嘘《うそ》つかれた⁉　わたしがリアル一肌《ひとはだ》脱いだのに！　一肌《ひとはだ》どころかトラウマになるレベルまで脱がされて最後にはご開ちょ……きゃっ、アレ！」

――どうなってる？　揚羽《あげは》に騙《だま》されたのか？

いや、揚羽《あげは》は情報屋として信用を第一にしている。相手が虎屋《とらや》の人間であっても取り決めた約束は反故《ほご》にしない。そもそも確認すればすぐバレる嘘《うそ》なんてつくほど愚《おろ》かではない。なら、揚羽《あげは》自身が密売人に騙《だま》された？　まさか。その線もまずない。錦《にしき》の女帝を一杯食わせる相手がいるとしたら、それは俺の知る限りボスぐらいだ。

俺がコインロッカーの場所を間違えてる？　でも松ヶ枝《まつがえ》通《どおり》付近のロッカーはここだけで揚《あげ》

羽《は》にも確認を取った。現に九番ロッカーだけ使用中となっている。

買い手がすでに銃を入手した可能性は？　実は買い手が俺たちより先に到着して銃を入手し、その後まったく銃売買とは無関係の第三者が九番ロッカーを使用した。だから暗証番号が変わった……って、そんな偶然あってたまるか。

「くそっ、どうなってやがる。アガリ目前まできたのに！」

「まずいよ計助《けいすけ》っ、このままだと銃の確保が……。どうしよ、ほかに扉を開ける方法……そうだ！　ロッカー管理会社に連絡するのはどう？」

「ダメだ。銃の存在がバレかねない。銃撃犯にたどり着く手がかりとして銃はこの手で確保して三〇ページを終えるのが理想的シナリオの条件だ」

「じゃあ買い手を利用するのは？　わたしたちがロッカー付近で待ち伏せして、買い手が現れてロッカーを開錠した瞬間、隙《すき》をついて銃を横取りするって作戦」

「サーティー・ピリオドで受け身の策は微妙だな。猶予内に買い手が現れなければ捨て回になるし、敵の戦力も未知数で横取りできるかわからない。やはり暗証番号を知らないと――」

――待てよ。暗証番号か。組み合わせは四ケタ、数字は計一〇個……。

「あるには、ある。暗証番号がわからなくても開錠できる方法――ブルートフォースアタック」

「ぶるーとふぉーすあたっく？　なんかかっこいい作戦名！　どんな作戦でありますか隊長！」

「別に大した作戦じゃない。だれでも思いつく方法だ。つまり、総当たりだ」

「ぺむ？　総当たりでありますか？」

「正解を当てるまで四ケタの組み合わせ番号を入力するんだ。ひたすら、根気強く、一回一回」

そう言うと、隊員ごっこをしていた時湖《ときこ》がしーんと沈黙した。かぽっとペンギン頭部を脱ぎ、大きな瞳を何度かぱちくりさせた後、正気を疑うように尋ねてきた。

「えーっと、マジ？」

「おう、マジ」

「えええええええっ!?　ブルートフォースアタックって横文字でかっこつけてるけどやること一回一回入力って、一体何通りあると思って……ん、あれ、何通り？」

「一〇の四乗。一〇〇〇〇通りだ」

「一マ――――ン!!　ペ――――ン!!」

「叫ぶな騒がしい。ああ、わかってるよ。俺だって苦肉の策だってことはわかってるんだ」

提案こそしたものの計助《けいすけ》自身ブルートフォースアタックには懐疑《かいぎ》的《てき》だった。炎天下で一回一回入力する作業は気力体力を削り取られ、さらに正解の番号がヒットするまで大幅にページを消費してしまう懸念《けねん》がある。

ただし、入力すればするほど開錠する確率は上がっていき、繰り返しを重ねればいつかは必ず開く。問題は繰り返せる回数がわからない状況でいつ正解を引き当てられるかだが……。

「さて、どうする？　あくまで案のひとつ。これが正解とは限らない。時湖《ときこ》の意見も聞きたい」

相棒はどうかと視線で質《ただ》す。最初こそ膨大な組み合わせに気後《きおく》れしていた時湖《ときこ》だったが、パンパンと両頬《りょうほお》を叩《たた》いて気合いを注入していた。

「一〇〇〇〇通りの入力で銃撃事件を防げるなら……うん、わかったよ！　やっちゃお、一〇〇〇〇通り！　すぐアタリを引くかもだしね。よーし、総当たりでご開帳だ――っ！」

「ご開帳じゃなくて開錠な。まさかアレって……いや、なんでもない」

計助《けいすけ》は手をかざして太陽の方角を仰ぎ見る。これから昼にかけて気温はぐんぐん上昇する。ロッカー前に日除《ひよ》けはなく、開錠作業は直射日光に灼《や》かれながらの耐久戦になる。そこで時湖《ときこ》にお金を渡してコンビニまで買い出しを頼んだ。飲み物やタオルなど猛暑を凌《しの》ぐアイテムを。

時湖《ときこ》は着ぐるみを脱いでコンビニに向かい、一方で計助《けいすけ》は腕まくりして暗証番号と向き合う。

――さあて、カウントは『7』。立ちはだかるは一〇〇〇〇通りの壁。いち早く正解をヒットするには三〇ページ内でどれだけ数を打ち込めるかが勝負となるな。

最初の番号「〇〇〇〇」を入力。だがエラーと表示される。次、「〇〇〇一」エラー。次、「〇〇〇二」エラー。立て続けに失敗するがロッカーの型が古いおかげが強制ロックの警告はない。続ける。「〇〇〇三」エラー。「〇〇〇四」エラー。「〇〇〇五」エラー。「〇〇〇六」エラー。「〇〇〇七」エラー。「〇〇〇八」エラー。「〇〇〇九」エラー。「〇〇一〇」エラー。「〇〇一一」エラー。「〇〇一二」エラー。「〇〇一三」エラー。「〇〇一四」エラー。「〇〇一五」エラー。「〇〇一六」エラー。「〇〇一七」エラー。「〇〇一八」エラー。「〇〇一九」エラ

ー。「〇〇二〇」エラー。「〇〇二一」エラー。「〇〇二二」エラー。「〇〇二三」エラー。「〇

「うおっ！　入力した番号がいちいち記述されてる⁉」

ふと、計助《けいすけ》はマキナボードを意識してたじろいだ。打ち込んだ番号がページを侵食《しんしょく》している。

「たっだいまー。いっぱい買ってきたよー……って、どーしたの計助《けいすけ》？」

計助《けいすけ》が困惑顔でマキナボードを見つめていたそのとき、時湖《ときこ》が買い出しから戻ってきた。膨《ふく》らんだビニール袋から大量のドリンクが顔を出している。

「入力した番号がそのままページに書き込まれてるんだ。ある程度は仕方ないと思っていたけど、この調子じゃ数字の羅列《られつ》だけですぐに次の繰り返しだ」

「マジ⁉　君が入力作業を意識していたからマキナボードもそう記述したのかな？　あ、でも入力作業って行為《こうい》を続けていけば、そのうち省略・短縮されるんじゃない？」

「おそらくな。まあ猶予の有効的な消費の仕方って感じではないけど」

「うーん、確かにそうだよねー……。有効的な消費かー。なにかいい方法ないかな？　有効、有効……あ、そうだ！　いいこと思いついた！　会話だよ計助《けいすけ》、会話会話！」

「会話？」

「どうせページを消費しちゃうならさ、消費の仕方を変えるんだよ。君の手は入力作業をしつつ、意識はわたしに向けて会話する。名付けて『記述変更ぺんぺん戦法』！」

「ぺんぺんって付ける必要あるか？　まあでも、数字の羅列より会話のほうが有効的か……」

――記述基準が不明な以上、マキナボードが数字から会話へ記述を変更してくれるかわからないが、わからないからこそ試す価値があるともいえる。

計助《けいすけ》は試しに体をタッチパネルに向けて入力を再開する。「〇〇二四」エラー。指は番号を打ち続けながら、意識は時湖《ときこ》に向けて口を動かす。

「で、なに話す？　今後のサーティー・ピリオドの戦い方について検討するか？　ブルートフォースアタックが上手《うま》くいかなかったときの代案を考えるとか」

「よかったら、君のことを知りたいな」

迷いがなかった。前々からうかがうタイミングを見計らっていたように。

「俺のこと？　俺の話なんて別にいま大事なことじゃ……」

「大事だよっ。だって君はわたしを救ってくれるって約束してくれた人だもん。わたしにとって、なんていうか……かけがえのない人、だからさ。そんな君を知りたくて……」

時湖《ときこ》は横髪《がみ》をいじりながらはにかんだように言って、だがすぐに真面目な顔つきで続けた。

「いろいろと気になってはいたんだ。人前だとやけに演出的なとことか、高校生で働いてひとり暮らししてるとことか、そして全部失ったって言ってた……六・一三の悪夢のこととか」

ぴたりと計助《けいすけ》の指先が固まった。が、すぐに数字を打ちこむ。「〇〇三九」エラー。

「悪夢ってほどだからあまりいい話じゃないとは思う……だから話せたらでいい。それで打ち明けてくれて、こんなわたしでもなにか君の役に立てることがあったら――」

「時湖《ときこ》」

計助《けいすけ》は硬質な声で時湖《ときこ》の声を遮《さえぎ》り、今度は完全に入力作業を止めた。

「見られている」

「へ？」

「だれかに見られている」

チリッと首筋を刺すような視線を感じ、計助《けいすけ》は咄嗟《とっさ》に振り返る。どこだ。どこかにいる。休日の雑居ビル、電信柱の濃い影、陽炎《かげろう》揺らめく横断歩道……。

――見当たらない。隠れた？

「見られてる？　わたしたちが？　一体だれに……」時湖《ときこ》がそう呟《つぶや》いて、あっ、と表情を強張《こわば》らせた。「もしかして、銃を回収しに来た犯人とか!?」

「どうだろうな。ここで作業している以上、バッティングする可能性は十分ありえるが」

「ど、どうするの？」

「焦《あせ》る必要はないさ。仮に犯人なら望むところ。こっちから接触したいぐらいだ。顔さえ割れれば次以降の繰り返しでこっちの攻め手が増えるからな」

計助《けいすけ》は警戒《けいかい》を込めてしばし周囲を見回した。だがこちらに近づいてくる人影はなく、そのうち刺すような視線の感覚も薄れ、張り詰めた空気が弛緩《しかん》していく。

「まあ俺の気のせいって可能性もあるか……。すまん時湖《ときこ》、ムダに緊張させたな。視線の件は一度忘れて作業に戻ろう。コンビニでタオル買ってきてくれたよな？　くれないか」

「あ、うん。タオルはここに。はい、どーぞ」

運動部のマネージャーみたく隣で控えている時湖《ときこ》からタオルを受け取り、暑さで噴き出しはじめた顔中の汗を拭って入力を再開する。「〇〇四〇」エラー。「〇〇四一」エラー。

「っと、また数字がページに……。喋《しゃべ》るんだったな。別に面白《おもしろ》くないけどな、俺の話なんて」

どうしたものかと、計助《けいすけ》は一度頭を掻《か》く。

思い返せば明《あ》け透《す》けに語った最後の相手は……〝あの子〟だったな。それ以降は人前で演出的に振る舞って、もうずっと自分のことを自分の言葉で話さない日々を過ごして……。

でも時湖《ときこ》なら。時湖《ときこ》があの日すべてを受け止めてくれた〝あの子〟だとしたら。

「なあ、ポカリあるか？　飲みたいんだけど」

「あ、うん。たくさん買ってきたから熱中症になる前に飲んでね。はい、どーぞ」

「……ぷっはぁ！　あー、生き返るな。こまめに水分補給しないとぶっ倒れる暑さだなホント」

「ポカリ以外のドリンクもあるからね！　えっとね、ここにね……」

「テロ事件だよ」

「え」

「六・一三の悪夢ってのは、名古屋の地下街で発生した集団自爆テロ事件のことだ」

空気が重苦しくなるのが嫌で、普段調子の声を織《お》り交《ま》ぜてから切り出した。

「自爆《じばく》テロの衝撃と目を覆《おお》いたくなるほどの死傷者の数、事件の凄惨《せいさん》さから日付を取って六・一三の悪夢と呼ばれるようになって……その悪夢の生き残りが、俺だ」

語り出すと視界がセピア色に染まる。小学生の頃まで記憶が遡行《そこう》していく——留守番、ご褒《ほう》美《び》の日、ペンギンパレード、そして最後に行き着いた光景は母さんの泣き顔だった。

「小学生の頃さ、俺、よく留守番させられてたんだ。母さんパート二つ掛け持ちしててさ、平日も週末も帰ってくるのは夜中で、それまでだれもいない部屋でひとり過ごしてた」

ガキながら家の事情は察しがついていた。癌《がん》で若くして他界した父さんの代わりに母さんが夜遅くまで働く必要があるんだって。でもやっぱりガキだから文句ばかり言っていた。

友達のお母さんは毎日家に居ておやつの時間にケーキを焼いてくれるのに、とか。

普通の家庭は休日になると家族でお出かけするのになんで俺はいつも留守番なんだ、とか。

「ある冬の日な、学校帰りに家の鍵《かぎ》がないことに気づいたんだ。いやホント、鍵っ子が鍵失くしたときの絶望感ってもう半端《はんぱ》なくてさ。玄関前で寒さに震えながら母さん待ってるしかなくて。で、夜中に帰ってきた母さんがそんな俺を見ていきなり抱き締めてボロボロ泣き出しちゃってさ。泣きながら謝るんだよ。普通の家庭じゃなくてごめんね、いつも家に居てあげられなくてごめんね、って。普段母さんの泣き顔なんて見ないから、俺、面食らっちゃって。そこでようやく理解したよ。ああ、母さんだって子どもにそんな思いさせて辛《つら》いんだなって」

その日から「ご褒美の日」というものができた。留守番の日にノートに花丸スタンプをひとつ押して、三〇個貯《た》まったら母さんが一日どんなお願いも叶《かな》えてくれる日だ。

「忙しい中で母さんなりの親心だったんだろうな。ご褒美の日はどんなお願いも叶《かな》えてくれたよ。遊園地、ハイキング、水族館、いろんな行楽地に連れてってくれた。俺、留守番で我慢してばかりだったからすげー嬉しくてさ。ご褒美の日は本当に特別で、夢の世界へ飛んでいくような感覚で、だからそう、いい子で留守番していれば楽しいファンタジーが待っているんだと胸躍《おど》らせていたんだ——六月一三日だって」

その日は金山《かなやま》商会主催のイベント『ペンギンパレード』の期間中だった。

ペンギンパレードは二〇〇体のペンぷーがペンギンマーチを歌いながら大行進するイベント。

当時の俺はペンぷーに夢中で、行きたい行きたいと母さんにせがんで、当日は目覚ましより先に目覚めて、地下鉄で目的の駅に着くと母さんの手を取って一目散に駆け出した。母さん遅いよ、早く早く、この地下街から地上に出ればペンぷーがたくさんいるんだ。母さんも一緒に歌おうね。げんき♪　げんき♪　ペンギンマーチ♪　ほら、もうすぐそこ——

テロは一瞬だった。

突然の爆発に俺の意識が吹っ飛んで、ふと目覚めたときには世界は地獄に落ちていた。

目が痛むほどの黒煙が辺りに充満して、鼻が曲がるほどの異臭に吐き気がして、ごうごうと燃え盛る炎が内壁を舐《な》め尽《つ》くして、散乱したガラス片《へん》や千切れた片腕がそこらに転がって、焦げた死体がいくつも積み重なって……なにこれ、どうなってんだ。だれもいない。生きてる人がだれも……。母さん、母さん……。息、できない……助からない、俺…………。

結果だけ言えば、俺は奇跡的に一命を取り留めた。

あの地獄からどう救助されたのか。途中で意識を失ったせいでよく憶《おぼ》えていない。目が覚めたら病院のベッドの上にいた。神様が救ってくれたとしか思えなかった。

けれど、母さんは助からなかった。神様に救われない側となった。

そこで永遠に言う機会を失った。

――文句ばかり言ってごめん母さん。俺が大人になったら働いて母さんを楽させるから。

「事件後、俺を引き取ってくれたのは叔母《おば》さんだった。叔母《おば》さんは俺の前では口には出さなかったよ。鬱陶《うっとう》しいとか邪魔だとかさ。でも本音は違う。叔母《おば》さんはまだ遊び盛《ざか》りの二〇代で、家には半同棲《どうせい》している恋人もいてさ……」

――聞いてないぞ親戚の子を引き取るなんて！　金はどうする。財産ほとんど残ってなかったんだろ。それなのに育てるなんて……僕との結婚はどうする気だ！

――どうするって、あの子がいるから結婚できないっていうの！　そんな……仕方ないでしょ！　私だって本音を言えば迷惑よ。

母さんの葬儀の日、そんな叔母《おば》と恋人の生々しいやり取りを偶然にも耳にした。

そこで自分の立場を痛いほど思い知った。

――ああ、そうか。俺、生きているだけで他人に迷惑《めいわく》かける存在なのか。

「胸が詰まる思いでさ、葬儀中にもかかわらずつい飛び出しちまった。で、気づいたら母さんと住んでいた借家の前にいたんだ。でもそこはもう空き家で、母さんと生活した匂《にお》いすら残ってなくて……改めて痛感したよ。自分は本当にすべて失《な》くしたんだなって」

叔母《おば》の家は安らげる『家庭』ではなく、迷惑かけたら切り捨てられる『社会』のような場所に思えた。役に立たなきゃいけない。本音では疎《うと》まれてるんだ。掃除や皿洗いの手伝いはもちろん、子役みたいな作り笑顔で機嫌だって取った。そこからだろうな、自分を演出的に見せる術《すべ》を身につけていったのは。

「早く大人になりてぇーってずっと思ってた。金稼《かせ》いで、ひとり暮らしすれば叔母《おば》に迷惑かけずに生きられるからさ。そこで俺、少しでも早く自立するために行動したんだ」

まずやったことは毎朝走ることだった。走るなんて単純馬鹿っぽい発想かもしれないが、なにをやるにしても丈夫で健康的な肉体が必要だと小学生ながらに考えた結果で、雨降りの日だって走って、死んだ母さんを思い出して悲しくなった日は普段の倍の距離走って、息を荒らげ、胸を痛め、必死に強い自分を作ろうとした。

学業も疎《おろそ》かにできなかった。中学を卒業したら就職するのが自立への近道だと思ったが、正直、学びたい夢があった。大学で災害やテロから多くの人を救う危機管理の勉強がしたかった。そこで折衷《せっちゅう》案として働きながら通える通信高校を探して、授業料免除の特待生に選ばれるよう常に成績上位を保って、中学卒業と同時に家を出てひとり暮らしをはじめた。

働きながら学校に通う。同じような立場の人間が通信高校には結構いたが、そんな生徒の大半がゴールデンウィーク明けに学校を辞めていた。学業と仕事の両立がキツいからだ。

俺は鍛えていたから基礎体力に自信はあったが実際はキツかった。半日立ちっぱなしの交通整理の棒振りバイトにくたびれ、家に帰ればどっさり溜まった課題レポートをこなし、調査事務所に転職してからは実力主義の中で揉《も》まれてより消耗し、毎日毎日、バッテリーゼロまで自分を使い切って……。

そんな日々は、望みを叶《かな》えるために足りない札を必死に掻《か》き集《あつ》める日々とも言えた。

望みとは無論、〝あの子〟との再会だ。

どうしても〝あの子〟が急に消えた理由を知りたかった。なんとかして優《やさ》しく抱き締めてくれた恩を返したかった。そしてなにより――

好きなんだ。八年経ったいまだって。

〝あの子〟を捜すため汗掻《か》いて名古屋中を歩き回って、努力では届かない年齢はビジネスネクタイで偽って、〝あの子〟の力になるために無力なガキのままでいたくなくて、だから学んで、働いて、捜して、学んで、働いて、捜して――

「そしていま、三〇ページの世界で戦っている」

ぜえ、と計助《けいすけ》は熱のこもった息を吐《は》く。名古屋の街並みが真夏の日射《ひざ》しに照らされて熱く輝き、そこで気合いを込めてタオルをぎゅっと頭に巻く。

「サーティー・ピリオドのルールを最初知ったとき、興味深いと思ったんだ。三〇ページのファンタジーが現実に影響を及ぼして悲劇を変える構図は。一見、ファンタジーと現実という真逆の二項が、実はちゃんと繋《つな》がってて、ファンタジーには現実を変える力がある」

蜃気楼《しんきろう》が揺らめくアスファルトの上で懸命に指を動かす。

「しかし現実を変えるにはファンタジーを理想的に仕上げる必要がある。半端なファンタジーでは力が足りないんだろうな。現実を変えるほどの力が」

内面にある感情を少しでも正確に言語化しようと口を動かす。

「悲しみのない世界をって俺の理想は……六・一三の悪夢が影響してるんだろうな。居場所も家族も失《な》くしたあの悲劇の経験が根底にあって……ああ、そうだな。だからそれとは真逆の世界を望んでるんだ。ファンタジーに行きたいんだ。まるでペンギンパレードみたいに幸福な……ああ、そっか。俺、よっぽど連れていってもらいたかったんだな。ペンギンパレードに」

心を探りながら数字を打つ。

「でも、難しいな。悲しみが人を成長させる側面もあって、あの悲劇がなかったら俺はいまの夢を持っていなかったし、〝あの子〟にだって出会えなかった。スーパースターに選ばれたのもあの悲劇を経験したからじゃないかと思ってて……。ああいや、六・一三の悪夢に感謝してるって言いたいんじゃないんだ。なんて言えば上手《うま》く伝わるかな。俺の考えは、そうだな……」

答えを探りながら数字を打つ。

「だれもが悲しまないように生きたいはずで、そのために大昔から哲学者や宗教家や発明家が試行錯誤してきたんだろうけど、いまだ悲しみが消えないのは結局それが〝現実〟ってやつで、悲しさから得るものがあるから〝現実〟を完全否定できなくて、でも、こうも思うんだ」

入力する指先に熱意が宿っていく。

「――それにしたって〝現実〟は悲しいことが多すぎないか」

でも、そんなのはあんまりだから。

「だから〝ファンタジー〟があるんじゃないか。〝現実〟の摂理《せつり》を超越《ちょうえつ》した紙の上の世界なら一切悲しみがない世界を作れる可能性があって、たとえそれが一時でも、たった三〇ページだけだとしても、バランスの悪い〝現実〟を変えるほどの影響を与えられる」

だから。

「俺がバランスを取ってやる。この三〇ページ《さんまるページ》のファンタジーを悲しみがないように仕上げて。そして――」

刹那《せつな》、夏空から降り注ぐ強烈な紫外線に瞳孔《どうこう》がくらりと揺れた。打ち込んだ数字が霞《かす》む。酷暑で意識が朦朧《もうろう》とする。がくんと腰の力が抜けた。思わず片ひざを地につける。

「ちょっ、ちょっと君！　だいじょうぶ⁉　わたし交替するよ！」

「そして、そしてな……そんなファンタジーを……できることなら、彼女に……」

もしも時湖《ときこ》が〝あの子〟だったら。

『さようなら。ごめんなさい』と申し訳なさそうに消えた〝あの子〟だったら。

「見せたいって、思うんだ。俺が悲しみのない世界を創《つく》れたのは、彼女が土砂降《どしゃぶ》りの日に優しくしてくれたからだって。そういう感謝の花束みたいな三〇ページを見せたい。だからもう少し、あと少しだけ……俺に、俺にがんばらせてくれ……！」

続行。ひざを折りながらも右手はタッチパネルに向かって入力作業を続け、気迫でようやく四〇〇番台に突入。だがまだ残り九六〇〇。あまりの膨大な数に気が遠くなる。

暑い。体が燃えそうだ。これまでの繰り返しも暑さは厳しかったが、日除《ひよ》けのない場所で太陽に灼《や》かれながらの作業は想像以上に過酷だ。頭が重い。目眩《めまい》がひどくなる。視界が二重にぶれる。ぜえぜえと息が荒くなる。体力が底を突きはじめる。いよいよ限界が近づいて……。

そのときだった。バサッ、と頭上でなにかが勢いよく開く音が聞こえた。同時、身を焦がしていた日射《ひざ》しが急に和《やわ》らいだ。

何事かと、計助《けいすけ》は見上げて驚いた。

「はい、日除《ひよ》け」

傘《かさ》だった。黒い日傘《ひがさ》。それを時湖《ときこ》が俺の頭上に差してくれた。

「いまね、走って、買ってきたっ。またコンビニまで。傘を差せば、君、支えられると思って」

走ったせいか呼吸が乱れて時湖《ときこ》の言葉は途切れ途切れだったが、胸に手を当てて息を整えると、すっと計助《けいすけ》へ身を擦《す》り寄せる。一本の傘に、二人で入るように。

「パッとアイデアが思い浮かんだんだ。本当に急に。なんでだろ。なんだか不思議。えへへ」

すべてを灼《や》き尽くす強烈な日射《ひざ》しを凌《しの》ぐ傘の下、時湖《ときこ》は火照《ほて》った頬《ほお》で微笑《ほほえ》んだ。

「傘、差すよ。君の隣で」

――ああ。

いま一度、計助《けいすけ》は頭上の傘を見た。

八年前に〝あの子〟が雨の日に傘を差してくれた光景と重なって見えた。

「ねえ、わたしの前では素直な君でいてくれていいよ。孤独で寂《さび》しいことだったり、弱音や苦しさだって無理して偽わらなくていい。君の気持ち全部聞くから。君の隣で」

――ああ、ああ……やっぱり、彼女は……。

計助《けいすけ》はゆっくり立ち上がった。気力を貰った。指先に力を入れ直し、再び万の壁に挑む。

「〇四三二」エラー。汗がぼたぼたと高熱のアスファルトに落ちてすぐに蒸発する。「〇五〇一」エラー。ペットボトルの水を頭からぶっかけて沸騰《ふっとう》しそうな脳を冷ます。「〇五六九」エラー。がんばれる。「〇六〇七」エラー。暑くて苦しくてまたやり直すことになったとしてもがんばれる。「〇六四六」エラー。彼女を救うためなら何度だってがんばれる。

「〇七〇〇……！　なんとか、ここまでは、稼いで……っ」

七〇〇番台に到達して、とうとう限界に達した計助《けいすけ》はごてんと地に尻《しり》をついた。すぐに時湖《ときこ》がセコンドのように新しいタオルで汗塗《あせまみ》れの顔を拭《ふ》いてくれる。

「さすがに交替だね、選手交替。後はわたしにまかせて君は休んでて」

「……すまん。ちょっとだけ休憩させてくれ。またすぐやるから。俺がやるから」

計助《けいすけ》はそばにあった水をがぶ飲みしてそのまま顔面に豪快に浴びせ、頭から濡《ぬ》れタオルを被《かぶ》ってフーフーと呼吸を整える。

目を瞑《つぶ》りページカウントを確認。『21』。舞台は終盤に差しかかった。

熱さで溶解《ようかい》しそうな脳をなんとか働かせて今後の見通しを立てる。

一回のループでどれほど入力できるだろうか。現段階で打ち込んだ数は七〇〇。マキナボードの記述に意識を伸ばせば、数字入力における省略・短縮は起きはじめている。

ここから先は記述次第だが、一回のループで仮に一〇〇〇通り入力できたとして、すべて試すことになったら単純計算で一〇ループ。

ここで気になるのはサーティー・ピリオドそれ自体が終わるタイミング。確定情報はないがここまで繰り返してポイント・オブ・ノー・リターン《やり直せない地点》が存在する予感は強くなっていた。問題はその瞬間が訪れるのはいまから一〇回後か、五回後か、それとも次か……。

このまま総当たりを続けて、最悪、今回で正解の番号を引き当てられなかったら……。

「ねえ、計助《けいすけ》」

不意に時湖《ときこ》に呼ばれ、計助《けいすけ》は思索を打ち切って顔を上げた。

「――わたし、来たことある……」

「え？　来たことある？」

時湖《ときこ》がなにを言っているのかすぐには理解できなかった。

時湖《ときこ》の様子をうかがうと、タッチパネルに指先を触れたまま、目を大にして硬直していた。

そしてひとつひとつ、思い返していくように、固まっていた唇を動かしていく。

「暗証番号の入力を続けていたら、既視感が、記憶の断片《だんぺん》が、徐々に蘇《よみがえ》って……そうだよ。間違いない！　――わたし、以前このコインロッカーに来たことがある！」

「なん、だって……！」

計助《けいすけ》は驚愕に飛び起き、すぐさま時湖《ときこ》の両肩を掴《つか》んで揺さぶる。

「どういうことだ時湖《ときこ》⁉　記憶を失《な》くす前にコインロッカーに来ていた？　なんで？　こんなところで一体なにを……ひょっとして銃と関係しているのか⁉」

「わ、わからない。ごめん。まだ完全に思い出せなくて……。でもあと少し、あと少しで大事なことが思い出せそうな……なんだっけ、なんだっけ……」

時湖《ときこ》が思い出すきっかけを掴《つか》もうと辺りを見回し、計助《けいすけ》も視線を左右に振った。

――あれ。

そこでふと、〝なにか〟が気になった。

しかしすぐに混乱した。〝なにか〟ってなんだ。

大須《おおす》方面を視界に入れたその一瞬、まるで古い映画のフィルムチェンジを知らせる黒い点のように気になった〝なにか〟を感じ、でも黒い点が一瞬で消えるみたいに〝なにか〟の正体もすぐにどうでもいいことと忘却《ぼうきゃく》しかけ、だが脳が訴《うった》えた。見逃すな、と。

そこで大須《おおす》方面を一枚の「絵」として捉え、「絵」の中の〝なにか〟の正体を探る。雑多の中から赤と白のボーダー服を着たウォーリーを見つけるように。

集中を深める。都心のかまびすしい雑音が消え、しんとした無音の世界で「絵」を微《び》に入り細《さい》を穿《うが》って眺《なが》める。点滅する信号機、ビル外壁の看板、大須万松寺通《おおすばんしょうじどおり》の門構え、複雑に絡み合う電線、夏空に羽ばたくカラスの群れ……違う、違う、どれも違う。

逆に言えば、違うそれらに存在しないものが正解だ。

そこである一点、視線の焦点が結ばれていった。

「大須《おおす》三〇一ビル……」

大須《おおす》に建つ一二階建ての複合ビル。夏空へ高く伸びるそれはコインロッカーがある位置からでも目に入り、ビル外壁最上部にはその存在感を主張するようにシンボルロゴが掲げられている。〝osu301〟と。

――三〇一……。そうか、〝数字〟だ。気になった〝なにか〟の正体は。

「絵」の中に唯一存在した、ただひとつの数字グループ、だからこそ目についた。けど、だからなんだという話でもある。ひたすら暗証番号入力をやっていたせいで脳が無意識に数字に引っ張られただけだ。〝osu301〟の数字なんて、「絵」から視野を広げればほかにも多数存在する数の一グループでしかない。特別な意味などあるわけがなくて……。

――〝osu301〟……三〇一……あのロゴ、どこかで見覚えが、なにか大事な……。

いや、違う。

時湖《ときこ》もだ。時湖《ときこ》も気になっていたじゃないか！

第三ループ。時湖《ときこ》がはじめて大須《おおす》を訪れたとき、わざわざ立ち止まって大須《おおす》三〇一ビルのロゴに対して〝なにか大事な〟と注視していた。

意味がある。特別な意味が。

もし、時湖《ときこ》が大須《おおす》三〇一ビルの〝数字〟に引っかかっていたとしたら……。

「コインロッカー」「osu301」「思い出しかけた時湖《ときこ》」、この三点が繋《つな》がるなら、繋《つな》げて考えることができるなら…………。

あ。

大須《おおす》三〇一ビルが、ウォーリーだ。

「時湖《ときこ》！　大須《おおす》三〇一ビル！　〝osu301〟だ！」

計助《けいすけ》は眠っていた時湖《ときこ》の記憶を覚醒《かくせい》させるように語気を強めた。

「〝osu301〟を暗証番号にして『〇三〇一』に。いや、その数はすでに打ち込んでダメだったからもうひとつの可能性、『三〇一〇』のほうを！」

「あ」

パチリと欠けた記憶のピースがはまった、そんな時湖《ときこ》の瞠目《どうもく》。

時湖《ときこ》はすぐさまタッチパネルに向き合う。計助《けいすけ》が指示した「三〇一〇」をひとつひとつ確認しながら入力して「確定」の項目をタッチする。

ピピッ、と入力が通ったような電子音。次いで、カチャ、と九番ロッカーの開錠音。

「――きた……」

万の組み合わせで閉《と》ざされた壁の突破。だがあまりに唐突で計助《けいすけ》は喜びの感情が周回遅れして驚き顔のままだった。時湖《ときこ》もまだ感情が現実についていけず呆然《ぼうぜん》としていた。

互いに目が点のまま汗塗《あせまみ》れの顔を見合わせ、時が止まったような一瞬後――歓喜が爆発した。

「当てた……当てた当てた当てた！　正解を引き当てたぞ時湖《ときこ》!!」

「当たった……当たった当たった当たった！　当たったよ計助《けいすけ》!!」

ほぼ同タイミングで計助《けいすけ》も時湖《ときこ》も片手を上げる。無意識のシンクロ。そして気持ちが交わるように、パンッ、と小気味よいハイタッチ音が二人の間に響く。

「予想通りだ。やっぱりそうだった。時湖《ときこ》はこのロッカーを訪れて……いや、説明は後回しだ。疑問もあるがそれも後でいい。カウントはもう『25』。いまはとにかくロッカーの銃を。それさえ奪った言葉をページに刻めば俺たちの勝ちだ」

計助《けいすけ》が九番ロッカーの取っ手を摑《つか》む。本物の銃を目前にして緊張で手が汗ばむ。

「開けるぞ、時湖《ときこ》」

ロッカー扉をゆっくりと開き、中腰《ちゅうごし》になって時湖《ときこ》と二人で中をのぞく。そこには――

「え……。これは、どういうことだ……」
驚愕。眼前の光景をすぐに脳が処理できず、計助《けいすけ》は目を見開いて固まった。
ロッカーに入っていたのは——銃ではなかった。
ロッカーに入っていたのは——言葉だった。

・[redacted]大須《おおす》の[redacted]寺[redacted]。[redacted]からくり人[redacted]一回目

そんな文章がロッカーの床面《ゆか》に直《じか》に書かれていた。赤色のペンで、速記のように書き急いだ感があって、所々文字が塗り潰されていて……。

見覚えがあった。すぐに思い当たった。着ぐるみの裏地メモだ。ペンの色から筆致《ひっち》まで一致してる。だとしたらこれを書いたのは——

「わたしだ……」

唖然《あぜん》としながら、しかし確信を得たように時湖《ときこ》が呟《つぶや》く。

「裏地メモをはじめて見たときと同じ感覚……。わたしの記憶に、真っ白なページに、言葉が戻って……わたし、この言葉をロッカーに書き込んだ……」

やはりそうか、と計助《けいすけ》は思った。そして時湖《ときこ》がメモを書いたという事実は先の三点の関連、「コインロッカー」「osu301」「思い出しかけた時湖《ときこ》」における推測を確信に変えた。

──記憶喪失前の時湖《ときこ》はこのコインロッカーを訪れ、九番ロッカーの暗証番号を大須《おおす》三〇一ビルから取って「三〇一〇」に決めてロックした。

ひとつの新たな事実は、しかし新たに多くの謎を引き連れていた。

──なぜ時湖《ときこ》はロッカーを訪《おとず》れた？　このメモを残すため？　いや、わざわざロッカー内に残す理由がわからない。そもそもメモの趣旨《しゅし》はなんだ？　「大須《おおす》」「からくり人」「一回目」……意味不明だ。どうして塗り潰してあるかも謎だ。なぜ裏地メモのように暗号解読の真似事《まねごと》をさせる？　そもそも銃は？　肝心《かんじん》の銃はどこに消えて──

「計助《けいすけ》ッ!!」

ハッとした。切迫した危機を訴《うった》えるような時湖《ときこ》の一声に。

直後、計助《けいすけ》は両足の接地感を失った。体がふわりと宙に浮く。「え」と疑問を覚え、だが考える余地すら与えられず、物凄《ものすご》い力で背中からアスファルトに叩《たた》き落とされた。

「あ、が………ッ」

心臓が胸骨を突き破って飛び出そうな炸裂《さくれつ》。ポーンとゴムボールみたいに弾《はず》む身体《からだ》。まぶたの裏に火花が散って視界が暗転し、ザザザッと砂嵐《すなあらし》のような耳鳴りがする。ひどいノイズの中、時湖《ときこ》が心配そうに叫んでいるのが聞こえる。計助《けいすけ》っ、計助《けいすけ》っ……！

──なんだ、なにが起きた？

口内で砂埃《すなぼこり》の味がした。片頬《かたほお》はアスファルトの地について熱を感じた。背中を打った鈍痛《どんつう》に苦悶《くもん》しながらなんとか堪《こら》えてまぶたを無理やりこじ開ける。

　身体ダメージを警告するように薄赤く染まった視界に、最初に入り込んだのはスニーカーのつま先、次に褐色の肌、首筋に刻まれたタトゥー、パーカーのフードからのぞく青い眼光……断片的《だんぺんてき》な情報が次々と足されていき、脳がひとりの人物像を弾《はじ》き出《だ》す。

　──第四ループ、沙羅《さら》を守るために計助《けいすけ》が力を借りた運び屋ファンタズマの構成員。

　正確には構成員はもうひとりいた。計二人。計助《けいすけ》をぶん投げて叩《たた》き落《お》とした者と、別のもうひとりは時湖《ときこ》の腕を捻《ひね》って地面に組《く》み伏《ふ》せていた。

「時、湖……ッ！」

　声は出る。かろうじて。だが身体《からだ》が動かない。背中を打った衝撃で四肢《しし》が痺《しび》れて。

「──よお、調査屋」

　ぞくっとした。仄暗《ほのぐら》く他を寄せつけない聞き覚えのある声に。

　面《おもて》を上げる。ひとりの人物がこちらに向かってくる。若い。身長が低いせいで一瞬少年かと錯覚《さっかく》しかけた。常に苛立《いらだ》っているような目つきの悪さで、瞳は暗い過去を抱えているみたいに翳《かげ》っている。仲間と統一感を図《はか》るようにパーカーを着込み、フードを目深《まぶか》に被《かぶ》って全体的に薄《うす》気味《きみ》悪さを漂《ただよ》わせているその存在は──ファンタズマの首領、ブルーノ。

「予想だにしない鼠《ねずみ》が引っかかったな。フン、オマエも銃を狙っていたわけか」

「ファンタズマの連中に、ブルーノまで……？　なんでお前らがここに……」

「気がかりだったからな。銃がないロッカーに鍵がかかっていたのが。もしクソ野郎の妨害者《ぼうがいしゃ》の仕業《しわざ》なら再び現れる可能性に賭けて同胞《どうほう》を張らせたが、その結果引っかかったのがオマエだ」

「クソ野郎の妨害者……？　なにを言って……？」

風雲急を告げる展開に計助《けいすけ》が混乱する。一方でブルーノは状況を悟ったように鼻で笑った。

「ああ、オマエらも妨害者に翻弄《ほんろう》させられた側か。それもそうか。妨害者と繋《つな》がっていたらクソ暑い中アホみてえに開錠作業なんてやらねえか」

ブルーノが開錠されたロッカーに目を向け、メモを見て眉《まゆ》をひそめた。考え込むように凝《ぎょう》視《し》した後、トランシーバー使って外国語で連絡を取り合い、そしてニヤリと口端《くちは》を持ち上げた。

「結果オーライだ。密売人に会えずデマに散々振り回されたが——銃はオレたちが貰い受けた」

ガゴンッ、と絶望を打ち鳴らすように骸の皿が大きく傾《かし》ぐ。

——は？　は？　銃を貰い受けた？　なぜブルーノが銃を⁉　銃は一体どこに⁉

「そこで大人しくしていろ調査屋。お前にちょろちょろと動かれると厄介《やっかい》だ」

ブルーノは懐《ふところ》に忍《しの》ばせていたバタフライナイフを一瞬の手捌《てさば》きで開刃《かいじん》し、それを躊躇《ちゅうちょ》なく計助《けいすけ》の手《て》の甲《こう》に突き刺して地に釘《くぎ》止めにする。

「あ、あああぁぁぁぁぁぁぁッ！」

「妨害者だろうが調査屋だろうが邪魔させねえ。こちとら生き死にかかってんだ、この依頼に」

銃を手に入れて一段落したようなブルーノの顔つきは、だがすぐに別の問題に挑むように引き締まり、そこで計助《けいすけ》はようやく状況を悟った。

――ブルーノのやつ、まさか犯人から銃を運ぶ依頼で動いていたのか……！

「待、て……待てブルーノォォ……ッ！」

激痛に堪《た》えてナイフを抜き、ありったけの声量で叫ぶ。だがブルーノは踵《きびす》を返《かえ》し離れていく。

ファンタズマの急襲《きゅうしゅう》。その一手はまさに白優勢だったオセロの盤面が一気に黒一色にひっくり返されていく逆転劇で、そしてその手を打った相手は紛《まぎ》れもなく……。

計助《けいすけ》は盤面から顔を上げて対戦相手を直視する――怪物が酷薄《こくはく》な笑みを浮かべていた。

――なんて野郎だ。街の人間を動かし戦術カードとして切るのは俺の専売特許だと思っていたが、怪物もまた同じ手で悲劇の展開をぶつけ返してくるのか……！

「つざけんなよ……ッ！」

足掻《あが》く。銃を奪われることで骸の皿が沈むならば、銃を奪い返せば天秤の形勢は逆転できる。

体は負傷して自由が利《き》かず、時湖《ときこ》も捕まって窮地。だがまだだ。死地に活路を見出《みいだ》せ。怪物を殺す言葉の弾丸を探せ。口は動かせる。そう、口。ならば交渉。盤面をひっくり返す言葉を。

――が、もはや言葉を出すことすら許されなかった。

『30』。ページカウントが無情にも終了《しゅうりょう》を告げる。

機械仕掛けの神は計助《けいすけ》の不屈《ふくつ》を容赦《ようしゃ》なく切り捨てすべてをふりだしに戻す。

ブルーノに銃を奪われ、怪物に弄《もてあそ》ばれ、そして最後は三〇ページ縛《しば》りにとどめを刺された。

Seventh Loop

第七ループ

30ページでループする。そして君を死の運命から救う。

——字義通りの強敵だった。

二千万という大金で夏祭り運営への介入をブロックしていただけでも驚愕したのに、運び屋までも手駒《てごま》に従えていた怪物の布陣はあまりに盤石《ばんじやく》で慄《おのの》くほかなかった。

お前《計助》のように人を差配し必ず悲劇を完成させる、そんな気迫がひしひしと伝わる。

また負けた。繰り返しの一回を敗北で費やしてしまった。

果たしてあと何回やり直せる？ ポイント・オブ・ノー・リターン《やり直せない地点》はもうすぐそこまで迫っているんじゃないのか？

理想的シナリオの完成を急ぐ必要があるが、そのためには前回直面した謎を解かなければならない。消えた銃の行方《ゆくえ》、コインロッカー内のメモ、ブルーノが口にした妨害者の存在……。

考えろ。これまでの繰り返しで得た情報を掻《か》き集《あつ》め、なにが起きているのか現状を見極めなければ目的の銃にリーチできない。

考えろ考えろ。こんがらがった糸を、一本一本、丁寧に解きほぐすように……。

「計助《けいすけ》っ、だいじょうぶ⁉ 前回ラストの展開は一体どうなってるわけ⁉」

自宅。時湖《ときこ》が慌てた様子で駆け込み、ペンギン頭部を脱いで混乱した表情を見せた。

「ロッカーに銃はないし運び屋に襲われるしもうなにがなんだかぺむっちょペンギ——ン‼」

「いったん落ち着け、時湖《ときこ》」

シュッ、と計助《けいすけ》はネクタイを結んで一足先に着替え、炭酸水を時湖《ときこ》にパスする。

「それ飲んで冷静になったらいつも通り反省会をはじめよう」

声こそ落ち着いているが計助《けいすけ》とて混乱していないわけではない。ただ、時湖《ときこ》が訪れるまでに前回の展開からある程度考えをまとめていた。

「議題はいろいろあるが……ひとまず状況整理からだ。前回の展開を受けて〝わかった点〟を確認《かくにん》していこう。二点ある。ひとつ目、『記憶喪失前の時湖《ときこ》は裏取引場所のコインロッカーを訪れてメモを書き残していた』。その後どうだ、なにか新しく思い出せたか？」

「ごくごく……ぷはぁっ。炭酸でスッキリ！　でもその後の記憶はサッパリ……しょぼん」

「ダメか。記憶が復活していればと期待したんだがな……」

——裏地メモといいロッカーメモといい、記憶喪失前の時湖《ときこ》は一体なにを考えていたのか。

「じゃあ次、わかった点二つ目、『ファンタズマが銃の運び手として銃撃事件に関与《かんよ》していた』。当初、銃の受け渡しは『売り手↓犯人』の流れだと考えていたが、実際には『売り手↓運び屋↓犯人』の流れだった」

「なんで犯人は運び屋の手を借りたのかな？　犯人が直接銃を受け取れば済む話じゃない？」

「裏取引に運び屋の力を借りるケースは珍《めずら》しくない。用心棒のような戦力として雇うこともあるし、なにより犯人自身が身動き取れない状態だったら運んでもらう必要があるだろ」

——チッ、タイミングが悪いヤツだ。オレたちはいま立て込んでいる。

第四ループで計助《けいすけ》がブルーノに依頼した際、その反応はつれなくピリついていた。

いまなら察しがつく。当初ブルーノは九番ロッカーから銃を回収して犯人まで運ぶ予定だったが、予定通り進まず苛立《いらだ》っていたのだろう。

「問題は〝わからない点〟だ。細かな疑問を含めるといろいろあるが、ページ制限があるから気になった三つに絞《しぼ》る。『妨害者の存在』『ロッカーメモの内容』『銃はどこに消えたか』」

「ぺむむ、わたしひとりで考えてもサッパリ……けど計助《けいすけ》と一緒に考えればわかるかもっ」

「よし、最初からいこう。『妨害者の存在』について。ブルーノの台詞《せりふ》から、俺たちと犯人側以外に銃に関わっている第三者の存在がうかがえた。それが妨害者。荷運びを妨害したって理由でブルーノは憎《にく》らしくそう呼んでいるんだろう」

「荷運びの妨害……犯人側はトラブルに巻き込まれていたってこと？」

「おそらくな。ロッカーに銃がなかったのは妨害者の影響だろう。ブルーノが別の場所で銃を入手した様子から、犯人側は妨害者のせいでロッカー取引中止に追い込まれたのかもな」

――まさかテメエか？　オレたちを妨害して仕事を潰そうとしやがるクソ野郎の正体は。

トラブルに巻き込まれている様子は過去のブルーノの台詞《せりふ》からもうかがえる。

「運び屋を翻弄《ほんろう》するぐらいだ、妨害者の狙いは犯行計画を潰そうと動いている可能性が高くて……だとしたら案外、俺たちと同じかもな」

「同じ？　妨害者もロッカーから銃の横取りを狙っていたってこと？」

「ああ。もしそうなら犯人側がロッカー取引を中止した理由に筋が通る。犯人側は妨害者の横取りを察知して間接的なロッカーでの銃の受け渡しを諦め、密売人と対面での直接的な受け渡しに急遽《きゅうきょ》変更した……うん、読みとしては悪くない。銃を入手したブルーノの『貰い受けた』って言い回しとも符合《ふごう》する。ブルーノはずっと探していたわけだ。銃を、密売人を。でも見つけられず手間取っていた。だから『オレたちはいま立て込んでいる』とピリついていた」

「なんで運び屋は密売人を見つけられないの？　連絡し合えば簡単に会えるでしょ？」

「連中は同じ陣営だが〝仲間〟というより〝利害関係〟ってことだ。密売人も運び屋も所詮《しょせん》は犯人からの委託《いたく》。ロッカーで受け渡し予定だった点を考えれば密売人と運び屋は互いに連絡先どころか顔すら把握してないと思うぜ。連絡等の指揮は犯人が一手に担《にな》っていたんだろう」

「じゃあ犯人が密売人と運び屋が会えるように連絡すればいいんじゃない？」

「それをさせなかったんじゃないか、妨害者が。ロッカーで銃の横取りに失敗して新たな妨害策を仕掛けた、とかな。まあそれがどんな妨害《ぼうがい》で犯人がどう指揮不能に陥ったかはわからないが、運び屋側はブルーノが愚痴《ぐち》ってたよな。『デマに散々振り回された』って」

――想像するに、俺が寝落ちしている間に妨害者と怪物は銃を巡って火花散る激闘を繰り広げていたんじゃないだろうか。

妨害者にはナイスファイトと称賛《しょうさん》を送るべきか。こちらがまるで歯が立たない怪物ののどもとに食らいつき指揮不能に陥らせ、運び屋までも撹乱《かくらん》してみせたのだから。

驚きでもある。完全無欠だと思っていた怪物が、実は妨害者というトリックスターに犯行計画を狂わされていたなんて。

その両者の戦いの結果が、元の現実《オリジナル》か。

運び屋はデマに翻弄《ほんろう》されながらも最終的には銃を入手して犯人に届け、それでも妨害者は諦めず銃撃事件を防ごうと抗《あらが》い、最後の最後で巻き起こった悲劇が――

「ねえ、計助《けいすけ》。妨害者について思ったことがあるんだけどさ」

時湖《ときこ》が重大なことに気づいたような顔を向け、そこで計助《けいすけ》自身も同じ気づきを得ていた。

「――妨害者って、記憶を失う前のわたしのことじゃないかな」

――やっぱりそうか。

「わたしって着ぐるみ着て沙羅《さら》ちゃんを銃撃から守ろうとしたでしょ。それって敵側からすれば妨害だよね。ロッカーを訪れた過去も銃を横取りしようとした妨害者の行動と一致するし」

「そうだな。俺も同じ考えだ。時湖《ときこ》＝妨害者だといろいろと話が繋《つな》がる」

「おおっ。じゃあ記憶喪失前のわたしは犯人に迫っていたってことだよね。……ハッ、わかった、わかったよ計助《けいすけ》！　わたしの正体って女刑事じゃない!?」

「は？　夜の蝶《ちょう》の次は女刑事だって？」

「だってだって、銃を追って犯人止めようとしてたでしょ。はあー、女刑事かー。いいねいいねっ。カッコいい響き！　逮捕《たいほ》しちゃうぞっ、てね」

「いや下着姿だったお前が下手したら逮捕されるぞ」

「し、下着姿なのはっ……身ぐるみ剝《は》がして着ぐるみ着させちゃえ詐欺《さぎ》に遭ったとか？」

「そんな詐欺ねえよ。てか刑事なら詐欺に引っかかるな。まだ変態だったほうが現実的だぞ」

「そっちのほうがないよ！　変態じゃないもん！　女刑事だもん！」

かぁあっと時湖《ときこ》は赤面した顔を隠すようにペンギン頭部を被《かぶ》る。

——どうにもわからないな。確かに怪物と渡り合っていたら記憶喪失《きおくそうしつ》前の時湖《ときこ》はすごいやつなんじゃないかと思う。でも下着姿とか一部意味不明な動きが引っかかる。

「刑事はともかく、時湖《ときこ》が妨害者だと仮定して話を進めると……次の疑問、『ロッカーメモの内容』が気になるよな。あれは書き方からして裏地メモと同じ意味合い、つまり、記憶喪失前の時湖《ときこ》がいまの時湖《ときこ》に宛《あ》てたメッセージに思える。しかしだとしたらなんでロッカー内に書いた？　着ぐるみ裏地にも書いておけば断然気づきやすかったのに」

「書いてあったんじゃないかな。着ぐるみ裏地にも」

「なに？」

「完全に塗り潰されて読めない裏地メモが結構あるよね。そこに書いてあったのかなって」

目から鱗《うろこ》だった。そうか。裏地メモはサーティー・ピリオドのルールだけだと思い込んでいたが、それ以外の情報が載っていてもおかしくない。例えば、悲劇攻略の情報とか。

そこで計助《けいすけ》は目覚めてすぐにロッカーメモを書き留めた用紙を手にし、その用紙を壁の大須《おおす》地図上にピン留めして時湖《ときこ》と眺《なが》める。

・[redacted]大須《おおす》の[redacted]寺[redacted]。[redacted]からくり人[redacted]一回目

「ぺむむー……塗り潰された箇所が多くてよくわからないね、これ。なんのメッセージかな？　わたしが書いたはずなんだけど……」

「いや、まったく読み解けないわけでもないぞ」

「え、計助《けいすけ》わかるの⁉」

「俺も最初見たときは戸惑ったけど、『大須《おおす》の』『寺』『からくり人』、それらワードから場所については絞《しぼ》り込める」

「場所……大須《おおす》のお寺を示してるって感じはするよね？　だったら地図を見れば特定できるんじゃ……わわっ、大須《おおす》ってお寺いっぱいあるよ⁉」

「大須《おおす》は門前町として発展した歴史があるからな。総見寺《そうけんじ》、極楽寺《ごくらくじ》、光勝院《こうしょういん》、陽秀院《ようしゅういん》、様々な寺が点在しているが、ヒントは句点以下の二文目『からくり人』だ」

「『からくり人』……どんな人？」

「これはおそらく『からくり人形』って読むのが正解だ。からくり人形で有名で、『大須《おおす》の』『寺』という文脈から考えると一ヶ所思い当たる。——万松寺《ばんしょうじ》だ」

「おおっ！　さっすが詳しいね！　でも、万松寺《ばんしょうじ》が一体なんなの？」

「問題はそこだ。万松寺《ばんしょうじ》がなにを指しているかまではわからないんだよな。時湖《ときこ》はどう思う？」

そこで計助《けいすけ》と時湖《ときこ》は地図を見つめながら互いに推理し合ってしばし議論を交《か》わした。

だが腑《ふ》に落ちる答えは得られず議論は次第に行き詰まっていった。

「ううむ、わかんねえな。ロッカーメモの単語だけじゃ推理するにも限界がある」

「ぺむう、一度仕切り直して別の疑問を考えよっか？　『銃はどこに消えたか』を」

「……そうだな。先にそっちを考えよう」

これまでの仮説を繋《つな》ぎ合わせると——犯人は時湖《ときこ》に銃を奪われることを警戒《けいかい》して、運び屋と密売人の直接対面での受け渡しに変更した。だが時湖《ときこ》が新たな妨害策を仕掛けて犯人は指揮不能に陥り、犯人の手足である運び屋もデマによって混乱が生じた。それでも運び屋は地力で密売人との接触に成功。銃を手に入れて依頼を完遂《かんすい》した。

妨害されても銃を手に入れたブルーノの実力はさすがか。ファンタズマは組織としては落ち目であるが、それはひとえに営業力の乏《とぼ》しさと元組織からの圧力で、荷運びに関する能力は折り紙つき。一度でも連中に銃を確保されたら奪い返すのは困難だろう。

逆に言えば、チャンスはいまだ。

時湖《ときこ》の撹乱《かくらん》によって生じた隙《すき》をつき、運び屋より先に密売人に接触して銃を先取りする。

銃を探すこと＝密売人を探すことだが、では運び屋はどこで密売人との接触に成功した？

計助《けいすけ》は目を閉じた。これまでの繰り返しにおけるブルーノの発言からヒントを探る。

『アバズレどもが困っている話なんて知るかボケ』／『ふざけた依頼吹っかけてきやがって。

嫌がらせか？　あ？』／『こちとら生き死にかかってんだ、この依頼に』。

——ない。密売人に繋《つな》がる台詞《せりふ》はどこにも……。

いや、まだだ。発言だけでなく一連の行動、仕草、表情までも思い返して探れ。

構成員の急襲後にブルーノ登場／開錠作業をせせら笑う／開錠された九番ロッカーを凝視／ブルーノがロッカーメモに目を細め／塗り潰された文字列に対して訝《いぶか》しみ／しかしややあってかすかにあごを引き／それはどこか納得して頷《うなず》いたようで……。

——待て。納得？

引っかかった。メモを見て納得した？　実際にその後ブルーノは銃を手に入れて……。

もしかしてロッカーメモと銃は繋《つな》がっているのか。

『銃はどこに消えたのか』と『ロッカーメモの内容』は別個ではなく繋《つな》げて考えるのか。

だって結べる。たとえ一瞬でも結節するワンカットがあった。結べるならロッカーメモを書いた『妨害者の存在』だって繋《つな》げられるはずで、三つの謎を線で繋《つな》いで考察すると………。

瞬間、エウレカの光が額《ひたい》で弾《はじ》けた。

「そうか……そういうことかよ!!　時間、いま何時だ!?」

急ぎ腕時計を確認。やばい。状況整理をはじめてから結構な時間が経っている。

「時湖《ときこ》、出るぞ！　ついてきてくれ！」

「出る？　出るって外に？　わたしまだ君の服に着替えてもいなくて……って、おわわ!?　なに、急に物まで投げてきて……これ、携帯？」

時湖《ときこ》に投げ渡したのは事務所支給の予備の携帯。計助《けいすけ》は使い方を簡潔かつ早口で説明しながら三和土《たたき》の靴を引っかけ、弾《はじ》けるように家を飛び出す。

「間に合うか……いや間に合わせねえと！」

灼熱《しやくねつ》の日射《ひざ》しの下に出ると、すぐに時湖《ときこ》もペンギン姿のまま追いついて並走する。

「ちょっとちょっと、急に慌《あわ》ててどーしたの計助《けいすけ》⁉　なにかわかったの⁉」

「確証はない！　だからこそ俺の〝読み〟が正しいかいまから確認しに行く」

「確認ってどこに？　なにを？」

「大須《おおす》だ。おそらくいま運び屋たちは大須《おおす》にいるはず。それをまず確認したい」

「運び屋が大須《おおす》に……わかったよ！　わたしが一足先に行って確かめてあげる！　いったん別行動しよ！　見つけたら連絡するね。とおっ、ぺんぺんぺんペンギンダッ――――シュ！」

「え、一足先って……は、速ぇぇぇぇぇぇっ‼」

砂埃《すなぼこり》を巻き起こしながら猛然と駆けるペンギン。ぺんぺんと掛け声は間抜けなのに加速はトップランナー級。着ぐるみ姿なのになんて運動神経。もう背が見えない。

計助《けいすけ》はぐいっとネクタイを緩めた。こっちだって負けていられないと首筋の汗を迸《ほとばし》らせながら全力疾走で一〇〇メートル道路を越え、時湖《ときこ》より少し遅れて大須《おおす》に入る。

がやがやと賑わう商店街アーケード。雑踏《ざつとう》の只中《ただなか》で足を止めてぐるりと三六〇度見回す。

読み通りならこの人混《ひとご》みのどこかに構成員がいるはず。どこだ、どこだ、どこだ……。

——いた！

褐色の肌。目深《まぶか》に被《かぶ》ったフード。片腕に彫《ほ》られたタトゥー。ギロギロと神経を尖《とが》らせた目つきは明るい祭りの雰囲気《ふんいき》にそぐわず殺気立っている。おかげで容易に見つけられたが、すぐに慌ただしく走り去って視界外へと消え失せる。

携帯が振動する。時湖《ときこ》からの連絡だ。

「計助《けいすけ》、運び屋の構成員を見つけたよ！　みんな似た格好だから間違いないよ。この通りはえっと、東《ひがし》仁王門通《におうもんどおり》だ。東《ひがし》仁王門通《におうもんどおり》を慌てたように走り回って……あ、またいた！　二人目……え、三人!?　三人目だ！　なんでこんなにいるわけ!?」

計助《けいすけ》がひとり、時湖《ときこ》はすでに三人発見。こんなにあっさり見つけられたのは運び屋が多数で動いているからだろう。銃探しにファンタズマ総出で当たっていると考えていい。

「時湖《ときこ》、そのまま構成員を追跡して動向を探ってくれ。なにかあったらすぐ連絡を頼む」

「りょーかい！　お互いにカバーしながら三〇ページを戦ってこ！」

計助《けいすけ》が再び地を蹴《け》って急ぐ。次の〝読み〟が正しいか確認するために。

——構成員が走り回っているのは妨害者時湖《ときこ》のデマの影響だろう。さしずめ、密売人の居場所について大量の誤情報を流されて右往左往しているといったところか。

ブルーノの対抗策はフルメンバーを動員して誤情報かどうかひとつひとつ確認して潰す戦法

を取ったようにみえる。持ち前の〝構成員の数〟を武器に密売人を見つけ出す作戦。

見方を変えれば、運び屋側にデマを流せるほど時湖《ときこ》は敵側の情報を詳しく掴《つか》んでいたとも言える。敵側の混乱っぷりを見るに時湖《ときこ》は怪物をかなり追い詰めていた。

その推察が正しければ時湖《ときこ》はきっと手に入れていたのだ——銃撃事件を破綻《はたん》させる言葉を。

そしてそれこそが、ロッカーメモだとしたら。

・[redacted]大須《おおす》の[redacted]寺[redacted]。[redacted]からくり人[redacted]一回目

ロッカーメモの趣旨《しゅし》は変更された銃取引についてのメッセージ——それが俺の〝読み〟だ。

三点の疑問を繋《つな》げてピンときた。『妨害者の存在』すなわち時湖《ときこ》が、『ロッカーメモの内容』を書き残し、そしてその内容こそ『銃はどこに消えたか』の答え。

それを踏まえて判読した。メモの一文目は『大須《おおす》の』『寺』と場所の指摘。二文目は『一回目』と取引タイミングの指摘。そこから導き出した答えは——

・裏取引の場所は大須《おおす》の万松寺《ばんしょうじ》に変更。時刻はからくり人形上演一回目

都合よく解釈してるだけ？　そうかもしれない。否定はしない。解明できていない疑問もまだ残っている。けどだからこそ確かめる。この目で、読み通りかどうか——

「はぁ、はぁ……着いたぞ、万松寺《ばんしょうじ》！」

新天地《しんてんち》通《どおり》。軒《のき》を連ねる商店の一角に交じって、万松寺《ばんしょうじ》は立派な扁額《へんがく》を掲げていた。

戦国大名織田家《おだけ》の菩提寺《ぼだいじ》。かつて織田信長《おだのぶなが》が鉄砲《てっぽう》で狙撃《そげき》された際、万松寺《ばんしょうじ》の和尚《おしょう》からももらった干し餅《もち》が身代わりとなり一命を取り留め、その説話から万松寺《ばんしょうじ》の仏像は身代わり不動明王として祀《まつ》られた歴史がある。

——銃《じゅう》から身を守る加護を与えた仏の前で、銃の裏取引なんざいい度胸してやがる。

ごぉーん。ごぉーん。からくり人形上演開始の梵鐘《ぼんしょう》はすでに鳴り響いていた。

万松寺《ばんしょうじ》本堂の高所にある扉からせり出したからくり人形信長《のぶなが》が機械的な所作で舞い、夏祭りの来場者たちがこぞって見上げている。

——まずい。もう上演がはじまって……急いで密売人を見つけ出さないと！

密売人の容姿に関する情報はない。だが見極める自信はある。裏社会に潜《ひそ》む特有の雰囲気《ふんいき》、来場者がからくり人形を見上げている中、取引優先で上演に関心を寄せていない人物……。

ひとり、いた。サンダルにジーパンとラフな格好。どこかくたびれた中肉中背《ちゅうにくちゅうぜい》は中年男性を思わせ、その顔には祭りで売られている狐《きつね》のお面を被《かぶ》っている。

——狐面《きつねめん》で意図的に素顔を隠して……こいつか、こいつがきっと密売人！

見つけ出した喜びは、だが一瞬後に絶望に転じた。

密売人は片手に茶色の紙袋を持っているが、その紙袋をいままさに受け取ろうと手を伸ばしている人物がいた。運び屋の構成員だ。

——半歩出遅れた……紙袋の中にはおそらく銃が！

窮地《きゅうち》に、時間感覚が引き延ばされてすべてがスローモーションに映る。構成員が銃を手にする距離残りわずか数十センチ、対して計助《けいすけ》から銃までは数メートルもある。負ける。また負ける。悲劇に通じる展開が刻まれる。間に合わない。いくら手足を伸ばしても。

否《いな》、言葉は音速を往《ゆ》く。

「待て！」

紙袋が渡りかけた刹那《せつな》、計助《けいすけ》の制止の声に密売人も構成員もぴたっと固まり、そこで間髪容《かんはつい》れずに両者の間を引き裂く一声を発した。

「──俺が、運び屋だ」

ヒリリ、と両者に緊張が走った。

狐面からのぞく密売人の瞳が揺れる。計助《けいすけ》に視線を振り、次いで構成員に視線を振り、どちらが真の運び屋なのか視線を往復。計助《けいすけ》、構成員、計助《けいすけ》、構成員……。

下した結論は──判断不能。密売人は渡しかけた紙袋をさっと手元に戻す。困惑しながら携帯を見つめ、だが犯人から連絡がないのか沈黙したままだ。

──よし、間一髪《かんいっぱつ》で騙《かた》りが通った……！

密売人の戸惑った挙動で確信する。やはり犯人は指揮不能。そして密売人は運び屋と名乗る人物が二人現れてパニックに陥っている。

好機だった。そしてそれは間違いなく妨害者時湖《ときこ》のおかげだ。

元の現実の結果だけみれば敗れた時湖《ときこ》だったが、それでも次は敗れないように裏地やロッカーにメモを残した。その文章は突き詰めれば怪物に勝つための言葉のバトン。

――そのバトン、俺がしかと受け取ったぞ、時湖《ときこ》。

「はあぁ⁉　運び屋だァ？　オマエなにぬかして……おい、どこかで見た顔だな。そうだ調査屋だ。テメエか！　オレたちの仕事を邪魔しやがったクソ妨害者の正体はッ！」

構成員は激昂《げっこう》していた。当然の反応だ。構成員からすれば計助《けいすけ》がクロなのは自明。だが、密売人の視点に立てば計助《けいすけ》も構成員もグレー。現状、計助《けいすけ》と構成員の言葉以外に判断材料がないのだから。

逆に言えば言葉がすべて。発する言葉のひとつひとつで密売人の信用を勝ち取れるかどうか。カウント『15』。ここからはファンタズマと銃の争奪戦。――上等だ、いくぜ。

「俺が妨害者だと？　よくもそんな嘘《うそ》をぬけぬけと。ああそうか、嘘《うそ》がバレると焦《あせ》って咄嗟《とっさ》に俺を妨害者に仕立て上げたわけか。この嘘《うそ》つき野郎《やろう》のクソ妨害者が！」

「オレが妨害者だァ⁉　テメェコラ、ペラペラとデタラメ言いやがってよォ！」

「俺たちファンタズマは元いた運び屋組織から独立し、同業が断るようなハイリスクな荷を引き受け、困難な運びを成し遂げてきた。荷を運ぶ。俺には運び屋としての責務がある。自負がある。覚悟がある！　そこのチンピラ妨害者とは格が違うぞッ！」

――なーんちゃって。運び屋が人員の〝数〟を強みとして銃にリーチするならば、俺は得意の〝演技〟で運び屋になりきってやるぜ。

「だれがチンピラだッ！　気安くオレたちを騙《かた》ってんじゃねえぞコラッ!!」

「その喋《しゃべ》り方がチンピラじゃないか。ええ。お前の魂胆《こんたん》はわかっているぞ。いま高騰《こうとう》中の銃を俺たちから奪って高値で売《う》り捌《さば》くつもりだろう。まさにチンピラのやり口だな」

「チンピラチンピラうっせーぞボケッ!!」

「どうした声を荒らげて。なに焦《あせ》ってる。嘘《うそ》がバレそうで顔の汗が増えてるぞ」

「ち、違《ちげ》ぇッ！　焦《あせ》ってねえよ！　この汗は暑さで！」

「違わないいな、チンピラ」

「オレが運び屋だっつってんだろうがよクソがッ！　待ってろ、いま仲間を呼んでッ」

「気をつけろ売人！　仲間を呼んで集団でブツを奪い取る気だ。早く俺に渡せ！」

「黙れよこのクソ野郎ォ！　いまその減《へ》らず口をぶん殴って黙らせてやるッ」

「まともに反論できないから暴力か？　チンピラが。殴りたければ殴れよ。ほらこいよ。だがそれは説得において敗北を認めたも同義。そんな印象を売人に与えていいのか？」

「ぐっ……」

「運び屋だというならてめぇの言葉で証明しろ。例えば、銃をどこに運ぼうとしているかを」

「バカが！　秘密厳守の運び先を他人に明かすワケねえだろうがッ」

「ボロが出たな。運び先を知らないから言えないんだ」

「ボロが出たのはテメエだマヌケ。本物の運び屋なら明かすワケねえ運び先なんて聞かねえ！」

「運び屋だからじゃなく偽者だからなにも知らず明かせないんだろうが。違うと否定するなら言ってみろ！　ブツをどこに運びだれに渡すかを、俺と売人に！」

「妨害者の耳を貸すな、売人！　オレが運び屋だ！」

「妨害者の耳を貸すな、売人！　俺が運び屋だ！」

舌戦《ぜっせん》。詐称し、証明し、反論し、計助《けいすけ》と構成員の説得の鍔《つば》迫《ぜ》り合《あ》い。

密売人はいまだ判断がつかずどっちだどっちだと視線が右往左往している。

計助《けいすけ》は構成員を睨《にら》む。こいつのことは知っている――名前はエリオ。一〇代後半でファンタズマの新入り。直情型。実力は……さりげなく運び先である銃撃犯の正体を暴《あば》こうと誘導したが引っかからなかった。一定のガードの固さはある。だが、それだけだ。

「オイ聞け売人！　オレだって荷運びについて明かせる情報なら明かしてやる。依頼を受けたのは一週間前。成功報酬は相場の一〇倍。受け渡し場所は当日急遽《きゅうきょ》変更が――」

「俺も依頼を受けたのは一週間前。成功報酬は相場の一〇倍。急遽《きゅうきょ》受け渡しが変更に――」

「ハッ！　全部後出しじゃねえか！　テメエの発言はオレの話を聞いてなぞっているだけ！」

反撃を食らった。本物だからこそ持ち得る依頼内容の詳細を計助《けいすけ》は知らない。

「聞いたか売人！　真実を知らず下手言えねえからオレの後に答えてんだコイツはよぉ！」

嘘《うそ》をついて反論することも考えたが、嘘《うそ》のさじ加減を間違えればどこかで密売人の持ち得る情報と矛盾が生じて見破られるかもしれない。

「後出しの台詞《せりふ》でハッキリしたな！　このクソが偽者だ！」

弱点を見つけたとばかりに一気呵成《いっきかせい》に語気を荒らげる構成員エリオ。攻勢に転じたその姿にどっちつかずだった密売人の視線と足先がエリオに向く。心証が傾く。

銃が遠のいた計助《けいすけ》は、しかしほくそ笑んでいた。

――ああ、ホント……道楽《どうらく》や揚羽《あげは》に比べればずっとやりやすいよ、お前は。

口先で煽《あお》ったらまんまと言い返すことにムキになって、マウントを取らせてやったら狙い通り悦《えつ》に入《い》って、おかげですっかり失念してくれた。決定的な説得材料を持っていることを。

運び屋を騙《かた》った瞬時に勝利パターンを複数考えたが、相手がこの程度なら取れる戦術がある。

「偽者？　俺の言葉は本当だ。本当に参ったんだ。ロッカーの受け渡しが急遽《きゅうきょ》変更になって」

演じながら発想の種を蒔《ま》く。密売人の脳内に。

「ロッカーの受け渡しだったらもっとスムーズに事が運んでいたのに。まさか妨害者が登場する事態になるなんて。ロッカーだったら、ロッカーだったら」

連呼することで密売人に刷り込ませて誘導する。さあ、気づけ。

「ロッカー……」密売人はぽつりと呟《つぶや》き、そしてハッと顔を上げた。「そうだロッカーの暗証番号！　運び屋なら暗証番号の連絡がいってるはず。番号を答えてくれたほうを信じる！」

――ドンピシャ。その質問はまさに誘導通り。

「〇七二三」

待ち構えていた質問に、計助《けいすけ》はコンマ数秒の反応速度で即答した。

「……ぜ、〇七二三！」

エリオも返答する。が、その表情はワンテンポ遅れたことに焦《あせ》っていた。

——そう、遅いのだ。たとえワンテンポでもその遅さが致命的。

「お前のほうこそ後出しだな、チンピラ」

計助《けいすけ》が反撃する。先ほどエリオから受けた攻撃をそのまま返す如《ごと》く。

「真実を知らず下手言えないから俺の後に答えたんだ、お前は」

「ち……違《ちげ》えッ！　オレもすぐ答えようとして……」

「違わない。お前が言ったことだ。——後出しの台詞《せりふ》でハッキリしたな！　お前が偽者だ！」

「ぐ、ぐぐっ……！」

戦術がはまった。ここで揚羽《あげは》から入手した情報が活《い》きた。「三〇一〇」は時湖《ときこ》が設定した暗証番号。ならば揚羽《あげは》が仕入れていた「〇七二三」が銃を受け取るための番号だ。

わざわざ誘導せずとも自発的に暗証番号を言う手もあったが、密売人に質問されて答えたほうが信用度はぐんと増す。現にいま密売人の視線と足先、そして心証は計助《けいすけ》に傾いている。

「急げ売人！　ここでもたつけば運びが間に合わなくなる！」

——信は得た。これ以上問答を続けて運び屋の仲間が駆けつけたら面倒《めんどう》だ。犯人の指揮もいつ復活するかわからない。

あと一押し。ここで畳《たた》みかける言葉を。それは志道計助《しどうけいすけ》の十八番《おはこ》である〝偽《いつわ》り〟。

「売人、すべて俺にまかせろ。この俺が責任を持って運びをまっとうしてやる！」

真っ赤な嘘《うそ》。それを堂々と胸に手を当て、自信満々に微笑《ほほえ》んでみせる。

それがとどめ。狐面の瞳が定まって紙袋を計助《けいすけ》へと差し出す。

ついに、と計助《けいすけ》は受け取る。ずしりとほどよい重量感に手応えを感じる。

ガゴンッ、と花の皿が大きく傾《かし》ぐ。理想的展開を構築する有効な言葉、その獲得に成功。

「ふざけるな……ふざけるなクソがァアァッ!!」

エリオが憤怒《ふんぬ》の形相で計助《けいすけ》に襲《おそ》いかかろうとして、だがすかさず密売人が間に入ってエリオを押さえて引き止める。その隙《すき》に計助《けいすけ》は反転。ダンッ、と勢いよく地を蹴《け》る。

「待てコラ偽者ォッ！　おいッ邪魔すんなボケッ！　オレが運び屋だ！　オレが運び屋なんだよッ！　そのブツを運べなきゃオレたちは終わるッ！　居場所を失うのにッ！　邪魔だどけ、どけえぇぇぇぇぇッ!!」

エリオの怒声は凄《すさ》まじく背が痺《しび》れるほどで、しかし計助《けいすけ》は振り返らず全速力で駆ける。新天地通《しんてんちどおり》から万松寺通《ばんしょうじどおり》へ折れたところで姿を眩《くら》ませることに成功。そこで確認のため紙袋の中をのぞく。敷き詰められたマシュマロみたいな緩衝材《かんしょうざい》をそっと手で払い、指の腹がひんやりとした金属に触れた。

銃があった。

銃把《じゅうは》に五芒星の紋章があしらわれた拳銃が緩衝材《かんしょうざい》のゆりかごに守られて眠っている。パッと見ただけでは本物かモデルガンか区別がつきにくいが、花の皿への傾きが本物の拳銃だという証明になっている。

――ようやく……ようやく銃を手に入れたぞ！

カウント『21』。三〇ページの戦いではじめて天秤は花の皿優勢を維持。

よぉおっし、と計助《けいすけ》はガッツポーズで叫ぶ。このまま銃を確保して逃げ切れれば理想的な三〇ページが完成。いける。今度こそ時湖《ときこ》を救える。あと少し、もう少しで……！

が、そこで靴の踵《かかと》部分でギュルッと急制動をかけ、思わず逃走の足を止めた。

視線の先、万松寺通東端《ばんしょうじどおりとうたん》の門構えに運び屋の構成員が二人待ち構えていた。

――構成員がこんな所に？　これ以上進めば気づかれる。強引な突破はリスクが高い。前回暴力に叩《たた》き伏せられた。安全なルートを探るべきだ。

計助《けいすけ》は身を翻《ひるがえ》す。東側が抜けられないならば真逆の西側へ。そこから大須《おおす》商店街を脱出しようと移動して、だが西端《せいたん》にも同じように構成員が立っていた。

――反対側にも構成員が？　連中はなにをしている？　いま帽子を目深《まぶか》に被《かぶ》った通行人の腕を乱暴に摑《つか》み素顔を確認《かくにん》して……まるで監視者《かんししゃ》のような振る舞いだ。

万松寺通《ばんしょうじどおり》を封鎖された形だが脱出口はまだある。大須《おおす》商店街は碁盤目《ごばんめ》状に縦横いくつもの通りが走っている。だから『コ』の字を下から書くように一本上の細道から抜け出そうとして、しかしそこにも構成員がひとり監視している。

――東側だけでなく西側の出口も完全に封鎖されて……これは、まさか……。

嫌《いや》な予感に脂汗《あぶらあせ》が浮かんだそのとき、携帯が振動して時湖《ときこ》から連絡が入った。

「計助《けいすけ》、指示通り構成員を追ってたんだけど……奇妙なんだよ。さっきまでドタバタ走り回っていたのに急に足を止めたんだ。赤門通《あかもんどおり》に繋《つな》がる細道にひとり、大通りには二人、通行人をじっと監視しているように待ち構えてて……」

赤門通《あかもんどおり》の封鎖。つまり、北側から抜けることもできない。

残された逃げ道はもはや南側に伸びる東《ひがし》仁王門通《におうもんどおり》を抜けることだった。だが確認しに行くとそこにも構成員がきっちり配置されていた。

東西南北すべての通りに見張りが立って封鎖している状況。大須《おおす》という盤の中心にいる計助《けいすけ》の四方を、構成員たちがずらりと隙間なく囲む配置。それはつまり――

「包囲網《ほういもう》……！」

ぜい、と計助《けいすけ》は荒い呼吸を吐《は》いて結論づける。

瞬間《しゅんかん》、ガゴンッ、と骸《むくろ》の皿が大きく傾いて形勢がひっくり返される。敵の展開によって刻まれた銃撃に繋《つな》がる言葉、その威力。

「ブルーノの指揮か……ちくしょうよく連携できてやがる！」

おそらくエリオから連絡《れんらく》を受けたブルーノが即座に計助《けいすけ》を敵と認識。人員を再配置して大須《おおす》を囲み、計助《けいすけ》が抜け出せない展開で対抗してきた。

驚嘆《きょうたん》する。瞬時に包囲網を張るブルーノの手際《てぎわ》に。その作戦を実行する人員の数に。

だが、とも思う。こちらとて容易に大須《おおす》から脱出できなくなったが、向こうとて構成員が要所に立って封鎖しているだけなら銃は手に入れられないはずで――

刹那《せつな》だった。背に突き刺さるような殺気。バッと計助《けいすけ》が振り返る。構成員がトランシーバー片手に周囲の人波を押し退け猛然《の》と肉薄《にくはく》してきた。

「チッ、気づきやがった！　待てコラァッ！」

――逃げ道を遮断《しゃだん》する封鎖役のほかに、包囲網内で俺を追う追跡役もいるのか!?

思考を打ち切った。逃走。全神経をその一点に集中して計助《けいすけ》は駆け出す。

息急《いきせ》き切って通りを右に曲がって振り切り、だが新手が側面から現れて今度は左に曲がって振り切り、次は正面から新手が急迫《きゅうはく》し、迂回《うかい》、迂回《うかい》、また迂回《うかい》。

汗を散らしぜいぜいと呼吸を乱しながら同じルートをひたすらぐるぐる回らされる。

やっとの思いで人気《ひとけ》のない裏路地に逃げ込み、酒瓶《さかびん》ケースの間に崩れ落ちるように姿を隠す。

「はぁ、はぁ……くそっ、しつこい！　せっかく銃を手に入れたってのに！」

執拗《しつよう》な追跡に疲労困憊《ひろうこんばい》で体力はすでに空っ穴。心臓の鼓動は激しくいまにも爆《は》ぜそう。

ガゴンッ、と骸の皿がさらに一段傾いて計助《けいすけ》は震撼《しんかん》する。ファンタズマ怒涛《どとう》の攻勢。包囲網によって非理想的言葉が次々に積み重なり、傾きの段階は最下部手前のツーアウト状態。

「まずい。これ以上傾けば強制的に悲劇の運命に……！　だがこっからどう勝つ⁉　どう天秤の形勢を逆転させる⁉　捨て身で見張り役を突破する？　いや、運よくその場を切り抜けても激しい追跡は必至。もう一手も間違えられない。確実に勝てる展開、展開は――」

考えろ。このまま隠れてやり過ごすという展開は……ダメだ。花の皿反応なし。ファンタズマが「包囲網」という展開を三〇ページ上に刻んだことに対し、「隠れてやり過ごす」展開では弱い。これがシナリオバトル。包囲網を上回る展開をぶつけ返す必要がある。

考えろ考えろ。乗り物を利用するのはどうだ？　タクシー、バイク、どんな車両でもいいから乗り込んで姿を隠し逃げ切りを……いや、大須《おおす》商店街内は夏祭りで車両通行禁止。乗り入れができない。このアイデアもダメだ。

考えろ考えろ考えろ。弾丸だけ捨てて発砲不能にしてしまうのは？　悪くないアイデアな気がして紙袋に手を伸ばす。が、骸の皿が微振動した。『怪物を見つける手がかり』という理想条件に抵触《ていしょく》するのか。高騰《こうとう》中の銃と弾丸は交渉材料としてワンセットで確保して怪物の正体に迫るのが理想。だからダメ、これもダメ、ダメダメダメ……。

――だれかに銃を託《たく》すのは？

窮地《きゅうち》に閃《ひらめ》く。だれかに銃を渡し、満身創痍《まんしんそうい》の俺の代わりに託《たく》したそいつが密《ひそ》かに包囲網を抜け出る展開。これなら勝負できるアイデアだ。

――でも銃って、冷静に考えてだれが預かってくれるんだ？

この国では銃を所持しているだけで〝悪〟。もちろん学校の友人には頼れない。大須《おおす》商店街の知人たちも引き受けるわけがない。虎屋《とらや》の同僚にSOSを出すのは？　いや同僚はボスと通じてる。ボスに渡ればまず手元に返ってこないだろう。じゃあ裏側の人間に任せるのはどうだ？　トイボックスは……ダメだ。虎屋《とらや》とこじれてるんだった。ましてやファンタズマに追われる可能性がある以上、銃を持つことは危険で、得よりも損が大きいと忌避《きひ》するはず……。

いない。

銃は三〇ページの命運を決する象徴。その危機と責任を託《たく》すには、損得勘定ではなく、法すらも超越《ちょうえつ》した、真に頼り合える関係でしか……。

──傘、差すよ。君の隣で。

ふと、孤独な頭上に傘が見えた。そこで携帯の着信が鳴った。

「──計助《けいすけ》！　いま状況はどうなってるの⁉　わたしに手助けできることは⁉」

開口一番、計助《けいすけ》の心を察したように時湖《ときこ》はそう言う。

いる。

でもそれはまだ、いるだけ、とも言えた。

彼女が手を差し伸べても、俺がその手を摑《つか》まなければ独《ひと》りと独《ひと》りのままだ。

だから二人となってこの難所を越えるには言うしかない。銃を託《たく》したい、と。

だが、そういう展開を取れば彼女に危機と責任をおっ被《かぶ》せることになる。

唇が固まる。たった六文字《銃を託したい》の言葉を躊躇《ためら》う。

撃たれる者とその凶器。時湖《ときこ》と銃の組み合わせは相性がいいとは言い難《がた》い。実際に一度大敗した。第三ループだ。時湖《ときこ》と銃の二点が近づいて時湖《ときこ》が銃撃される無惨《むざん》な結末に帰結した。

嫌だ。また自分の無力さからひどい迷惑をかけてしまうのは。

迷惑。迷惑。ガキの頃から無力で泣き虫で迷惑かける存在でしかない志道計助《しどうけいすけ》……。

「正解、正解はなんだ……。時湖《ときこ》……俺は、俺は君に、重荷《銃》を、迷惑を――」

そのとき、再び唇が硬直した。だが今度は気迷いではない。敵意だ。裏路地の入り口に構成員が執念深く駆けつけ、血走った眼光で計助《けいすけ》を突き刺す。

見つかった⁉　咄嗟《とっさ》に反対方向に逃げようと試みる。しかし疲労でぐらりと重心がよろめく。もたついたその一瞬、挟《はさ》み撃《う》ちの形でもうひとり構成員が正面に現れ立ち塞《ふさ》がった。

「やっとォ……やっと見つけたァ……もう逃しはしねえぞ調査屋ァアアッ！」

エリオ、と脳が認識した直後、鼻面《はなづら》が砕《くだ》けたかと思うような衝撃。視界が暗転し、どがっ、と肩《かた》から地面に衝突して理解する。ぶん殴られたのだと。

が、紙袋は手放さない。腹に抱え込むようにして丸まる。これだけは、これだけは……っ。

すかさず暴力が降り注ぐ。構成員二人がかりで殴る蹴るの袋叩《ふくろだた》き。力任せの殴打《おうだ》に肋骨《ろっこつ》が軋《きし》む。胃液がせり上がって吐《は》く。白目を剝《む》いて意識が飛びかける。

だが死んでも銃は渡《わた》さない。身体《からだ》のどこかが壊される度に時湖《ときこ》の笑顔を思い出して凌《しの》ぐ。

時湖《ときこ》。時湖《ときこ》。絶対死なせない。八年だ。八年ぶりに〝あの子〟に会えたかもしれないんだ。耐えてみせる。いままでどんな痛みも独《ひと》りで耐えてきた。だからこの窮地《きゅうち》だって……！

「計助《けいすけ》えぇぇぇ――――っ！」

そのときだった。力強い一声が裏路地に響く。

計助《けいすけ》も構成員も目を丸めた。

土壇場《どたんば》に颯爽《さっそう》と駆けつけたその人物は――時湖《ときこ》だった。

「――迷惑かけてよ！　わたしに迷惑かけてくれていい!!」

駆けつけた勢いのまま時湖《ときこ》が一歩踏み出す。敵二人いようが構わず計助《けいすけ》のもとへ。

「いいんだ。いいんだよっ。迷惑かけて。頼って。わたしたちは頼り合う二人でしょ！」

疾駆《しっく》しながら時湖《ときこ》がぐっと手を伸ばす。孤独な闇から計助《けいすけ》を引っ張り上げようとするように。

「だから、だからその銃を、君が抱《かか》えた重荷をっ、わたしにも！」

計助《けいすけ》は瞠目《どうもく》した。時湖《ときこ》の手はいまの窮地《きゅうち》を救おうとしながら、同時、六・一三の悪夢です べて失って孤独となった八年前の自分にも差し伸べられている心地がした。

「だれか来てえぇぇぇ――――ッ！　だれかあぁぁぁ――――ッ！」

そしてただ闇雲《やみくも》に突《つ》っ走《ぱし》ってくるだけじゃない。大声で周囲に助けを求める作戦。

構成員の顔に動揺が走る。騒ぎを起こされたらまずいと暴力が一時停止する。

生まれた一瞬の隙《すき》。計助《けいすけ》は最後の力を振《ふ》り絞《しぼ》り、ドンッ、と構成員を押しのけて走り出す。

ひびの入った肋骨《ろっこつ》が悲鳴を上げる。ほっとく。背中の鈍痛《どんつう》が致命傷を訴《うった》える。後回しだ。

——行け。俺からも時湖《ときこ》のほうに向かって行け！

颯爽《さっそう》と走る時湖《ときこ》と傷つきながらも向かう計助《けいすけ》。独《ひと》りと独《ひと》りの距離が二人に縮まっていく。

杯《さかずき》を交《か》わした三三九度の誓い。一つの傘で身を寄せ合った二人。

利害が絡《から》んだ関係性がほとんどの中、唯一、迷惑を厭《いと》わず心から頼り合える繋《つな》がり。

銃を渡す。その展開に一切迷いが消えたわけではない。でも決心した。時湖《ときこ》の大声で周囲から人々が駆けつけ、その騒ぎに乗じて運び屋を振り切り大須《おおす》脱出を図《はか》る。それを時湖《ときこ》に任せる。頼る。頼り合う。手を伸ばす。時湖《ときこ》まであと少し。言え。さあ言え。銃を託《たく》——

が、言えなかった。

人々が助けに駆《か》けつけるよりも先に、新手の構成員たちが集《つど》った。五人……一〇人……二〇人……数え切れないほど大勢が裏路地の瘦《や》せた出入り口にこぞって立ち塞《ふさ》いだ。

そしてその構成員の群れから真打《しんうち》登場の感で姿を見せたのが、ブルーノだ。

「——よお、調査屋。銃の横取りとはやってくれるじゃねえか」

計助《けいすけ》の驚愕は、一瞬。次の瞬間には五感すべて使って逃げ道を探ることに意識を振り切る。

だが隙《すき》はどこにも見当たらない。一ミリの隙間なく作られた完璧な囲い。

ブルーノが勝ち誇った笑みで口を開く。声を発せられる。言葉が繰《く》り出《だ》される。必殺の一撃となる。やめろ。これ以上非理想的な言葉を刻まれたら……やめろやめろやめろやめろ！

「――詰みだ。どう足掻《あが》いてもオマエの負けだ」

ブルーノの勝利宣言に、ガゴンッ、と骸の皿が絶望を打ち鳴らし最下部まで沈んだ。

スリーアウト。ファンタズマの圧倒的な攻勢によって非理想的な言葉が致死量《ちしりょう》に達し、ついに時湖《ときこ》が死ぬ悲劇がここに確定した。


ズドンッ！


――え。

突然《とつぜん》、総身が震《ふる》え上《あ》がるほどの銃声音が轟《とどろ》いた。

――銃声？　どこだ？　どこからだ？　だれが引き金を？　銃は俺が確保してるはずで……。

困惑に二度三度まばたきをした直後、現実の光景がありありと瞳に映し出される。

真っ先に捉えたのは鮮血。次に血溜《ちだ》まりの中に沈んだ水琴鈴《すいきんすず》のかんざし。その横でペンギン頭部がごろりと転がって、額《ひたい》の弾痕《だんこん》からごぼっと血を流し仰臥《ぎょうが》する時湖《ときこ》の姿が……。

「え、え……？　時、湖………？」

なにが起きたのか理解できなかった。

茫然自失《ぼうぜんじしつ》となって、そして気づいた。いつの間にか俺の右手が銃把《じゅうは》を握り締めていたことに。

紙袋から取り出した記憶はなかった。でも手のひらに発砲した反動の甘い痺《しび》れが残っていた。

──撃った？　俺が？

馬鹿な……馬鹿なありえない！　撃った覚えなんかない！　撃とうとする意思だって!!

でも銃を持っているのは俺だ。なんで。だってさっきまで頼り合うって。どういうことだ。

トリガーを引いた感触が指先に残ってて……それ、それってつまり、俺が、時湖《ときこ》を……。

「あ、あ…………ああああああああああああッッ！」

力を失《な》くした右手から銃がこぼれ落ちる。悲鳴を上げながら時湖《ときこ》に駆け寄ろうとしてつまずく。両足の接地している感覚が消え失せて何度か転倒しながらようやく近寄り、黒い二つの穴のような生気を失った目の時湖《ときこ》を抱える。手のひらに伝わる血はぬめりとして生温かくリアルで、両手に抱えている彼女はすでに死体で……。

──そんな、そんな……これがサーティー・ピリオドの仕組《ルール》みだというのか。

強制的な悲劇への収束。非理想的な言葉でページが満たされれば、死の運命によって森羅《しんら》万象《ばんしょう》すべてが銃撃で時湖《ときこ》が殺されるシーンを構成する舞台装置となる。計助《けいすけ》であっても。

──嫌だ。嫌だ嫌だ嫌だ……こんな、こんなはずじゃ……ッ!!

戦ってきた。何度も何度も。絶対に救う覚悟で。彼女は傘を差してくれた人で、それは俺の愛した人と同じで、救う救う絶対救うといまだってその覚悟は一ミリも揺《ゆ》るぎないのに……。

救うと誓ったこの手で、愛した人を殺させられた。

時湖《ときこ》は死んだ。

Eighth Loop

第八ループ

30ページでループする。　そして君を死の運命から救う。

骸の皿が傾く敗北のパターンは二種類ある。

ひとつ目は、ページ進行。銃撃に繋《つな》がる言葉が刻まれなくても、ページリミット『30』に迫ればば迫るほど、猶予内に理想的な言葉を獲得できる見込みがないとマキナボードが判断し、骸の皿を傾かせて敗北とする。

二つ目は、非理想的な言葉の蓄積。銃撃に繋《つな》がる言葉が積み重なって致死量に至った場合、骸の皿が最下部まで落ちて強制的に悲劇の運命に帰結する。

前回第七ループは、二つ目のパターンで敗北した。

悲劇の運命への強制力は絶対。時湖《ときこ》が銃撃で死を迎えるようにありとあらゆるものが捻《ね》じ曲《ま》げられる。計助《けいすけ》であっても例外ではない。この手で時湖《ときこ》を救うと揺るがぬ決意を抱いていても、骸の皿が落ち切ればその手は銃の引き金を引いて時湖《ときこ》を撃ち殺す。

計助《けいすけ》は銃撃犯となった。

否《いな》、悲劇の運命が計助《けいすけ》の両手両足を糸で括《くく》りつけて操《あやつ》り人形の銃撃犯にさせた。

そしてその強固な運命を作り上げたのは、怪物だ。

「時湖《ときこ》……俺、俺っ……ごめん……君に、悲しみのないシナリオを見せたいと言ったのに……それどころか君を、君を傷つけて……ああごめんっ、ごめんな……っっ」

目が覚めたらぽろぽろと涙がこぼれ落ちた。

銃声音がいつまでも耳に残響してがくがくと全身が震えた。

ああっ、ああっ、と言葉にならない後悔を漏《も》らしてガリガリと胸を掻《か》き毟《むし》った。

しかしどれほど悔《く》やんでもページ進行は止まってくれない。カウント『2』。感傷に浸《ひた》る余裕はない。戦え、戦わなければ時湖《ときこ》が真の死を迎えるだけだと世界が急《せ》かす。

「ちく、しょう……わかってる。わかってんだ。また繰り返せた、繰り返せたなら……っ」

八《や》つ裂《ざ》きにされてじくじくと出血する心を押さえながら這《は》いつくばり、怪物が待つ対戦テーブルにしがみついて血で汚《よご》れた両手で涙を拭う。

――全力で挑《いど》め。時湖《ときこ》に頼る前に、自身の持てる力を最大限出し尽くして戦え。

「……俺がやる。今度こそやり遂《と》げる。もうこれ以上時湖《ときこ》を傷つけさせるものか。世界の命運を左右する銃を、その責任と危機を、スーパースターの俺独《ひと》りで背負う……ッ」

勝つ、今回こそ勝つと、血塗《ちまみ》れの心で計助《けいすけ》は行動に移った。古着屋からの電話を処理し、母さんの遺影を伏《ふ》せ、仕事着のシャツに袖《そで》を通す。それら一連の流れはこれまでの繰り返しと同じだったが、ここから先は異なる行動――時湖《ときこ》へ書き置きを残した。

『運び屋に勝つ準備のため外出する。準備できたら戻《もど》るから自宅で待機しててくれ』

嘘《うそ》だった。全部。

そしてこの嘘《うそ》こそが今回のシナリオ案――時湖《ときこ》と別れて俺単独で運び屋と激突する。

最悪の敗北、骸が最下部に落ちた過去二回とも時湖《ときこ》は大須《おおす》にいた。時湖《ときこ》と銃の距離が近づけば骸が最下部まで傾くリスクの一因となる。それなら時湖《ときこ》を自宅待機させて銃争奪戦に参加させないことで、最悪、運び屋に負けても強制的な悲劇の運命だけは避けられる。

「ごめんな。もう嘘《うそ》つかないって約束したのに。こんなやり方ばっか染《し》みついてて……」

三三九度の誓いを破った。

それでも時湖《ときこ》が二度と死の痛みに苦しむことなく、その上で怪物を超えられるなら……。

準備が整って家を出ようとして、ふと、時湖《ときこ》が自宅を訪れた光景が頭をかすめた。

——心優《やさ》しい時湖《ときこ》のことだ。前回の敗北を気にさせないように笑顔を張りつけて家にやって来るだろう。けれど俺は不在で、そこで書き置きに気づく。最初は指示通り待機するはずだ。でもどれだけ待っても俺が戻らない。違和感を覚え、そして思い至る。計助《けいすけ》は独《ひと》りで運び屋と戦っているのでは、と。慌てて家を飛び出す。大須《おおす》で繰り広げられている銃争奪戦に駆けつける。俺を助けようと身を挺《てい》す。そしてその結末は再び……。

ぶるっと悪寒《おかん》がした。

——ダメだ足りない。彼女を自宅に留《とど》めておくにはまだ言葉が足りていない！

計助《けいすけ》は慌てて書き置きに戻った。だが、どんな言葉を付け足すべきか悩んだ。アイデアが浮かばなくて部屋を見回す。灰色でがらんどうだと思っていた空間が、気づけばカラフルなクレヨンで塗《ぬ》ったみたいに時湖《ときこ》との記憶で溢《あふ》れていた。間抜けな言い合いをして三〇ページを使い切ってしまった失敗。怪物の手がかりを摑《つか》めず打ちひしがれているところに励ましてくれた微《ほほ》笑《え》み。少し照れた様子で俺と唇《くちびる》を重ねるようにボトルに口をつける所作。

言葉。言葉。言葉。彼女が一秒でも長く信じて待っていたくなるような言葉は……。

『今度こそ勝とう、二人で』

書き足した言葉は、やはり嘘《うそ》だった。

でも、『二人で』の字が若干《じゃっかん》震えていて気づいた。その思いは決して嘘《うそ》ではないことに。

本当の「独《ひと》り」となって、ぽろっ、とペンが手からこぼれ落ちた。

ざあああっと心に雨が降りはじめたが、傘を差してくれる相手はもういない。

目を瞑《つぶ》る。三〇秒だけ。最後に自分に与えた贅沢《ぜいたく》な三〇秒——それでまなじりを決した。

「——今回でケリをつけてやる……ッ！　首を洗って待っていろ、怪物」

家を出た。時湖《ときこ》との思い出を振り切るように。

孤独の雨に打たれながらも心に反骨の炎を焚《た》きつけ、決戦の地である大須《おおす》へ靴音を鳴らす。

——さあ、再戦だ。今回は前回と違って情報量でこちらが大きくアドバンテージを取っている。密売人と運び屋の接触場所は把握済み。からくり人形上演まで策を練る時間的猶予もある。

さらに運び屋が繰り出す包囲網戦術も知れている。

問題は包囲網を破る戦力札を集められるかどうかだが……搔《か》き集《あつ》めてみせるさ。

怪物《かいぶつ》が出《だ》し惜《お》しみなしで悲劇完成へ盤石《ばんじゃく》の布陣を整えたならば、こちらとてなりふり構わず戦力を確保し決戦に挑《いど》む。

「やあ、調査屋！　ご機嫌かーい！」

手始めに電話をかけた相手は金山《かなやま》商会社長、金山道楽《かなやまどうらく》。まずこの男を手札に加える。

「朝から直接ボクに電話をかけてくるなんてよほどお困りのようだねえ。いいよ貸すよお、着ぐるみからビジネスジェット機まで二四時間いつでもなんでも貸すよお！」

銃の存在を気取《けど》られれば協力を断られるだろう。だからこの先、各交渉は銃の存在を隠す。

道楽《どうらく》には包囲網突破の借り物を夏祭りを盛り上げるためという口実で話を進める。

「〝アレ〟を貸してほしいだって⁉　おいおい調査屋、〝アレ〟を使って大須《おおす》夏祭りを盛り上げようなんてキミはいつから興行師に転身したんだい？　しかも急に用意しろなんてずいぶん無茶を言うねえ。あー〝アレ〟を倉庫から引っ張り出すのは大変だなあ！　それはもう相応の対価をもらわないと動けないなあ！」

吹っかけてくる道楽《どうらく》だが、道楽《どうらく》に有効なカードは繰り返しの経験で確認済み。「名声」だ。なら〝アレ〟を使って金山《かなやま》商会の名を売ればいい。俺がプロデュースしてやる。少女撃弾《しょうじょげきだん》のライブ中止以外の条件ならこの男は間違いなく呑《の》む。

「いいねいいねえ！　乗ったよ。キミが仕掛ける祭りの片棒を担《かつ》いでやろうじゃないか。ただ、〝アレ〟を使うには許可と人手が必要だけど段取りは？」

考えがある、と道楽《どうらく》に構想を説明して一度通話を切った。

まずは道楽《どうらく》の取り込みに成功。次に必要なのは許可。

「あら面白《おもしろ》いわ！　オッケーよ！　急な申し出でオバサン驚いたけど、いつも計助《けいすけ》ちゃんにはお世話になってるし、大須《おおす》の空いている通りを教えるから祭りを盛り上げるのに使って！」

連盟会長の梅子《うめこ》さんから許可が下りる。次に必要なのは人手。

「ちょっと計助君《けいすけ》。急に手伝ってほしいって言われても僕は忙し……ええっ、スナック『愛』のママが見に来るの⁉　そりゃもう暇暇《ひまひま》すごい暇《ひま》！　大須《おおす》商人の祭り魂《だましい》みせてあげるよ！」

事務局副長の大林《おおばやし》をはじめ、祭り好きで〝アレ〟の扱いに手馴《てな》れた大須《おおす》商人たちに協力を要請していく。占《うらな》い屋の菊池《きくち》、仏具店の寺田《てらだ》、彫師《ほりし》の板垣《いたがき》、アクセサリーショップの王《ワン》……。

結果、七割の了承を得る。上々。許可と人手を得てこれで包囲網突破の準備は完了。

次は脅威《きょうい》となる構成員の対処。ここで必要なのは諜報力《ちょうほうりょく》と統率《とうそつ》の取れた者たち。

「きゃあぁぁぁあっ！　計助《けいすけ》から電話かけてくれるなんて嬉しい！　なになにっ、デートのお願い？　いいよいいよっ、これからオフだしデートしてあげても」

トイボックスの踊り子、冬華《ふゆか》。揚羽《あげは》の子飼いとして情報収集は手慣れていて、ナンバーツーとして踊り子たちのまとめ役にもなれる。

「デートしてあげる代わりにさ、あたしもちょっと計助《けいすけ》にお願いがあるの」

エルメスの最高級バッグ。正規店では常に入荷待ち状態だが、知り合いの店員に頼んで優良顧客優先のパーソナルオーダーができるようにはからってもいい。

「マジ！　って、あれ？　あたしが欲しいものよくわかったね。前に欲しいって話したっけ？」

こちらが求めるのは追跡役と見張り役の動向を調べること。

「ふうん。計助《けいすけ》はまたずいぶん変わったデートがお好みなんだね。やれるかって？　あはっ、私は揚羽《あげは》様の部下だよ。ターゲットの画像さえ送ってくれれば楽勝楽勝。でも、なんでそんなこと知りたいわけ？　ちょーっと気になるなぁ」

　無言を貫《つらぬ》いて暗にメッセージを込める。これ以上深く突っ込めば交渉は破談だと。

「あーはいはい。ちょっと気になっただけ。これ以上聞かないし、踏み込まない。そういうの弁《わきま》えているつもりだから。でもそれはさ、必要以上のデートはしないってことだからね」

　仲間ではなく利害関係、力を貸すが報酬以上の働きはしない、そう線引きしている。それはまさに怪物とファンタズマの関係性と同じ。

「はいはーい！　連絡待ってたわ計助《けいすけ》。電話ありがとぉ」

　続いてナンバースリーの春音《はるね》に連絡。だが、わざと少しの間を置いてから電話をかけた。

「さっき冬華《ふゆか》に電話したでしょう？　偶然耳に入っちゃった。こうして私にも電話くれたのは嬉しいけどぉ、冬華《ふゆか》となに話していたか気になるなぁ」

　嘘《うそ》だ。偶然なわけがない。聞き耳を立てていたのだ。春音《はるね》は冬華《ふゆか》の次点だという劣等感《れっとうかん》がある。電話をかける順番をあえて後回しにしたのは劣等感《れっとうかん》を刺激し、話に乗らないと置いてきぼりにされる不安を煽《あお》って交渉を有利に運ぶため。電話一本くれるのが先か後か、そんなどうでもいいようなこともどうでもよくないと神経質になる女たちの階級闘争がある。

「その条件乗ったわ！　私もデートに参加させて。冬華《ふゆか》なんかより役立ってみせるから」

冬華《ふゆか》、春音《はるね》と手札に加えて、引き続きトイボックスの踊り子たちに電話をかける。彼女たちの要求を吞《の》むことで次々と抱き込んでいく。陽子《ようこ》、悠菜《ゆうな》、つぼみ、綾歌《あやか》、るる、ダリア、美羽《みう》、カレン……。

——勝つんだ。立場、話術、人脈、情報、手練手管すべてを注ぎ込んで手札を揃《そろ》え、今回こそアガリというドでかい役を狙う。

次の踊り子に電話しようとするのを邪魔するかのようなタイミング。どんな相手でも同一で単調な着信メロディがやけに刺々《とげとげ》しく、早く電話に出ろと急《せ》かすように鳴る。

が、そこで着信が割って入った。

携帯に表示された着信相手は——虎屋《とらや》の代表、虎鉄《こてつ》。

まずい、と計助《けいすけ》は息を吞《の》む。虎屋《とらや》と敵対中のトイボックスに過度に頼ればボスの不興を買うと予想していたが、予想以上に横槍《よこやり》が早い。なぜ動きがバレた？　ちっ、目敏《めざと》い男め……。

対応を間違えてボスの機嫌を損ねればここでゲームプランが崩壊しかねない。

「フゥー……しくじるなよ、志道計助《しどうけいすけ》」

深く息を吐《は》き、みずからを鼓舞《こぶ》し、脳内で想定問答を用意してから、慎重に電話に出る。

耳に全神経を注ぐ。まず虎鉄《こてつ》の一声。そこから心理を読み取る。

「——おう、おれだ。用件はみなまで言わなくともわかってるよな、計助《けいすけ》」

——……複雑な声色《こわいろ》だ。比較的落ち着き払っているが、咎《とが》めるような苛立《いらだ》ちが音節から滲《にじ》み、だが一方で計助《けいすけ》の反応を玩味《がんみ》して愉《たの》しもうとする雰囲気《ふんいき》も感じられる。

「計助《けいすけ》よお、おれは心躍《おど》らせながら待ってたんだぞ。弱者救済を掲げる市議がどんなゲスな下半身トラブルをやらかしたか、その浮気報告書をよお。なのにお前は報告書を上げずにアバズレどもに尻尾《しっぽ》振ってご機嫌取りしてるみてえだな？　なあおい」

千里眼。計助《けいすけ》の行動すべて筒抜けだと言わんばかりの口ぶりだ。疑問文で探っている辺りまだこちらの動きを完全には摑《つか》んでいなさそうだが、なんでこうも早く動きが漏《も》れた……。

「お前の知らないところでこっちは盛り上がってたんだよ。アバズレどものケツに付《つ》き纏《まと》い追って追って気が病《や》むまで追ってなあ！　なのに水差してんじゃねえぞガキが」

──付《つ》き纏《まと》い……。

瞬間、点と点が繋《つな》がってひとつの謎が解けた。

ブルーノとの取引で利用した錦《にしき》ストーカー被害の謎だ。いまだ不審者のだれひとり素性がわからず全容が見えなかったが、それが巧妙《こうみょう》なストーキングを繰り返す尾行《びこう》のプロだとしたら、組織的なやり口で全体を仕切る黒幕もまたプロだとしたら、思い当たる人物がいる。

──ボス、虎鉄《こてつ》。そして不審者は虎鉄《こてつ》の手駒である調査員。

灯台下暗《とうだいもとくら》しだった。虎鉄《こてつ》は揚羽《あげは》の子飼いの嬢に嫌がらせして、女帝の根城である錦《にしき》を荒らすことを目的に動いていたのか。

いや、虎鉄《こてつ》が嬢の付《つ》き纏《まと》いレベルで満足する男か？　虎鉄《こてつ》の下で学んだ者としてそうとは思えない。交渉テクニックを思い出せ。付《つ》き纏《まと》いが本命を通すためのフェイクなら……。

——真の目的は、揚羽《あげは》が不審者対策に意識を向けている隙《すき》をついて内通者を送り込むこと。

それだ。俺の動きが即座に漏《も》れたからくりを考えれば間違いない。いま俺が交渉していたトイボックスの関係者が虎鉄《こてつ》に警告したのだ。志道計助《しどうけいすけ》が踊り子に妙な働きかけをしている、と。

驚嘆《きょうたん》する。あの揚羽《あげは》を欺《あざむ》き内通者《内通者》を紛《まぎ》れ込ませていたのだ、虎鉄《こてつ》という実力者は。

「計助《けいすけ》よお、おれに隠れて掻《か》き集《あつ》めた女どもと乱痴気騒《らんちきさわ》ぎでも楽しもうって腹だったのか。ええ。つれねえなあ。おれに知られたらなにかまずいことでもあんのか」

「ボス——」

「オイッ！　まだおれが話してんだろうが。聞けや」

ドスの利《き》いた声に緊張が走り、計助《けいすけ》はピンと背筋を伸ばされた。

「確かにおれはトイボックスに行くな連絡するなとまでは言ってねえ。錦《にしき》の情報に関しては連中が上だ。依頼をこなす際にある程度利用する必要もあるだろう。だがよ、ある程度だ。女どもの機嫌を取るようなてめえの動きは度を越してんだよ。おれの顔に泥塗《どろぬ》りてえのか。あ？　おれは構わねえんだぞ、てめえがうちをいつ辞めたってよ」

ぴたり、と首筋に刃を当てられた。青龍刀《せいりゅうとう》に似た、人をぶった切るために歪曲《わいきょく》した凶悪な片刃《かたば》。警告。ここから先、不用意な発言をすれば一太刀《ひとたち》でスパンッと首が刎《は》ね飛ばされる。

「ああ、それともあれか。交通整理の棒振りバイトが恋しくなって戻りたくなったのか？」

なぶるような口調に切り替えた。わかっている。従属を強《し》いるための虎鉄《こてつ》のやり口だ。

「真夏のクソ暑い中で延々と棒を振り続け、全身汗塗《あせまみ》れになって一日中働いても給料ピンハネされてうちの半分以下。お前はまたそんな低賃金労働に戻りたいのか？」

わかっているのに、骨身に染《し》みついたかつての肉体労働の苦労が嫌でも想起させられる。

「薄い給料袋の中から家賃やら携帯代やら払ったらどれだけの金が残るんだ？　なあ？　それでどうやって大学の進学資金を貯《た》めるんだよ？　国立に受かってもタダじゃねえんだぞ。お前は災害やテロから命を守る危機管理の勉強がしたいんだろ。大学進学の夢があるんだろ。うちを辞めて金の当てがあるのか？　ないだろう。親も、親戚だって頼れねえお前が」

悲惨なテロ事件という悪夢から生まれた夢。胸に抱いた大学で学びたい気持ち。

「虎屋《とらや》を辞めたら金の問題だけじゃ済まねえぞ。情報だ。日々情報収集に励む虎屋《とらや》の調査員がお前の捜している〝あの子〟を気にかけてやっている。確かにまだ有力情報は入ってきてねえが、いつかは必ず摑《つか》む。だがよ、お前が虎屋《とらや》を辞めたら気にかけてやる義理はねえよな」

金と夢と情報と。志道計助《しどうけいすけ》の生殺与奪《せいさつよだつ》はこちらが握っていると虎鉄《こてつ》が刃を煌《きら》めかせる。

「しかし現実ってのは理不尽だなあ、計助《けいすけ》。お前が思春期の貴重な時間を汗水垂らして棒振りで学費稼《かせ》がなきゃいけねえ横で、同年代がかったりぃと愚痴《ぐち》りながら親の金で高校に通うわけだ。お前がいくら夢を抱いても金がなけりゃ就職だが、そいつらは特に学びたい意欲もなくボケっとしたツラのまま親のおかげで大学に通えるわけだ。まったくおかしいよなあ。理不尽だよなあ！　なぜお前だけこんなに苦労を背負う？なぜお前だけ普通を享受《きょうじゅ》できない？」

耳だけで聞くように努めた。

「おれはよぉ、お前の境遇を想像して時々思っちまうんだよ。六・一三の悪夢でお前が生き延びたことは幸運だが、母親を亡《な》くした現実を生きるのは不幸だよな。もしおれがお前の立場なら、助けてくれた神様に叫びたい気分だぜ――母親も一緒に助けてくれねえんだったら、いっそおれも見殺しにしてくれたほうが独《ひと》りの苦労を背負わずに済んだのにって」

心に堰《せき》を立てて呪《じゅ》の言葉に穢《けが》されないようにした。

「いいんだぜ、恨《うら》み事のひとつ吐《は》いたって。だってお前は未熟で弱いんだから。いくらネクタイして大人ぶってもその正体は世界にろくな影響を与えられないただの高校生《ガキ》」

敗残の烙印《らくいん》がじくっと疼《うず》く。

「だからよ、そんなお前のためにおれが虎屋《とらや》って立場《カ》をくれてやってんだよ。うちの仕事が楽とは言わねえが安時給で若者を酷使《こくし》する連中よか遥《はる》かに金払いはいい。生活費はもちろん大学の進学資金だって貯《た》められる。〝あの子〟の調査だってプロの調査員が手を貸している。いいか、お前には虎屋《とらや》以外に選択肢はないんだ。おれだけなんだよ。〝理不尽だらけの現実〟でお前が手にしたいものを手に入れるには」

計助《けいすけ》を闇に沈める言葉の数々の最後は、しかし一転して救世主然とした希望で結んだ。

「――おれが光だ。おれだけが光だ」

——これが、虎鉄《こてつ》のテクニックのひとつだ。

数々の暗い言葉で闇の沼《ぬま》に落としたところで、みずからが光だと手を伸ばして縋《すが》らせる。クライマックスシーンを効果的に演出してもうその光に縋《すが》るしかないと隷属《れいぞく》させる。

そうだ。心は波立たない。この男の下についてその手の話術はすでに学んでいる。

「なのに計助《けいすけ》よお、おれを無視して揚羽《あげは》の部下どもとイチャつくとはあまりに不義理だろうが。おい、ここからは二つにひとつだぞ。いますぐおれのもとまで来て土下座するか、もしくはせいぜい面白《おもしれ》え言い訳を並べるかだ。さあどうすんだ。どうすんだよおいッ！」

虎鉄《こてつ》が長大な刃渡《はわた》りで首の皮膚《ひふ》を裂《さ》く。つと、血が筋となって流れる。

だがまだ首は飛んでいない。地面に額《ひたい》をこすりつけて支配欲を満たす謝罪を見せるのか、はたまた愉《たの》しいサプライズがあるのか、虎鉄《こてつ》が期待して舌舐《したな》めずりしているからだ。

ならばせいぜい歌舞《かぶ》いてみせるまで。

「——ボス。愉快《ゆかい》なショーをお見せしますよ。揚羽《あげは》の情報下にある銃を奪《うば》って」

その提案こそ、虎鉄《こてつ》を説得するための策。

銃については原則隠してゲームプランを進行するが、虎鉄《こてつ》に関しては例外でむしろ説得材料に使う。

「錦《にしき》エリアのあらゆる情報はトイボックスに押さえられ、虎屋《とらや》は手を出せず常に後《おく》れを取っています。しかし、密売情報の銃をこちらが押さえれば揚羽《あげは》は動揺する。もう錦《にしき》の情報は独占させないぞとプレッシャーをかけられる。だからこれから、俺がその銃を奪ってみせますよ」

銃の魅力をプレゼンテーションする。揚羽《あげは》に対する嗜虐心《しぎゃくしん》を煽《あお》るように。自分の部下から捧げられた銃でどう愉《たの》しもうか虎鉄《こてつ》に空想させるように。

無論、密売人との取引で銃が必要になる以上、虎鉄《こてつ》に捧げるという台詞《せりふ》はページに刻めない。実際、計助《けいすけ》は「銃を奪う」とは言ったが「虎鉄《こてつ》に捧げる」とは明言していない。

そう、レトリック。虎鉄《こてつ》が話術を駆使するなら、計助《けいすけ》もまたレトリックで返す。

「――ボス、揚羽《あげは》の慌てふためく顔を見たくありませんか？」

電話の向こう、虎鉄《こてつ》は沈黙していた。刃を引いてもらえるか、それとも刎《は》ねられるか。

舌が渇《かわ》く。手のひらに脂汗《あぶらあせ》が滲《にじ》む。蟬《せみ》の鳴き声がやけに大きく響く。沈黙が続く。長い。

レトリックが見抜かれたのかと不安になる。永遠のような息苦しさが続き、そして――

「ハ――――――ッハハハハハハハハハハハハハハハハハハハハハハ！」

効果は抜群だった。

爆笑。口を大きく開けて愉快そうに大笑いしている虎鉄《こてつ》の顔が目に浮かぶほどに。

「なるほどなぁ！　揚羽《あげは》に対して嫌がらせできる銃を手に入れてやる代わりに、乱痴気騒《らんちきさわ》ぎの主催を認めろって魂胆か。ハハッ！　面白《おもしれ》えじゃねえか計助《けいすけ》。段取りを聞かせろ」

「万松寺《ばんしょうじ》に密売人がいます。そいつを騙《だま》して敵よりも先に銃を奪います」

「なぜトイボックスより先におれに連絡を寄こさなかった？」

「もし連絡していたらボスの手駒を貸してくれましたか？」

「貸すわけねえだろ。銃を奪うなんて博打《ばくち》におれの貴重な駒を巻き込ませてしくじったらどうすんだ。お前は確かに成長しつつあるがまだ一兵卒だ。駒を預けるほど信用しちゃいねえ。今回の一件はすべてお前の独断で虎屋《とらや》は基本的にノータッチ。おれもポップコーン片手に騒動を観劇する立場だ。投げ銭程度に必要な情報くらいはくれてやってもいいが、仮にしくじるようなことがあったら最後はてめえでケツを拭《ふ》け」

「……ご心配なく。必ず銃を確保します」

「大見得《おおみえ》切るのは結構だが、この世に絶対はねえぞ。万松寺《ばんしょうじ》に密売人がいるとお前は言うが、デマを掴《つか》まされているかもしれねえだろ。ネタ元はどこだ？」

「デマじゃないことは銃を入手して証明します」

「ハッ！　いっぱしの口を利《き》くようになりやがって。だがよ、銃を確保できるか不安があるから揚羽《あげは》の女どもを手札に加えたんだろ。そこが気に食わねえな。女どもをまぜたら銃が虎屋《とらや》に渡るのを気づかれるリスクがあるだろうが」

——けっ、人材は貸さないくせにケチだけはつけやがる。

「気づかないし、気づかせませんよ。関わらせるのはあくまで間接的です」

「万が一ってこともあるだろうが。女どもの中には目敏《めざと》いやつもいるぞ」

「白い猫《ねこ》でも黒い猫《ねこ》でも鼠《ねずみ》を捕るのがいい猫《ねこ》だ。そう教えてくださったのはボスです」

「馬鹿が。おれにとってトイボックスが鼠《ねずみ》だ。くだらねえ口答えしやがって。ケチつけてねえで俺のやること指咥《くわ》えて大人しく待ってろやクソ上司と腹ん中で思ってんのか？　ああ？」

笑いを帯びたトーンが一瞬で険を含み、首筋に当てられた刃に力が戻る。

――ああ正解だよクソ上司。

「揚羽《あげは》を敬愛する踊り子たちが、知らず知らずのうちに揚羽《あげは》が不利になる銃をこちらに渡《わた》すことに協力していた。そんな連中が間抜けを演じるシナリオにボスはそそられませんか？」

一拍の沈黙後、フン、と虎鉄《こてつ》が一定納得したように鼻息を鳴らす。

「上手《うま》くおれを乗せて軌道修正したな、計助《けいすけ》。ま、悪くない。咄嗟《とっさ》の言い訳にしてはな」

「…………」

「お前が本気でトイボックスを傷《いた》めつけ、女どもを跪《ひざまず》かせてケツ舐《な》めさせる気なんざねえのはわかっている。第一、銃一丁じゃ揚羽《あげは》の牙城《がじょう》は揺るがねえよ。おれが最大限有効活用したってたかがしれてる。ま、それでもおれは十分愉《たの》しめるからいいがよ」

「……上手《うま》くやります。では、急ぐのでこれで――」

「待て。まだだ。さっきお前は敵よりも先に銃を奪うと言ったが、その敵はどこのどいつだ」

「正確にはわかりません」

「わからないだ？」

「戦うべき真の敵の姿が掴《つか》めないんです。ですが、敵の手駒はわかります。運び屋ファンタズマ。連中と衝突になります」

「なぜ衝突する？」

――えっ。

「なぜファンタズマと戦うことしか選択肢がねえんだって聞いてんだよ」

戦うことそれ自体を疑うような問いかけだった。それが先ほどまでトイボックスに対して好戦的な態度を取っていた男の発言とは思えず、計助《けいすけ》は意表をつかれて返答に窮《きゅう》した。

「衝突は……避けられません。銃を巡って運び屋と利害がぶつかり、俺は銃を持って逃げ切りを図《はか》るので交渉の余地すらなく……」

「まともに腕相撲《うでずもう》をするわけか」

――腕相撲？

「制限時間は一分。時間内なら何回も勝負ができ、勝つ度に勝者はテーブルの上に積まれたコインを一枚手に入れる。勝てば勝つほど稼《かせ》げる仕組みで、目標額三〇枚稼《かせ》ぐにはどうすべきか――そういう腕相撲だ、お前がこれから挑《いど》む戦いは。そしてお前は『まとも』に相手をねじ伏せて稼《かせ》いでやるって考えなわけだ。それで目標額まで稼《かせ》げるか見物だな。弱者のお前が」

「ボス、俺はいつまでも弱いままでは――」

「だが、弱者は最悪じゃねえぞ。最悪なのは学ばない弱者だ。お前はどっちの弱者だ？」

虎鉄《こてつ》の口調に帯びる感情はやはり複雑だ。一見なぶっているようだが上司として部下を教育する含みがあり、その上で計助《けいすけ》がどんな解答で命題に挑《いど》むのかショーを愉《たの》しむ色合いもある。

「ま、お前の力試しとしてはいい機会だ。正面切って戦うのもひとつのやり方。せいぜい稼《かせ》いでみせろ。ただし、札集めはそこまでだ。情報の安売りは虎屋《とらや》の名を安くする」

ちっ、と内心舌打ちする。いまある手持ちの札で手役を完成させろと釘を刺された。

「それと最後にひとつ聞かせろ。計助《けいすけ》、お前だ。リスクを冒《おか》してまで銃を奪おうとするお前の目的はなんだ？　ボーナスが欲しいのか？　それとも虎屋《とらや》でのより高い地位が望みか？」

志道計助《しどうけいすけ》の望み。これまで真意を隠して虎鉄《こてつ》との駆け引きに応じてきたが、いいだろう、最後の問いぐらいは腹を見せてやるよ。

虎鉄《こてつ》が言ったように〝理不尽だらけの現実〟ならば、計助《けいすけ》が目指すのはただひとつ。

「〝悲しみのないファンタジー〟を完成させること。大切な人を救うために」

計助《けいすけ》が万松寺《ばんしょうじ》に到着したのはからくり人形上演二〇分前だった。

運び屋も密売人もまだ到着しておらず、周囲に目を光らせながらその場で待つ。

上演開始まで残り一五分……一〇分……五分……。腕時計《うでどけい》の針が刻々と進むにつれて高まる緊張感。先に現れるのは運び屋か、密売人か、それとも同時か。

上演まで残り一分を切ったときだった。最初に姿を見せたのは――狐面の密売人。

幸先《さいさき》よし、と計助《けいすけ》はすぐさま接触を試みた。自分が運び屋だと名乗ってコインロッカーの暗証番号を口にすると、密売人は完全に信頼しきって紙袋を差し出してくれた。

今回の幕では運び屋不在で説得勝負は起こらず、後はこのまま大須《おおす》商店街を脱出できたら勝利なのだが——そうは問屋が卸《おろ》さない。

「おい待て！　テメェ……その紙袋の中身を見せろ！」

紙袋を受け取った直後、構成員エリオ登場。一足先に密売人に接触しても構成員に見つかる展開は避けられず、そこからは前回と同じ流れだ。計助《けいすけ》は祭りの人混《ひとご》みに紛《まぎ》れ、運び屋は対抗策として包囲網を張る。鉄格子《てつごうし》の如《ごと》き見張り役と猟犬《りようけん》の如《ごと》き追跡役。二種の構成員が計助《けいすけ》を追い込み、北の赤門通《あかもんどおり》、東の新天地通《しんてんちどおり》、南の東仁王門通《ひがしにおうもんどおり》、西の大須本通《おおすほんどおり》を封鎖して「猟場《りようば》」を完成。バッドエンドに繋《つな》がる言葉が骸の皿に積み上げられて運び屋がポイントで優勢を誇り、敵の展開を超える展開を返さなければ敗北は必至。

カーンッ、とシナリオバトル開始のゴングが鳴る。

「さあ雪辱《せつじよく》戦だ……銃を奪えるもんなら奪ってみやがれ！」

猟場の面積は東西約四〇〇メートル×南北約二〇〇メートル。格子状に区画されたそこで追跡役に見つかれば執拗《しつよう》な追跡《チエイス》を受け、前回のように体力切れまで追い詰められる。だからまずは追跡役の対処。血眼《ちまなこ》で駆け回る連中に対して計助《けいすけ》が取った行動は——

歩いた。

堂々と、慌てることなく、体力をセーブしながら。

無論立ち止まるほどの余裕はなく、見つかれば激しく追い立てられるのは必至。だが、これが見つからない。なぜか。片耳に装着したイヤホンマイクから〝情報〟が伝わっているから。

「こちら冬華《ふゆか》。構成員ルシオを追跡中。東仁王門通《ひがしにおうもんどおり》の『オッソ・ブラジル』を通過して西に移動中」「春音《はるね》よー。喫茶《きつさ》『ノンノン』の小路《こうじ》にアルベルトが張ってるから入っちゃだめよぉ」「『大須《おおす》公園』をジュリオとルイスが巡回《じゅんかい》中です。接触は避けてくださいね」「あ、『箪笥《たんす》のばあば』のそばでカルロス見っけ！　あ、『ソロピッツァ』のピザも見っけ！　急に小腹が空《す》いてきたあああ！」「食《く》いしん坊《ぼう》馬鹿、仕事しろ。西側の見張りに隙《すき》はなし。突破は諦めな」

次々と報告される構成員の動静。貴重な情報を伝えてくれるのはトイボックスの踊り子だ。

運び屋の追跡を踊り子たちに追跡させる――それが計助《けいすけ》が打った一手。

先のボスとの電話で計助《けいすけ》はファンタズマ全構成員の顔写真を携帯に送ってもらい、それを踊り子たちに転送してからくり人形上演までに構成員を捕捉させていた。

さすがは揚羽《あげは》の部下。捕捉は素早く、報告は正確で（一部ふざけてるやつがいるが）、さらにマンマークすることでGPSを通じて踊り子の位置＝構成員の位置となり、携帯の地図アプリを開くと敵識別装置のように構成員の動静が一目瞭然《いちもくりようぜん》となっている。

「見張り役と追跡役を測位したら……後はパックマンでハイスコア叩《たた》き出すようなもんだ」

追跡役の数は想定より多数。動きは縦横無尽《じゆうおうむじん》で活発。だがすべて躱《かわ》し切ってやると、計助《けいすけ》は瞬時に複数の逃走ルートを描き、最適解を勘案《かんあん》し、闊歩闊歩《かつぽかつぽ》と逃げ道を往《ゆ》く。

それを繰り返す。

何度も何度も繰り返す。

情報戦で優位に立ち追跡役と遭遇《そうぐう》しないように上手《うま》く躱《かわ》し続け、その展開に天秤が呼応。ガゴンッ、と花の皿が重さを増して形勢をひっくり返す。

――逆転した……！　どうだ猟犬ども。せいぜい駆けろ。駆けて駆けて駆けずり回って消耗しろ。俺は楽勝楽勝と口笛吹きながら逃げ切ってやるぜ！

「ルシオは新天地通《しんてんちどおり》の『包包亭《パオバオテイ》』を通過して南下」「アルベルトが喫茶《きっさ》『コンパル』を横切って西に移動中。地団太踏んで焦《あせ》ってるわ」「『ふれあい広場』に首領のブルーノがいましたよ。トランシーバーで指示を送っています」「おい、包囲網外からひとり中に入ったぞ。増援だ。アレックスと確認。追うぞ」「あっ、こっちも増援ひとり見っけ。『中野呉服店《ごふく》』前を通過して……エエッ！　なにこの浴衣《ゆかた》キャワイィィ！」「だからちゃんと仕事しろ馬鹿ぁっ！」

――追跡役の増援だと？　包囲網外から？

そうか、記憶喪失前の時湖《ときこ》のデマの影響か。デマに惑わされて大須《おおす》の外へ散らばっていた構成員が、ブルーノの連絡を受けて続々と大須《おおす》に引き返しにきたというわけか。

つまり、運び屋はまだ全力で追ってきているわけではない。

逃走の本番はここから。時間とともに追手がどんどん増えて逃げ道が潰されていく。

ガゴンッ、と天秤が再び傾く。増援策によって骸の皿優勢に盛り返された。

――まさに展開の殴り合い……上等だ！　こっちは戦力札を掻《か》き集《あつ》めてオールイン《全賭け》した。この程度の劣勢なんざすぐ逆転してやる。さあ行くぞ。三〇ページを支配するのはこの俺だ！

歩速を早めて逃げることのみに全神経を集中し。

レッドゾーンが拡大していく地図の中から最善手を模索《もさく》し。

毛先の汗を振り落としながら躍動《やくどう》する追跡者を幾度《いくど》となく回避し。

逃げる者と追う者と。千客万来《せんきゃくばんらい》の夏祭りの裏で繰り広げられる攻防。包囲戦術が完成したら骸の皿へと傾《かし》ぎ、けれど踊り子の情報で優位に立ち花の皿が逆転し、ならばと運び屋は増援を投入し、されどと計助《けいすけ》はか細い逃走ルートを見つけ出し活路を手繰《たぐ》り寄せる。

逆転に次ぐ逆転。丁々発止《ちょうちょうはっし》の展開の繰り出し合い。希望的な言葉は花の皿に。絶望的な言葉は骸の皿に。互いの優位と劣位が次の瞬間に目まぐるしく入れ替わる。天秤の両皿は不安定に浮き沈《しず》みを繰り返し、その戦況はまさしくシーソーゲーム。

三〇ページのリング上、互いが望んだ言葉《銃》を欲して渾身《こんしん》の拳《こぶし》を見舞い合い、そして――

「計助《けいすけ》、注意して。北側から増援が三人入った。ペドロ、ミゲル、パウロと確認」

――ここにきてまた増援、それも一気に三人……！

「ワタシも増援をひとり見つけましタ。見張りについていましたガ、増援を追いまス」「わわっ、こっちも新顔がいたよ！　やばっ、どんどん追跡役が増えてるよ！」

――増援。さらに増援。次から次へとひっきりなしに……！

「まずいまずいぞ……ブルーノめ、完全にとどめ刺しにきやがったな！」

ガゴンッ、と計助《けいすけ》をハメ殺す一撃に骸の皿が傾《かし》ぐ。重く、深く。

肌が粟立《あわだ》つ。一進一退の均衡《きんこう》が崩された。地図アプリを見れば多くの逃げ道が遮断《しゃだん》された。四面楚歌《しめんそか》。逃げ切るには踊り子との連携を強化して敵の猛追《もうつい》を凌《しの》がなければならない。

冬華《ふゆか》、新手について情報を——そう聞こうとした、まさにそのとき。

「あっ、バッグの予約時間きちゃった。ごっめーん計助《けいすけ》、デートはこ・こ・ま・で」

契約時間終了。最悪のタイミングで。

「さっそく計助《けいすけ》の紹介でパーソナルオーダーしてくるね！　ばいばーい」「あ、私はエステ行かなきゃっと。あー忙し忙し」「今度お買い物に付き合ってくださいね、計助《けいすけ》さん」「年収二千万以上の外資系ビジネスマン紹介よろしくー！」「高学歴・高収入・高身長！」

冬華《ふゆか》を皮切りに、ほかの踊り子たちとの通信も次々と打ち切られていく。

「ここにきて通信サポートが……っ」

彼女たちの「声」と「目」を失って追跡役の動向が完全に摑《つか》めなくなり、途端、足を前に出すのが怖くなる。逃げ道を間違えればアウト、だがこのまま立ち止まっていてもアウト、どちらにせよ運び屋に捕まって敗北へ一直線。

ガゴンッ、と骸の皿がさらに一段沈んで計助《けいすけ》は慄《おのの》いた。傾きの段階は最下部手前。もしここで時湖《ときこ》が大須《おおす》に駆けつけ銃と距離が近づけばその結末はまた……死、死死死死死死死死。

――させるかよ。

計助《けいすけ》は腕時計を見やる。今回は奥《おく》の手《て》を用意しており、そしていまその時に至った。

「――待たせたねえ調査屋。貸しにきたよおおぉぉぉ！」

無音となったイヤホンから新たに声が響く。

九死に一生のタイミングで、希望が視界に映った。

裏門前町通《うらもんぜんちょうどおり》、大須《おおす》商店街の中心を南北に貫く道路は現在夏祭りのため車両通行禁止になっているが、例外的に巨大な〝乗り物〟がいままさに横断をはじめていた。

――山車《だし》である。

見上げるほど壮観《そうかん》。施《ほどこ》された意匠《いしょう》は豪華《ごうか》絢爛《けんらん》。黒の漆《うるし》にまぶされた金箔《きんぱく》と四方幕の刺繍《ししゅう》は優美の一言。台座の上では笛と大太鼓の祭囃子《ばやし》が響き、ちんどんの調べに合わせて大須《おおす》商人たちが威勢《いせい》のいい掛け声を発し巨大な山車《だし》を曳《ひ》く様は圧巻の極み。その威風《いふう》たるや七福神が宝船に乗って現れたよう。

山車《だし》行進の音頭《おんど》を取っているのは半被《はっぴ》姿の道楽《どうらく》だ。先頭に立って山車《だし》を引き連れるその姿は、猟場《りょうば》から連れ出すために迎えに来たかのようだった。

「さあ、乗りなよ主催。タクシー代わりにしては豪華すぎるかな？」

「は……ははっ！　山車《だし》まで用意するとはマジでなんでも貸すじゃねえかドラ息子！　最高の出迎えだ。乗せてもらうぞ！」

計助《けいすけ》は垂れ込めた四方幕を開けて身を隠すように山車《だし》の中に入った。

進行。山車《だし》はルートに沿って裏門前町通《うらもんぜんちょうどおり》を北上する。ソぉぉぉレぇぇぇッと大須《おおす》商人たちが汗をしぶきながら巨大な山車《だし》を曳《ひ》いていく迫力に、沿道に並ぶ観客たちがワァァァッと沸《わ》く。

――これこそが、包囲網突破のゲームプランだ。

山車《だし》の準備が整うまで踊り子と連携して猟場内を逃げ回って時間を稼《かせ》ぎ、山車《だし》が進行しはじめたら乗り込んで立ち塞《ふさ》がる見張りを突破する。さすがの見張りも山車《だし》の進行に退くことを余《よ》儀《ぎ》なくされ、まさか山車《だし》の中に俺が潜《ひそ》んでいるとは想像にも及ばないだろう。

進め、進め、アガリへ進め。

カウント『25』。世界の終わりが迫る中、賽《さい》を振って出たその目は――

「――越えた」

ガゴンッ、と花の皿が逆転して優勢を誇る。包囲網を越えた展開を讃《たた》えるように。

「……よし、よっっし！　ゲームプラン通り！」

計助《けいすけ》は山車《だし》から飛び出す。山車《だし》は連盟会長に指定されたコースを巡回《じゅんかい》するから大須《おおす》の外には出られない。だが猟場からは出られた。だから後は――

ダン、とアスファルトの地を靴底で叩《たた》いて疾駆《しっく》する。包囲網を破ったらもう体力切れは気にしない。このまま大須《おおす》を脱出して花の皿優勢で三〇ページを幕とする。

一心不乱の全力疾走。大幅なストライドであらゆるものを置き去りにしていく。汗も、疲労も、散々味わった屈辱《くつじょく》も、全部、豪快に、前に、ただ前に、加速して、風を切って、一瞬の線となる自分をイメージして――

見えた、大須《おおす》商店街の出口一〇〇メートル道路。

――いける。そこまで逃げ込めば運び屋も完全に俺を見失う。待ってろ時湖《ときこ》。いま救ってやるからな。もう苦しませないからな。今度こそ時湖《ときこ》が生きられる世界を……。

が、直後だった。

ドンッ、と右半身に重い衝突があった。衝撃に両足が接地感を失い、地、空、地、とぐるりと視界が入れ替わり、肩《かた》からコンクリートの地に落ちてズザアアアアッと転がる。

「う、ぐ……ッ」

困惑。混乱。なんだ？　なにが起きた？

出合《であ》い頭《がしら》に車に撥《は》ねられたかのような衝撃に似ていたが、それなら肉体の損傷はもっと激しいはず。意識だって失ってもおかしくない。だったらなにが、一体なにが……。

パニック状態の頭でよろよろと上半身を起こして正面を見つめ、震撼《しんかん》した。

「やっとォ……やっと見つけたァ……もう逃しはしねえぞ調査屋ァァアッ！」

――おい……おいおいおい、なんでここに構成員のエリオがいるんだよ⁉

その台詞《せりふ》はまるで同じじゃん！　敗北した前回と同じ運命を辿《たど》ってるみたいじゃないか！

戦慄《せんりつ》に計助《けいすけ》の全身が硬直し、だが、エリオもまたその場で停止していた。片ひざを地につけ滝のような汗を流し、ぜいぜいと過呼吸で疲労困憊《ひろうこんぱい》な姿。

――エリオは必死に追ってきていた？　俺はエリオに体当たりされて吹っ飛ばされた？　でもどうして見つかった？　数？　チェイスパートで構成員に一度も目撃されなくとも、結局多勢の運び屋の目からは逃れられない？　勝てない？　いくら手札を揃《そろ》えても『まとも』にぶつかっては勝てない？

「銃……銃は⁉」

まずかった。渾身《こんしん》の体当たりを食らって銃が入った紙袋を手離していた。焦《あせ》って探す。見つけた。舗道《ほどう》。その位置は計助《けいすけ》とエリオの中間。つまり、銃まで同距離。勝利の女神が宙吊《ちゅうづ》りになる。天秤が均衡《きんこう》状態に戻る。残り三ページ。瞬時に銃へと焦点を結ぶ。計助《けいすけ》も、エリオも。

互いの視線が衝突して、同時に動き出す。どちらも地に両手をついて手負いの獣《けもの》のようにハッハッと息を荒らげながらスタートを切り、飛び込むように紙袋へと手を伸ばす。

同着。計助《けいすけ》とエリオ、互いに伸ばした手が半分ずつ紙袋を摑《つか》む。

だが、と計助《けいすけ》は焦《あせ》った。指先で摑《つか》んだ感触が柔《やわ》らかい。緩衝材《かんしょうざい》だ。引っ張り合いになったら紙袋が破けて紙切れだけを摑《つか》んでしまう。銃を摑《つか》んだ感触がほしい。そしてそれはエリオも同じ。互いに硬質《こうしつ》のそれを探り合い、摑《つか》み、引っ張ろうとして――

ビ――ンと鼓膜《こまく》が痺《しび》れた。

甲高《かんだか》い悲鳴のような音。一体なんの音か判然としないまま、視界一面には季節外れの雪がふわふわと舞った。いや、それは雪ではなく銃を眠らせていた緩衝材《かんしょうざい》だった。紙袋が弾《はじ》けて緩《かん》衝材《しょうざい》が舞い、そして焼け焦げるような匂《にお》いが漂《ただよ》ってくる。

ふと、みぞおち辺りに異物がめり込んだ違和感が広がった。そこを無意識に手で押さえていた。べったりと粘性《ねんせい》の生温かい赤が手のひらについた。ペンキかと思った。違った。血だった。赤ワインのボトルを逆さにして栓《せん》を外したようにドボドボと血が溢《あふ》れ出《で》た。

違和感は、一瞬で激痛に転化した。泣き叫ぼうとして、だが嗄《か》れた呻《うめ》き声しか出せず、そのまま前のめりに倒れて自身の血溜《ちだ》まりに沈む。

エリオの面食らった顔が映る。違う、不可抗力《ふかこうりょく》だ、そう言いたげに口がパクパク動いている。震《ふる》えたその指は紙袋を食い破って銃を握っていた。

——暴発……。

ひどかった激痛が嘘《うそ》みたいに薄れていく。生温かい血の温度も感じられなくなる。そのうち意識すらも手から滑《すべ》り落ちて、あらゆるものが、完全に、消《き》え失《う》せ……。

——ああそうか、間違いだったのか……正面衝突で包囲網を越えようとする戦略自体が……だって怪物はそれ以上の……俺、ホントに……なん、て……間違い、を…………。

カウント『28』。そこでプツリと全意識がシャットダウンした。

計助《けいすけ》は死んだ。

幕間

目覚めたら、美しい図書館の中にいた。

円筒形《えんとう》の構造をしていて、三六〇度ぐるりと本棚に囲まれている大空間の書庫。見上げれば幾重《いくえ》もの階層が続く先に、荘厳《そうごん》なステンドグラスの天井が高さを誇っている。

息を呑《の》むほど幻想的。無人のような静謐《せいひつ》さ。

——ここはどこだろうか？

大図書館の通路上になぜか俺はぽつんと立っていた。

視界の正面には赤い絨毯《じゅうたん》が敷《し》かれた通路が弧《こ》を描《えが》くように伸びている。右側へ向くと天井まで吹き抜けとなった空間に各階へ通じる階段が所々架《か》けられていて、見下ろすと自分がいま三階辺りにいるのがわかる。左側へ向くと通路に沿って本棚が延々と並んでおり、窓や扉など外界へ通じる接点は見当たらない。

——なんなんだここは？

目を閉じてマキナボードとの接続を意識してみるが、まったく繋《つな》がりが感じられない。ページカウントも、本の記述も、天秤も……。

——夢の中、なのか……？

夢か現《うつつ》か半睡《はんすい》状態のまどろんだ意識のまま、ひとまず通路を歩きはじめる。

本棚一台一台をざっと流し見していき、そこでこの大図書館の奇妙な点に気づいた。

どの本棚も金属製のプレートがはめこまれていて、通常の図書館ならそのプレートに「文学」「歴史」「美術」といったジャンルが表記されているのだろうが、ここは違った。


『豎滄◆ｪ◆呈函◆包ｼ仙◆』

『繧ｹ繝◆繝ｼ2(閎|… Φ繝ｷ繧ｪ繝ｳ繧ｰ』

『^[/5.ｱ貔、貂◆』


どのプレートも文字化けして読めなかった。

いや、プレートだけではなく本の背表紙までも『縺+繧偵檝⁄』『]^ｲｦ ma-o.. ｹ繝&』といった具合でめちゃくちゃだ。

――どうなってるんだ。まるでこの世界にある文字すべてバグっているような……。

各本棚を見比べてみる。本棚毎《ごと》に収蔵されている冊数にはバラつきがあり、棚一杯《たないっぱい》に本が収められている本棚もあれば、数冊だけの寂《さび》しい本棚もある。本の厚さも分厚いものから薄《うす》いものまで様々で判型も統一されていない。

適当に一冊手に取ってみる。装丁《そうてい》はペーパーバック。デザインは無地の白色。表紙にタイトルらしき記載はあるが、『縺ッ??%倥:pa*!ｪ逕ャ縺ョ譌ｱ縺◆』と文字化けして読めない。中を開いてみるが、『&ヅ闇SSｱ髪8◆縺」縺溘◆』と内容も文字化けしている。別の本棚の本も『闥?g…1溘◆!ｲ縺」縺ｦ』とやはり知ることができない。

——どうして文字化けだらけなんだ？　どこかにまともな文字はないのか？

本を開いては閉じて次々と探ってみたが、正常な文字をひとつも見つけられないまま三階をぐるりと一周していた。

三階にないなら二階を探《さぐ》ろうと階段を下りた。二階も三階と構造は同じで、緩やかにカーブしている通路に沿って本棚を手当たり次第チェックしていく。

ここも文字化けだらけでうんざりしていると、ある本棚プレートに目が留《と》まった。

『$ｽ･:時湖』

——時湖《ときこ》？

驚《おどろ》いた。文字化け部分こそあるもののそこに時湖《ときこ》の名が刻まれていた。

——なんで時湖《ときこ》の名前がプレートに？　俺の知ってる時湖《ときこ》のこと、だよな？　これは時湖《ときこ》の本棚ということか？

疑問符を浮かべながら本棚の中に目を向け、そこでさらなる謎に直面した。

──あれ。時湖《ときこ》の本棚だけ一冊も本が収められていないぞ？

これまで目にしてきた本棚は冊数こそ差があったが、一冊も収められていないという状態はなかった。どの本棚もそれぞれ本を、物語を、棚の中に抱えている。しかしなぜか時湖《ときこ》の本棚だけ物語がない空っぽの状態で……。

──物語がない？　空っぽ？　それって時湖《ときこ》の記憶がないことを暗喩《あんゆ》しているみたいな……。

気になって時湖《ときこ》の本棚を間近で観察してみる。すると新たな発見があった。

確かに本は一冊も収められていないが、棚の中にページの切れ端《きはし》のような紙片《しへん》が複数枚散らばっていた。適当に一枚手に取ってみるとそこに文章が書かれていた。

『三〇ページ内に刻まれた理想とする展開の判定。刻まれた言葉が理想に対して有効かどうか両皿で判定する』

──これは……マキナボードの天秤の説明だ。第四ループで時湖《ときこ》が思い出した言葉。

別の紙片《しへん》も手に取って確認してみる。

『天むす千寿《せんじゅ》』『壁絵錦三《かべえきんさん》』『着ぐるみを着て少女撃弾《しょうじょげきだん》の沙羅《さら》を助けに行った』『松ヶ枝通《まつがえどおり》付近のコインロッカー内にメモを書いた』『コインロッカーの暗証番号は〝osu301〟から取った』

そこまで読んでようやくわかった。各紙片《しへん》に書かれた文字は、どれも時湖《ときこ》が俺と共に行動して思い出した言葉の数々だ。

そういえば以前、時湖《ときこ》自身が記憶について喩《たと》えていた。

——自分の記憶を文字を失《な》くした本みたいに真っ白って言ったよね。その失《な》くした文字が元のページに戻ったみたいな感じ、っていうのかな。

その喩《たと》えが正しければ、棚の中にある紙片《しへん》は言葉を取り戻したことによって復元された本《記憶》の一部と解釈できるのではないか。

ただ、紙片《しへん》の中には文字化けしているものもあった。

『蜈ｪ繝ｷ//峨◆』『譁ｪ螟ｮ譁ｪ螟p/3.*亥勧繧??縺代:・ｯ阪』『隕区ｮｺ縺…励∧◆荳峨◆譁ｪ…/ｱ蟷??ヾ縺崎ｨ貞8!.-[亥勧』

首を傾《かし》げる。なぜ時湖《ときこ》の本棚の中には非文字化けと文字化けが混在しているんだ？　読めるものと読めないものの差はなんだ？　非文字化けはどれも俺自身が把握している既出の言葉だ。記憶を思い出した時湖《ときこ》から話を聞いて知り得た情報。だとしたら逆に文字化けは時湖《ときこ》が思い出したけどまだ俺に伝えてない言葉？　俺の知り得ない情報だから読めない？

まどろんでいた意識が徐々に冴《さ》えていく。

想像の線が伸びてやがてひとつの地点にたどり着く。

——元々、時湖《ときこ》の本棚には本《記憶》が収蔵されていた。だが、なんらかの理由で本が消失した。本を失うことで時湖《ときこ》は記憶喪失状態となった。しかし、俺と銃撃事件の解決に挑《いど》む過程で失われた言葉を取り戻していき、その言葉を宿した紙片《しへん》が再生され、やがて紙片《しへん》は本として復元され、失われた記憶が復活する……。

突飛《とっぴ》な考えではあった。

想像が行き過ぎていると指摘されればそうかもしれない。

不可思議な空間で論理的に考える意味がどれほどあるかもわからない。

だけど、一連の思考に一定の手応えを感じている自分がいる。この大図書館が単なる夢の空間ではなく、重要な存在意義があると感じはじめている。

——大図書館内をもっと探索すればほかにも考察のヒントが見つかるかもしれない。

俺は紙片《しへん》を本棚に戻して二階から一階へと階段を下りた。

一階はほかの階層と構造が異なり大広間となっている。広間全体に背の高い本棚が同心円状に配置され、先の見通しは悪く、さながら本の迷宮《めいきゅう》のようだった。

目的地があるわけではないが、ひとまず中心を目指して文字化けだらけの空間を進んでいく。先へ、さらに先へ……。

と、視界が開けた。

本棚の列を越えるとぽっかり開けた中心に出た。だだっ広く、開放的で、名称をつけるなら「中央広間」といったイメージだ。

なにも存在しない空間かと思いきや、ただ一点、それが視界に映った。

——銃。

五芒星の紋章をあしらい、この世すべての闇を凝縮したような黒の自動拳銃《オートマチック》が、赤い絨毯《じゅうたん》の上で艶《つや》めいた光沢《こうたく》を放っていた。

ズドンッ！

突然、記憶の中にあった銃声音が総身に轟《とどろ》く。びくっとするとともに第八ループのおぞましい光景がフラッシュバックする。誤作動だと顔面を凍りつかせる構成員エリオ、みぞおちを抉《えぐ》った銃弾、出血多量によって死に沈んだ意識……。

——そうだ、そうだった……前回俺は撃ち殺されて敗北したんだ……！

銃の威力は絶大であらゆるものを吹き飛ばした。理想に繋《つな》がる言葉も、残りページも、なにより俺自身の命も、あっけないほど一瞬のうちにすべて……。

反射的に撃たれた胸に両手を押し当てる。世界がリセットされて傷《きず》はとうに消えていたが、幻肢痛《げんしつう》に似た痛みがぶり返す。ガタガタと全身が小刻みに震え、ハッハッと過呼吸になる。

落ち着け、落ち着け、落ち着け。死んでない。そうだ。もう死んでない。大丈夫、大丈夫だ。死んでない死んでない死んでない死んでない死んでない死んでない……！

ふわり。

死の記憶に慄《おのの》いて自分で自分を抱き締めていたそのとき、初雪のような光の粒子《りゅうし》が視界を過《よぎ》った。

ふわり。ふわり。ふわり。光の粒子が次から次へと舞い降りて視界を満たしていく。

何事かと見上げれば、ステンドグラスの天井が消失しかけていた。

ステンドグラスの輝きがそのまま光の粒子へと分解されていき、その速度はゆっくりではあるが放射状に進行して、天井から高階層へ、そしてやがて中階層、低階層まで及び、最終的に大図書館の終わりを想像させる。さーっと風に吹かれて跡形《あとかた》もなくなる砂の城のように。

直感した。

繰り返しの狭間《はざま》にあるこの世界は直《じき》に終わり、新たな三〇ページの戦いがはじまる。

そしてその三〇ページが最後の繰り返しとなる。

予期していたことではあった。「最後[redacted]」とほぼ塗り潰された裏地メモから、最後となる三〇ページを迎える前になにかしらの前兆や警鐘《けいしょう》があるのではないかと。

その前兆や警鐘《けいしょう》に当たる部分がこの大図書館だとしたら。

裏地メモの元々の文章が、「最後の繰り返しの前に強制的に大図書館に移行する」といった内容だとしたら。

——次は、絶対に間違えられない三〇ページということになる。

ぶわっと全身の汗腺《かんせん》が開いて焦燥《しょうそう》の汗が噴出した。

ここがポイント・オブ・ノー・リターン《やり直せない地点》だというのか。

　これまで様々な展開をぶつけたが、どれも失敗に終わった。それこそコインロッカーであらゆる組み合わせ番号を試すもエラーと弾《はじ》かれる総当たりのように。

　番号その一。道楽《どうらく》との交渉でハッタリをかますが失敗し、ライブステージで時湖《ときこ》が撃ち殺された結末を迎えた。

　番号その二。みずからの心を偽り沙羅《さら》をライブステージに立たせないようにしたが、理想的ではないとマキナボードからやり直しをくらった。

　番号その三。ロッカーを開けて銃を奪おうと企《たくら》んだがそこに銃はなく、怪物の手駒であるファンタズマに先取りされた。

　番号その四。ファンタズマと銃の奪い合いになり運び屋を騙《かた》ったが、最終的に非理想的な言葉が致死量《ちしりょう》に達して俺が時湖《ときこ》を撃ち殺す結末を迎えた。

　番号その五。時湖《ときこ》に嘘《うそ》をついて独《ひと》り銃争奪戦のリベンジに挑《いど》んだが、今度は俺が運び屋に撃ち殺される結末を迎えた。

　失敗して、失敗して、失敗して、失敗して、失敗して、そして、いま。

　試行錯誤の段階が終わり、これより先は後戻りできない世界。

　そこで志道計助《しどうけいすけ》の最終解答が求められる。

　お前は最後に与えられた三〇ページでどうやって怪物に打ち勝ち、時湖《ときこ》が救われる悲しみのない世界を構築するのか、と。

連戦連敗。こちらが死力を尽くしてもことごとく怪物に返《かえ》り討《う》ちにされた。

なぜ怪物に勝てないのか。これまでの敗北から見えてきた部分がある。

――二千万の資金力、ライブ環境を利用した周到な計画、運び屋ファンタズマという強力な手駒……。いくら俺が嘘《うそ》や騙《かた》りなど〝偽《いつわ》り〟を駆使しても、それを遥《はる》かに上回る怪物の物量で裏打ちされた〝計算〟で構築される悲劇のシナリオを凌駕《りょうが》できない。

〝偽《いつわ》り〟だけでは勝てない。

敗因を分析したところで、しかし次どういう展開を繰り出せばいいというのか。

持てる札全部つぎ込んで運び屋とぶつかっても包囲網を越えられなかった。前回のような戦い方では勝ちきれない。次で最後。絶対にミスが許されない一度きりの舞台。しくじれば大須《おおす》夏祭りは混乱と恐怖に沈み、時湖《ときこ》が死ぬ現実が確定してしまう。これなら十分に勝負できる、そんな確信めいたもので挑《いど》む必要があるが、そんな都合のいいものはどこにもなくて……。

いや。

視界が絶望で塗り潰されていく中、その存在だけは網膜《もうまく》にくっきりと映った。

――銃。

たった数キロの力を引き金に加えるだけで、かけがえのない人間の物語を一瞬で葬《ほうむ》り去《さ》ることができる。それはまさしく〝計算〟を超越《ちょうえつ》する〝計算外〟の力の象徴。

暗黒の銃身が放つ力の輝きは八方塞《はっぽうふさ》がりの俺には蠱惑《こわく》的に映り、視線を釘付けにされ、甘く酔わせるような囁き声《ささやごえ》まで聞こえてきた。

——パートナーとして銃把《じゅうは》を握ってくれ。

ごくり、とのど仏が上下した。

導かれるようにして歩みを重ね、震えた指先で銃を拾ったその瞬間、右手のひらに収めた黒い力が一気に全身へ駆け巡って万能感《ばんのうかん》を呼び起こし、次のシナリオのアイデアを閃《ひらめ》かせた。

——銃によって骨身に刻まれた死の恐怖を、今度は逆に俺が振りかざして、ファンタズマの策動を突破してやればいい。

具体的に言えば、銃で脅すのだ。

前回終盤の山車《だし》による包囲網突破後、構成員に襲われて敗北したその対抗策として銃身をチラつかせる。それで構成員の足を竦《すく》ませ、その隙《すき》に逃げ切りを図《はか》れば問題は解決する。

——だが、構成員が銃身をチラつかせた程度で足が竦《すく》まなかったら？

撃つぞ、と構成員の眉間《みけん》に銃口を向ければいい。死へ通じるその黒い穴を目にすれば、裏社会で生きる人間といえど怯《ひる》むはず。

——けれど、構成員がどうせただの脅しだと見切って迫ってきたら？

引き金に指をかけ、眼力で圧をかける。引き金を引くぞ。本当に引くぞ。だからこれ以上近寄るな。引くぞ引くぞ引くぞ。

——それでも、構成員が決死の覚悟で銃を奪おうと襲ってきたら？

ファンタズマだって組織の存亡がかかっている以上、死ぬ気で銃を奪いにくる。対してこちらはこれ以上脅《おど》すポーズが取れない。このままだと銃が奪われる。敗北する。時湖《ときこ》の死が確定する。もたもたするな。奪われる前に指に力を込めろ。ぐっと引き金を引くだけだ。そうだ。躊躇《ちゅうちょ》するな。そうすれば、そうすれば……。

突然だった。

眼前、のっぺらぼうの顔が出現した。

それは得体の知れない何者かで、次の瞬間、のっぺらぼうの顔がぐにゃりと歪《ゆが》み、やがて耳が、鼻が、目が、緻密《ちみつ》に模《かたど》られていき、最終的にひとりの人間の顔が完成した。

俺だった。

時湖《ときこ》を撃って後悔に青ざめた俺の顔がそこにあった。

まただ。また、俺は銃撃犯となって……。

——ダメだ……ああダメだダメだ！　その展開は最悪だ！

銃を利用したシナリオの行き着く先、第七ループに酷似《こくじ》したひどい結末を垣間見る。

慌てて銃撃犯となった自分の幻影を振り払う。銃を使って怪物のシナリオを超えようとするのは最善手とは言い難《がた》い。

じゃあどうすんだよ。

一体どんなシナリオなら上手《うま》くいくっていうんだ。

気づけば大図書館の分解はすでに中階層まで進行していた。最後の舞台の幕開けが刻一刻と迫る。時間がない。もう時間が。

難題に頭を抱える。ありとあらゆる手を試してもことごとく敗北した。必死になって考えても頭の中がぐちゃぐちゃになるだけで解決策なんて出てこない。ない。ない。ない。ない。勝負できるシナリオなんてもうどこにも……。


――一緒に戦おうよっ！


八方塞《はっぽうふさ》がりの闇に覆《おお》われて。

ふと、リフレインした言葉があった。


――それでお互いに飲み交《か》わしたら、相手に迷惑をかけるとか、嘘《うそ》ついて独《ひと》りでどうこうしようとか、そういうのは今後一切なし！

――頼り合ってこ。ある意味でわたしたちはこの繰り返す世界で二人ぼっちなんだからさ。

握り締めていた銃が手のひらからこぼれ、ゴトン、と床に落ちた重々しい響きがした。そこで我に返った心地がした。

俺のパートナーは、銃ではなく……。

——傘、差すよ。君の隣で。


あった。まだひとつだけ試していないシナリオが。

第七ループ終盤で思いついたアイデア、その延長線上にある展開。しかしそれは諸刃《もろは》の剣《つるぎ》で必ずしも解決に繋《つな》がる保証はなく、それどころか彼女にリスクを負わせるだけで、最悪、これまで以上にひどい結末を迎える可能性だって……。

それでも実行するのか。

彼女がひどい目に遭うかもしれないリスクがあっても、そのシナリオで勝負するのか。

もう絶対に間違えられない最後の三〇ページ。俺は、俺は彼女に……。

「——計助《けいすけ》っっ！」

しゃらん、と独特の鈴音が無音な空間に響く。

冷たく強張《こわば》っていた俺の背中に、どっ、と温かな感触が飛び込んできた。背後から春に抱《だ》かれたみたいな暖かさで、事実、抱《だ》き締《し》められていた。

華奢《きゃしゃ》ながらも俺の胴回りをぎゅっと包み込む両腕。小さくとも俺の胸に温度を捧げるように添《そ》えられた両手。

思わず忘我《ぼうが》した。

心で描いていた彼女の姿がそのまま形となって現れたタイミングの良さに、自分が生み出した幻《まぼろし》ではないかと疑った。

けれど、俺を呼ぶ声も、水琴鈴《すいきんすず》の鈴音も、肌の温《ぬく》もりも、すべて確かなリアリティを伴《ともな》っていた。

背後からだれに抱かれているかは、直接見なくてもわかった。

「時湖《ときこ》……」

振り返ろうとして、だが時湖《ときこ》の死顔《しにがお》が蘇《よみがえ》って首の動きが停止した。いくら悲劇の運命に強制されたとはいえ、この手で撃ち殺した過去に首筋が凍った。

会いたかった思いと裏腹に、いざ現れるとどんな顔して謝ればいいかわからず、バツの悪さからその場でうつむいてしまう。

「ごめんね計助《けいすけ》！」

だが、先に謝ったのは時湖《ときこ》のほうだった。

耳を疑った。なぜ時湖《ときこ》が謝る？　謝らなきゃいけないのは俺のほうなのに……。

「痛かったよね。ごめんっ、ごめんねっ、銃で撃たれる痛い思いをさせてっっ！」

時湖《ときこ》が俺のみぞおちを優しく撫《な》でて、そこでようやく理解した。運び屋に撃ち殺された前回の死の記憶を少しでも癒《い》やそうとしてくれているのだと。

「どうして、俺が撃たれたことを知って……時湖《ときこ》は自宅待機していたはずじゃ……」疑問を口にして、だがすぐに思い当たった。「マキナボードか。中段の本を読みに行ったのか」

「おかしいと思ったんだ。書き置き通り待ってても君は戻ってこなくて、ページカウントはどんどん終わりに近づいていって、嫌な予感がして展望台まで走ったんだ。君の居場所を確実に知れると思って。それでマキナボードの記述を目にしたとき、君が、君が銃で……！」

いたたまれない悲痛な声だった。俺に撃ち殺されたのに、嘘《うそ》の書き置きで騙《だま》されたのに、自分のことなど差し置いてただただ俺の身を案じていた。

そういう心優しい少女だった。

「急いで君のもとまで駆けつけようとしたんだけど、サーティー・ピリオドが終わっちゃって間に合わなくて……ふと目覚めたら、ここにいた。この大図書館に」

「時湖《ときこ》も大図書館で目覚めを？」

「最初は困惑したんだ。なんだろうここって。でも辺りを探っているうちになんだか懐《なつ》かしさが込み上げてきて、前に来たことがある気がして……なにか思い出せるかもって近くの本を手に取って読んでみたんだ。それでわかったことが――」

「待て、ちょっと待て！」

思わず時湖《ときこ》の声を遮《さえぎ》った。

「本を読んだ？　そんな馬鹿な。大図書館内の本は文字化けしてる。いや本だけじゃなく本棚のプレートだって。この世界にある文字は文字化けだらけで読めないはずだ」

「文字化け……。わたしはちゃんと読めるよ。本も、目に映るすべての文字も」

にわかに信じられなかった。

俺は改めてプレート表記や本棚の背表紙を見回す。『i:ｲ縺//…ﾍ譌』『蜩ｲ??葱◆ｪ繝ｷ荳繧??◆』。やはり俺にはどれも文字化けしていて異常な光景に映る。しかし一方で、時湖《ときこ》の目にはすべての文字が正常に映っていると言う。

――まさか大図書館が異常なのではなく、大図書館で文字を認識できない俺のほうが異常なのか？

わけがわからなかった。なぜ俺だけが正しく文字を認識できないのか。

確かに時湖《ときこ》の本棚にあった紙片《しへん》は読めたが、それは全体のごくごく一部に過ぎない。

俺は読めずに時湖《ときこ》は読める、その差はなんだ？　俺も時湖《ときこ》も大図書館に招かれている点では同じ立場であるはずなのに、現状、俺だけが文字が読めない不公平な差があって……。

いや、待てよ。

同じ立場でありながら、最初から俺と時湖《ときこ》の間で不公平な差が生じていたものがあったじゃないか。

スーパースターの「特典」だ。

マキナボードの認知や記憶の引《ひ》き継《つ》ぎといった「特典」は俺も時湖《ときこ》も有していたが、目を瞑《つぶ》っていても各機械構成の状況を把握できたり、運命を変える主体として本に記述される「特典」は俺しか持っていなかった。ならば逆パターンもあるのではないか。

つまり、時湖《ときこ》だけが持っている「特典」も存在する。

大図書館がスーパースターに関わりがあるとすれば、大図書館内の文字を正常に読めるという「特典」があっても不思議ではない。

当初、俺は自分がスーパースターとして完全で、時湖《ときこ》はスーパースターとして曖昧《あいまい》で不完全だと思っていた。

だが、その捉え方はおそらく正しくない。

俺もまた不完全だったのだ。すべての「特典」が与えられているわけではないのだから。

不完全と不完全。それは本来ワンセットの「特典」を二人それぞれに分け与えられたようで、見方を変えれば、二人揃《そろ》ってようやくスーパースターとして完全な形と言えた。

「――本を読んでね、わかったことがあるんだ」

途切《とぎ》れた話の続きを、時湖《ときこ》が口にする。

「数冊ざっと流し読みした程度だけど、どの本も内容は共通していた。スーパースターが悲劇の運命を変えようと戦っていたんだ。繰り返し繰り返し何度も悲劇に抗《あらが》って三〇ページを理想的に仕上げようとしていた。だからこの大図書館にある本を一言で説明するなら――スーパースターの戦いの記録」

「スーパースターの、戦いの記録……」

俺は目を見開いた。

高く高く積み上げられた本の階層。三六〇度ぐるりと囲まれるほどの蔵書量。目に映る一冊一冊がすべて悲劇に抗《あらが》った物語……。

「これ、全部がそうなのか……」

圧倒された。その膨大《ぼうだい》な蔵書量と奮闘《ふんとう》の歴史に。

俺に本を読み解く「特典」は与えられていないが、自身のサーティー・ピリオドの経験からスーパースターたちの戦いがどのようなものか想像を巡らすことは難しくなかった。

繰り返しの試行錯誤に悩み、理不尽なルールの茨《いばら》に搦《から》め捕《と》られ、失敗の連続に血反吐《ちへど》を吐《は》き、それでもと歯を食いしばって前を向き、四苦八苦しながら言葉を築いていき、理想の三〇《ページ》ファンタジー完成を目指して戦う。

その生き様が、美意識が、魂の形が——本だった。

無論、いま俺が負け続けているように、ここにある本のすべてが上手《うま》くいった勝利の記録というわけではないのだろう。個々の本棚毎《ごと》に収められた冊数に差があるところを想像すれば、多くの本を残せなかったスーパースターは悲劇の現実を塗り替えられず、敗退の果てにシナリオを創《つく》る世界から消え去っていったのかもしれない。

それでも戦ったんだ。

こんなにも戦っていたんだ。

勝った者がいて、負けた者だっていて、どちらであっても理想を形にしようと懸命に戦っていたことに変わりはなくて、その結果としてこうして本が遺《のこ》っている。

ああ、と感嘆《かんたん》した。

大図書館の景色がこれまでと違って見えた。

本一冊一冊が先達《せんだつ》のスーパースターとしてそばに寄《よ》り添《そ》ってくれるような親近感を覚え、彼ら彼女らに肩を叩《たた》かれ励まされた心地だった。

――創《つく》ることを諦《あきら》めるなよ、と。

「計助《けいすけ》。大図書館の本を読める最大の利点はサーティー・ピリオドのルールを知れたり、過去のスーパースターの戦い方を学べることだと思う。わたしはまだ数冊流し読みした程度だからルールも戦術もすべて理解したわけじゃないけど、わかったことがあるんだ。スーパースターを強制的に大図書館に招くのは、サーティー・ピリオドの終わりの警告でもあって――つまり、次が最後の三〇ページ」

予期していたことではあった。だから明かされたそのルールについて大きく驚きはしなかったが、絶対に失敗できない緊張感がぶり返して背筋が強張《こわば》っていく。

再び直面させられた難問。最後に与えられた三〇ページをどういう展開で構築するか。

その答えは――

「計助《けいすけ》、だいじょうぶだよ」

だが。

俺が声を発する前に、時湖《ときこ》が先にそんな台詞《せりふ》を言った。

「もう、だいじょうぶだから」

そっと、俺の背に時湖《ときこ》が額《ひたい》を預けた感触があった。

寄りかかった体勢のまま続く声はなく、俺の体温を静かに感じ取っている様子だった。

「時湖《ときこ》？」

そう呼ぶと、時湖《ときこ》は密着した額《ひたい》をゆっくりと離す。それはどこか名残惜《なごりお》しそうな感じで、だが床に落ちていた銃を拾おうと伸ばす手はなにか決心をつけた感じで、そして銃を抱えて俺の横を通り抜け、こちらへ振り返った。

そこでようやく、互いに正面から向き合った。

「わたしにね、考えがあるんだ」

時湖《ときこ》は、潔《いさぎよ》い笑顔をしていた。

「きっと、上手《うま》くいくから」

でも、精一杯《せいいっぱい》作った笑顔にも見えた。

「考えって、どういうことだ？　上手《うま》くいくって、なにをどうするつもりだ？」

「わたしにまかせて」

時湖《ときこ》の瞳孔《どうこう》が異常に開き、それが胸騒ぎを引き起こした。

「まかせてって急に言われても……次が最後だぞ。最後の三〇ページでなにを考えてる？」

「だいじょうぶだよ。わたしが上手《うま》くいかせるから」

「大丈夫って一体なにが……説明になってないぞ」

「全部だいじょうぶなんだよ。だいじょうぶ。だいじょうぶだから」

「だからそれだと説明になってない！　なんだよさっきから。まかせてとか大丈夫とか言葉を濁《にご》して。ちゃんと具体的に説明してくれよ！」

話が噛《か》み合わないまま、一歩、時湖《ときこ》が後ずさる。胸に銃を抱えたまま、二歩、三歩、と俺から距離を取っていく。笑顔は崩さず、瞳は決然と輝いたまま、手を伸ばしても届かない距離まで離れていって……。

不意に、その光景がかつてのシーンと重なった。

第三ループの身代わり作戦。凶弾から沙羅《さら》を守ろうとしたときも時湖《ときこ》の瞳は決意に輝き、死の恐怖を笑顔で塗り潰し、俺のもとから離れていって最後は犠牲に……。

犠牲。

「——まさか、銃で自死して犠牲になるつもりか」

総毛立った。最悪な予感を口にして。

「悲劇のシナリオにどれだけ抗《あらが》っても勝てなくて、俺も時湖《ときこ》もただ傷つくだけだったから、それならいっそここでみずから銃の引き金を引いて、サーティー・ピリオドの過酷な戦いを強引に終わらせるほうがマシ……そんなこと考えてないよな？」

声を震わせながら真意を問《と》い質《ただ》す。

「三〇ページの舞台を強制的に終幕にすれば、少なくとも俺はもう繰り返しの戦いで傷つくことはない。銃撃事件は防げないが被害者という観点でみれば死者は時湖《ときこ》ひとり。自分ひとり傷つけば済む。だから自死して犠牲になる……そんなこと考えてないよな？　違うよな時湖《ときこ》!?」

胸のざわつきが止まらず語気が強まっていく。

「なに黙ってんだよ。おい、違うって言えよ。頼むからそう否定してくれ。否定しろよ時湖《ときこ》。なあ時湖《ときこ》ッ!!」

笑顔を作っていた時湖《ときこ》の瞳がわずかに揺れた。

核心《かくしん》を突《つ》いていた。

「馬《ば》っっ鹿野郎《かやろう》ォォオッ!!」

内臓がひっくり返るほどの声量で咆《ほ》えた。

「ダメだ！　絶対にダメだ！　そんな終わらせ方は最低最悪だ!!」

のどが灼《や》けるほどの熱さで訴《うった》えた。

「俺は諦《あきら》めてない！　諦めてないぞ！　撃ち殺されたってまだやれる。時湖《ときこ》を救う猶予が残されている限り死力を尽くして戦う。何度だって戦ってみせるさ。だからよしてくれ。そんな、そんな悲しい終わらせ方だけは……」

鉄条網で胸を締めつけられるみたいに痛かった。

「もうどうでもいいと自棄《やけ》になっているのか。俺が約束破って嘘《うそ》ついて独《ひと》り戦いに行ったせいで。すまなかった。謝るよ。約束破ってごめん、本当にごめんな！」

違《ちが》うそうじゃない、と時湖《ときこ》が顔を左右に振って否定する。

「なら負けてばかりの俺にもう期待なんてかけられないってことか。繰り返しても繰り返しても一向に悲劇を変えられない俺の力を信じられなくなったのか」

ぶんぶんっ、と髪を乱して強く否定する。

「だったらなんで⁉　どうしてそんな悲しい結末を‼」

一刻も早く止めないと。そんな必死な思いで時湖《ときこ》へと一歩踏み込み、だが次の瞬間、止めさせられたのは俺の両足だった。

「わたしがなによりも悲しみを作っていたからだよ」

ぎょっとして全身の血管が硬直した。

あごの裏にぐっと銃口を押しつける、そんな自死寸前の時湖《ときこ》の姿に。

「わたしのせいだったんだ。わたしのせいで君は、君はぁ……」

綺麗《きれい》な瞳が充血《じゅうけつ》して涙ぐみ、笑顔のメッキがボロボロと剝《は》がれ落ちていく。

「時湖《ときこ》……どうしたんだよ……。なんでそこまで、自分を追い詰めるようなこと……」

異常事態だった。負けん気の強い時湖《ときこ》が戦うことを諦めてみずから銃口を突きつけるなんて。

そんな姿、第七ループの時点では微塵《みじん》も想像できなかった。

だとしたら第八ループだ。俺と別れている間に時湖《ときこ》の身になにか起きたのだ。それもこれまでの心境ががらりと一変するほどの衝撃的な出来事が。

そんなことが時湖《ときこ》に起きるとしたら、考えられるのは……。

「……記憶か？　ひょっとしてなにか重大な記憶を思い出したのか？」

時湖《ときこ》がごくりと息を呑《の》んだ。

図星だと思った。

「なにを、思い出したんだ……？」

「……やっぱり、やっぱり君には、君にはちゃんと言っておかないと……」

時湖《ときこ》が喋《しゃべ》ろうとしたそこで声を詰まらせ、苦しそうに胸元を摑《つか》み、それでも伝えなきゃと懸命に声を振《ふ》り絞《しぼ》る。

「君が独《ひと》りで戦おうとわたしに黙っていたように、わたしもいま黙っていようとしたことがあって……君に幻滅《げんめつ》されるのが怖くて、言えなくて……。でも、でも、大事な、大事なことだから、すべてを終わらせる前に、ちゃんと、ちゃんと言って、終わらせ、ないと……」

歯の根が嚙《か》み合わずカチカチ鳴らす。まるで罪の告白に怯《おび》える前科者のように。

「……君の部屋に、伏せられた写真があったでしょ」

「写真……母さんの遺影か」

「君の家で待機していたとき、手持《ても》ち無沙汰《ぶさた》だったからつい手に取って写っている女性を見たんだ。その瞬間、ある記憶を思い出して……」

「母さんを見て思い出した？　一体なんの記憶を？」

「――六・一三の悪夢。八年前の最悪のテロ事件」

思いがけない答えに一瞬呆然《ぼうぜん》となった。

「業火だった。名古屋の地下街を燃やし尽くそうとするそれは、ここがこの世の地獄かと思うほどに。人が焼け焦げる異臭が充満《じゅうまん》して、爆発に千切れた手足がそこらじゅうに転がって、痛い苦しいと呻《うめ》き声があちこちから聞こえて……そんな地獄の中にいたんだ、わたしも」

時湖《ときこ》が六・一三の悪夢の現場にいた……？

「救助に駆けつけたんだよ。でも凄惨《せいさん》なテロ現場を前に当時小学生だったわたしは無力で、ちっぽけで、救助どころか立《た》ち竦《すく》むだけでなにもできなかった。失敗したんだよ。――それが、二度目の六月一三日」

二度目？　二度目の六月一三日だって？　二度目って、まさか……。

「三度目も失敗した。勇気を振《ふ》り絞《しぼ》って先へ進んだけど炎に全身を焼かれて。四度目も失敗した。迷路みたいに入り組んだ地下街を彷徨《さまよ》っているうちに黒煙で呼吸ができなくなって。五度目も失敗した。剥《は》がれ落ちた天井の瓦礫《がれき》に圧《お》し潰《つぶ》されて。失敗して死んで、失敗して死んで、そうやって何度も繰り返していたんだよ。——わたしはスーパースター《抜擢者》に選ばれたから」

「繰り返し、戦っていた……六・一三の悪夢を、時湖《ときこ》はスーパースターとして……」

「繰り返す度に傷を受け、その傷から次はどうすればいいか学んでいった。こっちのルートは火災が激しくて進めない、あっちのルートは崩落《ほうらく》の危険がある……そうやって一歩、また一歩、死屍累々《ししるいるい》の地獄を進んでいって、ようやく見つけたんだ——その男の子を」

「男の子……男の子って……」

「正確に言えばその場に生存者は二人いた。意識を失って倒れた男の子と重傷の女性。わたしは子どもの体で、周りにサポートしてくれる人はいなくて、同時に二人は助けられなくて、だからわたし、わたしは……男の子を背負って地下街から脱出した。その男の子だけを救った」

「まさか、まさかその男の子ってのは……」

「君だよ、計助《けいすけ》」

　ガツンと側頭部を殴られたような衝撃が走った。

「ま、待ってくれ。頭の整理が追いつかない……。六・一三の悪夢でサーティー・ピリオドが発動していた？　時湖《ときこ》は幼い頃からスーパースターだった？　何度も死を繰り返した後に俺を救った？　俺、事件のときすぐ気を失って、ろくに憶《おぼ》えてなくて……あの地獄の中で時湖《ときこ》が俺を……そんな、そんなことがあったなんて……」

絶体絶命の状況下でどのように救われたのかずっと疑問だった。神様に助けられたとしか思えなかった。

違った。神様なんかじゃなくて時湖《ときこ》が救ってくれた。

「……でも、変だ。俺だけ救われたその結末はおかしくないか。だってサーティー・ピリオドで求められているのは理想的シナリオだろ。理想を成せないと元の現実《オリジナル》は変えられない。テロ事件を未然に防げず、救えた命はひとつだけ。その達成度では理想的シナリオとは言い難《がた》いはずで――」

「君を救うこと以外、眼中にないとしたら」

「え」

「重傷の女性は見捨てても仕方ない、ほかの人もどうなってもいい、そんな考えだったら。優しくなんかなくて、献身的《けんしんてき》でもなくて、正義感だってろくにない、そんなひどい子だったら」

時湖《ときこ》の台詞《せりふ》に、はたと、裏地メモにあったサーティー・ピリオドのルールを思い出した。

そうだ。裏地メモの文言は『悲劇の運命を防ぐこと』ではなく『悲劇の運命を変えること』とあった。『時湖《ときこ》、お願い。どうか悲劇を防ぐ言葉を』というメモも確かにあったが、それは時湖《ときこ》が時湖《ときこ》に宛《あ》てた願いであってルールではない。

つまりなにが言いたいか。六・一三の悪夢を未然に防げなくとも、本来死ぬはずだった者をひとりでも救えば運命を変えたことにはなる。

そこで問題となるのが理想。理想の合否基準はマキナボードに記述される主体、すなわち、スーパースターが抱《いだ》く理想に基《もと》づく。〝悲しみのない世界〟というのはあくまで俺の理想であって、八年前の時湖《ときこ》が同じ理想であるとは限らない。

では、時湖《ときこ》の理想とはなにか。

テロ事件を未然に防ぐことでもなければ、救った命の多さで測られる類《たぐ》いのものでもない。

ただひとりの命を救ったことでマキナボードが及第点《きゅうだいてん》を出したならば、答えはおのずとそこに着地する。

「——俺を救い出すことだけが時湖の理想だったというのか」

信じ難《がた》かった。

だって時湖《ときこ》が抱《いだ》いた理想では、どれだけ多くの被害者の命を救っても、俺ひとりの命を救えなければそれだけで落第となる。

重傷の女性を救ったとしても俺が死ねばやり直し。

被害者をできる限り救ったとしても俺が死ねばやり直し。

たとえ百を超える人々の命を救ったとしても俺が死ねばやり直し。

ただ俺を救うことだけが、ほかを見捨てでも俺だけを救う言葉こそが、理想的シナリオを構築するものだった。

そして、その理想は果たされた。

「俺だけ救えばいいなんて、どうしてそんな理想を抱《いだ》いて……」

「歪《ゆが》んだ理想だよね……。でもね、そんな理想を抱《いだ》いちゃったんだ。そんな理想を抱《いだ》いてしまうほどに、わたしは君を、君のことを……っ」

貫《つらぬ》くような時湖《ときこ》の眼差《まなざ》しに、思わず閉口した。

俺が長年〝あの子〟だけを見つめてきたように。〝あの子〟に抱《いだ》く感情のように。

時湖《ときこ》の瞳《ひとみ》は一途《いちず》で、真《ま》っ直《す》ぐで、透徹《とうてつ》していて、ただただ俺の存在だけを映していた。

「いまならわかるよ、君だけ救えばいいなんて間違いだって。だけどあのときのわたしは幼稚《ようち》で、想像力不足で、だから君を無事に救い出して安心してた。これでいいって。きっと君だって命を救われてよかったと思ってくれているはずだって。浮かれてもいた。一命を取り留めて喜んでる君の姿を見たくて、あわよくば褒《ほ》めてもらっちゃおうなんて。そこで君の家に向かったんだ。八年前の雨の日、傘を差して」

ドクンッ、と全身が強く脈を打った。

八年前、雨の日、傘を差した少女、それは、それは……。

「でも、現実の光景はわたしの想像と真逆だった。君はひとり寂《さび》しそうに家の前で雨に打たれて落ち込んでいた。え、なんで、どういうこと？　わたしは動揺した。咄嗟《とっさ》に通りすがりを装《よそお》って秘密基地に誘った。元気を出してほしかった。一緒にお菓子食べて、ペンぷーの動画観《み》て、それで君が笑ってくれたらと思った。けど君は泣いて、泣きながら六・一三の悪夢でお母さんが亡くなったことを打ち明けて、そこでようやく気づいたんだ——ああ、お母さんってわたしが見捨てた重傷の女性のことだって」

ドッ、ドッ、ドッ、と心臓が激しく揺さぶられていく。秘密基地、ペンぷー動画、泣きながら打ち明けた本心……。

間違いない。もう間違いない。彼女が、彼女こそが……。

「気がかりではあったんだ。重傷の女性は見捨てられたはずなのになぜか安らかな顔で『ありがとう』って唇を動かしているように見えたから。君が打ち明けたことで謎が解けた。親子だったんだ。よく見ると君は女性の顔立ちと似てて……ああっ、まずい！　また繰り返してお母さんを助けに行ってあげないと！　でもサーティー・ピリオドはもう終わってる。君だけ助けることが理想だったから。そんな理想のせいでもう助けられない。わたし、途端にひどいしくじりをしたんじゃないかって……！」

後悔に圧《お》し潰《つぶ》されそうな苦しげな表情だった。

「君ひとりでも救ったことは価値がある？　あの地獄から人命を救出したことは誇るべき？　違う。違うんだよ。だってわたしの理想のせいで君は荒野《こうや》みたいな現実を独《ひと》り生きることになった。親戚の家では肩身《かたみ》の狭《せま》い思いをして、迷惑かかるからその家も出て行って、通信高校に通いながら働いて、ネクタイで大人を偽らないといけない世界で弱音なんてだれにも言えなくて、ほかにもきっとたくさん、わたしの知らないところで苦労して……！」

首を絞《し》めつけられているような悲痛な声だった。

「八年前の秘密基地でわたしは泣いてる君を抱き締めることしかできなくて、でも抱き締めながら胸は痛くて苦しくて！　わたしにあったのは欲望的な理想だった。本当はもっと崇高《すうこう》な理想を目指すべきだったんだ。子どもの体だから救えない？　周りにサポートがいない？　言い訳だよそんなの！　君を助けた後にまたお母さんを助けに地獄に戻ればよかったんだ！　手足を失って苦しむ人たちだって肩を貸して大丈夫助けるからと励まして救うべきだった！　救う、目に映る誰も彼もを救う！　そういう理想で悲劇と戦えば君の未来はもっと明るかった！　なのにわたし、わたしはぁ……！」

目尻《めじり》から大粒《おおつぶ》の涙がこぼれる。

「ごめんね。君が苦労を背負う現実にしてしまって。君がお母さんと手を繋《つな》いでペンぷーのパレードを楽しむような、平穏で、明るくて、ほかの人々だって幸福そうに笑っている、そんな『ご褒美の日』のようなファンタジーを創《つく》ってあげられなくて……」

消えない後悔と叶《かな》わない願いに咽《むせ》び泣《な》く。

「君のそばにいたいと想《おも》いながら、自分が犯《おか》したしくじりが怖くなって、だから書き置きだけ残して逃《に》げるように消えたんだ」

――『さようなら。ごめんなさい』。

書き置きの文字は泣きながら書いたように震え、一部は涙に濡《ぬ》れてインクがぼやけ、文字と文字の間から懺悔《ざんげ》のような後悔が滲《にじ》み出《で》て、申し訳なさそうで、息苦しそうで……。

そうか。ずっとずっと罪悪感に苛《さいな》まれていたのだ、彼女は。

「君の人生に冷たい雨を降らせたのはわたしだった。それなのになにが君の隣で傘を差すだよ。なにが孤独も寂《さび》しさも受け止めるだよ。わたしじゃん！　わたしのせいじゃん！　やり直しという奇跡をもらったのに、その奇跡を欲望で汚《けが》した！」

銃を握った両手の震えがひどくなり、指先がトリガーガードに触れてひやりとした緊張感が高まる。

「いまだってそう。君は独《ひと》りで戦ってごめんって謝ったけど、本当に謝らなきゃいけないのはわたしのほうだよ。だってわたしが救われるために君はこの過酷な繰り返しの戦いに巻き込まれたんだから。悩んで、苦しんで、銃で撃たれて殺されて……。痛かったよね。苦しかったよね。ごめん、ごめんっ。わたしがいなければ巻き込まれなくて済んだのに……」

カタカタと震えた指先が銃の引き金に添《そ》えられる。

「これでわかったでしょ。わたしがなにより悲しみを作っていたって意味が」

指先の力をあとほんの少し引き金に加えるだけで、銃声とともに三〇ページの舞台が終幕となる。

「だから最低最悪でも、愚《おろ》かなやり方だったとしても、少なくともわたしが消えれば、君がこの過酷な繰り返しの戦いでこれ以上傷つくことはない」

これまでの行いを恥《は》じ。いま自分のせいで他人を傷つけていることを恥《は》じ。

そして時湖《ときこ》はそれを言った。

「──ごめんね。わたし、生きてるだけで迷惑ばかりかける存在で」

胸の真ん中を撃たれたかと思った。

それは、その台詞《せりふ》は、かつての俺と同じことを……。

迷惑かけていいいと、三三九度で頼り合う関係を望んだ彼女が、まさかそんな、そんな悲しいことを言うなんて……。

「だからお願い、計助《けいすけ》。耳を塞《ふさ》いで、後ろを向いて、わたしから離れて、そしてすべてを忘れて……。もう君を巻き込んで迷惑かけたくないから。せめて最後は、わたし、潔《いさぎよ》く……」

時湖《ときこ》は半歩後ろに足を引いて、死への境界線を跨《また》ごうとしている。自分が傷つくことは堪《た》えられても、自分のせいで他者が傷つくことは堪《た》えられないとばかりに。

「時湖《ときこ》……」

時湖《ときこ》が〝あの子〟だった。

そして〝あの子〟は記憶を取り戻したことでいまにも世界から消え入りそうだった。

「俺は、俺は……」

──助けてくれた神様に叫びたい気分だぜ。母親も一緒に助けてくれねえんだったら、いっそおれも見殺しにしてくれたほうが独《ひと》りの苦労を背負わずに済んだのにって。

虎鉄《こてつ》の呪《のろ》うような言葉が耳にこびりついていた。

——詰みだ。どう足掻《あが》いてもオマエの負けだ。

ブルーノの絶望を浴びせるような言葉が傷痕《きずあと》として胸に残っていた。

言葉、言葉、言葉が運命を決する世界。

そしてそれは、いままさにこの瞬間も。

次に発する言葉で、彼女の命の行き先が決まる。

八年捜した〝あの子〟に、俺は。

スーパースターとして戦った時湖《ときこ》に、俺は。

「————」

その言葉を、告げた。

「なん、で……?」

驚愕にまぶたを上げたのは、時湖《ときこ》だ。

「待って、待ってよ……。なんでそんなこと……わたしの聞き間違え、だよね……?」

聞き間違えじゃない。傘を差して秘密基地まで手を繋《つな》いでくれたあのとき、言いそびれた言葉だった。

「嘘、でしょ……。だってわたし、わたしが君のお母さんやみんなを救わなかったせいなのに……」

嘘じゃない。その言葉を伝えるために八年間捜したといっても過言じゃない。

「どうしてそんな、そんな言葉が迷いなく言えて……」

迷いなく言える。〝あの子〟と会えたときに言おうと決めていたから。

「わたしの話ちゃんと聞いてた？　わたしは君だけ助けて、君を独《ひと》りにさせて……君が苦労を背負う現実にしちゃったんだ！　しくじりだった！　間違いだった！　なのになんで、どうして……！」

ちゃんと聞いていた。すべてを聞いた上で、それでもなお八年前から抱《いだ》いていた気持ちは決して揺るがなかった。

だからいま一度、俺は心からその言葉を告げた。

「──ありがとう。俺を救ってくれて」

「君はわたしがしくじりだと思っていたことを、誇りとして讃《たた》えてくれるっていうの……！」

そうだ。誇りだ。

いま俺が戦っている繰り返しを、時湖《ときこ》は八年も前から戦っていた。爆発し炎上した地下街の惨状を目《ま》の当《あ》たりにしたら大人だって尻尾《しっぽ》を巻いて逃げてもおかしくないのに、時湖《ときこ》はまだ幼い身で悲惨な運命に果敢《かかん》に飛び込んでいった。

身を焼かれながらも次こそはと奮闘《ふんとう》して。

瓦礫《がれき》に体を圧《お》し潰《つぶ》されながらももう一度と挑《いど》んで。

死んで、死んで、文字通り死《し》に物狂《ものぐる》いで悲劇と戦って。

なにを恥《は》じることがある。

感謝以外の言葉なんて、あるはずがない。

「ダメ……ダメだよっ、そんな感謝の言葉！　責めるべきだよ。非難するべきなんだよ」

「本当に非難されなきゃいけないのは時湖《ときこ》じゃなくて事件を起こした連中だろ」

「でも君のお母さんを救えなかったっ。ほかの人たちだって助けられなかったんだ！」

「それでも俺の命は救われた。本当のしくじりはだれひとり助けられなかったことだ」

「君だけ救えればいいなんてよくない感情だよ」

「俺を救おうとしてくれた気持ちは純粋だろ」

「救われなかったほかの人がもしこの真実を知ったら、なんで君だけ救ったんだって非難されてもおかしくない」

「だからか。だから時湖《ときこ》は後悔して秘密基地で俺に言ったんだな。『救うから。ここからは全部懸けて救うから』って。次、同じような悲劇が起きたときは悲しんでる人を全力で救おうと心に決めたんじゃないか。沙羅《さら》を命懸けで助けたように。そういう心を抱《いだ》いたなら、もういいじゃないか」

「でも、でも……っ」

「それでも時湖《ときこ》を責める人がいるなら、俺がその人に言うよ。いい大学に入って、テロや災害から多くを救える方法を学んで、そして将来立派な立場に就《つ》いたら、時湖《ときこ》に生かされた俺が今度はより多くを生かすために尽力《じんりょく》するから、って」

「君が背負った苦労はどうなの。高校生らしい普通を享受《きょうじゅ》できなくて、人前で偽るような生き方だってさせたよ」

「時湖《ときこ》の前では素直な自分でいていいんだろ。ならそれでいい」

「けど君が独《ひと》りになって苦労した過去は変わらない」

「独《ひと》りになったから見つけたものもある。大学で学びたい夢がそのひとつだ」

「だからって大変な現実はなにひとつ変わらないっ」

「確かに大変ではあった」

「だったらなんで！」

「愛してるからに決まってんだろ！」

あっ、と時湖《ときこ》が目を見開く。

「苦労だって？　全っっ然どうってことないね！　貧乏でもボロアパート住まいでもへっちゃらなんだ。高校生らしい普通を享受《きょうじゅ》できない？　ハッ、働いてる横で同年代が遊んでいても不公平なんて思わないね。がんばれる。ホントに毎日がんばれるんだよ。だってあの秘密基地で好きな人に出会えたから！　また会いたいって気持ちがあったから！　独《ひと》り生かされて辛《つら》く苦しいなんて、時湖《ときこ》と出会えてからただの一度も口にしたことはないぞ！」

時湖《ときこ》はまばたきひとつせず、ほろりと静かに涙を流す。

「だからありがとうでいいんだ。何度だって言うぞ。ありがとな時湖《ときこ》！　心だけじゃなくて命まで救ってくれて！　ありがとう、ありがとう！」

声に、言葉に、血の通った気持ちが注がれていく。

「なあ、時湖《ときこ》。生きてるだけで迷惑だなんて、そんな悲しいこと思わないでくれよ」

ありのままの心を伝えるなんてずっと不要だと思っていた。

「俺もガキの頃から思ってたよ、自分は生きてるだけで迷惑かける存在だって。すぐ自立できなかったし、疎《うと》まれている親戚にはへらへら機嫌取るぐらいしか能がなかった。そんな自分が嫌だった。情けないと感じてた。でもいま思った。銃で死のうとする時湖《ときこ》を見て胸が張《は》り裂《さ》けるように思ったんだ」

嘘《うそ》、演技、ハッタリ、そういった〝偽《いつわ》り〟こそが今日まで自分を生かしてくれた。それはこれからだって役立つ場面があるだろうし、その武器を手離すことはない。

だけどいまこの瞬間、〝偽《いつわ》り〟では時湖《ときこ》を生かすことはできない。

だから俺はありったけの気持ちを込めて告げた。

「――迷惑かけてくれよ時湖《ときこ》！　俺に迷惑かけてくれていい!!」

第七ループで時湖《ときこ》が俺にくれた光みたいな言葉。

「いいんだよ。俺に迷惑かけてくれ。俺を頼ってくれ！　俺たちは頼り合う二人だろ!!」

今度は俺が時湖《ときこ》を救うべくその言葉を返す。

「本来人ってそうだろ。だれだって弱い部分や欠けてる部分があって、仮にいまひとりで生きられる強い人だって、この先事件や病気に襲われるかもしれなくて、いつかよりかからなくちゃいけない時がきて、そんなとき辛《つら》すぎるだろ、迷惑かけるなって言葉は。そういう言葉で占《し》められた世界は。だから俺は言わない。迷惑かけるななんて冷たい言葉は絶対に言わない！」

魂を剝《む》き出《だ》しにして叫んだ。

「俺だって強くはないんだ。八年間足りないもの掻《か》き集《あつ》めて実力つけた気でいたけど、ただの一度も怪物に勝てなかったんだから。俺独《ひと》りじゃ怪物に勝てない。だから時湖《ときこ》、最後の三〇ページ、俺もお前に頼っていいか」

弱さですらも晒《さら》した。互いに迷惑かけることを厭《いと》わない関係を結ぶために。その関係性は心からの言葉でしか結ばれない。

世界に偽っても〝あの子〟には偽らない。

「二人でやろう。一緒に戦おう。そして今度こそ理想的シナリオを完成させよう」

生きてるだけで迷惑だなんてもう二度と彼女には思わせない。そのために俺が彼女に示すシナリオ、それは八年前に彼女ができなかったこと――

「全員だ。目に映る誰も彼も救う、そんな一切悲しみのないシナリオを」

時湖《ときこ》だって、沙羅《さら》だって、そして敵の駒である運び屋ですらも救う。

それは単なるお花畑の夢物語じゃなく戦略でもある。気づきをもらった。全部を救うということは全部と敵対しないことだと。

ただし、そのシナリオを実践するには俺独《ひと》りでは不可能だ。

世界の命運を左右する銃を託《たく》す、その相手がいる。

「第七ループでだれにも銃を託《たく》せなかった。心も言葉も偽っていた俺にはなかったんだ。信頼し、法も損得も超えて、俺ひとりでは抱《かか》えきれないものを任せられる関係が……」

でも、いまはいる。隣で傘を差してくれる人が。

「時湖《ときこ》、君に銃を託《たく》したい」

この世界の運命を彼女と分かち合う言葉を告げた。

「時湖《ときこ》と銃が近づくことによって過去二回ひどい結末を迎えた。今回だってどうなるか予測はつかない。それでも俺はこのシナリオで最後の勝負をしたい。時湖《ときこ》と、共に」

ふっ、と時湖《ときこ》は緊張の糸が緩んだように両肩の力が抜け、両手の震えがおさまっていく。あごに押しつけていた銃口を下ろし、罪悪感が浄化《じょうか》されるようにほろほろと落涙《らくるい》する。

「ほかのだれかじゃダメなんだ。この繰り返しで何度も支えてくれた時湖《ときこ》に、かつて命懸けで救おうとしてくれたスーパースターに銃を託《たく》したい」

わたしでいいの、と時湖《ときこ》は濡《ぬ》れた瞳で聞く。

「たとえこの世界に蔓延《はびこ》る悲しみすべて消せなくても、せめて三〇ページだけは悲しみのないファンタジーを創《つく》りたい。創《つく》れるはずなんだ。俺たち二人なら」

　本当にいいの、とごしごし涙を拭う。

「いいに決まってんだろ。この世界の命運を半分託《たく》させてくれ、俺のスーパースター」

　時湖《ときこ》の死を境《さかい》にサーティー・ピリオドがはじまり、そこでスーパースターたらしめる「特典」が俺と時湖《ときこ》で半々のように分かれた。

　スーパースター片方だけでは、不完全。

　二人揃《そろ》って、完全。

「時間だ」

　天井からはじまった崩壊はついに一階まで達した。大図書館全体が淡《あわ》く希《き》薄《はく》となり、いま立つ足場すらも消失しかけて、いよいよこの夢が終わろうとしている。

「決着をつける時だ」

　ふと横を見れば、対戦席に怪物がふんぞり返りこちらを睨《にら》んでいた。

　手駒《てごま》は強力。ゲームプランは周到。だが、これまでの繰り返しを振り返れば怪物の繋《つな》がりはすべて利害関係であり、リスクを負ってでも助けてくれる仲間がいる気配はなかった。まるで暗く深い闇の底で独《ひと》りずっと生きてきたように。

　俺は時湖《ときこ》へと手を伸ばす。幻想的な光が舞いすべてが曖昧《あいまい》になっていく中、時湖《ときこ》が握り返す感触は確かだった。もうひとりではないし、独《ひと》りでもなかった。

――今度こそ理想的なシナリオを、二人で。

幕間《まくあい》は終わった。これより最後の舞台の幕が上がる。

Ninth Loop

第九ループ

30ページでループする。

そして君を死の運命から救う。

ドドンッ！　ドドンッ！　太鼓を叩《たた》く桴《ばち》のリズムが夏祭りの空気を熱く震わせる。

吹きつける熱き風を頬《ほお》に感じながら、ネクタイの結び目を締めて気合いを入れ、いざ燃える心で計助《けいすけ》は大須《おおす》商店街の門をくぐった。

——ついにきたぞ、ファイナルラウンド。

泣いても笑ってもこれが最後のシナリオバトル。情報、人脈、経験、覚悟、あらゆるすべてを注ぎ込んで理想的なシナリオを創《つく》り上げる。俺と彼女とで。

ガチリ、と針の刻む音がして計助《けいすけ》は頭上を見上げた。ページカウントは『1』を指し、機械腕の記述がスタート。

——開始パターンを複数想定したが、今回はここから開始か。結局、最後まで記述基準はわからなかったが、目的はこれまでと同じ。『30』までに理想に繋《つな》がる言葉《銃の確保》を獲得する。

商店街アーケードを進むと『ふれあい広場』が見えた。新天地《しんてんち》通《どおり》と東仁《ひがしに》王門通《おうもんどおり》の交差点に位置するそこは、寺院建築を思わせる豪壮《ごうそう》な屋根が建てかけられた小広場。約二メートルの巨大招《まね》き猫《ねこ》がシンボルとして設置され、小休止できるように石製ベンチも並んでいる。

その広場に、ブルーノの姿があった。

ブルーノは険しい表情で石製ベンチに腰掛《こしか》け、片手に持ったトランシーバーに指示を吹き込んでいる。

「よお、ブルーノ」

さっそく計助《けいすけ》が接触を図《はか》る。するとブルーノは若干訝《いぶか》るような視線を当て、だが反応はそれだけだった。すぐに計助《けいすけ》に興味を失いトランシーバーに視線を戻す。

「やっぱり盛り上がるなー、大須《おおす》夏祭りは。運び屋まで引きつけるほどの集客力だ。しかしどうしたブルーノ、せっかくの祭りなのに険しい顔して。おいおいもっと楽しもうぜ、なあ！」

計助《けいすけ》は軽薄な笑みを浮かべつつ、対面の石製ベンチに腰を下ろしてしつこく声を掛け続ける。

だがブルーノは依然《いぜん》として見向きもしない。お前など構っていられない、そんな態度。

ならば、と計助《けいすけ》は笑みを捨て去って言い放った。

「そんなに気に食わないか――銃が手に入らないことが」

強引にでも振り向かせてやる、そんな言葉の拳《こぶし》による一撃。

威力は十分。バッとブルーノが計助《けいすけ》へ振《ふ》り向《む》く。それこそ突然殴られたように目を大にして。

――さあ、口火は切った。これよりここが決戦のリングだ。

「悪いが、銃は俺たちが貰い受ける」

計助《けいすけ》が宣戦すると同時、構成員のけたたましい怒声がトランシーバーから聞こえた。異国の言語で完全には理解できないが、怒《いか》りと焦《あせ》りが相半ばした語勢から大方察する。正体不明のふざけたクソ野郎に銃を横取りされた、そんなところだろう。

――時湖《ときこ》のほうも逃走劇の幕が上がる頃合いか。

時刻はいままさにからくり人形上演一回目開始。時湖《ときこ》は第八ループの計助《けいすけ》の行動をなぞるように密売人に接触したことで銃の先取りに成功したはずだ。実際その計助《けいすけ》の見立ては、ガゴンッ、と花の皿が優勢に傾くことで裏付けられた。

これより、時湖《ときこ》は銃を抱《かか》え迫《せま》り来る構成員たちから逃げ続け――

これより、計助《けいすけ》は怪物の駒であるファンタズマの首領と対峙《たいじ》し――

ここに銃争奪戦の火蓋《ひぶた》が切られる。

「オマエらまさか……調査屋と妨害者は最初からグルでブツの奪取を企《たくら》んで……ッ！」

瞬時に状況を察したブルーノは、ギリッと歯茎《はぐき》を剝《む》き出《だ》しにして敵意を放つ。

「運び屋からブツを奪うとはテメエらいい度胸してんじゃねえかァ！」

「ああそうだ。俺の相棒は度胸ならだれにも負けない。そして俺は覚悟ならだれにも負けない。断言してやるよ。絶対にファンタズマに銃は渡さない！」

ブルーノが威嚇《いかく》を込めてギラギラと濁《にご》り光る両眼で迫り、対して計助《けいすけ》も果敢《かかん》に挑《いど》むように前に出て睨《にら》み返す。

互いに額《ひたい》が突き合うほどの一触即発《いっしょくそくはつ》の距離感。ページに刻まれる一文字一文字が時湖《ときこ》の生死に直結する緊迫感。雌雄《しゆう》を決する運命の三〇ページで、まずは計助《けいすけ》が切り込む。

「聞け、ブルーノ。お前たちが運ぼうとする銃によって、この夏祭りで悲惨な事件が巻き起こる。そんな悲劇を俺は許さない。必ず食い止める」

「フン、知ったことか。オレたちは運び屋だ。依頼主《いらいぬし》から任されたブツを運んで莫大《ばくだい》な成功報酬を手にするだけだ。必ず奪い返す」

「だとしたら衝突だ。生き死に懸《か》けてどちらかが倒れるまで徹底的な潰し合いの力比べだ」

「上等だ。とっくにオレたちは生きるか死ぬかなんだよ。アウトローの世界でさえつま弾《はじ》きにされたオレたちに降って湧《わ》いた高報酬依頼。これをしくじればファンタズマに未来はない」

「お前たちの未来など創《つく》ってやる、この俺が」

は？　とブルーノが顔をしかめた。

「俺たちとファンタズマで潰し合う必要がなく、銃を運ばなくてもファンタズマのメンバーが路頭に迷うことがない、だれひとり悲しまない未来を創《つく》る、そう言っている」

「なに寝ぼけたことを……ねえよ！　そんな都合のいい現実は！」

「ある！　そんな望ましい理想が！　これから俺が示してやるよ。だからブルーノ、ここはひとつ銃を巡って——交渉といこうじゃないか」

ファンタズマと激突《げきとつ》した過去二回、第七ループも第八ループも包囲網から抜け出せずに敗退した。戦力を揃《そろ》えて万全の態勢で挑《いど》んでも敵側の展開を上回ることはできず、真っ向勝負の力押しでは分が悪い。だから今回の三〇ページは別の戦い方を仕掛ける必要があった。

それこそが、交渉戦術。

ただし、ブルーノと直接交渉するには銃を持って盤上を逃げ回る駒の役のままでは不可能。ゲーム盤を俯瞰《ふかん》して駒を動かす指し手のポジションまで上がる必要があった。

だから、時湖《ときこ》に銃を託《たく》した。

本心を打ち明けられて、迷惑をかけることも厭《いと》わない、三〇ページの命運を託《たく》すのに信頼足り得る、そんな頼り合える唯一の関係だから託《たく》せた。

「――バカが。交渉なんか必要ねえんだよ」

ブルーノはにべもなく吐《は》き捨《す》てた。

「ブツを奪われたなら力づくで奪い返すまでだ。同胞《どうほう》たちなら必ず取り戻す」

「話を聞け、ブルーノ。お前たちが銃を諦めてくれるなら俺は見返りに――」

「黙れ！　テメエの口車には乗らねえぞ。オレたちに銃を諦めるよう要求している時点でもう話にならねえんだよ。銃だ。銃以外なにもいらねえッ！」

一蹴《いっしゅう》。ブルーノは聞く耳すら持たない。

だが、計助《けいすけ》とてその反応は予期していた。計助《けいすけ》とブルーノの間に置かれたゲーム盤。盤上では逃げる時湖《ときこ》の駒に対し追う運び屋の駒が並び、戦況《せんきょう》がそのまま交渉におけるパワーバランスに直結する。ブルーノが駒の打ち合いで計助《けいすけ》に負けないと見込めば交渉にすらならない。

だからこそ、時湖《ときこ》が捕まらない手を打ち盤面の優勢を保つ必要がある。

「そこで大人しくしてろ調査屋。銃を奪われる妨害者の泣き声をすぐに聞かせてやる」

ブルーノは計助《けいすけ》が下手に動かないよう睨《にら》んで牽制《けんせい》しつつ、トランシーバーを口元に近づけて構成員たちに指示を吹き込む。魔術を唱えるような、情熱的な語感の異国の言葉。

実際、魔術だった。指示ひとつで、ガゴンッ、と骸の皿優勢に逆転してみせたのだから。

――やるな、ブルーノ。おそらくいまの指示で包囲網が張られたか。

天秤の両皿が示す戦況《せんきょう》とタイミングを考えて、指示を受けた構成員が統率《とうそつ》された動きで時湖《ときこ》を狩る「猟場《りょうば》」を完成させたに違いない。

「追うぞ。ここからさらに妨害者を追い詰めてやる。数ならオレたちが優勢だ」

すかさずゲーム盤に第二の手を打つべくブルーノが指示を出し、さらに骸の皿が傾く。

――二度目の指示は増援策だろう。デマによって名古屋各所に散らばっていた構成員たちを呼び戻し、次々と猟場に送り込んで時湖《ときこ》を追い詰める算段。

攻勢、さらに攻勢。ブルーノは銃を奪われて気色《けしき》ばんでこそいるが、咄嗟《とっさ》の戦術判断と適確な指示はさすが頭目か。

されど、計助《けいすけ》とて指を咥《くわ》えて見ているだけではない。

応戦する。言葉で、殴り返すように。

「――妨害者、聞いているな」

携帯を手にして時湖《ときこ》をコードネームで呼び、ブルーノの異国の言葉に耳を傾ける素振《そぶ》りをひとつ挟《はさ》み、送話口に言葉を続けた。

「運び屋が包囲網を完成。北の赤門通《あかもんどおり》、東の新天地通《しんてんちどおり》、南の東仁王門通《ひがしにおうもんどおり》、西の大須本通《おおすほんどおり》、東西南北の要所に構成員を配置して封鎖。包囲網内には追跡役も駆け回っている。警戒《けいかい》を怠《おこた》るな」

わざと聞こえるように声を張った。ブルーノが戸惑うだろうと期待して。

「な、ぜ――」

狙い通り。ブルーノの瞳がぐらりと揺れる。

「なぜ包囲網だと聴き取れて……オレの国の、オレたちだけが理解できる言語だぞ……？」

「妨害者、包囲網に増援が二人追加。その後もさらにブルーノは二人追加して東西から迫ろうと企《たくら》んでる」

「バカな……声に出してない考えまでオマエは読めるというのか⁉」

切り返し、さらに切り返し。計助《けいすけ》は強気に微笑《ほほえ》みながらブルーノの攻勢を凌《しの》ぐ。

「いや、ありえない。たとえ言語を理解できたとしても頭ん中まで読めるなんてことは絶対にありえねえ！　ならなぜだ、なぜ⁉　どんな小細工を仕掛けやがった調査屋ァ！」

「へへっ、さあなんでだろうなブルーノ。俺にはお前の打つ手すべて読めるんだぜ。この先なにをしようがことごとく予見し、看破し、俺が妨害者を守り切る！」

大嘘《うそ》だった。

種を明かせば、すべて読めるのではなく繰り返しの経験を活《い》かしているだけ。腕時計で時刻を確認しながら第八ループの展開を思い返し諳《そら》んじているに過ぎない。時湖《ときこ》が逃げ役として前回のシナリオをなぞっているなら、緒戦《しょせん》は敵の配置や思考も前回と大差ないと考えた。

それを、千里眼だとでかく見せる。

まやかし、幻惑《げんわく》し、戦術すべて筒抜けだと演出し、もはや交渉するしかないと思わせる。

——当座の目標はブルーノを交渉の卓《たく》に引っ張り出すことだ。そのために繰り返しで得た経験を活かし、口舌《こうぜつ》を揮《ふる》い、使えるものすべて使って運び屋不利を演出する。

現状、ブルーノが計助《けいすけ》の提案に聞く耳すら持たないのは〝信頼している仲間を使う〟という選択肢があるからだ。ならばまずその選択肢を潰す。

指揮を乱し、時湖《ときこ》が捕まらない布石を打ち、計助《けいすけ》と交渉する以外に選択肢がない状況を作り出し、最終的に交渉《こうしょう》に持ち込んでぶん捕《ど》ってみせる。

ファンタズマが銃を諦める、その言葉を。

「ブルーノ、さっさと銃を諦めて俺との交渉に乗れ」

「黙れ。テメエはお得意の口先でトリックを隠しているだけだ。なにか裏がある。裏が……」

「ブルーノには決してわからない。だが俺には手に取るようにわかるぞ。ブルーノの戦略も、構成員の動静も、盤上の動きすべてが！」

「うるせえ黙れ……黙れ黙れ黙れクソがッ！　どうせバレてんならもう知るかチクショウッ！　どのみち数で圧倒すりゃいいだけだッ!!　——ダビィ、配置変えだ！　裏門前町通《うらもんぜんちょうどおり》の『バナナレコード』まで北上しろッ!!」

ブルーノは青筋を立てて激昂《げっこう》し、自棄《やけ》気味に母国語を放棄《ほうき》して指示を飛ばす。

「妨害者、注意しろ。構成員がひとり裏門前町通《うらもんぜんちょうどおり》の『バナナレコード』まで北上したぞ」

――ブルーノがそう仕掛けるならば、いいだろう。まんまと乗ってやるよ。

「ベルナルドは『まんだらけ』前まで移動しろ！　ダビィと共に北側を固めろッ！」

「別の構成員が『まんだらけ』前まで移動する。北側に戦力を注ぎ込んできた」

「ジュリアはすぐに包囲網内に入って『万松寺《ばんしょうじ》ビル』に向かえ！　東側を探れッ！」

「増援《ぞうえん》がひとり『万松寺《ばんしょうじ》ビル』に向かっている。東側での逃走が厳しくなるぞ」

「ニコラスも参戦して『総見寺《そうけんじ》』前で張れ！　西側を押さえろ押さえろッ！」

「増援がもうひとり『総見寺《そうけんじ》』前に。危険地帯は北、東、西、そのエリアは避けろ――」

と、言い切った直後だった。計助《けいすけ》の手から携帯が落ちた。いや、正確にはブルーノに落とされた。突然、ガッと乱暴に手首を掴《つか》まれ捻《ひね》り上げられたせいで。

「――連絡、ご苦労」

ブルーノの声は、冷静《クール》。

怒りの演技を終えた役者みたいに青筋が消え失せ、顔つきは平静に戻っていた。

「北、東、西に敵戦力が集まっていると連絡を受ければバカじゃねえ限り南に向かうよな。オレの指示をそっくりそのまま伝えてくれたおかげで妨害者を見つけやすくなったぞ調査屋」

誘導。ブルーノは無線連絡が筒抜けという状況を逆手に取って、激昂《げっこう》を装《よそお》った仮面の下で虎視《こし》眈々《たんたん》と時湖《ときこ》を包囲網の南側に誘い、そこに兵力を集中して一気に捕える目論見《もくろみ》。

――ああ、一連のそのやり方は、本当に……。

「知っている」

「あ？」

「頭の中にあるんだよ。ずっと〝あの子〟を捜し続け、同時に集めた人物情報が。──ブルーノ・レゼンデ。ファンタズマの首領。感情的な口調とは裏腹に打算的な冷静さあり。お前は感情的になっても感情に流されて自暴自棄《じぼうじき》になるタイプではない」

──だから本当に、三文芝居が見え透《す》いて危《あや》うく笑いそうになったよ。

「見てみろよ、俺の携帯を」

足元に落ちた携帯画面は通話中──ではない。真っ暗なスリープ状態。

「そして、知っている。ファンタズマの全構成員の情報も」

「まさか、オマエ……」

「いないんだよ、ダビィなんてメンバーは。ほかもそう。ベルナルドもジュリアもニコラスもファンタズマには存在しない。おかげで確信が持てたぞ。ブルーノが一芝居《ひとしばい》打っていると」

「オマエは最初から通話していない状態でペラペラ喋《しゃべ》って一芝居《ひとしばい》打っていたのか……！」

「ああそうだ！　騙《かた》り合いなら負けねえぞ！」

計助《けいすけ》はブルーノに摑《つか》まれた手首を振《ふ》り解《ほど》き炯眼《けいがん》を放つ。

騙《かた》りと騙《かた》りの応酬《おうしゅう》。相手がフェイクで罠に嵌《は》めようと謀《はか》るならば、計助《けいすけ》もまたフェイクで返して凌《しの》ぐ。

ガゴンッ、と花の皿が反応。ブルーノの一計を看破したことで、天秤の両皿の形勢は五分五分の拮抗《きっこう》状態となる。

――時湖《ときこ》への連絡は最初からすべて演技。携帯を手にしただけで実際は一切通話していない。時湖《ときこ》には踊り子たちのサポートがつき、地図アプリで構成員を測位している以上、緊急事態が発生しない限り俺からの連絡は必要としない。

ただし、運び屋に数で押されている現状は第八ループ同様にいずれ劣勢となっていく。逃げ回る時湖《ときこ》は常に追われた状態で足を止める余裕はなく、時間が経てば経つほど増援策によって逃げ道は限定されていき、やがて踊り子の支援も打ち切られ、その結末はまた……。

「つまらん化かし合いはここまでだ、ブルーノ」

カウント『11』。三分の一消化。もたもたしていられない。

「交渉に乗れ！　お前がどんな策謀《さくぼう》を巡《めぐ》らせようが看破して俺が妨害者を逃《のが》す」

「ハッタリだ！　看破できるならなんでわざわざオレに交渉を持ちかけてんだって話だろうが。いくら手持ちの情報を駆使しようとも調査屋にとって現状では勝ち目があるかわからねえから話に乗れと迫ってきてんだ」

――正解だ。ハッタリだ。嘘《うそ》だ。口先だ。でまかせだ。今後も予定調和が続き敵の動きが先読みできる保証はない。だからいまここでブルーノを交渉の卓まで引っ張り出す！

「諦めて俺の話を聞け。このままだと妨害者は逃げ遂《おお》せてファンタズマが大損こくだけだ」

「ハッ、是が非でも交渉に持ち込むテメエの態度はテメエ自身の窮地《きゆうち》を証明している」

「いい加減に話を聞けッ！　俺が真に叩《たた》き伏《ふ》せなければならない相手はファンタズマではなく別にいる。ブルーノが交渉の卓についてくれれば必ず銃に見合う提案を――」

「くどいッ！」

一喝《いっかつ》。そして一転。怒号を飛ばしたブルーノが、今度は腕を組み静かに瞑目《めいもく》をはじめる。盤上に打つ次の手を思案するような態度で、その時間わずか一〇秒。

開眼。意を決したようにトランシーバーに外国語で指示を告げ、だがそのトランシーバーをすぐ脇《わき》に置いて手元から離す。これで勝利、故《ゆえ》にこれ以上の指示は不要――そんな気概《きがい》が全身から横溢《おういつ》している。

「――檻《おり》を動かした」

たった一言。わずか六文字。

されどその六文字の威力は絶大で、ガゴォオッン、と天秤の皿が一気に骸へと傾く。

計助《けいすけ》は努めて表情を変えず、だが内面には動揺が走った。

――檻《おり》を動かしただと？　まるでチェック《王手》をかけられたようにいきなり窮地《きゆうち》に追い込まれた。なんだそれ。なんだその展開は。

「北側の赤門通《あかもんどおり》と西側の大須本通《おおすほんどおり》、そこを檻《おり》のように封鎖している同胞《どうほう》を一斉に動かした。一歩一歩、足並みを揃《そろ》え、周りを入念に確認しながら、北側の檻《おり》は南進し西側の檻《おり》は東進する」

ブルーノが計助《けいすけ》の反応を試すように意地悪く戦術を明かすと、ガゴンッ、ガゴンッ、と非理想的な言葉が積み重なって骸の皿が勢いづく。

「檻《おり》が動けばジリジリと包囲網が狭《せば》まり、いずれ逃げ回るエリアそのものがなくなる。そうなりゃいくら先読みしようが戦術知られようが関係ねえよなァ」

包囲網の完成、増援の投入、さらにここにきて包囲網を狭《せば》めるという第三の手。それはさながら冒険映画のトラップ部屋、押し潰す壁のよう。

つと、背筋に冷たい汗を掻《か》いていた。知らない。こんな展開は知らない。過去の繰り返しで起こらなかったことがいままさに起きはじめた……。

「おい、どうしたよ。減らず口が急に黙ったじゃねえか」

ブルーノが歯を見せて不敵に笑う。

「どうやら包囲網を狭《せば》める手までは読めなかったようだな調査屋ァ！」

動揺は内面に留《とど》めて決して顔には出さなかった。

だが反応の乏《とぼ》しさを逆にブルーノはポーカーフェイスに努めていると見切った。

予定調和の流れが一気に崩壊。ブルーノの一手は時湖《ときこ》を追い詰めるだけに留《とど》まらず、過去の繰り返しを参照してゲーム運びをする計助《けいすけ》の思惑《おもわく》を無力化する威力があった。

未知の盤面に突入し、もはや時湖《ときこ》の安全に確実な保証はない。

すでに骸の皿は最下部手前まで傾き、これ以上致命傷《ちめいしょう》となる言葉が刻まれればゲーム終了。

悲劇への強制力が働き、銃声が轟《とどろ》く最悪の展開がもうすぐそこまで……。

時湖《ときこ》──足元に落ちた携帯を拾おうと手を伸《の》ばし、が、ブルーノが靴底で踏みつけて眼窩《がんか》に落《お》ち窪《くぼ》んだ目玉でギロリと凄《すご》んだ。

「化けの皮が剥《は》がれたな、調査屋。やはりすべて口先だったわけだ。さあ詰めるぞ。どんどん詰めていくぞ。ここそ逃げ回っているクソ妨害者を炙《あぶ》り出《だ》してやる」

盤上、時湖《ときこ》の駒を囲むように四方に並ぶ構成員の駒。そのうち北西の駒が迫ることで包囲網が狭まっていき、やがて東南の端《はし》であるここふれあい広場に収束する。

確実に潰されていく逃げ道。

踊り子たちのサポート終了は目前。

どれだけ逃げ回ってもいずれハメ殺される展開。

まさしく絶体絶命の盤面において、その時が訪れた。

「──かかったぞ。ようやく尻尾《しっぽ》を出したな妨害者ァ」

ブルーノが唇を舐《な》めて狩人《かりうど》の眼光を放った先は、雑多に人々が行き交う東《ひがしに》仁王門通《おうもんどおり》の一角。

──そこにペンギンマスコットが現れた。

まん丸のつぶらな瞳、白く丸みを帯びたもふもふな腹回り、ぷっくりとしたクチバシ──そう、時湖《ときこ》はペンぷーの着ぐるみを着た状態で銃の争奪戦に参加していた。

それは計助《けいすけ》の指示だった。着ぐるみの中に銃を隠して逃げ回ってくれと。

だがいま時湖《ときこ》は逃げ回るどころか二の足を踏んでいる。無理もなかった。背後から封鎖役の檻《おり》が迫り、左右から追跡役が肉薄《にくはく》し、前方にはブルーノが待ち構えている。

構成員に捕まった言葉が刻まれたら最後、骸が最下部まで落下する。時湖《ときこ》は手元に隠し持つ銃をあごの裏に押しつけ脳髄《のうずい》を吹き飛ばす、そんな悲劇の運命に帰結してしまう。

「さあ狩るぞ！　ふざけた格好で姿を隠した卑怯者《ひきょうもの》がッ！」

詰み。時湖《ときこ》は行き場を失って敗北した――そう映った、ブルーノには。

「狩らせねえよ！　まだこっからだッ！」

計助《けいすけ》もまた東《ひがしに》仁王門通《おうもんどおり》に目を凝《こ》らし、しかと〝それ〟を目にした。

「ぺんぺんぺんぺんぺんぺんぺんぺんぺんぺんぺん、ぺんぺーん！」

――ペンギンマスコットが現れた。駆けつけたそれは二体目だった。

愛らしい鳴き声に祭りの来場者が注目しはじめる。あれ、ペンぷー？　わあ、まったく同じ着ぐるみ！　なんで二体もいるの？　いやあっちからもまた来た！

――そう、まだ来るんだぜ。

三体、五体、七体……。四方の通りに散らばっていたペンギンたちが続々と集《つど》う。一〇体、一二体、一四体……。増える増える次々増える。一六体、一八体、二〇体……。群れを成すペンギンたちを前に構成員たちは目標をロストして二の足を踏み戸惑っている。

「さあ、さあさあさあ！　祭りが盛り上がってきたなブルーノ！」

「次から次へとターゲットが増殖《ぞうしょく》して……なんだこれは、なんなんだこのふざけた展開は‼」

「ペンギンマスコットの数は二〇〇体、全部で二〇〇体用意した！　ファンタズマの総員を遥《はる》かに上回る数が一斉に集《つど》えば、どのマスコットが銃を隠し持っているかわからねえよな！」

——未知の盤面での捩《ね》じり合い。上等だ。こちらもまた新しい展開で応戦するまで。

二〇〇体のペンギンパレードによる撹乱《かくらん》。それが計助《けいすけ》が盤面に打った一手。

基本的に第八ループ前半と同じ流れで省略されたが、カウント開始前に布石は打っていた。目覚めてすぐ金山《かなやま》商会と貸し出し交渉。前回は山車《だし》で今回はペンぷーの着ぐるみだが交渉手順は同じ。飛び込みの依頼でも最大二〇〇体まで貸せると道楽《どうらく》と契約を取りつけた。次に着ぐるみを着てくれる人員の確保。事務局副長の大林《おおばやし》をはじめ大須《おおす》商人たちに連絡し、さらに学校の友人や〝あの子〟捜しの情報提供者にも協力を要請した。

問題は、山車《だし》同様にペンギンパレードは準備が大掛《おおが》かりなこと。だからブルーノに接触してすんなり交渉に移れなかった場合、とにかく指揮を乱し時間を稼《かせ》ぐ必要があり——

いま、間一髪《かんいっぱつ》で展開が間に合った。

「殴り返したぞ、ブルーノの展開を」

まさしく形勢逆転の一撃となるカウンターパンチ。

——ふざけた展開？　ああふざけた展開結構！　なんにせよ威力は十分。骸の皿の落下を阻止し、さらに盤面優勢まで一気に盛り返せる展開だ。

ダミーを多くまぜて構成員の魔の手から時湖《ときこ》を守ってみせた以上、戦況《せんきょう》を示す天秤はいま花の皿優勢に傾いて――否《いな》、優勢に傾いていない。

「弱えぞ、繰り出した展開が！」

クリーンヒットでリングに沈めたと思いきや、ブルーノの表情はびくともしていない。

――仕留めきれていない？　なぜだ、なぜ花の皿に傾いていない⁉　展開が弱いだって？

馬鹿な。運び屋が銃を見つけられない言葉《撹乱》をページに刻んだはずで……。

「数が、着ぐるみの数が足りていないのか……⁉」

計助《けいすけ》は再度東仁《ひがしに》王門通《おうもんどおり》に目を向け、ぞっと背筋が凍りついた。

二〇〇体用意したはずが、現状たった二〇体ほどしか集まっていない。

いつの間にか集合の勢いは途切《とぎ》れていた。パレードにはあまりにほど遠い数。

逆に包囲網を狭《せば》めてきた構成員が次々と到着。着ぐるみの数以上に集結し半包囲しつつある。

「数はこちらが上！　ならば同胞《どうほう》たちが一斉に襲えばいい。ひとり一体着ぐるみに当たってひん剝《む》けばダミーの中から確実に銃を見つけられる。狩れる！　オレの指示で、言葉で」

――やばい。銃を奪い返される。ブルーノにその指示を飛ばされたら《言葉を刻まれたら》。

「盛り上がりに欠けたな調査屋ァ！　頭の中の計画が実際上手《うま》くいくと思ったら大間違いだ」

――不発、カウンターとなるはずの展開が未完成のまま……。

なぜ二〇〇体揃《そろ》っていない？　すでにパレード開始予定時刻だ。少なくとも協力者たちはペンぷーの着ぐるみを着て大須《おおす》内に居るはずなのに。まさか祭りの人混《ひとご》みで集合に混乱が生じてる？　それとも敵からなにかしら妨害工作を受けた？　いやもっと単純に考えてブルーノの指摘通りか？　ぶっつけ本番での大展開。いざ本番ではどんな不都合が起こるかわからない……。

いや後だ。反省は後回しだ。敵の逆襲《ぎやくしゆう》が来る。このままだと骸が最下部まで落下する。死なせない。絶対に時湖《ときこ》を死なせるものか。諦めるな。考えろ。バラバラな二〇〇体をどう集める？　どんな言葉なら逆転できる？　考えろ考えろ。言葉、言葉言葉言葉……。

「げんき♪　げんき♪　ペンギンマ――――――チ♪」

突然、歌が響いた。

緊迫した場に不釣《ふつ》り合《あ》いな間の抜けた歌。しかし歌声は東仁王門通《ひがしにおうもんどおり》を吹き抜けるほどよく通り、数十メートル離れた計助《けいすけ》の耳元まで届いた。

聞き覚えがあった。その歌声も、その声質も。

「さあさあみんなもご一緒にー！　ペンギンマーチを歌おーう！　げんき♪　げんき♪　ペンギンマーチ♪　ぺんぺんぺん♪　歌えばウキウキ♪　踊りはブギウギ♪　ぺんぺんぺん♪」

一体のペンギンが周りを乗せる。声を張り上げ身振《みぶ》り手振《てぶ》りで懸命に。すると「ぺんぺんぺん♪」と仲間たちが呼応。ここがパレードの起点だと主張するように合唱し、そして――

「来た……」

隣の通りから新たに一体、散り散りになっていたペンギンが駆けつける。

また来た。別の通りからもう一体、歌声を聞きつけてやって来て……。

「来る……まだ来る……」

集う。続々と。大合唱となり、大須《おおす》全体に響き渡り、また一体、また一体……まだ来る、まだまだ来る、また一体、また一体、また一体、また一体――

「来るぞ……これは来るぞ来るぞ！　まだまだまだまだまだまだっ！」

――ペンギンマスコットが現れた。歌いながら大群で。

「ぺんぺんぺん♪」「ぺんぺんぺん♪」「ぺんぺんぺん♪」「ぺんぺんぺん♪」

「ぺんぺんぺん♪」「ぺんぺんぺん♪」「ぺんぺんぺん♪」「ぺんぺんぺん♪」

「ぺんぺんぺん♪」「ぺんぺんぺん♪」「ぺんぺんぺん♪」「ぺんぺんぺん♪」

三〇体、四〇体、五〇体……。あれよあれよと数が膨《ふく》れ上《あ》がるペンギンの群れ。七〇体、八〇体、九〇体……。囲んでいた構成員を囲み返すほどの勢い。一二〇体、一三〇体、一四〇体……。「おいブツを奪い返すどころじゃねえぞこの数！」「なんだよこれ⁉」「どうすんだブルーノォ‼」。一七〇体、一八〇体、一九〇体……。圧倒。東仁王門通《ひがしにおうもんどおり》を埋め尽くすほどの大群。

そしてついに二〇〇体。二〇〇体揃《そろ》い、ペンギンたちが長い行列を作って行進開始。

壮観《そうかん》。陽気に手を振り、小躍《こおど》りし、投げキッスし、お祭り騒ぎのペンギンパレード。

それは夢のような。幸福に満ちたような。

激戦の最中にもかかわらず、その瞬間、計助《けいすけ》はつい心を奪われて見惚《みと》れていた。

——ああ、ああ、六・一三の悪夢のせいで見れなかった光景《理想》が、いま目の前に……。

最初に歌い出したペンギンがパレードの旗手となってふれあい広場を横切る際、計助《けいすけ》と目が合った。視線が交わり、心まで交わるような特別な感覚があった。

——計助《けいすけ》、今度こそ理想的なシナリオを。

時湖《ときこ》だ。時湖《ときこ》が歌で仲間を呼び寄せ、未完のペンギンパレードを完成まで持っていった。

「時湖《ときこ》……俺を連れてってくれたのか、八年前たどり着けなかったファンタジーに」

見つめ合ったのは一瞬、しかし心を通じ合わせるには十分。それぞれの戦いへと前を向く。

計助《けいすけ》はブルーノを正視して、時湖《ときこ》はペンギンパレードで場を盛り上げる。

ガゴォォッン、と天秤の振動音が響く。窮地《きゅうち》を脱《だつ》しつつ理想となる展開をぶつけたことで形勢は逆転。花の皿が重さを得てわずかながらも優勢を誇る。

頼り合う二人。計助《けいすけ》と時湖《ときこ》の二人で理想的な展開を決めた。このままいけば勝利——

「まだだ！　まだオレたちは敗北してねえぞ!!」

瞬時、ブルーノは電光石火の手捌《てさば》きでバタフライナイフを開刃《かいじん》し、銀色の斜線を描いて計助《けいすけ》ののどもとに突きつける。来場者のだれもがペンギンパレードに視線を奪われているのを機として抑制していた暴力性を剝《む》き出しにする。

「遊びは終わりだ調査屋。望み通り交渉に乗ってやる。だがそれはオマエの首と銃の交換でだ。携帯を拾って妨害者に伝えろ。脅されている助けろと。さあ言え、さっさと助けを乞《こ》えッ！」

ブルーノの顔にもはや余裕はない。ペンギン二〇〇体の撹乱《かくらん》でトランシーバーから混乱が聞こえる。指示をッ、指示をッ、そう急《せ》かされるよう追い詰められている。

「へへっ……へっへっへっへっへっへっへっ！」

鋭利な刃先で脅された計助《けいすけ》は、しかし不敵に口角を持ち上げてみせた。

「ようやくだ。ようやく交渉に乗ると言ったなブルーノ！」

カウント『21』。時湖《ときこ》のサポートに助けられ、盤上の駒の打ち合いは優勢で終えた。

ここからはまさしく正面切っての言葉の刻み合い。

「追い込まれてやることがたかがナイフ一本で脅すことかよ。ハッ、起死回生の策にしちゃ弱すぎんだろおい。首を飛ばされても俺のよく回る舌は止まんねえぞ」

「ならばオマエを片づけた後に一斉に着ぐるみどもに襲いかかって中身を調べるまでだ」

「その手はもう遅《おせ》えよ。着ぐるみ二〇〇体に比べてファンタズマの総数は四分の一にも満たない。ハズレを引いているうちに騒動になって打ち切り、ゲームオーバーだ」

「だが、アタリを引く可能性はゼロではない」

「悪手だ。分の悪い賭けだ。冷静になって周りを見ろ。いまや大勢の見物客がパレードに注目している。衆人環視《しゅうじんかんし》の状況でパレードを台無しにしたら日陰者《ひかげもの》のお前らに未来はない」

「同胞《どうほう》たちも覚悟の上。オレが一言発すれば全員動く」

「らしくねえだろブルーノ！　お前は大切な仲間を捨て駒《ごま》にするつもりか！」

「狩りにはオレも参加する！　どのみちこの銃運びをしくじればオレたちに未来はない！」

——限られた選択肢から捻《ひね》り出したブルーノの対抗策は、一理、あると言えばある。

現状、花の皿優勢だがその差はわずか。ペンギンパレードというファンタジー《理想》が一部でも壊されれば天秤の判定が覆《くつがえ》るかもしれない。

故《ゆえ》に、計助《けいすけ》は対抗する。その言葉で。

「——俺が、構成員たちを捨て駒《ごま》なんかにさせねえよ」

ブルーノは意表をつかれて目を丸めた。この期《ご》に及《およ》んでなぜ敵側からそんな台詞《せりふ》が出てくるのか理解できないといった風に。

「オマエ、なにを……。敵対しているオレたちを潰すではなく、守る……？」

「ああ、守る。俺がファンタズマの構成員全員を」

「ふざけたことぬかしやがってッ！　なぜテメエがそれを言う！　それは本来オレの台詞《せりふ》だ！」

「お前が話を聞かないだけで最初から言っている！　だれひとり悲しませないと！」

「何度も言わせんじゃねえよ！　そんな都合のいい現実はありえねえ。この世界は食うか食われるか。奪えば勝者、奪われれば敗者。銃ひとつとってもそうだろうが！」

「現実はそうかもしれない。でもここならば、この世界《三〇ページ》だけは、そうじゃないと俺たちの手でしてみせる！　だからよく聞けブルーノ。いまそれを示してやるよ」

計助《けいすけ》は睨《にら》むように正視した。ブルーノを、否《いな》、ブルーノの背後に潜《ひそ》む真の敵を。

怪物。名も知れず、表舞台《おもてぶたい》に姿も現さず、周到な計画で悲劇を仕上げた得体の知れない存在。しかし繰り返しの攻防でおぼろげに見えてきたのは、悲劇を作動させるための関係性はすべて二千万や高報酬など利によってのみ結ばれており、ファンタズマが怪物についているのは得だと判断しているから。

逆に言えば、〝利害関係〟であっても〝仲間〟ではない以上、ファンタズマが怪物につく得がないと判断すればリスクを負って怪物を助ける義理はない。

『23』。クライマックスシーンに刻もうとする言葉は、すべてが上手《うま》くいった後の現実を構成する礎《いしずえ》となり、ごまかしは一切通用せず後戻りできない契約となる。

望むところ。

たとえこの世界すべての悲しみをなくすことはできないとしても、せめてこの三〇ページは、このファンタジーだけは、悲しくないように。

悲劇のロジックを崩壊させる。交渉の卓上に出す、この言葉で。

「——俺にファンタズマを仕切らせろ」

それが、ラスト三〇ページをどう構築するかという難題の最終解答。

「仕切らせろ、だと……。オマエそれは……ファンタズマを乗っ取るつもりか⁉」

「大将はブルーノのままで構わない。俺はナンバーツー、裏方として運営を任せてもらう」

「事実上の乗っ取りじゃねえか！　それのどこが同胞《どうほう》を守ることに繋《つな》がる！」

「俺がファンタズマの営業マンとして動く。これまで培《つちか》った繋《つな》がりを使って依頼を取ってくる。それもだれひとり手を汚《よご》さないクリーンな仕事をだ。そうしてファンタズマを存続させて構成員たちの居場所を守る。だから――切れ、銃運びを依頼した依頼主《怪物》を。そして俺と手を組め。俺が必ず今回の銃運びの損失分を補い、補う以上に得させてやる」

ボスが出したひとつの命題、制限時間一分の腕相撲《うでずもう》――制限時間内なら何回も勝負ができ、勝つ度に勝者はコインを一枚手に入れる。勝てば勝つほどコインが多く入る仕組みで、目標額三〇枚稼《かせ》ぐにはどうすべきか。

剛腕《ごうわん》ならばシンプルだ。腕力に物言わせて相手をねじ伏せて勝ちまくり稼《かせ》げばいい。

だが、剛腕ではなく強者の戦い方ができなかったら？　運よく勝てたとしても数枚しかコインを稼《かせ》げず目標額を達成できなかったら？

ならば、腕相撲《うでずもう》の対戦相手にこう提案すればいい。

『お互いまともに力比べしたら一、二枚程度しか稼《かせ》げず時間切れ。だから俺が三〇秒間ひたすら負け続けてやるよ。そしたら次はお前が三〇秒間ひたすら負け続けてくれ。一秒に一回負けるペースなら確実に三〇枚は稼げるだろ？　お互い得できるように――手を組もうぜ』

――ずるい？　不正だ？　違うな。これは互いの利益の最大化という話だ。

計助《けいすけ》の利益。銃を入手することで悲劇を未然に防ぎ、沙羅《さら》の夢を犠牲にせず時湖《ときこ》を守り、ペンギンパレードで理想的な三〇ページを完成させる。

ブルーノの利益。調査屋という人材を迎え入れることでファンタズマの組織力が増強し、計《けい》助《すけ》の人脈も取り込むことで組織の生き残りを図《はか》れる。

この難題を解く鍵はつまり、敵の駒であるファンタズマだって救うこと。

──『25』。残り猶予わずか。大一番だ。ここで決めろ、一気に畳《たた》みかけろ……！

「思い出せ、ブルーノ。お前の目的はなんだ」

「銃の奪還《だっかん》、ただそれのみだ」

「違う！　ファンタズマを存続させて仲間の居場所を守り抜くことだ！」

「そのために銃がいるだろうが！」

「銃運びはあくまで手段のひとつだ！　銃の代わりに俺がお前らを守ってやるッ！」

「口先だけならだれだって言えんだよッ！」

「ならば口先だけでなく、いま仕事を取ってきて俺と組む利点を証明してやるよ。例えば、ストーカー被害《ひがい》に遭《あ》っている錦《にしき》の嬢たちの護送。金払いのいい連中だ。かなり稼《かせ》げるぞ。金銭交渉も任せろ。報酬を相場の一・五倍まで俺が引き上げてみせる」

「たかが仕事一本取ってくる程度、銃運びの莫大《ばくだい》な成功報酬には及ばねえよ！」

「ああわかってるさそんなこと！　相手は躊躇《ちゅうちょ》なく二千万を出す野郎だ。そんなやつがファンタズマに提示した成功報酬に対し、俺が一回仕事を取ってきただけで利益が釣り合うなんて最初から思っていない。だから注ぎ込む、俺の未来すらも」

「未来、だと……？」

「三倍だ。銃運びの報酬の三倍の利益を上げるまで、俺がファンタズマのだれひとり欠けることなく生きられるように仕事を取ってくる。一年かかろうが二年かかろうが未来を懸けて！」

「そ、それも耳触《みみざわ》りのいい言葉に過ぎねえだろ！　調査屋が裏切らない保証がどこにあるッ！」

「――だったら、俺を失えるか？」

瞬時、計助《けいすけ》は突きつけられたナイフをガッと右手で摑《つか》む。危険から身を守るために刃先を自身の首から遠ざけるように力を注ぐ。常人の発想ならばそうするだろう。しかし計助《けいすけ》はむしろ逆――みずからの首を突き刺すように仕向けた。

「――――ッ⁉」

想定外にブルーノが呼吸を失い、咄嗟《とっさ》、逆方向に引っ張る。計助《けいすけ》の死に向かう力とブルーノの生に引き止める力が拮抗《きっこう》した結果、ぴたっ、と計助《けいすけ》の首の皮寸前で刃先が停止する。

「――ほうら俺を失えないじゃないかブルーノォ！」

自決寸前の極限状態で、笑う。ニタァと鬼のような狂気《きょうき》染《じ》みた形相で。

「調査屋に自決されたら困る、仲間を捨て駒《ごま》にして勝ち目の薄い博打《ばくち》に出るより調査屋の提案に合意したほうが賭けとしては分がいい――そう打算して止めてくれると信じていたぞ！」

緊迫。計助《けいすけ》は一切握力を緩めない。ブルーノが力を緩めた瞬間にナイフが首に突き刺さる状況。しかしそれが狙い。脅される側が脅し、脅す側が脅される逆転現象を巻き起こす。

「こいつ、力を抜かず……本気で……ッ！」

「ああ本気だ……やるぜ俺は、命を懸けてでも……ッ！」

「みずからに刃を向けるなど狂ったことをッ！　なんなんだこのイカれた状況はよォ！」

「白い猫《ねこ》も黒い猫《ねこ》もこの命すらも、使えるものすべて使って結果を、いや、理想的な結果を勝ち取りにいくッ！」

計助《けいすけ》は狂気を上乗せするように握力を強める。ナイフの刃に赤い血が滴《したた》る。ブルーノの力を若干《じゃっかん》上回ったことで切《き》っ先《さき》がより首に近づく。

「俺は見つけるぞブルーノ。元いた組織にどんな嫌がらせされようが圧力かけられようが運び屋の力を求めて公正な取引をする人物を。俺だから見つけられる。何年も名古屋を歩き回り、人々と繋《つな》がり、〝あの子〟を捜してきた俺だから。なのにいいのか。死ぬぞ、俺が死ぬぞ！もう小細工抜きで本音で言葉交《か》わそうぜ！　お前は俺を死なせられないよなブルーノッ‼」

生死を賭けた綱引き《ナイフネゴシエーション》。刃渡《はわた》りの上を行き交う言葉は、一切のブラフが通じない本気と本気のやり取り。真の言葉の応酬《おうしゅう》。

「なぜだ、なぜそこまで本気になれる……オレがいま手を離せば死ぬぞオマエッ⁉」

「そりゃ怖《こえ》えなあ……ああ怖《こえ》えよすげえ怖《こえ》え！　でも彼女を失うのはもっと怖《こえ》え‼」

背後、いまも長い列を作って歌え踊《おど》れとさんざめくペンギンパレード。

「お前と一緒だブルーノ。お前が仲間を守りたいように、俺にも守りたい人がいる」

六・一三の悪夢で台無しにされた光景。でもいま時湖《ときこ》が懸命に創《つく》ってくれた理想的な光景。

「愛してるんだ。この命全部全部尽《つ》くしていいと思うほどに」

全身全霊《ぜんしんぜんれい》で守り抜く。血を、魂を、言霊《ことだま》に乗っけて。

「さあ手を取れよブルーノ。さあッ!!」

計助《けいすけ》は空いていた左手をブルーノに差し伸べる。運び屋だって命懸けで救ってみせると。

異常な相対構図であった。ナイフを握り締めた計助《けいすけ》の右手はみずからの首に刃を向け、一方で左手は救いを差し伸べるようにブルーノへと力強く伸びている。右手には死。左手には未来。

筆舌《ひつぜつ》に尽《つ》くし難《がた》い凄絶《せいぜつ》なクライマックスシーンは、まさに死か合意かの二者択一《にしゃたくいつ》。

その選択を突きつけられたブルーノの決断は――

「……バカが。オマエは失敗してんだよ、調査屋」

差し出された計助《けいすけ》の手を、未来に繋《つな》がる左手を――がっしりと握り返す。

「報酬の三倍上乗せはやりすぎだ。二倍でも十分だったのに損したな。だがもう待ったなしだ」

合意。

「――交渉成立だ」

ガゴォォッン、と花の皿が沈む。重く、深く、絶対的勝利を賛歌するように。

互いに握手の感触を強く確かめる一方で、ナイフを握り合っていた力を徐々に緩め、ゆっくりと、少しずつ、緊張していた場の空気が弛緩《しかん》していく。

——取った……。望んでいた言葉を取ったよな？　ああ間違いない。花の皿圧倒的優勢。取った取ったついに勝ち取った！　これで理想的な三〇ページが完成して——

だが、まだだった。

ブルーノの携帯が鳴った。

まるで交渉成立が気に食わず邪魔するような不穏《ふおん》なタイミング。ブルーノが携帯画面を見て表情が強張《こわば》り、その緊張した面持《おも》ちに計助《けいすけ》は着信相手を悟った。

——怪物……まさか怪物からの連絡か！

戦慄《せんりつ》。緩んだ空気が一瞬にして再び引き締まる。

しつこく鳴り続ける着信音は「銃をまだ運んでこないのか」と激昂《げっこう》しているように感じ取れるし、交渉成立を見越した上で「まだ終わらせないぞ」と妨害する気配すら感じ取れる。

——まだ勝利じゃない……いや違う、これは好機だ。三〇ページ上に怪物がはじめて登場するのだから。最終局面。怪物との直接対決。ここで連絡してきたことを後悔させてやる。

「ブルーノ！　俺が相手する！」

呼応。ブルーノが計助《けいすけ》に携帯を投げ渡す。画面に表示されている番号は非通知。計助《けいすけ》は受話口に耳をぴったりつけ、些細《ささい》な反応すら取りこぼさないように電話に出た。

「俺は総合調査会社虎屋《とらや》の志道計助《しどうけいすけ》だ。お前だな、少女撃弾《しょうじょげきだん》のライブで銃撃を企《たくら》んでいたのは」

機先を制す。怪物への牽制《けんせい》と逆襲の展開を封じるために。

「…………」

反応は、無言。

「どうしたよ黙って。警戒《けいかい》してるのか。運び屋の代わりに俺が電話に出た意味はわかるな？」

無言。

「もはや運び屋が銃を運ぶことはなく、銃撃事件を起こせなくなったということだ」

無言。

「ここからお前に打つ手はない。お前には損を被《かぶ》ってでも動いてくれる仲間はいないだろ。俺にはわかる。わかっているんだよ。なぜか知りたいか？　教えてやるよ」

無言。

いや、反応を引き出してみせる。次の言葉で。

「——俺はお前の正体を知っている。お前は俺の知っている人物だからだ」

無言——ではない。ごくごくわずかな、神経を研《と》ぎ澄《す》ませていなければ聞き逃すほど、「フッ」と小さく微笑《ほほえ》んだ気配があった。その反応に、ガゴンッ、と花の皿が傾く。

「ピリオドだ、怪物。『30』。三〇ページ制限。ここに理想は完成し、邪魔な言葉が入る余地はなくなった。もう終わりなんだよ。お前の負けだ。今度はお前がリミットに悔しがれ」

終章

正直に明かすと、こちらが驚かされた。

実際、怪物に切り込んだその一撃は咄嗟《とっさ》の思いつきに近かった。

人口二〇〇万以上の名古屋で、確率としてはありえないと理解しつつも、人捜しを通じて知り合った人脈の多さから、物は試しのつもりで言い放った。

——俺はお前の正体を知っている。お前は俺の知っている人物だからだ、と。

端的に言えば、怪物にカマをかけた。

怪物の正体など知る由《よし》もないが知っている風を装《よそお》い、相手の反応を引き出してやろうという魂胆。さらにこちらが先に仕掛けることで三〇ページ制限を利用して、怪物の言葉を好き勝手入れさせない勝ち逃げを狙う戦略でもあった。

結果、怪物の反応がページに刻まれて天秤はより一段と花の皿へ傾いた。理想への指標を示すそれは怪物に近づいたという判定で……。

まさか、だった。

怪物に衝撃を与える以上に、俺のほうが衝撃を受けた。

——俺が知っている人物の中に怪物がいる。

いやもっと言えば、これまで繰り返してきた三〇ページに登場していたかもしれない。そうだ。そうだよ。もしマキナボードが「俺が知っている人物」を「三〇ページ上に登場した俺が見知った人物」と定義するなら、俺が挨拶した人、冗談を言い合う仲の人、職業上深い繋《つな》がりにある人、そんな人たちのだれかが実は怪物だったということで……。

いたのだ、きっと。

三〇ページに登場しただれかが怪物だった。

だれだ？

サーティー・ピリオドには様々な人物が登場したが、一体だれが怪物だというのか……？

急に、涼《すず》しげな風が頬《ほお》を撫《な》でた。

長い夢から目覚めるように重いまぶたをゆっくり開くと、網膜《もうまく》に日暮れ時の鈍《にぶ》い光が射し込んできた。目線を上げて地球の天井を眺《なが》めると、斜陽《しゃよう》に染まる雲底の紅色《べにいろ》と夏空に広がる藍色《あいいろ》の美しい二色に彩《いろど》られていた。

つい先ほどまで昼頃だったのにうっかり長めの午睡《ごすい》を取ってしまい目覚めたらもう一日が終わりかけている、そんな感覚に近かった。

ふと、そこで気づいた。

「マキナボードが見当たらない……」

空に視線を彷徨《さまよ》わせるがその存在を見つけられず、まぶたを閉じて意識する方法も試すが感じ取れない。

マキナボードの消失、それはすなわち、サーティー・ピリオドの終幕を意味していた。

「終わった、のか……？　本当に繰り返しは終わった？」

まぶたをごしごしと拭って、いま一度状況を確認するように周囲を見回す。

俺はいま『ふれあい広場』に佇《たたず》んでいた。場所自体は第九ループのときと変わりないが、時刻は昼時から一気に夕暮れ時まで飛び、交渉していたブルーノの姿は見当たらない。

「ここが〝元の現実《オリジナル》〟？　俺は現実世界に還《かえ》ってきた？　いや、手に入れた言葉によって〝再構成された現実《新たなオリジナル》〟と言ったほうが正しいか。だとしたら理想的シナリオを創《つく》れたということになるが……」

はじめてのサーティー・ピリオドからの帰還でいまいち要領を得ない。

「……あ、そうだ携帯。携帯はどうなってる」

スラックスのポケットから携帯を取り出す。画面には不在着信と未読メッセージの通知がそれぞれ一件ずつ。

不在着信は古着屋からで、おそらく〝あの子〟の件だろう。

メッセージはブルーノからで、さっそく文面を読んでみる。

『現在、錦《にしき》の嬢たちを護送中。完了後にまた連絡する、ナンバーツー』

嬢の護送……どうやらブルーノはいま運びの最中みたいだ。

「もしかしてこれが『悲劇を変えた場合、ページに記述された言葉を元手に元《オリジナル》の現実が再構成される』というやつだろうか？」

第九ループで俺と組むメリットを証明するために刻んだ言葉「錦の嬢たちの護送」。その言葉を元手に、『俺がトイボックスに連絡して依頼を引き受け、運び屋たちに護送の仕事を振った』現実が再構成された、という解釈で合ってるだろうか。

「しかしナンバーツーね……交渉はちゃんと成立してるってことだな」

その呼び名に仲間となった責任の重さを感じたが、不思議と悪い気はしない重さだった。

「ほかはどうだ？　八月七日はどんな風に変わってる？」

背後の商店街アーケードへ振り返る。瞳に飛び込んできた光景は――下町情緒溢《じょうちょあふ》れる縁日《えんにち》の賑やかさだった。

特大サイズの大須《おおす》赤提灯《あかちょうちん》が夕闇《ゆうやみ》を照らすその下、ジュウウウッとお好み焼き屋は鉄板の上で焦がしたソースの匂《にお》いを漂《ただよ》わせ、その前を浴衣《ゆかた》を着こんだ祭りの来場者がカラコロと下駄《げた》を鳴らし楽しそうに微笑《ほほえ》んでいる。

日が落ちてもまだまだ続く夏祭り。平穏で、風情があって、キラキラした縁日の風景がアーケードの消失点まで途切《とぎ》れることなく続いている。

「この光景は夢、じゃないよな……？　ほかは？　ほかはどうなっている？　時湖《ときこ》はいまどこに？　沙羅《さら》はどうだ？　ペンギンパレードに協力してくれたみんなは？」

どこか実感が持てないままゆるゆると歩き出す。次第に歩速が早まり、気づけば駆け足になり、タイル舗装《ほそう》から砂利《じゃり》を踏む感触に切り替わったところで顔を上げた。

大須《おおす》観音境内《かんのんけいだい》。かつて銃撃事件が発生したそこは、いまイベント初日の最終プログラムである盆踊《ぼんおど》りが行われていた。

赤提灯《あかちょうちん》に照らされた櫓《ろ》を中心に、同心円状に広がる参加者たちは伝統的な音頭《おんど》に合わせて両手を美しく舞わせている。

踊る人々の中に沙羅《さら》を見つけた。少女撃弾《しょうじょげきだん》のメンバーと一緒に笑顔を浮かべている。その後ろには道楽《どうらく》がお祭り男さながら場を盛り上げていて、そこに連盟会長や大須《おおす》商人たちも集《つど》い、タクシー運転手やキャバクラのキャッチなど〝あの子〟捜しに協力してくれた情報提供者もまざって、みんながみんな笑顔で楽しそうに踊り……。

それはまさしく、理想的な光景。

「やれた……ちゃんと、創《つく》れた………」

おーい、おーい、計助《けいすけ》くーん。遠くから俺を呼ぶ声が聞こえた。商店街の人々が俺に気づいて手を振っている。笑顔で手招きして一緒に踊ろうと誘ってくれる。

「ああ、そうだ……俺と時湖《ときこ》の二人だけじゃない……みんな、みんなのおかげで……」

胸の奥から感謝の気持ちが溢《あふ》れて、俺は深々と頭を下げた。

いきなりのことで驚いたのか、みんなはきょとんと首を傾《かし》げていた。

「ありがとうございました。皆《みな》さんが協力してくれたから、ペンギンパレードに参加してくれたから、いま、この光景が……。この恩は忘れません。ありがとうございました。ありがとうございました。本当にありがとうございました!!」

頭を下げた。何度も何度も。どれだけ感謝しても感謝しきれない気持ちいっぱいで。

そこで携帯が鳴った。

メッセージの受信音だ。確認すると送信相手は予備の携帯で、つまり携帯を貸していた時湖《ときこ》からだった。


『展望台で待ってる』


俺はいま一度協力してくれた人々に一礼して、展望台に向かって走り出した。

会いたい。

一秒でも早く彼女に会いたい。

「時湖《ときこ》、時湖《ときこ》、いま迎えに行くから……!」

煌《きら》めく名古屋の夜を駆ける。走りながらネクタイを解《ほど》いてポケットに突っ込む。もういいんだ。嘘《うそ》も自己演出も必要ない。強がることだって。彼女の前では偽りの自分でいなくていい。

そういう関係なんだ、俺たちは。

高層ビルに到着して展望台に入場する。観光客がだれもいない貸し切り状態。輝かしい名古屋の夜景が広がり、その美しい光景の中に——

ペンギンマスコットがいた。

「……ああ、あぁっ」

感極《かんきわ》まって胸の中心がぐしゃぐしゃに熱くなった。

生きてる。

彼女が生きてる。

「待たせたな」

夜景を見つめていた着ぐるみの背に、俺は声を掛けた。

「聞いてくれ。俺な、いま夏祭りの光景を見てきたんだよ。夏祭りはちゃんと続いてたぞ。誰も彼もが笑ってた。みんな笑顔の理想的な光景がそこにあった！」

目頭《めがしら》が熱くなって視界が滲《にじ》んだ。

「何度も失敗した。負けて負けて何度も負けて、たくさん、本当にたくさん間違《まちが》えて……でも、やれたんだ。最後の最後でやれたんだよ俺たち！　だれも犠牲にしなかった。だれも悲しませなかった。それは世界全体で見渡せば、ごくごくわずかな、たった三〇ページだけの変化だけど、でもそのファンタジーが現実を変えて、いまこの世界に君がいる」

着ぐるみがゆっくりとこちらに振り向く。

俺は彼女と見つめ合い、そして感謝と愛情を込めて言葉を継《つ》ぐ。

「君のおかげだ。六・一三の悪夢から俺を守ってくれたから。土砂《どしゃぶ》降りの日に傘を差してくれたから。命だって心だって救ってくれたから。だから俺、君に救われた俺は、三〇ページの世界で戦えたんだ。そしてたどり着いた。二人でたどり着いた。八年前にたどり着けなかったペンギンパレードに。その延長線上にある、君が生きているこの世界に」

花束を贈《おく》るように彼女を讃《たた》えたかった。理想的なファンタジーを創《つく》り上げたひとりとして。

「一緒に見に行こう。二人で見たいんだ。夏祭りの光景を」

俺は彼女へと駆け寄る。怪物の正体など懸念《けねん》すべきことはあったが、いまはなにより彼女の手を取って光みたいな場所に連れて行ってあげたかった。

「やっと見つけた」

八年。八年かかった。

汗塗《あせまみ》れになりながら酷暑の名古屋を捜し回った。

一年また一年と年齢だけが重なってちっとも成果が出せず心はいつも焦《あせ》っていた。

無駄で無意味なことをやっているんじゃないかとむなしくなる夜を何度も過ごしてきた。

それでも会いたい想《おも》いはただの一度も心から消えることはなかった。

そしていま、その想《おも》いが叶《かな》った。

「——見つけた、時湖《あのこ》」

◉秋傘水稀著作リスト

「アニメアライブ」（電撃文庫）
「30ページでループする。そして君を死の運命から救う。」（同）

本書に対するご意見、ご感想をお寄せください。

ファンレターあて先
〒102-8177　東京都千代田区富士見2-13-3
電撃文庫編集部
「秋傘水稀先生」係
「日向あずり先生」係

本書は書き下ろしです。

電撃文庫

30ページでループする。そして君《きみ》を死《し》の運命《うんめい》から救《すく》う。

秋傘水稀《あきがさみずき》

2023年４月10日　初版発行

発行者　山下直久
発行　株式会社KADOKAWA
〒102-8177　東京都千代田区富士見2-13-3
0570-002-301（ナビダイヤル）
装丁者　荻窪裕司（META＋MANIERA）
印刷　株式会社暁印刷
製本　株式会社暁印刷

●お問い合わせ
https://www.kadokawa.co.jp/（「お問い合わせ」へお進みください）
※内容によっては、お答えできない場合があります。
※サポートは日本国内のみとさせていただきます。
※ Japanese text only

※定価はカバーに表示してあります。

ISBN978-4-04-914580-9　C0193　Printed in Japan

電撃文庫　https://dengekibunko.jp/

電撃文庫創刊に際して

文庫は、我が国にとどまらず、世界の書籍の流れのなかで〝小さな巨人〟としての地位を築いてきた。古今東西の名著を、廉価で手に入りやすい形で提供してきたからこそ、人は文庫を自分の師として、また青春の想い出として、語りついできたのである。

その源を、文化的にはドイツのレクラム文庫に求めるにせよ、規模の上でイギリスのペンギンブックスに求めるにせよ、いま文庫は知識人の層の多様化に従って、ますますその意義を大きくしていると言ってよい。

文庫出版の意味するものは、激動の現代のみならず将来にわたって、大きくなることはあっても、小さくなることはないだろう。

「電撃文庫」は、そのように多様化した対象に応え、歴史に耐えうる作品を収録するのはもちろん、新しい世紀を迎えるにあたって、既成の枠をこえる新鮮で強烈なアイ・オープナーたりたい。

その特異さ故に、この存在は、かつて文庫がはじめて出版世界に登場したときと、同じ戸惑いを読書人に与えるかもしれない。

しかし、〈Changing Times,Changing Publishing〉時代は変わって、出版も変わる。時を重ねるなかで、精神の糧として、心の一隅を占めるものとして、次なる文化の担い手の若者たちに確かな評価を得られると信じて、ここに「電撃文庫」を出版する。

1993年6月10日
角川歴彦